Julie Lawson Timmer

Fünf Tage, die uns bleiben

Über die Autorin:

Julie Lawson Timmer wuchs in Stratford, Kanada, auf, studierte Jura und lebt heute mit ihrem Mann, ihren vier Kindern und zwei geretteten Hunden in Ann Arbor, Michigan, USA. Sie ist abwechselnd Autorin, Anwältin, Mutter, Stiefmutter und schlechte Köchin. Mit ihrem Debütroman FÜNF TAGE, DIE UNS BLEIBEN gelang ihr ein großer Überraschungserfolg.

Julie Lawson Timmer

FÜNF TAGE DIE UNS BLEIBEN

Roman

Aus dem amerikanischen Englisch
von Jenny Merling

BASTEI LÜBBE
TASCHENBUCH

BASTEI LÜBBE TASCHENBUCH
Band 17 474

Dieser Titel ist auch als E-Book erschienen

MIX
Papier aus verantwortungsvollen Quellen
FSC® C083411

Vollständige Taschenbuchausgabe
der bei Lübbe Ehrenwirth erschienenen Paperbackausgabe

Titel der amerikanischen Originalausgabe: »Five Days Left«
Published by arrangement with G. P. Putnam's Sons,
Penguin Group LLC, New York

Für die deutschsprachige Ausgabe:

Textredaktion: Dorothee Cabras, Grevenbroich
Umschlaggestaltung: www.buerosued.de unter
Verwendung von Motiven von © www.buerosued.de
Satz: Urban SatzKonzept, Düsseldorf
Gesetzt aus der Scala Pro
Druck und Verarbeitung: CPI books GmbH, Leck – Germany
Printed in Germany
ISBN 978-3-404-17474-4

5 4 3 2 1

Sie finden uns im Internet unter www.luebbe.de
Bitte beachten Sie auch: www.lesejury.de

Für Ellen

TEIL I

Dienstag, 5. April

NOCH FÜNF TAGE

1

Mara

Mara hatte sich schon vor langer Zeit für eine Methode entschieden: Tabletten, Wodka, Kohlenmonoxid. »Garagencocktail« nannte sie das. Das klang irgendwie elegant. Wenn sie den Namen laut vor sich hin sagte, war sie selbst manchmal fast überzeugt, dass es ja eigentlich gar keine so große Sache war.

Für Tom würde es leider sehr wohl eine große Sache sein, und das machte ihr wirklich zu schaffen. Sie würde es am liebsten so hinter sich bringen, dass dabei keine Leiche übrig blieb, würde ihm gern ersparen, sie so zu finden. Aber wenn es keine Leiche gäbe, wäre das natürlich noch schlimmer für ihn. Und so war es eben am einfachsten; er konnte das Auto mit ihr darin dann einfach wegschaffen lassen. Den freien Platz in der Garage für andere Dinge nutzen. Für die Fahrräder vielleicht. Für Gartengeräte.

Für einen Zweitwagen. Könnte sie nicht vielleicht ein Auto kaufen und den Liefertermin auf die Zeit nach dem »Tag X« legen? Oder wäre das zu seltsam? Ein Geschenk von Ihrer toten Frau. Sie hätte ihm schon vor Jahren einen Zweitwagen kaufen sollen. Zu ihrem Hochzeitstag, zu Lakshmis Geburt oder einfach mal so zwischendurch. Sie hätte so vieles tun sollen.

Mara wurde ganz böse. Seit fast vier Jahren arbeitete sie nun ihre Liste mit Dingen ab, die sie vor ihrem Tod noch erledigen wollte, und trotzdem fiel ihr fünf Tage vorher immer noch etwas Neues ein.

Genau darin lag die Gefahr. Wenn man so lange warten will, bis wirklich alles erledigt ist, tut man's nie. Irgendetwas fällt einem nämlich immer noch ein. Für manche Leute war das vielleicht kein Problem. Die hatten das Glück, es noch ein paar Wochen, Monate, vielleicht sogar Jahre aufschieben zu können, bis ihnen irgendwann wirklich keine Ausrede mehr einfiel und sie es endlich durchziehen mussten.

Mara hatte dieses Glück nicht. Die Huntington-Krankheit, der Gehirnzellenmörder schlechthin, hatte in weniger als vier Jahren bereits schlimmer in ihrem Körper gewütet, als Tom und sie es sich je hätten vorstellen können. Die Abfindungsvereinbarung ihrer Kanzlei bestätigte das. Ihr Körper, früher grazil und sportlich, war heutzutage schwerfällig und machte nicht mehr das, was er sollte.

Wenn sie jetzt nachgab und sich doch noch einen Moment länger mit ihrem Mann und ihrer Tochter schenkte, noch eine letzte Reise irgendwohin unternahm, wo sie unbedingt einmal gewesen sein wollte, stellte sie vielleicht am nächsten Tag fest, dass es zu spät war. Dass die Krankheit die Kontrolle übernommen hatte. Und sie wäre in dem schrecklichen Zwischenzustand gefangen, ihrem Leben nicht mehr selbst ein Ende setzen zu können, aber auch nicht mehr wirklich zu leben.

Ihr lief die Zeit davon. Sie konnte es nicht riskieren, noch länger zu warten. Bis Sonntag hatte sie noch, so war es geplant. Danach musste Schluss sein.

Mara trank einen großen Schluck Wasser, stellte das Glas zurück auf den Nachttisch und stand auf. Sie holte tief Luft, streckte die Arme zur Decke aus und sah zur Badezimmertür. Fast erlag sie der Versuchung, den Blick ihren Händen folgen zu lassen, so wie die Übung eigentlich ausgeführt werden sollte. Dieser Übermut war jedoch schon oft bestraft worden, und die Dielen waren doch ganz schön hart. Sie zählte bis fünf, atmete aus, beugte sich vor, berührte mit den Fingern den Fußboden und zählte noch einmal bis fünf. Ein Sonnengruß, der als solcher schon fast nicht mehr zu erkennen war. Aber es genügte, um ein wenig Klarheit in ihre Gedanken zu bringen.

Die Dusche wurde abgestellt, und Tom trat aus dem Badezimmer. Er rubbelte sich mit einem Handtuch die Haare trocken.

»Guten Morgen!« Sie ließ den Blick über seinen nackten Oberkörper wandern. »Hast wieder mal mein Lieblingsoutfit an, wie ich sehe.«

Er lachte und gab ihr einen Kuss. »Du hast noch geschlafen, als ich aufgestanden bin. Ich hatte überlegt, deine Eltern zu fragen, ob sie vorbeikommen und Laks zum Bus bringen können.« Er nickte zum Bett. »Soll ich? Dann kannst du noch ein bisschen schlafen.«

Laks. Maras Hals wurde plötzlich eng, und sie musste sich an der Kommode abstützen. Sie wandte sich von ihrem Mann ab und tat so, als ordnete sie darauf herumliegendes Kleingeld und ein paar Ohrringe. Sie schluckte und zwang die Worte nur mit großer Anstrengung heraus.

»Danke, schon in Ordnung, ich bin ja jetzt wach. Ich bring sie nachher selbst zum Bus, muss sowieso bald los. Ich will noch ein paar Besorgungen machen.«

»Aber das musst du doch nicht! Schreib mir doch einfach eine Liste, und ich kümmere mich dann heute auf dem Nachhauseweg darum.«

Er holte eine Hose aus dem Kleiderschrank und griff nach einem frischen Hemd. Sie hoffte kurz, er würde ein blaues nehmen, er entschied sich jedoch für ein grünes. Sie würde nachher ein paar blaue vor die anderen hängen, damit er vor

Ende der Woche auf jeden Fall noch einmal so eins trug und sie noch einmal sehen konnte, wie sehr seine blauen Augen dann immer strahlten.

»So ein paar Besorgungen bekomme ich schon noch allein hin, Süßer.«

»Weiß ich ja. Pass bloß schön auf dich auf!« Er versuchte, möglichst bestimmt zu klingen, wusste aber genau, dass sie sich von niemandem Vorschriften machen ließ.

Er schloss seinen Gürtel, wie immer im dritten Loch. Sie schüttelte den Kopf. In den zwanzig Jahren hatte er kein Gramm zugenommen. Wenn überhaupt, war er heute besser in Form als damals. Mit Mitte vierzig war er ein aktiverer Sportler als mit Mitte zwanzig, lief seit zehn Jahren alljährlich einen Marathon. Und sie war daran wohl nicht ganz unschuldig; in letzter Zeit ging er oft laufen, um Stress abzubauen.

Im Hinausgehen strich sie ihm kurz über die Schulter. »Kaffee?«

»Keine Zeit. Hab in zwanzig Minuten den ersten Patienten.«

Kurz darauf stand sie in der Küche und legte ein Kaffeepad in die Maschine. Bei losem Kaffee landete das meiste mittlerweile auf der Arbeitsplatte oder dem Fußboden anstatt im Filter.

Tom umarmte sie von hinten und küsste sie in den Nacken. »Mach heute nicht zu viel. Mach am besten gar nichts! Bleib zu Hause, ruh dich aus!« Er drehte sie zu sich herum. Als er ihr Gesicht sah, gab er sich lächelnd geschlagen. »Aber übertreib es nicht.«

Mara sah ihm nach, wie er in der Garage verschwand. Sie zwang sich, ruhig zu atmen und das Brennen in den Augen zu ignorieren. Sie wandte sich wieder dem Kaffee zu, konzentrierte sich darauf, wie er durchlief, auf die duftende Haselnussnote, auf den Dampf, der von der Maschine aufstieg. Sie goss sich eine Tasse halb voll, stellte sie auf die Arbeitsplatte und betrachtete sie dann sehnsüchtig. Sie hätte zu gern gleich einen kleinen Schluck genommen, musste den Kaffee jedoch erst einmal abkühlen lassen, weil ihre Hände manchmal unkontrolliert zitterten. Besser, eine Pfütze aufzuwischen, als eine Brandwunde kühlen zu müssen. Jetzt fühlte sie sich ruhiger. Sie ging den Flur hinunter zum Kinderzimmer, öffnete die Tür einen Spalt und sah hinein.

Ihre Tochter hob verschlafen den Kopf vom Kissen und begrüßte sie mit einem Strahlen, das etwas lückenhaft ausfiel, da ihr vor Kurzem vier Zähne ausgefallen waren. »Mama!«

Mara setzte sich zu ihr aufs Bett und breitete die Arme aus. Das Mädchen kletterte auf ihren Schoß, drückte sich an sie und legte ihr die Arme fest um den Hals.

»Hmmm, du riechst aber gut.« Mara schnupperte an den frisch gewaschenen Haaren ihrer Tochter. »Freust du dich schon auf die Schule?«

»Ich will heute bei dir bleiben.« Die kleinen Arme legten sich fester um sie. »Ich lass dich nicht los. Nie wieder.«

»Auch nicht wenn ich dich ... hier ... kitzele?«

Das Mädchen krümmte sich lachend zusammen und ließ die Arme sinken.

Mara stand auf, setzte ihren allerbesten »Mommy meint das ernst!«-Blick auf und zeigte auf die Sachen, die über der Sessellehne hingen. »Los, du Schlafmütze! Zieh dich an, kämm dir die Haare, und dann komm runter in die Küche! In einer halben Stunde ist der Bus da. Daddy hat dich ganz schön lange schlafen lassen.«

»Naaa gut.« Das Mädchen zog den Schlafanzug aus und ging zum Sessel.

Mara stand im Türrahmen und tat so, als wollte sie aufpassen, dass ihre Tochter auch gehorchte. Heimlich suchte sie jedoch nur einen Vorwand, um diesem dünnen Kind mit der Olivenhaut noch ein bisschen länger zuzusehen, dessen Anblick ihr nach all der Zeit manchmal immer noch den Atem nahm.

Während Laks sich anzog, sang sie eins ihrer Liedchen. Zu einer selbst ausgedachten Melodie erzählte sie nach, was sie gerade tat. Mara und Tom nannten das »Elfenlieder«.

»Dann zieh ich meine Jeans an,
die mit den Blumen auf der Tasche,
und ein pinkes T-Shirt,
das find ich so schön.«

Zum Schluss drehte sie mit erhobenen Armen eine kleine Pirouette, die Hände dabei in der »feinen Haltung«, wie sie es bei den größeren Mädchen im Ballettkurs gesehen hatte. Sie führte eine letzte Position vor, sah ihre Mutter an und lächelte stolz. Mara zwang ihre zitternden Lippen zu einem Lächeln, traute ihrer Stimme jedoch nicht und hielt deshalb nur die Hand mit den ausgestreckten Fingern hoch, um ihrer Tochter die Minuten zu zeigen, bis sie in der Küche sein sollte.

2

Mara

In der Nacht nach der Diagnose vor fast vier Jahren, während sich Tom unruhig neben ihr hin und her warf, hatte Mara im Bett gelegen und in die Dunkelheit gestarrt. Bevor das erste graue Morgenlicht langsam die tiefschwarze Nacht vertrieb, hatte Mara einen Entschluss gefasst: Sie würde ein Datum festlegen, und daran würde sich dann nichts mehr ändern. Nicht noch einmal darüber nachdenken, keine Ausreden.

Sie würde ihr Leben bis zu diesem Datum auskosten, so gut sie konnte, würde den Verlauf der Tage, die ihr noch blieben, so weit mitbestimmen, wie es ihr nur möglich war. Würde es der Chorea Huntington so richtig schwermachen und ihr dann einfach irgendwann den Mittelfinger zeigen, den Cocktail zu sich nehmen und diese Welt so verlassen, wie sie in ihr gelebt hatte – nach ihren eigenen Regeln. Das würde sie sich von dieser Scheißkrankheit nicht nehmen lassen.

Ein Datum zu bestimmen war einfach: der zehnte April, ihr Geburtstag. Tom und ihre Eltern würden an diesem Tag sowieso immer um sie trauern, und es wäre unfair, ihnen noch einen weiteren Tag zum Traurigsein dazuzugeben. Aber welcher zehnte April genau sollte es sein, welcher Geburtstag? Nicht der erste nach der Diagnose. Sie hatte bestimmt noch mindestens ein schönes Jahr vor sich, bevor die Krankheit das nächste Stadium erreichte. Der nächste Geburtstag kam ihr auch noch zu früh vor. Aber noch fünf Jahre zu warten, konnte schon zu lange sein.

Als die texanische Sonne die ersten Strahlen durch die Jalousie schickte und die Zimmerdecke von Hellgrau in Weiß verwandelte, hatte sich Mara entschieden. Am sichersten wäre es, sich ein bestimmtes Symptom auszusuchen, das den Anfang vom Ende anzeigte, ein Signal dafür, dass sich die Krankheit nun nicht mehr im Anfangsstadium befand, sondern fortgeschritten war. Sobald dieses Symptom zum ersten Mal auftauchte, hätte sie noch bis zum darauffolgenden zehnten April und dann: Vorhang.

Während sie in der Küche auf Laks wartete, wurde ihr plötzlich übel, und sie musste sich am Tisch festhalten. Hoffentlich verging das wieder, bevor ihre Tochter kam. Sie kniff die Augen zu. Sie musste an den vergangenen Tag denken, und während die Ereignisse des gestrigen Vormittags hinter ihren geschlossenen Lidern erneut abliefen, wurde ihr noch schlechter.

Sie hatte im Supermarkt vor dem Cornflakes-Regal gestanden. Ein paar Schritte weiter bückte sich eine junge Mutter nach dem unteren Regalboden. Ein kleiner Junge hielt sich mit der Patschhand an ihrem Bein fest. Der Kleine lächelte Mara schüchtern an, und sie erwiderte das Lächeln.

Er hob die Hand, und sie winkte ihm gerade, als sie plötzlich sehr dringend auf die Toilette musste. Sie überlegte kurz, wo sich in diesem Laden die Toiletten befanden, und fragte sich überrascht, wieso ihr Körper sich auf einmal so drängend meldete. Bevor sie sich jedoch auch nur eine der beiden Fragen beantworten konnte, war es schon zu spät. Langsam senkte sie den Kopf und sah auf ihre hellgraue Yogahose hinunter, die nun einen großen feuchten Fleck im Schritt aufwies. Eine dünne, dunkle Linie lief innen an ihrem rechten Bein herab. »Oh, mein Gott«, flüsterte sie. »Oh, nein.«

Sie versuchte, den Fleck mit der Hand zu verdecken, aber der Junge hatte ihn schon bemerkt und sah sie erschrocken an. Mara versuchte, ihn wieder anzulächeln, ihm zu versichern, dass alles in Ordnung war und es vor allem nichts gab, das er seiner Mutter erzählen müsste. Ihr Mund gehorchte ihr aber nicht, sie konnte nur den Finger an die Lippen legen. In diesem Moment richtete sich die Mutter des Jungen auf, und er zupfte aufgeregt an ihrem Ärmel und zeigte mit der anderen Hand auf Mara. »Mommy! Die Frau da hat in die Hose gemacht!«

Maras Gesicht brannte. Sie griff nach der Jacke, die sie immer beim Einkaufen dabeihatte, weil ihr in dem klimatisierten Supermarkt oft kalt wurde, doch sie war nicht da. Sie hatte sie im Auto vergessen. Hektisch sah sie sich nach etwas um, womit sie sich bedecken konnte. Der Junge schaute sie weiterhin an, ihre Blicke trafen sich, und sie versuchte erneut ein Lächeln, ihre zitternden Lippen spielten jedoch nicht mit.

Die Mutter des Jungen wollte offensichtlich keine große Sache daraus machen, nahm mit sorgsam ausdrucksloser Miene eine Rolle Küchentücher aus ihrem Einkaufswagen, riss sie auf und ging auf Mara zu, ihren Sohn im Schlepptau. »Starr die Frau nicht so an!«, flüsterte sie ihm zu.

Er sah jedoch weiterhin gebannt auf Maras nasse Hose. Als er vor ihr stand, hielt er sich mit seinen kleinen Fingern die Nase zu. »Iiiih!«

»Brian!«, zischte seine Mutter ärgerlich. Sie reichte Mara einen Stapel Küchentücher. »Vielleicht hilft Tupfen?« Ihre Miene war weiterhin neutral, sie war jedoch hochrot im Gesicht, und ihre Nasenflügel bebten unmerklich. Sie sah zu ihrem Sohn. »Ich würde Ihnen ja gern eine Decke holen, aber ehe ich mit ihm am Auto und dann wieder zurück bin …«

»Danke«, flüsterte Mara und nahm die Küchentücher.

»Das ist mir noch nie passiert.« Sie tupfte an ihrer Hose herum. Brian versuchte, seine Mutter an der Hand wegzuziehen. Mara blickte auf, in den Augen Tränen der Scham. Die Frau erwiderte ihren Blick freundlich. »Sie müssen hier nicht stehen bleiben. Ich will ihrem Sohn keine Angst machen.«

»Der kommt schon klar.« Die Frau riss mehr Küchentücher von der Rolle und reichte sie ihr. Mara sah sich suchend nach etwas um, wo sie die benutzten Tücher lassen konnte, und stopfte sie schließlich in ihre Handtasche. Der Junge machte daraufhin ein erschrockenes Geräusch und versuchte wieder, seine Mutter an der Hand wegzuzerren. Die Frau zog das Kind zu sich heran, beugte sich zu ihm hinunter und flüsterte ihm so laut, dass Mara es gerade noch hören konnte, ins Ohr: »Die nette Frau hier braucht gerade Hilfe, und deshalb werden wir ihr helfen.«

»Aber …«

»Keine Diskussion!«

Mara hob den Kopf und setzte zu einer Erklärung an. Dass sie zu viel Kaffee getrunken hatte. Und dann das ganze Wasser, mit dem sie ihre vielen Tabletten nahm. Und der Eiweißshake, zu dem sie Tom jeden Morgen zwang, damit sie nicht weiter abnahm. Außerdem war sie von der langen Liste mit Besorgungen abgelenkt und das letzte Mal vor mehreren Stunden auf der Toilette gewesen.

Doch dann blieb sie stumm. Sie wollte andere nicht mit ihrem Schicksal belasten. Mara tupfte weiter an ihrer Hose herum, hektischer, aber es half nichts. Die Hose war zu hell und der Fleck zu dunkel. Außerdem klebten jetzt kleine weiße Fussel von dem Küchentuch daran. »Ich glaube, das bringt nichts«, sagte sie zu der Frau, und Demütigung durchfuhr sie wie ein scharfer Schmerz, als sie hörte, wie weinerlich ihre Stimme vor lauter Verzweiflung schon klang. Sie starrte auf das feuchte

Küchentuch in ihrer Hand. Sie würde lange duschen und sehr viel Duschgel benutzen müssen, um den Geruch wieder loszuwerden.

Mara sah wieder zu dem Jungen, der angewidert den Mund verzogen hatte, und war plötzlich unglaublich dankbar, dass sie allein einkaufen gegangen war und nur diese Fremden ihr Missgeschick mitbekommen hatten. Was, wenn Laks sie so sehen würde? Oder Tom? Bei dem Gedanken daran wurde ihr ganz schwindelig, und sie musste sich an ihrem Einkaufswagen festhalten. »Es tut mir wirklich sehr leid«, sagte sie und sah von der Mutter zu ihrem Sohn.

»Was ist denn mit der Frau?«, fragte Brian leise. Mara und die Mutter sahen einander kurz an, eine stumme Übereinkunft, die Frage des Jungen zu ignorieren.

»Sie haben wirklich einen lieben Jungen«, sagte Mara. Sie wollte auf keinen Fall, dass die Frau ihretwegen böse auf den Kleinen war. Seine Reaktion war schließlich verständlich. »Ich mache so was sonst nie, aber ich werde meinen Einkaufswagen einfach hier stehen lassen und zum Auto gehen, glaube ich.«

»Ich kann Ihre Sachen zurückstellen.« Die Frau deutete auf Maras Hose. »Man sieht es übrigens schon viel weniger.«

Ihr Lächeln war jedoch unecht, und Mara fühlte sich wie ein Kind, das sich selbst die Haare geschnitten hatte und dem man sagte, es sähe »ganz schön« aus.

»Vielen Dank für Ihre Hilfe«, sagte Mara leise. »Es tut mir wirklich sehr, sehr leid.«

»Kein Problem. Einen schönen Tag noch.«

Während Mara den Gang hinunterlief, hörte sie die Frau übertrieben fröhlich den Einkaufszettel vorlesen, während der Junge sie jetzt garantiert ausfragte, was denn mit der verrückten Frau, die sich Pipi-Tücher in die Handtasche gesteckt hatte, los war.

Sie zwang sich, hocherhobenen Hauptes an den Kassen vorbeizugehen. Am Auto angekommen, spürte sie die typische Enge im Hals, die noch mehr Tränen ankündigte. Mara ließ sich auf den Sitz fallen und zog die Tür so schnell hinter sich zu, dass sie sich fast die Füße eingeklemmt hätte. Sie schlug die Hände vors Gesicht.

»Oh, mein Gott, oh, mein Gott. Oh, mein Gott!«

Ein Schluchzen bahnte sich seinen Weg tief aus ihrem Inneren an die Oberfläche und nahm ihr den Atem. Sie fiel erschöpft in sich zusammen und ließ den Kopf auf das Lenkrad sinken. Eine Stunde lang saß sie dort so und weinte, spielte das eben Geschehene wieder und wieder vor ihrem geistigen Auge ab, hoffte bei jedem Mal, es würde anders ausgehen.

Schließlich war ihr Körper am Ende, es gab keine Tränen und keine Schluchzer mehr in ihr. Sie bemerkte die Autos um sich herum, die auf den Parkplatz fuhren oder ihn verließen, hörte Radios, Türen, die zugeschlagen wurden, Kinder, die ihren Eltern etwas zuriefen. Sie ließ noch einen Moment den Kopf auf dem Lenkrad ruhen, dann setzte sie sich auf, wischte sich mit dem Ärmel über Wangen und Nase und betrachtete sich im Rückspiegel.

»Das war's dann also«, erklärte sie ihren verquollenen, rot geweinten Augen mit grimmiger Entschlossenheit. »Am Sonntag ist mein Geburtstag. Danach ist es vorbei.«

Von heute an also noch fünf Tage, die ihr blieben. So wenig Zeit. Aber sie bereitete sich auf diesen Moment ja schon seit vier Jahren vor, seitdem sie dort im Morgengrauen neben ihrem Mann gelegen, ihre eigene Deadline festgelegt und sich geschworen hatte, sie würde keine Ausreden erfinden, um den Termin hinauszuschieben.

Seither hatte sie jeden Moment genossen, als wäre es ihr letzter. Die großen – Laks' Geburtstag, Thanksgiving, Weihnachten, Hochzeitstage – genauso wie die kleinen: gemeinsames Kochen mit ihrer Mutter, ihrem Vater dabei zuhören, wie er Laks eine Gutenachtgeschichte vorlas, auf der Bank vor dem Haus sitzen und Seifenblasen pusten und Laks und Tom dabei zusehen, wie sie um die Wette rannten, um sie zerplatzen zu lassen. Diese kleinen Momente würde sie am meisten vermissen.

»Mama?« Laks kam mit ihrem Rucksack in die Küche, der gleiche, den auch die großen Kinder im Schulbus trugen, und griff nach ihrer Brottasche mit der Ballerina drauf. »Heute hast du aber an meinen Keks gedacht, oder?« Sie warf Mara einen skeptischen Blick zu und öffnete die Tasche. Zufrieden zog sie den Reißverschluss wieder zu und streckte die Hand aus. »Gehen wir los?«

Über ihrem rechten Ohr waren von einer Haarsträhne nur noch Fransen übrig, das Ergebnis eines kleinen Klebstoffunfalls vergangene Woche. Laks' beste Freundin Susan hatte ihr aus Versehen etwas davon in die Haare geschmiert und dann, im Bemühen, das Missgeschick zu beheben, die verklebte Stelle mit der Schere herausgeschnitten. Seitdem hatte Mara mehrmals versucht, ihre Tochter zu einem Pferdeschwanz zu überreden, um die stoppelige Stelle zu verstecken. Diese Versuche hatten jedoch immer mit Streit und Tränen geendet, und Mara hatte am Ende nachgegeben. Eine eiserne Faust legte sich ihr beim Anblick ihrer Tochter um die Kehle, wie sie da stand mit ihren struppigen Haaren, den Zahnlücken, einfach wunderschön.

Wie sollte sie sich jemals bereit fühlen?

Doch genau deshalb hatte sie sich selbst dieses Versprechen gegeben. Um es durchzuziehen, ob sie nun bereit war oder nicht.

»Ich will keinen Pferdeschwanz, Mama«, maulte Laks und reckte herausfordernd das Kinn, eine perfekte Kopie von Mara, wie Tom immer sagte, auch wenn sie nicht ihre leibliche Mutter war. »Das ist immer so straff, guck?« Sie zog mit der Hand ihre Stirn nach hinten.

Mara räusperte sich. »Ja, ich weiß. Ich hab eben auch gar nicht über deine Haare nachgedacht, ich hab nur gerade ein bisschen geträumt.«

»Ach so«, sagte Laks zufrieden. »Gehen wir?«

Mara drückte ihr einen Kuss auf den Kopf und strich ihr sanft über die Stoppeln. Dann nahm sie die kleine Hand. »Ja, Mäuschen. Jetzt kann's losgehen.«

3

Scott

Scott fuhr die Einfahrt hinauf und parkte dicht neben dem Gehweg, um Curtis Platz zu lassen, der am Basketballnetz über der Garage Körbe warf. Er hielt den Ball mit beiden Händen und warf ihn aus der Hocke, typisch für einen Achtjährigen. Als er das Auto hörte, drehte er sich um und winkte.

»Interessante Technik, Großer!«, sagte Scott.

»Pfff. Ich will gar nicht wie eine Oma werfen, aber irgendwie treff ich bei dem Korb einfach nicht.« Der Junge hielt den Ball vor sich und beäugte ihn unzufrieden wie einen Verräter. Scott legte Schlüsselbund und Aktentasche auf den Boden, fing mit einer eleganten Bewegung den ungeschickten Pass von Curtis, zielte auf den Korb und versenkte den Ball. Curtis schnappte sich den Ball aus der Luft und versuchte es auch. Dank weniger ausgefeilter Technik und geringerer Körpergröße prallte der Ball einen knappen halben Meter unter dem Metallring an die Garagenwand. Er sah vorwurfsvoll zu Scott. »Siehste?«

Scott fing den Ball auf und sah zu einem kaputten Basketballkorb aus Plastik hinüber, der an der Garage lehnte. »Hast ja recht. Als der andere den Geist aufgegeben hat, hätte ich dir so einen frei stehenden Korb kaufen sollen, an dem man die Höhe verstellen kann.« Er warf noch einen Korb, richtete sich auf, breitete die Arme aus, und der Junge rannte zu ihm und schlang die Arme um seine Hüfte. Scott streichelte den kleinen Kopf, der an seinen Bauch gedrückt war. Seine Hand hob sich blass von der braunen Haut, die durch Curtis' schwarze Locken zu sehen war, ab. Er beugte sich zu dem Jungen hinunter, vergrub Nase und Mund in seinen Haaren und atmete den Geruch nach verschwitzter Kleidung und dem Frühling in Michigan ein.

»Du wirst mir fehlen«, sagte er. Der Junge nickte und drückte sich fester an ihn. Einen Moment standen sie so da, die Arme umeinandergeschlungen. Dann befreite sich Curtis, wischte sich mit der schmutzigen Hand über die feuchten Augen und lief dem Ball hinterher.

»Wo ist Laurie?«, rief ihm Scott hinterher.

»Küche. Macht Lasagne.«

Scott grinste beeindruckt. »Wie hast du das denn geschafft?«

»Miss Keller hat mir ein *Gut gemacht!* ins Hausaufgabenheft geschrieben, weil ich heute den ganzen Tag lieb war.« Curtis warf Scott einen triumphierenden Blick zu, und Scott gab ihm anerkennend die Faust. »Nicht schlecht. Schon das zweite Mal diese Woche. Noch drei mehr, und du darfst am Freitag lange aufbleiben.«

»Popcorn *und* ein Film! Bis um *zehn!*« Der Mund des Jungen verzog sich plötzlich in übertriebenem Ekel. »Aber Laurie will ja mitgucken, weil es das letzte Mal ist, also muss es ein Mädchenfilm sein. Ohne Explosionen und so.«

»Aber bis zehn Uhr aufzubleiben ist doch wohl trotzdem toll, oder?«

Curtis' Miene hellte sich wieder auf. »*Und* Popcorn!«

»Dann gib dir schön Mühe die nächsten drei Tage. Ich geh schon mal rein. Werfen wir nach dem Abendbrot noch ein paar Körbe?«

»Mal sehen. Ich muss heute Abend noch lesen, hat Laurie gesagt. Und Mathe üben auch.«

Scott musste angesichts des gespielten Ärgers lächeln. Der Junge brauchte und genoss die Erwartungen und Regeln, die das Leben in der Familie Coffman mit sich brachte, war aber alt genug zu wissen, dass man so etwas nicht zugab. Scott spielte mit. »Die Schule ist nun mal wichtig, Großer. Mach nicht mehr so lange, ja?«

Er hob seine Sachen auf und ging auf die Haustür zu. Hinter sich hörte er ein lautes »Mist!«, als der Ball das Netz wieder mal um ein Stück verfehlte.

Scott schloss die Tür hinter sich, legte den Schlüssel auf den kleinen Tisch im Flur und atmete tief ein: Knoblauch, Tomaten, Basilikum, Käse.

»Laur?«, rief er. »Es riecht fantastisch hier!«

Er stellte die Aktentasche ab und bückte sich nach einem Dielennagel, der sich gelöst hatte und nur auf die nächste Socke wartete, die daran hängen blieb. Er drückte den Nagel mit dem Hacken zurück ins Holz und sah sich um, ob noch mehr hochstanden. Zehn Jahre war es her, dass er diese Dielen abgeschliffen hatte. Bis heute zuckte bei der Erinnerung seine Hand reflexhaft zu seinem unteren Rücken.

Die Vision seiner Frau von einem Traumhaus hatte nicht unbedingt im Verhältnis zum gemeinsamen Do-it-yourself-Budget gestanden. Die Renovierung des hundertjährigen Hauses aus der Kolonialzeit – *ideal für handwerklich begabte Bastler* – hatte sich damals zu einer dreiseitigen Aufgabenliste ausgewachsen und ein ganzes Jahr lang jeden Abend und jedes Wochenende verschlungen. Das war nun mal der Preis für das Haus, das Laurie sich wünschte und er ihr unbedingt ermöglichen wollte: großzügige Zimmer, Dielenböden, Einbauregale und zwei Kamine. Voller Charme und eines Tages auch voller Kinder.

Er strich mit der Hand über die Wand. Die vielen Tapetenschichten herunterzubekommen hatte allein schon zwei Monate gedauert. Dann das Streichen – im ganzen Haus ein neutrales »warmes Ecru« und in den einzelnen Zimmern jeweils eine Wand in einem auffälligen anderen Farbton, den sie sorgfältig aus mehreren Farbproben unterschiedlichster Schattierungen ausgewählt hatten. Sie hatten herumgealbert, dass sie den Typen aus der Farbabteilung im Baumarkt auf ihre Weihnachtskarten-Liste setzen müssten.

Scott stellte sich in den Türrahmen der Küche. Seine Frau stand vornübergebeugt am Herd, ihre Silhouette mit dem riesigen Bauch auch nach Monaten noch ein überraschender Anblick für ihn. Sie trug immer noch ihre Arbeitssachen, hatte sich lediglich die blonden Locken zum Zopf gebunden.

»Es duftet fantastisch!«, sagte er noch einmal.

»Ach, hallo! Hab dich gar nicht gehört.« Sie stellte die Lasagne auf dem Herd ab.

Er gab ihr einen Kuss. »Curtis hat sich heute super benommen?« Er beugte sich über die Lasagne und atmete tief ein. »Hmmm. Bin echt froh darüber, ich hab nämlich auch schon seit Ewigkeiten mal wieder Appetit auf deine Lasagne.«

Sie verzog das Gesicht und strich über ihren Bauch. »Da seid ihr zwei aber die Einzigen. Ich kann schon den Geruch kaum ertragen.« Angesichts seines besorgten Blicks winkte sie ab. »Nichts Schlimmes. Wir hatten zum Mittag Fatousch von diesem neuen Restaurant neben meinem Büro, und es war mir ein bisschen zu fettig. Aber freu dich nicht zu sehr über Curtis' Benehmen! Ich habe vorhin mit Miss Keller gesprochen, als ich ihn abgeholt habe. Sie ist diese Woche ein bisschen nachsichtiger mit ihm, weil er ja am Wochenende einiges vor sich hat. Er hat nur die Hälfte der Verhaltenspunkte erreicht, aber sie hat es trotzdem gelten lassen. Sie meint, sie muss ihm helfen. Sie will ihm wohl noch ein Erfolgserlebnis mit auf den Weg geben, damit er den Abschied besser übersteht.«

»Hat die liebe Miss Keller vielleicht auch eine Idee, wie *ich* den Abschied überstehen soll?«, fragte Scott. Seufzend schob er die Gardine vor dem kleinen Fenster beiseite und beobachtete den Jungen in der Einfahrt, bis ihn eine Hand auf dem Rücken daran erinnerte, dass seine Frau und er gerade mitten in einem Gespräch waren. Er zog die Gardine wieder vor das Fenster und drehte sich um.

»Überrascht mich, dass du da mitmachst«, sagte er. »Lasagne, obwohl er eigentlich gar nicht alle Punkte erreicht hat?« Das ganze Jahr lang war Laurie diejenige gewesen, die sich für Konsequenz und Strenge ausgesprochen hatte. Er legte ihr eine Hand auf den runden Bauch. »Die bevorstehende Mutterschaft lässt dich richtig weich werden, hm?«

Sie zuckte mit den Schultern. »Hatte ich sowieso vor, egal, was Miss Keller sagt. Ich wollte, dass Curtis das noch mal essen kann, bevor er geht. Morgen gibt's Spaghetti, und er kann mir helfen, Kekse für den Nachtisch zu backen. Am Donnerstag gibt's selbst gemachte Pizza. Ich hatte überlegt, für Freitag einen Kuchen zu backen, und Samstag könnten wir grillen. Jeden Tag eines seiner Lieblingsessen, weißt du? Obwohl ich ihn am liebsten nur mit Obst und Gemüse vollstopfen würde, damit er noch ein paar Vitamine kriegt, bevor er weg ist.«

Scott zuckte zusammen.

»Sorry«, sagte sie.

»Nein, ist schon okay. Hat ja keinen Sinn, sich was vorzumachen. Er zieht nun mal nicht ins *Ritz*, ist ja so. Und es ist auch in Ordnung – zumindest versuche ich mir das seit Wochen einzureden.« Er schloss die Augen, als sagte er ein Mantra vor sich hin. »Es ist in Ordnung. Selbst wenn er von kalten Dosenravioli lebt, nur einmal pro Woche duscht und wieder den gleichen Mist wie früher anstellt. Das ist alles immer noch besser, als ohne seine Mutter aufwachsen zu müssen. Selbst wenn sie sich nicht darum kümmert, ob er seine Hausaufgaben macht, selbst wenn sie ihn ohne Frühstück in die Schule schickt – er braucht seine Mutter.«

»Genauso ist es«, stimmte Laurie zu. Ihre Stimme klang genervt. »Klingt ja, als glaubtest du es langsam auch selbst.« Sie sagte nicht »endlich«, doch er wusste, dass sie es dachte.

»Fast«, gab er zurück. Sie öffnete den Mund, um etwas zu erwidern, aber er wusste, was kommen würde, und wollte es nicht hören. »Danke übrigens, dass du ihn abgeholt hast«, kam er ihr zuvor. »Tut mir leid, dass ich unseren Plan in letzter Minute noch mal umschmeißen musste. Kann ich dir hier eigentlich irgendwie helfen? Soll ich schon mal den Tisch decken?«

Es funktionierte. Sie reichte ihm drei Gläser und den kleinen Brotkorb, nahm selbst das Besteck und die Servietten und ging vor ins Esszimmer. »Gern geschehen. Aber Pete sollte doch eigentlich diese Woche das Training übernehmen, damit du mehr Zeit zu Hause hast. Wieso hast du die Frau nicht auf nächste Woche vertröstet?«

Sie sprach in diesem fröhlichen Tonfall, den er als in Höflichkeit verpackten Vorwurf kannte, ihre Frage war in Wirklichkeit ein kleiner Angriff. Sie hatte ihm schon oft solche Fragen gestellt: Wieso stand er am Samstagmorgen früh auf und fuhr die halbe Stunde ins Zentrum von Detroit, wenn er doch ausschlafen könnte? Die Hälfte der Kinder, die an seinem samstäglichen Nachhilfeprogramm teilnahmen, kamen doch sowieso nur wegen der kostenlosen Pizza zum Mittag – war ihm das nicht bewusst? Wieso verbrachte er seine Sommerabende auf dem heruntergekommenen Basketballplatz vor der

Schule mit Kindern, deren Lehrer dankbar waren, sie während der Ferien zwei Monate lang nicht sehen zu müssen oder sie nach ihrem Wechsel an die Highschool endlich ganz los zu sein?

Scott streckte entschuldigend die Handflächen aus. »Du weißt doch, wie die Elternabende an dieser Schule immer verlaufen. Ich lese eine Stunde lang in der *Sports Illustrated*, und in der Zeit tauchen vielleicht ein oder zwei Leute auf. Wenn endlich mal jemand Interesse an der Bildung seiner Kinder zeigt, dann muss ich da sein. Wenn ich den Termin mit der Frau auf nächste Woche verschiebe, kommt sie vielleicht nie mehr.«

»Du kannst sowieso nicht jeden einzelnen Schüler an der Franklin Middle School retten.«

»Ich weiß. Ich werde nie alle erreichen, drei Jahre sind einfach nicht genug.« Er grinste schief und hoffte, sie damit um den Finger zu wickeln.

Sie stöhnte genervt und ging zurück in die Küche. »Das meine ich nicht, und das weißt du auch.« Er folgte ihr, holte sich ein Bier aus dem Kühlschrank und füllte ihr ein Glas mit Leitungswasser. Er reichte ihr das Glas, und sie stießen miteinander an. Sie nahm einen Schluck, verzog wieder das Gesicht und legte die Hand auf ihren Bauch.

»Wirklich alles in Ordnung?«

Sie seufzte. »Du weißt doch, wie das ist. Ich esse eine falsche Sache, und schon geht's mir den ganzen Tag elend.«

Er hielt sein Bier hoch. »Auf dass das letzte Drittel der Schwangerschaft besser wird!« Das letzte Drittel begann in zwei Wochen. Der errechnete Geburtstermin war der fünfzehnte Juli.

»Hoffentlich.« Sie stellte das Glas ab und betrachtete es. »Irgendwie gibt es keinen richtigen Zeitpunkt, dir das zu sagen, und ich glaube auch nicht, dass das hier der richtige Moment ist. Aber ich denke, es wird uns guttun, unser altes Leben wiederzuhaben.« Sie sah seinen Blick und fügte schnell hinzu: »Also, nicht dass es uns jetzt schlecht geht, ich meine nur, es wird wieder einfacher. Nach der Arbeit nur nach Hause kommen und sich auf die Couch setzen. Sich entspannen. Anstatt Taxifahrer, Nachmittagssnackvorbereiter, Hausaufgabenkontrolleur zu sein.«

Scott sah wieder aus dem Fenster zu dem Jungen hinaus. Er blieb stumm. Er hatte keine Liste mit Dingen im Kopf, die er lieber tun würde, als Zeit mit Curtis zu verbringen.

»Würdest du lieber in Ruhe hier sitzen und lesen oder rauskommen und mit mir Körbe werfen?«, hatte Curtis einmal von ihm wissen wollen. »Laurie hat gesagt, ich muss dich fragen, was du willst, und soll nicht erwarten, dass du immer mit mir spielst.«

Scott hatte das Buch sinken lassen. »Ich spiele immer lieber mit dir. Aber würdest du lieber ohne Gegner spielen, damit du dir hinterher einreden kannst, du wärst der Beste? Oder soll ich mit rauskommen und dir zeigen, wie ein echter Profi aussieht?«

Würdest du lieber. Das war zu ihrer Sprache geworden. Die Version eines Zweitklässlers von »Ich hab dich auch lieb«. Würdest du lieber Scherben essen oder über Scherben laufen? Würdest du lieber eine Handvoll lebender Spinnen schlucken oder eine Stunde lang in einem Zimmer voller Fledermäuse stehen?

Laurie räusperte sich. Würdest du lieber dem Jungen weiter zusehen und dafür für den Rest des Abends eine verärgerte Frau haben oder ihr deine Aufmerksamkeit zuwenden? Er drehte sich vom Fenster weg.

»Mir wird er auch fehlen«, sagte sie. Sie holte ein Messer

aus der Schublade und schnitt die Lasagne an. »Aber ich versuche, mich auf das Positive zu konzentrieren, und das solltest du auch. Ich habe schon Pläne für die nächste Woche: Montag setze ich mich nach der Arbeit mit dem Stapel Babybücher auf die Couch, für die ich noch keine Zeit hatte, und rühre bis zum Abendbrot keinen Finger mehr.« Sie zeigte mit dem Messer auf Scott. »Ich hoffe doch sehr, mein lieber Mann führt mich an dem Abend zum Essen aus. Vielleicht gehen wir hinterher sogar noch ins Kino? Ist ewig her, dass wir das letzte Mal einen Abend nur für uns hatten.«

Sie verstummte, wartete auf seinen Einsatz. Er gab sich Mühe, begeistert zu nicken, und sie sprach zufrieden weiter. »Am Dienstag gehe ich endlich zu dieser Schwangerschaftsmassage, für die mir die Mädels aus dem Büro den Gutschein geschenkt haben. Kann's kaum erwarten.« Sie stützte sich mit den Händen den Rücken. »Am Mittwoch ... Na ja, bis jetzt gehen meine Pläne nur bis Dienstag. Den Rest der Woche werde ich wohl damit verbringen, rumzusitzen, die Füße hochzulegen, zu lesen und die Stille zu genießen.«

»Klingt gut.«

»Überleg doch mal, was du alles mit deiner neu gewonnenen Freizeit anstellen kannst! Du kannst zum Beispiel die Babybücher mit mir zusammen lesen. Wir sind im sechsten Monat schwanger und hängen auch genau sechs Monate hinterher. Wir wissen überhaupt nicht, was hier drin eigentlich gerade passiert.« Sie zeigte auf ihren Bauch, und er legte die Hand darauf. Sie legte ihre Hand auf seine, lehnte sich gegen den Herd und lächelte. »Manchmal kann ich es immer noch nicht glauben. Nach so langer Zeit. Ein Baby. Hier bei uns. Im Juli.« Ihr Lächeln wurde noch breiter. »Kannst du das glauben?«

»Ich grinse immer noch jedes Mal wie ein Honigkuchenpferd, wenn mich jemand danach fragt«, sagte Scott. »Das behauptet Pete zumindest.« Peter Connor war ebenfalls Englischlehrer an der Franklin Middle School, Trainerassistent beim Basketball und Scotts bester Freund.

Sie schnippte mit den Fingern. »Ach, bevor ich's vergesse: *Bundles of Joy* hat angerufen. Wir hatten uns doch dieses Kinderbett angesehen, das mit den geschwungenen Füßen, das schon verkauft war? Anscheinend bekommen sie Ende der Woche oder Montag noch eins davon geliefert. Es ist grau, aber streichen können wir es ja selbst. Das reservieren sie uns.«

»Tolle Neuigkeiten, was das Bett angeht. Nicht so sehr, was das Streichen angeht.«

»Ach, komm, das wird bestimmt lustig. Und diesmal geht's ja auch nur um ein Zimmer.«

Er warf ihr einen skeptischen Blick zu, damit sie auch ja wusste, dass sie ihm nichts vormachen konnte. Es ging vielleicht nur um ein Zimmer, aber er hatte ihre To-do-Liste für das Kinderzimmer bereits gesehen, und die war so lang wie die Liste, die sie damals für die gesamte obere Etage geschrieben hatte.

Laurie lachte und boxte ihn gegen den Arm. »Ach, hör auf! Das macht dir doch genauso viel Spaß wie mir.«

»Hast ja recht«, stimmte er zu. »Ich hol mal den Großen rein.«

Bevor er an der Haustür war, flog sie schon auf, und Curtis kam angerast. Im letzten Moment breitete Scott die Arme aus und fing ihn auf. Curtis lachte vergnügt. Nur ungern befreite sich Scott aus der Umarmung. Er schob den Jungen in Richtung Küche. »Hände waschen, LeBron. Abendbrot ist fertig.«

4

Mara

Der Bus war weg. Mara stand in der Küche und strich mit der Hand über die kühle Granitplatte. Das hier war ihr Lieblingsraum im ganzen Haus. Sie fand, es wirkte alles so edel: die glatten, blaugrauen Granitarbeitsplatten, durch die eine dünne, grünliche Ader verlief, die hohen Kirschbaumschränke mit ihrem warmen Braunton, der sexy Schieferfußboden – in einem helleren Grau als der Granit, aber ebenfalls von einer zarten Ader im selben Grünton durchlaufen.

Sie mochte die Küche sehr, obwohl sie leider mittlerweile eine gewisse Herausforderung darstellte. Die Backofentür schien mit jedem Tag schwerer zu werden, es bedurfte inzwischen einer perfekt eingespielten Kombination aus Arm-, Bein- und Hüftbewegungen, um sie zu öffnen und zu schließen. Um die Ecken der Arbeitsplatten machte Mara stets einen weiten Bogen – sie hatte genug blaue Flecken, die sie ständig daran erinnerten, wie schmerzhaft der Granit sein konnte. Und der hübsche Schieferboden war auch nicht zu unterschätzen. Wenn ihr wieder mal ein Glas oder ein Teller aus der Hand rutschte, verschwendete sie heutzutage keine Zeit mehr mit der Hoffnung, das Geschirr könnte vielleicht überlebt haben, sondern ging schnurstracks zur Kammer und holte Handfeger und Kehrblech.

Tom drängte sie immer, sich doch mehr im Wohnzimmer aufzuhalten, wo eine weiche Couch stand und der Boden mit Teppich ausgelegt war, anstatt in der Küche mit den harten Holzstühlen und den Barhockern. Aber Mara liebte es einfach, wie die Sonne durch die Glastür fiel, die hinaus in den Garten führte. Der Sonnenfänger im Türrahmen fing das Licht ein, bündelte es und verteilte es in der Küche, eine Million farbiger Strahlen, deren Anblick ihr immer Energie verlieh – selbst an Tagen nach schlaflosen Nächten oder wenn beunruhigende Termine bei Dr. Thiry in der Huntington-Klinik in Dallas anstanden.

Mara, Tom und Laks aßen an der Insel in der Mitte der Küche zu Mittag und im Esszimmer zu Abend, sodass der Küchentisch als Arbeitsplatz diente. Dort residierten ihr Laptop, mehrere Schreibblöcke, ein Becher mit Kulis und mindestens zehn Packungen Klebezettel. Früher hatte dort auch immer ein Stapel Akten aus der Kanzlei gelegen. Mittlerweile nutzte Mara den Platz für Zeitschriften und Romane für nachts, wenn sie nicht schlafen konnte und ihr nichts mehr einfiel, das sie im Internet checken könnte.

Bis vor Kurzem war sie nach ihrem morgendlichen Date mit Crosstrainer und Hanteln im Gästezimmer immer gleich an den Küchentisch gegangen und hatte noch eine Stunde Arbeit eingeschoben, bevor die anderen aufwachten. Und wenn Laks abends im Bett lag, war sie auch noch einmal in die Küche zurückgekehrt, um von Tom irgendwann überredet zu werden, für diesen Tag Schluss zu machen und sich zu ihm auf die Couch oder im Winter vor den Kamin zu setzen.

Mara ließ sich an dem Tisch nieder, riss einen großen Klebezettel vom Stapel, nahm sich einen Kuli und überlegte, was sie noch alles in den nächsten fünf Tagen zu erledigen hatte. Sie musste den Sonntagmorgen minutiös durchplanen. Musste dafür sorgen, dass Laks am Samstagabend nicht zu Hause war. Musste sich verabschieden.

Aufgabe Nummer eins – die nötigen Details auszuarbeiten – war fast erledigt. In der Hausbar stand eine volle Flasche

Wodka. Sie hatte die letzten Monate Schlaftabletten gehortet, und es müssten eigentlich genug sein, aber sie würde sie später noch einmal zur Sicherheit zählen. Falls sie doch noch mehr bräuchte, wäre das mit einem kurzen Anruf bei Dr. Thiry geregelt. Vier einfache Wörter – »Ich kann nicht schlafen« –, und schon hätte sie noch mal dreißig kleine weiße Tabletten dazu.

Aufgabe Nummer zwei – dafür zu sorgen, dass Laks nicht zu Hause war – war auch ganz einfach. Mara rief ihre Eltern an.

»Morgen, Töchterlein.« Pori war sehr stolz darauf, die Nummer des Anrufers im Display sehen zu können.

»Hallo, Dad. Ist Mom da?«

»Ich bin dir wohl nicht gut genug?«

»Doch, klar. Ich wollte was wegen Samstagabend besprechen ...«

»Moment, ich hol deine Mutter.«

Mara lachte. Der Hörer wurde raschelnd weitergereicht.

»Hallo, Marabeti«, begrüßte Neerja sie. »Wie geht's dir? Hast du gut geschlafen?«

»Ja, super«, log Mara. »Mom, kannst du mir einen Gefallen tun? Könnte Laks diesen Samstag bei euch übernachten?«

»Natürlich. Dein Vater und ich haben sie doch gern bei uns. Ist alles ...?«

»Ja, alles in Ordnung. Tom und ich würden nur gern ... wir haben ... wir müssen da was ...«

Ihre Mutter lachte. »So was muss dir doch vor mir nicht peinlich sein. Lakshmi ist uns immer willkommen, dann könnt ihr beiden euch in Ruhe um eure *Angelegenheit* kümmern.« Sie lachte leise.

»Mutter. Bitte.«

»Ich nehm dich nur ein bisschen auf den Arm, Beti. Ist doch schön für euch. Was machst du heute noch so? Ausruhen, hoffe ich mal?« Mara antwortete nicht. »Übernimm dich jedenfalls nicht!«

»Danke wegen Samstag. Laks wird sich freuen.«

»Ruh dich aus, Mara!«

»Ja, Mom.«

Aufgabe Nummer drei – sich zu verabschieden, ohne dabei Misstrauen zu erregen – würde ein bisschen länger dauern. Mara malte drei Spalten auf einen Klebezettel.

Leute, von denen sie sich persönlich verabschieden würde: Tom, Laks, ihre Eltern. Die »Zwei Frauen« – Laks' Bezeichnung für Steph und Gina, Maras beste Freundinnen, die tatsächlich fast alles zusammen unternahmen, sodass jeder sofort verstand, warum Laks ihnen einen gemeinsamen Namen verpasst hatte. Als sie sich das ausgedacht hatte, hatte es aus ihrem Mund noch wie die »swei Fauen« geklungen. Mittlerweile konnte sie die Wörter richtig aussprechen und wollte nicht mehr daran erinnert werden, dass es je anders gewesen war.

Perfektes Timing: Die Zwei Frauen waren am Samstagmittag zum Geburtstagsessen mit Mara verabredet. Ein weiterer Vorteil der Tatsache, dass sie sich den zehnten April als Deadline gesetzt hatte. Sie würde Tom bitten, am Samstagabend mit ihr in ihr gemeinsames Lieblingsrestaurant essen zu gehen. Das notierte sie sich gleich neben seinem Namen, um es nicht zu vergessen.

Leute, von denen sie sich am Telefon verabschieden würde: ihre engsten Freunde in Montreal, nach Steph ihre besten Freunde aus dem Jurastudium. Toms Mutter und Schwester in New York, die um diese Zeit sowieso mit Maras halbjährlichem Anruf rechneten, um sie auf den neuesten Stand zu bringen, und sich deshalb nichts dabei denken würden. Es hatte den beiden stets genügt, zweimal im Jahr telefonisch und einmal durch eine Weihnachtskarte von Mara zu hören, dass es ihrem Sohn/Bruder gut ging und wie groß ihre Enkelin/Nichte seit dem letzten Mal geworden war. Ganz anders als der ständige Kontakt mit Pori und Neerja, die noch vor Mara wussten, wenn Laks einen Zahn verloren hatte oder neue Schuhe brauchte. »Damit muss man eben rechnen, wenn man Familienmitglieder auf ihr Alkoholproblem anspricht«, hatte Tom resigniert, aber nicht verbittert gesagt. »Da wird leider gern mal der Überbringer schlechter Nachrichten für die Tatsache verantwortlich gemacht.«

Leute, von denen sie sich per E-Mail verabschieden würde: eine Handvoll Kollegen aus der Kanzlei, bei der Steph und sie seit ihrem Abschluss an der Singapore Management University gearbeitet hatten, ein paar befreundete Mütter aus Laks' Schule. Und natürlich Maras liebe Freunde aus dem *Anders-als-die-anderen*-Forum, einer »Online-Community für Adoptiv-, Stief-, Pflege-, homosexuelle und andere nicht traditionelle Familien«. Sie hatte das Forum, eine Woche nachdem Tom und sie mit Lakshmi als kleinem Baby aus Indien zurückgekehrt waren, entdeckt. Die Kleine stammte aus demselben Waisenhaus in Hyderabad, aus dem Neerja und Pori siebenunddreißig Jahre zuvor auch Mara zu sich geholt hatten.

In den letzten fünf Jahren hatte Mara fast täglich wenigstens kurz mit den anderen Mitgliedern des Forums gechattet, hatte sich über nicht traditionelle Elternthemen und vieles andere ausgetauscht. Arbeit, Kochen, Sport, Geld, Ehe, Sex – kein Thema war tabu. Viele Leute verschwanden wieder aus dem Forum, nachdem sie eine Antwort auf ihre jeweilige Frage bekommen hatten. Ein kleiner Kreis kehrte jedoch immer wieder, und Mara war eine davon. Der Grund für ihren jeweils individuellen Eintritt in das Forum war schon lange von dem Grund verdrängt worden, weshalb sie letztendlich blieben: Freundschaft.

Mit einigen wenigen Mitgliedern war die Kommunikation über Gruppendiskussionen hinaus- und in die Welt der privaten Nachrichten übergegangen. Es geschah des Öfteren, dass eine Unterhaltung im öffentlichen Forum begann, ein Mitglied dann jedoch ein anderes bat, das Gespräch per *Private Message* weiterzuführen. Diese privaten Nachrichten wurden ebenfalls innerhalb der Online-Community ausgetauscht, einfach per Doppelklick auf den Benutzernamen, sodass diese persönlichere Form der Unterhaltung auch nicht mehr Rückschlüsse auf die tatsächliche Person am anderen Ende zuließ als das Forum selbst.

SoNotWicked, die Gründerin des Forums, hatte darum gebeten, dass alle Mitglieder anonym blieben, um die Pflegeeltern unter ihnen zu schützen, die in Bezug auf die Belange ihrer Pflegekinder meistens der Schweigepflicht unterlagen. Die Mitglieder waren sich darin einig, dass gerade die Anonymität das Beste am Forum war: Sie machte es so viel leichter, über Dinge zu sprechen, die man Freunden und Familie eben nicht erzählen konnte. Mara hatte schon oft amüsiert zu Tom gesagt, dass es doch seltsam war: Im »echten Leben« behielt sie Persönliches lieber für sich, und trotzdem fiel es ihr unglaublich leicht, mit Menschen, die sie nur als PhoenixMom, MotorCity, flightpath, SoNotWicked und 2boys kannte, die intimsten Details zu besprechen.

Mara schrieb MotorCity auf ihren Klebezettel und umkringelte den Namen. Er und seine Frau hatten für ein Jahr einen Pflegejungen bei sich aufgenommen. Nächsten Montag würde er zu seiner Mutter zurückkehren, die sich in seinen acht Lebensjahren weniger um ihn gekümmert hatte als MotorCity in den letzten zwölf Monaten. Er liebte seinen »Großen« wie sein eigenes Kind, und obwohl er immer wieder betonte, dass es das Beste für den Jungen sei, wieder bei der eigenen Mutter zu leben, wussten alle, dass er es kaum ertrug, dass Sonntag sein letzter Tag mit ihm sein würde.

Am Montag würde MotorCity eine Freundin gut gebrauchen können.

Am Sonntag würde Mara sterben.

Bei dem Gedanken daran zog es ihr vor schlechtem Gewissen die Brust zusammen. Mara wandte sich von ihren Klebezetteln ab und klappte den Laptop auf. Sie öffnete das Forum und ihre Spracherkennungssoftware und diktierte eine kurze Nachricht.

Dienstag, 5. April, 08:32 Uhr

@MotorCity – Ich muss schon den ganzen Morgen an dich denken. Nur noch fünf Tage mit deinem Großen (weißt du selbst, klar). Ich denk ganz doll an dich. Ich meld mich später noch mal.

Sie klickte auf *Senden* und wartete, dass die Nachricht als neuer Kommentar angezeigt wurde. Als sie auf dem Bildschirm erschien, las sie sie noch einmal durch und verzog unzufrieden das Gesicht. Ein paar Zeilen über nette Gedanken waren nicht gerade eine große Hilfe.

Sie scrollte nach oben und sah nach, welches Thema SoNotWicked für heute zur Diskussion gestellt hatte. Es ging um MotorCitys Situation: Wie waren andere Forumsmitglieder damit umgegangen, als ihre Pflegekinder zurück in ihre Familien mussten? Welchen Rat hatten sie für MotorCity, um die nächsten Tage durchzustehen?

Es würden viele darauf antworten, da war Mara sicher. Der Gedanke nahm ihr etwas von ihrem schlechten Gewissen. Die Mitglieder waren größtenteils vielbeschäftigte Menschen mit wenig Freizeit, aber der harte Kern nahm sich eigentlich immer die Zeit, wenigstens einen kurzen Kommentar dazulassen, bevor man sich wieder den Kindern und der Arbeit widmete. Selbst wenn Mara vor lauter Aufgaben nicht wusste, wo ihr der Kopf stand, hatte sie doch immer ein paar tröstende Zeilen geschrieben, wenn ein anderes Forumsmitglied sie brauchte.

Maras Online-Freunde wussten nichts von ihrer Krankheit. Vor Monaten schon hatte deshalb eine tägliche Auseinandersetzung in ihr begonnen: Verschonte sie damit die anderen, oder enthielt sie ihnen etwas vor? Sie hatte das Gefühl, die anderen mit ihrem Schweigen zu belügen. Und einfach ohne jede Erklärung zu verschwinden, gerade jetzt, da MotorCity seine Freunde am nötigsten brauchte, erschien ihr unverzeihlich. Mara beugte sich zu dem kleinen Mikrofon an ihrem Laptop vor und sprach hinein.

Dienstag, 5. April, 08:34 Uhr

Wo wir gerade beim Thema »nur noch fünf Tage« sind – es gibt da was, was ich euch schon seit einer ganzen Weile erzählen wollte:

Sie las noch einmal durch, was sie bis jetzt diktiert hatte, und überlegte, wie sie fortfahren sollte. Es würde MotorCity bestimmt helfen zu wissen, dass sie mehr als nur oberflächliches Mitgefühl für das empfand, was er gerade Tausende von Kilometern entfernt durchmachte. Auch sie bereitete sich schließlich darauf vor, sich von ihrem Kind zu verabschieden.

Sie konnte nachempfinden, wie ihm die Luft wegblieb angesichts der Vorstellung, seinen Großen nicht wiederzusehen. Der eiserne Ring um seine Brust jedes Mal, wenn er an ein Leben ohne den Jungen dachte. Wie er jeden Abend die Tränen unterdrücken musste, wenn er den Kleinen ins Bett brachte und wusste, dieser Gutenachtkuss war einer der letzten. Sie machte genau dasselbe durch, das konnte sie ihm jetzt sagen. Es würde ihm doch bestimmt helfen, wenn er wüsste, dass sie seinen Schmerz nachempfinden konnte.

Oder wäre er vielmehr entsetzt, weil sie im Gegensatz zu ihm die Wahl hatte und sich bewusst für lediglich fünf letzte Tage mit ihrer Tochter entschied, anstatt abzuwarten, wie lange sie noch leben würde? Würden ihr die anderen das vorwerfen? War es nicht vielleicht doch besser, sich unauffällig aus dem Leben von MotorCity und den anderen zu verabschieden und sie nicht mit dem Wissen um den wahren Grund dafür zu belasten?

Vor ein paar Monaten hatte Maras Feinmotorik angefangen zu rebellieren. Viel schlimmer als verschüttetes Kaffeepulver in der ganzen Küche war die Tatsache, dass ihre Einträge im Forum plötzlich wirkten, als hätte eine Zweitklässlerin mit Rechtschreibschwäche sie geschrieben. Als 2boys sich schließlich in seiner typisch groben Herzlichkeit danach erkundigte (*ey mara, hast du so früh schon einen sitzen, oder was?*), hatte Mara gelogen und behauptet, sie hätte sich den Arm gebrochen und könnte im Moment nur mit einer Hand tippen. Danach lud sie sich sofort eine Spracherkennungssoftware auf Laptop und Handy.

Wenn sie jetzt alles erzählte, würden sich die anderen vielleicht Vorwürfe machen, dass sie nicht hinterfragt hatten, wieso sich ihr Tippen schlagartig wieder verbessert und sie sich von dem angeblich gebrochenen Arm überraschend schnell erholt hatte. Jetzt alles zu erzählen – würde das den anderen helfen oder nur ihr? Sie würde ohne das schlechte Gefühl sterben können, ohne jede Erklärung und Verabschiedung aus dem Forum verschwunden zu sein. Dafür müssten die anderen aber mit dem Wissen leben, dass es ihrer Freundin schon lange Zeit schlecht gegangen war und sie ihr nicht geholfen hatten. Sie würden es sich nie verzeihen, nicht für sie da gewesen zu sein. Die Tatsache, dass Mara ihnen auch gar nicht die Gelegenheit dazu gegeben hatte, würde es nicht besser machen.

Anfangs war es nicht einmal eine bewusste Entscheidung gewesen, ihnen nichts von der Krankheit zu erzählen. Sie hatte es ja zunächst selbst nicht glauben wollen, hatte sich ebenso hartnäckig geweigert, vor sich selbst zuzugeben, dass etwas nicht stimmte, wie vor anderen. Und nach der Diagnose war ihr ganzes Umfeld ständig so besorgt um sie, so unerträglich hilfsbereit, dass sie schon wieder bereute, überhaupt jemandem davon erzählt zu haben. So erleichternd es war, endlich eine Diagnose zu haben, so frustrierend war es auch, vor aller Augen abzubauen. Sobald einmal das Wort »Krankheit« gefallen ist, behandeln einen sofort auch alle wie eine Kranke, selbst an den Tagen, an denen es einem gut geht, dachte Mara einmal mehr.

Das Forum war die letzte Bastion der Normalität in ihrem Leben geworden. Ein Ort, wo die Leute sie nicht ständig beschworen, doch kürzerzutreten, es ruhig angehen zu lassen, sich nicht zu verausgaben. Dort wurde sie nicht wie Mara die Patientin behandelt, Mara die Kranke, Mara die Arme, der es nicht vergönnt war, ihre eigenen Eltern zu überleben. Im Forum war sie einfach nur LaksMom: Adoptivmutter, Vollzeitanwältin, mit ihrem Freund aus College-Tagen verheiratet, eine hilfsbereite Freundin. Das Seil, an dem sie sich festhalten konnte und das, auch wenn es bereits etwas ausgefranst war, doch nach wie vor dazu beitrug, dass sie nicht völlig verrückt wurde.

Mara las noch einmal den Anfang ihrer Nachricht durch. Wenn sie je Hilfe dabei benötigt hatte, nicht durchzudrehen, dann diese Woche. Dies war nicht der Zeitpunkt, die anderen in ihr Geheimnis einzuweihen. Sie schob den Mauszeiger zum unteren Rand des Bildschirms und klickte auf *Text löschen*.

5

Mara

Mara lag neben Tom im Bett und streichelte ihm über Brust und Schulter, während er den zufriedenen Schlaf eines Mannes schlief, der gerade beim Sex keinen Finger hatte krummmachen müssen. Für Mara war es ein verzweifeltes, trauriges Liebesspiel gewesen, halb Entschuldigung für das, was sie ihm bald antun würde, halb Dankbarkeit für alles, was er für sie getan hatte und noch für ihre gemeinsame Tochter tun würde. Zum Teil war es auch eine Verabschiedung gewesen. Für ihn war es aufregend.

Jetzt, eine halbe Stunde später, schlief er tief und fest und bemerkte ihre Berührungen nicht. Sie strich ihm sanft über die lange, gerade Nase und über die Stoppeln an seinem kantigen Kinn. Eigentlich war er kein bisschen eitel, doch in letzter Zeit bedrückte es ihn, dass sich langsam Grau in Koteletten und Bart schlich, auch wenn er ihn sich sowieso nie mehr als ein verlängertes Wochenende stehen ließ. Mara gefiel es hingegen gut. Sie fand, die grauen Haare waren wie kleine Scheinwerfer, die das strahlende Blau seiner Augen noch mehr betonten.

Neerja hatte einmal zu Mara gesagt, die seltene Kombination aus blauen Augen und dunklen Haaren würde oft besondere Schönheit hervorbringen. Maras Studienobjekt, das hier neben ihr schlief, bestätigte diese Theorie auf jeden Fall. Männer und Frauen flirteten ständig mit ihm. Wie viele Einladungen, wie viele Annäherungsversuche hatte er in den letzten zweiundzwanzig Jahren wohl abgelehnt?

Wie lange würde es nach ihrem Tod dauern, bis er doch endlich darauf einging?

Sie zog die Hand weg.

Vorsichtig machte sie sich von ihm los, schlich sich aus dem Zimmer und ging hinüber zu Laks, ein kurzer Abstecher, bevor sie sich am Küchentisch an ihren wartenden Laptop setzen würde. Es war eine nächtliche Gewohnheit, die schon automatisch ablief – ein paar Sekunden, um die Decke hochzuziehen, die Armee von Kuscheltieren etwas beiseitezuschieben, die Laks um sich herum versammelt hatte, ein Kuss auf die Stirn, »Ich hab dich lieb« flüstern. Danach setzte sie sich an den Tisch, arbeitete oder las oder surfte im Internet.

In dieser Nacht fühlte sich Mara jedoch vom Anblick der schmalen Schultern über der Decke wie gelähmt. Sie blieb stehen und sah der kleinen Brust dabei zu, wie sie sich hob und senkte, hob und senkte. Ihr wurden die Knie weich, und sie setzte sich auf die Bettkante. Als sie bemerkte, dass Laks von dem Gewicht auf der Matratze anscheinend nicht aufwachte, streckte sie sich vorsichtig neben ihr aus und rutschte an das schlafende Mädchen heran.

Sie legte einen Arm um Laks und zog sie langsam zu sich heran, bis der kleine Po an ihren Bauch gedrückt war. Sie vergrub das Gesicht im dichten Haar ihrer Tochter und atmete tief ein. Laks war es an diesem Abend gelungen, sich vor dem Duschen zu drücken, und ihr Haar roch noch nach dem Shampoo des Abends zuvor und nach ... Honig? Wahrscheinlich noch vom Mittagessen: fünf Tage die Woche Vollkorntoast mit Butter und Honig, die Rinde abgeschnitten. Sechs kleine Möhren dazu. Eine Flasche Wasser. Und der verdammte Keks natürlich. Wehe dem, der vergaß, ihr den Keks einzupacken!

Mara rieb ihre Nase an Laks' Nacken und fühlte etwas Klebriges. Lächelnd stellte sie sich Laks beim Mittagessen vor, wie sie mit dem Brot in der Hand gestikulierte, während sie mit ihrer Freundin Susan schwatzte. Plötzlich juckte sie etwas im Nacken, und sie kratzte sich mit derselben Hand, in der sie ihr Brot hielt. Dass sie sich dabei mit Honig vollschmierte, kümmerte sie nicht. Würde man sie darauf ansprechen, würde sie lediglich mit den Schultern zucken, bedauernd vielleicht oder auch nicht, und dann einfach weiterreden. »Miss Dreckspatz« nannte Tom sie manchmal.

Mara zog Laks noch ein Stück näher zu sich heran, ihre ausgestreckte Hand umfasste den kleinen Brustkorb. Sie fühlte das Herz des Mädchens gegen ihre Handfläche pochen. Sie rutschte ein Stück tiefer und drückte Nase und Mund gegen das Pyjamaoberteil. Der Stoff fühlte sich rau an ihren Lippen an. Sie atmete wieder tief ein: der Morgengeruch ihres Körpers.

»Dieses Kind hat morgens keinen *Mund*geruch, dieses Kind riecht morgens am ganzen Körper«, hatte Tom einmal gesagt.

Sie hatten zwar kein anderes Kind zum Vergleich, waren aber trotzdem beide von dem säuerlichen Geruch überrascht, den Laks allmorgendlich nach dem Aufwachen verströmte, eine Mischung aus Schweiß und getrockneter Spucke. Und an einem Morgen, nachdem sie am Abend zuvor das tägliche Duschen umgangen hatte, wurde dieser Duft noch vom Aroma des jeweiligen Essens »bereichert«, mit dem sie sich bekleckert hatte.

»Ist schon ein bisschen eklig«, fand Tom.

Es ist der herrlichste Duft auf der ganzen Welt, dachte Mara gerade.

Sie schloss die Augen und atmete tief ein, drückte sich mit jedem Zentimeter ihres Körpers so eng an Laks, wie es nur ging, versuchte, sich genauestens einzuprägen, wie sich die

Wärme ihrer Tochter anfühlte, die hervorstehende Wirbelsäule, ihr knochiger Hintern. Wie sie roch. Wie sie im Schlaf atmete, wie sie beim Einatmen kurz stockte. Wie sie aussah, so still, so klein, so friedlich.

Ein Schluchzen stieg in Mara auf. Ein verzweifeltes, entsetztes Schluchzen, und sie schloss die Arme instinktiv fester um Laks. Das Mädchen regte sich im Schlaf und wollte sich umdrehen, aber auf der einen Seite blockierte der Körper ihrer Mutter den Weg, und auf der anderen Seite wurde sie von zwanzig Kuscheltieren flankiert.

»Mama?« Sie befreite sich aus Maras Griff und drehte sich verwirrt zu ihr um.

»Alles okay, Mäuschen«, sagte Mara und stand auf. »Deine Decke war runtergerutscht, und du bist mir ein bisschen kalt vorgekommen. Da hab ich mich kurz neben dich gelegt, damit dir wieder warm wird. Ich wollte gerade gehen. Schlaf weiter.«

Sie beugte sich hinunter und gab Laks einen Kuss auf die Wange. Sie war gleichzeitig erleichtert und traurig, als ihre Tochter die Augen schloss und tatsächlich einfach weiterschlief.

Mara hatte es bis in den Flur geschafft, als ihre Knie nachgaben. Ihre Hand flog Halt suchend zur Wand. Sie stand da und lauschte auf Laks' leises Atmen im Nebenzimmer, schloss die Augen und sah ihre schmalen Schultern vor sich, die sich hoben und senkten. Sie roch Morgengeruch und Honig.

Ein Stöhnen entrang sich ihr, ohne dass sie es aufhalten konnte, und sie schlug schnell die Hand vor den Mund. Alles in ihr sehnte sich danach, den kleinen Körper noch einmal an sich zu drücken. Sie machte einen Schritt auf das Zimmer zu. Sie hörte das Mädchen atmen und presste sich die Hand noch härter gegen den Mund, als sie erneut ein Stöhnen von sich gab, lauter noch als das erste. Laks rührte sich wieder im Schlaf. Mara trat vom Türrahmen zurück.

Es war zu früh.

Sie konnte das nicht. Sonntag war einfach viel zu früh.

Hatte sie nicht vielleicht doch noch zwölf Monate? Noch ein Jahr, in dem sie Schulbrote schmieren und das Mädchen abends duschen konnte. Umarmungen, Tränen, Kichern, Ins-Bett-Bringen. Pyjamas und Laks' Morgengeruch.

Vielleicht blieb der Zwischenfall im Supermarkt ja ein Einzelfall. Vielleicht sollte sie erst einmal mit Dr. Thiry oder einem anderen Arzt aus seinem Team darüber reden, bevor sie ihn vorschnell als Anfang vom Ende interpretierte. Die Huntington-Krankheit verlief bei jedem Betroffenen anders, würden sie ihr dann sagen. Das sagten sie ihr bei jedem Termin. Ein einzelner Fall von Inkontinenz könnte bei dem einen ein Zeichen für den beginnenden rapiden Abbau sein, bei dem anderen wiederum nur ein unbedeutendes Ereignis, das nie wieder auftrat.

Sie ging in die Küche und griff nach dem Telefon, drückte die Schnellwahltaste für Dr. Thirys Klinik und hinterließ eine Nachricht auf dem Anrufbeantworter mit der Bitte, sie nach Möglichkeit morgen für einen kurzen Termin dazwischenzuschieben. Nichts Dringendes, fügte sie hinzu, nur ein oder zwei Fragen zu einem kleinen Zwischenfall. Es war bestimmt nur eine Mücke, und die Antworten der Ärzte würden sie davon abhalten, einen Elefanten daraus zu machen.

Mara starrte das Telefon an. Vielleicht hatte sie ja doch noch Zeit bis zu ihrem nächsten Geburtstag.

6

Scott

Scott lehnte sich zurück und strich sich über den Bauch. »Du bist echt eine fantastische Köchin, Laur. Das war köstlich.«

»Danke.« Sie schob ihm ihren Teller zu. Sie hatte das Essen fast nicht angerührt.

Er nahm noch ein paar Bissen, hob dann aber die Hand. »Ich kann wirklich nicht mehr.«

Laurie wandte sich an Curtis. »Morgen wollte ich Spaghetti machen, und zum Nachtisch soll's Kekse geben. Hast du Lust, mir beim Backen zu helfen?«

Curtis grinste mit vollem Mund und hob zustimmend den Daumen.

»Das soll keine Belohnung für den Bericht morgen sein, in dem dich Miss Keller bestimmt wieder in den höchsten Tönen lobt. Die Spaghetti bekommst du einfach so.« Sie legte ihre Hand auf Curtis' kleinere, und Scott musste beim Anblick des Jungen lächeln, der misstrauisch auf die Finger sah, die seine umfassten. Er wusste anscheinend genau, was jetzt kam. »Es sollte eigentlich keine große Sache sein, dass du dich in der Schule vernünftig benimmst. Es sollte keine Ausnahme sein.« Ihre Stimme klang ernst, aber freundlich. »Du solltest dich immer so benehmen, einfach, weil es richtig ist.«

Curtis kaute und nickte.

»Du musst lernen, dich vernünftig zu benehmen, auch wenn du dafür keine Aufkleber oder ein besonderes Essen bekommst, auch wenn wir hinterher keine DVD zusammen sehen, auch wenn weder Scott noch ich dir über die Schulter sehen. Sich richtig zu verhalten hat nichts mit einem Sticker im Hausaufgabenheft zu tun, stimmt's?«

Der Junge nickte.

»Sondern ...?«

Er zeigte auf seinen Kopf.

»Genau. Und womit noch?«

Er zeigte auf sein Herz.

»Ganz genau.« Sie streichelte seine Hand. »Du kriegst das hin, da bin ich ganz sicher. Du brauchst Scott und mich nicht dafür und auch nicht dein Hausaufgabenheft oder Miss Keller. Du hast alles, was du brauchst, hier drin«, sie zeigte auf seine Stirn, »und hier drin auch.« Sie deutete auf sein Herz. »Stimmt's?«

»Stimmt.« Er schluckte den Bissen hinunter. »So wie heute, da war ich auch ganz lieb. Hab alles gemacht, was ich machen sollte. Steht ja auch in meinem Hausaufgabenheft.« Er sah kurz zu Laurie und Scott, senkte dann abrupt den Kopf und starrte auf seinen Teller.

Scott warf seiner Frau verstohlen einen Blick zu. Diese Lüge würde sie nicht unkommentiert lassen, da war er sicher. »Deshalb war Miss Keller heute ja auch so zufrieden mit dir!«, antwortete Laurie jedoch und drehte sich mit einem triumphierenden Grinsen zu ihrem Mann um.

Er beugte sich zu ihr hinüber und küsste sie. »Du wirst wirklich noch richtig weich«, flüsterte er ihr zu und setzte sich wieder. »Wenn das Baby endlich da ist, bist du bestimmt genauso lasch wie ich geworden.« Eine Hand legte sich auf sein Knie, und er drückte sie. »Du, der Große und ich kümmern uns ums Abräumen, dann kannst du dich in Ruhe für deinen Lesekreis fertig machen.«

Laurie ging sich umziehen. Scott und Curtis begannen, den

Tisch abzuräumen. »Willst du lieber, dass ich dir helfe, auch wenn ich dabei vielleicht alle Teller fallen lasse«, fragte Curtis mit einem Stapel Geschirr in der Hand, »oder willst du es lieber selbst machen, damit nichts kaputtgeht? Ich könnte so lange am Tisch sitzen, ganz vorsichtig sein, nichts kaputt machen und dir ein paar neue Witze erzählen.«

»Würdest du lieber die Garage ausfegen, auch die hinteren Ecken, wo die großen haarigen Spinnen wohnen, oder mal im Keller nachschauen, ob sich vielleicht was Gefährliches in die Mausefalle verirrt hat?«

»Iiih!« Der Junge schüttelte sich übertrieben und half mit.

Eine Viertelstunde später stellte Scott gerade den Geschirrspüler an, als er seine Frau die Treppe herunterkommen hörte. Er sah auf und pfiff anerkennend. Sie hatte die langen Haare aus dem Pferdeschwanz befreit; sie fielen ihr über die Schultern, und die Farbe ihres Kleides – »Zimt« hatte sie es genannt, wenn er sich recht erinnerte – stand ihr ausgezeichnet. Ihre Augen strahlten, ihr Gesicht leuchtete, ihre Haare sahen wunderschön aus. Und das alles nur aufgrund des richtigen Kleides.

Und weil sie schwanger ist, fügte er in Gedanken hinzu. Die Schwangerschaft hatte sie wirklich weicher gemacht, nicht nur in Bezug auf ihren Umgang mit Curtis, sondern auch körperlich. Ihre Schläfen und ihr Mund, wo sich ihre Enttäuschung, ihre Frustration, ihre Verbitterung am deutlichsten gezeigt hatten, wirkten entspannter. Diese Dinge tauchten zwar immer noch ab und zu auf ihrem Gesicht und in ihrem Tonfall auf, aber sie trug sie nicht mehr ununterbrochen mit sich herum.

Er freute sich, dass sie die kleinen, etwas altmodischen Ohrringe, die sie auf der Arbeit getragen hatte, gegen die großen, tropfenförmigen eingetauscht hatte, die sie vor ein paar Jahren zusammen auf einem Kunsthandwerksmarkt gekauft hatten. Die Ohrringe waren lang und sahen dramatisch aus, und er fand Laurie damit cool und sexy. Das wusste sie, trug sie deshalb immer, wenn sie zusammen ausgingen, und nahm sie auch nicht ab, wenn sie hinterher Sex hatten. In letzter Zeit, wenn sie sie überhaupt anzog, standen die Chancen jedoch eher gering, dass nach dem Essen mehr zwischen ihnen passierte als ein kurzer Kuss auf die Wange, bevor sich beide zur jeweiligen Wand drehten. Trotzdem schlug sein Herz bei ihrem Anblick ein wenig schneller.

»Wow.« Er trat an sie heran und strich ihr eine Haarsträhne aus dem Gesicht. »Sind eigentlich Männer in eurem Lesekreis erlaubt? Nur so zum Danebensitzen und Zusehen?«

Sie lachte und sah über seine Schulter hinweg zu Curtis, der am Küchentisch stand und die Auflaufform abtrocknete. »Fünf Seiten heute, okay?«

Curtis warf ihr einen kurzen Blick zu und nickte wenig begeistert.

Sie zählte etwas an ihren Fingern ab. »Mathe auch noch. Und Duschen.«

Er öffnete in übertriebenem Protest den Mund.

»Ich weiß«, kam sie ihm zuvor, »alles eine himmelschreiende Ungerechtigkeit.«

Sie ging an Scott vorbei, umarmte den Jungen und gab ihm einen Kuss. Im Vorbeigehen küsste sie Scott ebenfalls auf die Wange und ging zur Tür. »Bis später, meine Lieblingsmänner! Und ich hoffe sehr, dass einer von euch beiden schon schläft, wenn ich wiederkomme!«

»Falls wir beide schon schlafen, kannst du einen von uns gern wieder wecken«, rief ihr Scott hinterher.

Er hörte sie lachen, und dann fiel die Tür ins Schloss.

Scott und Curtis hatten es sich im Wohnzimmer auf ihren angestammten Plätzen gemütlich gemacht: Curtis hockte zwischen zwei dicken Sofakissen und quälte sich gerade durch seine abendlichen Leseübungen. Scott saß mit einem roten Kuli bewaffnet am Schreibtisch unter dem Fenster und war mit einem Stapel Englischarbeiten seiner Siebtklässler beschäftigt. Auf der anderen Seite des Fensters standen die Bücherregale, die sich Laurie immer erträumt hatte: Sie reichten vom Boden bis zur Decke, trugen zwei Schichten »Warmes Ecru« und waren bis oben hin voll mit Büchern und gerahmten Fotos.

An der hinteren Wand befand sich der Kamin. Scott hatte nach dem Abendbrot ein Feuer entzündet, das jetzt gemütlich vor sich hin prasselte und knackte. Fast war es schon wieder Zeit, ein paar Holzscheite nachzulegen. Sie hatten die Farbe der Wand, die dem Kamin gegenüberlag, als Kontrastfarbe ausgewählt – dunkles Moosgrün. Durch die tanzenden Lichtreflexe des Feuers darauf sah sie fast samtig aus.

In der Mitte der grünen Wand hing in einem breiten, dunklen Holzrahmen Scotts Lieblingsfoto: Laurie und er auf ihrer Hochzeitsreise, beide nass bis auf die Knochen, am Bug der *Maid of Mist* am Fuß der Niagarafälle. Ihre Gesichter waren eng aneinandergedrückt, und Scott hielt die Kamera am ausgestreckten Arm. Sie waren völlig durchgeweicht und froren, und beiden war vom Schaukeln des Schiffs auch ein wenig schlecht, aber trotzdem sahen sie so glücklich aus, als hätten sie gerade den Hauptpreis gewonnen.

Mindestens die Hälfte der Fotos im Zimmer war sehr ähnlich: Beide lachten und drückten die Gesichter aneinander, während einer von ihnen die Kamera hielt. Oder sie umarmten einander – dann hatte jemand anders sie fotografiert –, die Körper so eng beieinander, wie es nur ging. Gerahmte Erinnerungen daran, wie glücklich sie gewesen waren.

Es gab auch Fotos aus jüngerer Zeit. Laurie und Scott letzten Oktober mit seligen, ungläubigen Gesichtern im Badezimmer, sie mit dem weißen Schwangerschaftstest in der Hand, er mit ausgestrecktem Arm, weil er die Kamera hielt.

Scott und Curtis in der Einfahrt zum Haus, Curtis drückt mit einer Hand einen Basketball an die Brust, den Zeigefinger der anderen Hand ausgestreckt, um zu demonstrieren, dass er in ihrem Zweimanneinfahrtsteam die Nummer eins ist. Scott neben ihm in der Hocke, die Haare dunkel vom Schweiß, ein skeptischer Blick zum ausgestreckten Zeigefinger von Curtis, die linke Hand neben dem Ball, bereit, ihn sich zu schnappen und weiterzuspielen, sobald das Foto geknipst ist.

Scott, Pete und Curtis letzten November auf der Veranda. Sie halten Eintrittskarten zu einem Basketballspiel hoch und sind in Gelb und Blau gekleidet, die Vereinsfarben der University of Michigan, Scotts und Lauries alter Uni, auf deren Campus sie sich vor fast fünfzehn Jahren kennengelernt hatten. Auf der rechten Seite des Fotos ist auch Curtis' älterer Bruder Bray zu sehen, ein früherer Schüler und Mitglied in Scotts Basketballmannschaft.

Bray studierte mittlerweile seit zwei Jahren an derselben Uni und war ein so hervorragender Basketballer geworden, dass er sogar mit einem Stipendium gefördert wurde. Sein Leben lief im Moment so gut, dass Scott sofort angeboten hatte, sich um Curtis zu kümmern, als die Mutter der beiden, LaDania, letzten April zu einer einjährigen Gefängnisstrafe verurteilt worden war. Hätte sich Bray selbst um seinen kleinen Bruder kümmern und dafür eine Auszeit nehmen müssen, wäre seine Zukunft an der Uni wohl gefährdet gewesen. Das Foto zeigt Bray auf der Wiese neben der Veranda; er hält seine Eintrittskarte in die Luft wie die anderen. Obwohl er nicht mit ihnen auf der Veranda stand, sondern ein Stück unter ihnen, war er immer noch einen knappen Meter größer als sein Bruder.

Laurie und Curtis am Herd, letzten Frühling, an Curtis' erstem Tag bei ihnen, zwischen ihnen ein Backblech mit Keksen; Curtis hält einen wie eine Trophäe in die Luft. Das sei der erste selbst gebackene Keks, den er je gegessen hatte, hatte er erzählt. Sie hatten erwartet, dass er vielleicht skeptisch wäre – im Gegenteil. Sobald die Kamera geklickt hatte, hatte er sich den Keks in den Mund gestopft und ihn, fast ohne zu kauen, verputzt.

Bei seinem Geburtstagskuchen vor ein paar Monaten hatte er sehr viel mehr Skrupel gehabt. Als Laurie den Kuchen anschneiden wollte, begann Curtis zu jammern und flehte sie an, ihn ganz zu lassen. Er wolle ihn für immer aufheben, sagte er. Es war nicht einmal ein besonderer Kuchen, ein ganz normaler Rührkuchen, den Laurie mit grüner und brauner Lebensmittelfarbe und einer Packung Plastiksoldaten als Schlachtfeld dekoriert hatte. »Ich kann dir jederzeit einen neuen backen«, erklärte sie ihm, »und ich werde auch ein Foto von dem hier machen.« Sie nahm die Kamera und knipste mindestens zehn Fotos.

Aber Curtis hielt weiter beide Hände über den Kuchen, um ihn vor dem Messer zu beschützen. Scott, Pete und Laurie tauschten ratlose Blicke aus. Schließlich flüsterte ihnen Bray zu, dass dies der erste Geburtstagskuchen sei, den Curtis je bekommen hatte. Später erzählte er, dass LaDania es zwar immer irgendwie schaffte, den Jungs ein oder zwei Geschenke zum Geburtstag zu besorgen (die sie ihnen dann noch in der Plastiktüte überreichte, ohne vorher die Preisschilder zu entfernen). Sich um Details wie einen Kuchen oder Kerzen zu kümmern oder die Geschenke einzupacken und mit einer Schleife zu schmücken überforderte sie jedoch. Vielleicht hatte sie auch einfach keine Lust dazu. Zu diesem Zeitpunkt hatten Scott und Laurie schon so viele erste Male mit dem Jungen erlebt, dass es sie nicht einmal mehr überraschte – das erste Mal Kleidung, die nicht aus einem Secondhandladen oder einem Sonderangebot stammte, das erste Mal Haareschneiden bei einem Friseur anstatt am Küchentisch, das erste Mal ein liebevoll zurechtgemachtes Mittagessen von zu Hause mitnehmen, anstatt den Fraß in der Schulcafeteria essen zu müssen.

Laurie strich dem Jungen beruhigend über den Kopf und wiederholte, dass sie ihm gern noch mehr Kuchen backen würde, genauso einen wie diesen. »Du kannst jeden Monat einen Kuchen haben, wenn du willst. Iss diesen hier also ruhig zusammen mit den anderen auf, und mach dir keine Sorgen, denn es wird sicher nicht der letzte sein«, versprach sie ihm.

»Das kannst du ihr glauben«, sagte Pete zu Curtis. »Du weißt doch, wie gern Laurie backt, oder? So einen Kuchen kannst du jederzeit wieder haben.«

»Aber wenn der hier alle ist«, Curtis deutete auf die essbare Kampfszene vor sich, »ist mein Geburtstag vorbei.«

»Klar, aber nächstes Jahr hast du ja wieder Geburtstag.« Scott setzte sich neben den Jungen und legte ihm die Hand auf die Schulter. »Das ist doch nicht dein einziger Geburtstag, Großer!«

Curtis' Antwort darauf war so leise, dass Scott ihn kaum verstand. »Was hast du gesagt?« Er beugte sich ein Stück vor.

Der Junge hob den Blick, legte Scott die kleine Hand auf den Hinterkopf, um ihn zu sich heranzuziehen, und flüsterte ihm ins Ohr: »Ich hab gesagt, das ist aber mein einziger Geburtstag mit einem Vater.«

Scott hörte ein leises Klicken, als Laurie noch ein Foto schoss: Curtis und Scott, die Köpfe aneinandergedrückt, jeder die Hand um den Nacken des anderen gelegt, als wollten sie einander nie wieder loslassen.

Das Foto stand auf Scotts Nachttisch.

7

Mara

Eigentlich, so hatten Mara und Tom Dr. Thiry rückblickend erzählt, hatte es die ersten Anzeichen schon während des Studiums gegeben. Meistens waren es Gedächtnisaussetzer. Mara war zum Supermarkt gegangen, um Wein zu kaufen, und mit leeren Händen zurückgekehrt. Auf der Straße hatte sie vergessen, weshalb sie losgegangen war, und war wieder umgekehrt. Zu Hause wartete ein überraschter Ehemann mit zwei leeren Weingläsern auf sie. Sie machten den Stress der Abschlussprüfungen dafür verantwortlich und lachten über ihr »Uni-Alzheimer«.

Ein anderes Mal wollte Tom sie von der Unibibliothek abholen, um ihren Jahrestag zu feiern. Sie hatten die ganze Woche von nichts anderem geredet. Mara starrte ihn ungläubig an, als wüsste sie nicht, wovon er sprach. Es gelang ihm, sie zu überreden, wenigstens kurz einen Kaffee mit ihm trinken zu gehen, aber sie stürzte den ganzen Becher innerhalb weniger Minuten hinunter und schickte ihn nach Hause, offensichtlich etwas genervt, weil er sie beim Lernen unterbrochen hatte. Ein paar Stunden später machte sie sich auf den Heimweg, und da fiel es ihr plötzlich wieder ein. Sie rannte nach Hause, legte sich zu ihm ins Bett, überhäufte ihn mit Tränen, Küssen und Entschuldigungen. Er grinste nur und meinte, sie solle sich keine Sorgen machen, er habe da schon eine Idee, wie sie es wiedergutmachen könnte.

Je mehr sie darüber nachdachten, desto mehr Vorfälle fielen ihnen ein. Seit der Uni waren es jedes Jahr ein paar gewesen, seitdem sie Partnerin in der Kanzlei geworden war, wurden es mehr. Anfangs waren es nur kleine Dinge: Sie vergaß das eine oder andere beim Einkaufen oder dass sie Sachen von der Reinigung hatte abholen wollen. Selbst als sich die Fälle häuften und es nicht mehr nur um Nebensächlichkeiten ging, lachten beide nur darüber. Tom fand es lustig, sogar liebenswert, keiner von beiden machte sich deshalb Sorgen.

Mara vergaß ihren Termin zum Haareschneiden, und der Friseur rief an, um nachzufragen. Sie vergaß, der Reinigungskraft ihren Scheck hinzulegen, und erhielt von deren Chef einen nicht allzu freundlichen Anruf. Sie vergaß ihren Zahnarzttermin und bekam eine Rechnung mit dem Hinweis, dass sie den Termin bereits das zweite Mal ohne Absage nicht wahrgenommen hatte und deshalb eine Mahngebühr erhoben würde. Sie vereinbarte überall neue Termine, schrieb der Reinigungsfirma einen Entschuldigungsbrief und erzählte Tom amüsiert, dass sie gar nicht mitbekommen hatte, dass ihre Haare geschnitten, ihre Zähne professionell gereinigt und die Bäder geputzt werden mussten. Wenn sie mit dem Stand der Dinge zufrieden war, wieso regten sich dann Friseur, Zahnärztin und Reinigungskraft so auf?

Dann, eines Tages im September, wenige Monate nachdem das Baby bei ihnen eingezogen war, war es plötzlich nicht mehr lustig. Morgens um Viertel nach neun klingelte ihr Handy. Maras damalige Sekretärin Gina war dran und klang fast panisch. »Wo bist du denn bloß? Die sind schon alle da!«

»Wer ist da?«, fragte Mara. Sie saß mit ihrer Mutter im Wohnzimmer, trank Kaffee und sah der kleinen Laks zu, die vor ihnen auf einer Decke lag. Mara und Tom hatten eigentlich vorgehabt, ein Kindermädchen einzustellen, damit sie beide weiter zwölf Stunden täglich ihrer Arbeit nachgehen konnten. Pori und Neerja wollten davon aber nichts hören, meinten, sie würden nicht zulassen, dass ihr einziges Enkelkind von einer Fremden aufgezogen würde, und stellten sich gegenüber Maras Flehen taub, die nicht wollte, dass die beiden ihren Ruhestand mit Windelwechseln verbrachten. Jeden Morgen standen sie pünktlich und gut gelaunt auf der Matte und scheuchten Tom und Mara mit dem Hinweis aus der Tür, sie sollten ruhig so lange arbeiten, wie sie wollten, denn Nana und Nani hätten hier alles unter Kontrolle. An diesem Tag war Pori gerade unterwegs und machte ein paar Besorgungen, und Mara hatte kurzerhand beschlossen, noch ein Stündchen mit ihrer Mutter und ihrer Tochter zu verbringen, bevor sie ins Büro fuhr.

Mara beugte sich zu ihrem Baby vor und streichelte ihm den Bauch. Sie zuckte zusammen, als Gina in den Hörer schrie: »Der Mediator! Die komplette Chefetage von Torkko! Mr. Hoskins! Alle!«

Als Mara nicht antwortete, erinnerte Gina sie: »Die Torkko-Schlichtung? Heute um neun Uhr dreißig?«

»Ach du Scheiße!« Mara stand auf. Das Baby erschrak bei ihrem Ausruf und fing an zu weinen. Neerja nahm Laks auf den Arm und trug sie ins Nebenzimmer. Mara sah auf die Uhr. Wenn es unterwegs keinen Stau gab, brauchte sie eine halbe Stunde bis ins Büro. »Ich bin um Viertel vor zehn da, spätestens um zehn!«

Nachdem sich die Fahrstuhltür hinter den Klienten geschlossen hatte, umarmte Mara Gina fest und drückte ihr einen Kuss auf die Wange. »Du hast mich vorhin gerettet! Was würde ich bloß ohne dich anfangen? Komm, ich lade dich zum Essen ein. Du isst heute nicht wieder bloß ein Sandwich!«

Gina lächelte stolz, winkte aber ab. »Ich mach doch nur

meine Arbeit. Und haben wir überhaupt Zeit, essen zu gehen? Es ist schon nach zwölf, und wir müssen noch ein bisschen an der Begründungsschrift für Winchester Foods feilen, oder?«

Mara hatte keine Ahnung, wovon sie sprach.

»Winchester Foods will doch in Revision gehen«, erklärte Gina. »Und wir müssen dafür noch die Begründungsschrift fertig machen. Die wir heute einreichen müssen …?«

Mara schlug die Hand vor den Mund. »Oh, mein Gott, das hab ich total vergessen!« Sie sah Gina entsetzt an. Schlagartig erinnerte sie sich wieder daran, wie lange sie am Vortag daran gearbeitet hatten, wie viel Arbeit noch nötig war und dass sie bis zur Deadline nur noch wenige Stunden hatten.

»Geht's dir gut?« Gina führte sie am Arm am Empfangstresen vorbei zu ihrem Büro. Mara ließ sich auf ihren Schreibtischstuhl sinken.

»Was ist bloß los mit mir? Ich hätte jetzt wirklich eine ausgedehnte Mittagspause verbracht, mich über die gerettete Torkko-Sache gefreut und darüber Winchester Foods völlig vergessen! Mit mir stimmt irgendwas nicht. Wir waren doch gestern den ganzen Tag lang damit beschäftigt. Wir haben über nichts anderes geredet!«

Mara massierte sich die Schläfen. Einen Zahnarzttermin oder den Scheck für die Reinigungskraft zu vergessen war eine Sache. Das war mit einer Entschuldigung und einem bisschen Geld schnell wieder ins Lot gebracht. Eine Deadline bei der Arbeit zu vergessen konnte hingegen dafür sorgen, dass die Kanzlei verklagt und Mara gefeuert wurde. Sie konnte die ständigen Gedächtnisaussetzer nicht mehr einfach nur amüsiert hinnehmen. Sie musste etwas dagegen unternehmen.

Aber zuerst musste die Revisionsbegründungsschrift für Winchester Foods fertiggestellt und bei Gericht eingereicht werden. Die nächsten dreieinhalb Stunden arbeiteten Mara und Gina daran und schickten den Kurier gerade noch rechtzeitig damit auf den Weg. Danach schloss Mara ihre Bürotür und bat Gina, sich zu setzen.

»Das darf nicht noch mal passieren«, sagte sie. »Die meisten anderen Klienten hätten nicht so viel Verständnis dafür gehabt, dass ich die Schlichtungsverhandlung vergesse. Und eine Deadline bei Gericht zu verpassen kann mich meinen Job kosten!«

Gina wollte etwas erwidern, aber Mara hob die Hand. »Letzte Woche, als du in der Mittagspause beim Arzt warst, sollte ich doch bei dem Zivilprozess-Meeting einen kleinen Vortrag halten. Ich wäre da fast nicht hingegangen, wenn Steph nicht auf dem Weg hier vorbeigekommen wäre, um mich abzuholen. Und erst nachdem sie mich da vorgestellt hatte, ist mir wieder eingefallen, dass ich ja mit dem jährlichen Prozessordnungs-Update an der Reihe war!«

Gina stand der Mund offen. »Ich dachte …« Sie verstummte.

»Du dachtest, dass ich das weiß?«

Gina nickte.

»Weil wir … darüber geredet hatten?«

Gina machte ein betroffenes Gesicht.

»Das kann doch nicht wahr sein!« Mara schlug mit der Hand auf den Tisch. »Wir haben darüber gesprochen?«

»Du arbeitest von allen hier am meisten. Das finden die anderen auch«, sagte Gina. »Ich hab mich selbst schon oft gefragt, wie du dir das alles immer merkst. Vielleicht kann man das nach einer Weile einfach nicht mehr.«

»›Kann ich nicht mehr‹ ist nur leider keine Option. Wir müssen uns was einfallen lassen.«

»Wenn du es vielleicht in nächster Zeit ein bisschen ruhiger angehen lässt? Das haben die anderen Frauen hier nach der Geburt ja auch gemacht, sogar Steph …«

»Gina.« Mara warf ihr einen warnenden Blick zu. Beim Thema »Arbeitspensum« ließ sie sich auf keine Diskussion ein – weder mit Gina noch mit Tom, ihren Eltern oder ihrer besten Freundin Steph, die ebenfalls Partnerin in der Kanzlei war. Sie dazu zu bringen, etwas kürzerzutreten, hatten alle zur Genüge versucht, einige mehr als einmal. Aber es war nun mal Teil ihrer Persönlichkeit, sie war Mara, das Arbeitstier, Mara, die verheiratet war und ein kleines Baby zu Hause hatte und trotzdem so viel arbeitete wie eine Single-Frau.

So war es schon immer gewesen, sie hatte schon in der ersten Klasse gern Extraaufgaben übernommen, las sich über den Sommer durch die gesamte Liste der »empfohlenen« Bücher, während ihre Klassenkameraden ausschliefen, saß in der Uni im trüben Licht ihrer kleinen Schreibtischlampe über Texte gebeugt, während ihre Zimmernachbarin schon schnarchte. Selbst während des Jurastudiums und umgeben von Workaholics war Mara für ihre Marathonsitzungen in der Bibliothek berühmt und dafür, dass sie Einladungen zu Partys stets ablehnte, wenn sie ihr wöchentliches Lernpensum noch nicht erreicht hatte (ein Pensum, das sie sich selbst stellte).

Und so würde es auch immer sein, erklärte sie. Die anderen konnten sich also ihre Warnungen und gut gemeinten Ratschläge sparen. Nichts gab ihr so ein gutes Gefühl wie ein langer produktiver Tag in der Kanzlei. Und das würde sie für nichts und niemanden aufgeben – nicht für Freunde, Eltern, Partys oder ihren Ehemann, und auch nicht für das neue Baby.

»Okay.« Gina nahm sich einen Schreibblock und einen Kuli vom Tisch. »Dann lass uns mal in Ruhe deinen Kalender durchgehen, und ich schaue, ob ich deine Termine alle auf dem Schirm habe. Dann kann ich dich immer noch mal erinnern, wenn eine Deadline ansteht.«

»Danke, gute Idee. Aber es sind ja nicht nur die Deadlines. Es geht um viel mehr. Es fühlt sich einfach an, als spielte mein Kurzzeitgedächtnis plötzlich überhaupt nicht mehr mit. Wir brauchen irgendein System, irgendwas, damit so was wie heute nie wieder passiert.«

Gina beugte sich vor und griff lächelnd nach Maras Hand. »Wir kriegen das schon hin.« Den Rest des Tages verbrachten sie damit, alle Akten in Maras Büro durchzugehen. Gina hatte sich mit einem Kalender, einem Schreibblock, einem Stapel Klebezettel und farbigen Stiften bewaffnet. Als sie schließlich fertig waren, war es bereits kurz nach sieben, und Gina hatte zehn Seiten Notizen mitgeschrieben, einen Kalender voller bunter Einträge und die Hälfte von Maras Akten mit Klebezetteln versehen, deren unterschiedliche Farben die verschiedenen Dringlichkeitsgrade anzeigten.

»Ich übertrage die Daten jetzt alle in den E-Mail-Kalender«, sagte Gina und sammelte ihre Sachen zusammen. »Ich schicke dir dann immer Erinnerungen für die Meetings. Und ich richte den Kalenderalarm auch so ein, dass du jeweils mehrmals an deine Termine erinnert wirst.« Sie ging zur Tür. »Wenn ich damit fertig bin, schau ich mal, ob mir noch was einfällt, um dir zu helfen.«

»Danke, Gina. Du bist mir echt eine große Hilfe.«

»Und du bist die einzige Anwältin, die ich kenne, die sich selbst um ihre Termine kümmert. Wird Zeit, dass du mich endlich helfen lässt.«

Damit ging es Mara besser. Sie war sicher nicht die Einzige, die durch die Arbeit und die Anstrengung, Familie und Job unter einen Hut zu bekommen, viel Stress hatte und deshalb ab und zu mal etwas vergaß.

»Du hast aber selbst eigentlich auch schon genug zu tun«, sagte sie. Sie deutete auf die Regale im Büro mit den unzähligen säuberlich beschrifteten Akten, die Gina jede Woche in stundenlanger Arbeit auf den neuesten Stand brachte und ordnete. In den fünf Jahren, die sie nun schon für Mara arbeitete, hatte sie, ohne zu jammern, unzählige Überstunden gemacht, und von allen Sekretärinnen, die Mara schon gehabt hatte, war sie als Einzige nicht überfordert von der Arbeitsbelastung, dem ständigen Termindruck und den Ansprüchen ihrer perfektionistischen Chefin, die jeden Text noch einmal Korrektur gelesen und jeden Stapel Beweisstücke noch mal auf Vollständigkeit überprüft haben wollte.

»Du bist wirklich mein Schutzengel, Gina.«

»Geht mir mit dir genauso. Das vergisst du anscheinend manchmal.«

Mara schwieg.

»Tu nicht so! Du weißt genau, was ich meine.«

Mara verdrehte die Augen. Ja, gut, sie war zur Beerdigung von Ginas Vater nach Oklahoma geflogen und dann über eine Woche geblieben, um Ginas Mutter dabei zu helfen, Ordnung in die Finanzen der Familie zu bringen. Als Ginas Mutter zwei Jahre später ebenfalls gestorben war, war Mara ein zweites Mal nach Oklahoma gereist und ebenfalls eine Woche dageblieben, weil Gina so viel mit dem Ausräumen und dem Verkauf des Hauses ihrer Eltern zu tun gehabt hatte. Es war nur wenige Wochen vor Maras erster Verhandlung am Berufungsgericht in New Orleans, und sie hätte die Zeit eigentlich gebraucht, um sich darauf vorzubereiten.

Sie wollte Gina jedoch nicht allein lassen, hatte sich stattdessen drei Kartons mit Unterlagen und Beweisstücken per Express schicken lassen und war sie dann spätnachts durchgegangen, nach einem Tag voller Packen, Sortieren, Anwaltsterminen und was nach einer Beerdigung sonst noch alles anstand. Und als die beiden wieder zurück in Dallas waren, bestand Mara darauf, dass Gina Thanksgiving mit ihr und ihrer Familie verbrachte, damit sie über die Feiertage nicht allein war.

Mara winkte nur ab, als Gina davon anfangen wollte. »Ich bitte dich. Das hätte auch jeder andere getan.«

»Nein, das hätte niemand sonst getan. Keiner hat sich damals angeboten. Nur du.«

Mara schüttelte den Kopf. Gina kam mit resoluter Miene auf sie zu und nahm ihre Hand. »Hörst du? Kein Einziger außer dir. Du warst damals für mich meine Familie. Da ist es jetzt ja wohl das Mindeste, dass ich dein Gedächtnis bin.« Sie drückte Mara die Hand und ging aus dem Büro. »Ich bin dann mal am Computer«, rief sie über die Schulter. »Freu dich schon mal auf fünfundsiebzig Terminerinnerungen per E-Mail!«

»Wenn ich irgendwann auch noch vergesse, auf die Klebezettel zu schauen, die wir jetzt überall haben, hab ich aber echt ein Problem.«

»Dann erinnere ich dich per Telefon an alles.«

»Oh, mein Gott, Gina! Falls es jemals so weit kommt, stürz ich mich von der nächsten Klippe.«

8

Mara

Im September darauf – Laks war inzwischen eineinhalb Jahre alt – war Mara schon nicht mehr nach Witzen über ihre Vergesslichkeit zumute. Sie machte sich nicht mehr über sich selbst lustig und konnte auch nicht länger über die scherzhaften Kommentare von den Zwei Frauen, Tom oder ihren Eltern lachen. Um genau zu sein, konnte sie sie alle nicht mehr ertragen, egal, worum es ging. Sie war gereizt und launisch geworden. Niemand blieb von ihren plötzlichen Wutausbrüchen verschont, am wenigsten Tom.

An einem Novemberabend standen sie zusammen in der Küche. Mara rührte in der Suppe auf dem Herd, und Tom schnitt Brot. »Wir haben schon seit drei Wochen keine Wäsche mehr gewaschen«, sagte er. »Nach dem Abendbrot ...« Er verstummte, als der Holzlöffel, mit dem sie eben noch gerührt hatte, an seinem Kopf vorbeiflog und auf den Küchentisch knallte. Wände und Fußboden waren voller Spritzer.

Tom sah fassungslos auf den Löffel und drehte sich wieder zu Mara um. Bevor er etwas sagen konnte, rief sie wütend:

»Ich glaub's ja wohl nicht! Ich steh hier und koche dir nach zwölf Stunden im Büro noch ein Essen, und du beschwerst dich, ich soll mal wieder Wäsche waschen?!«

Tom hob beruhigend die Hände. »Was regst du dich denn so auf? Ich hab doch gar nicht von *dir* gesprochen, ich habe *wir* gesagt. Und ich wollte auch gerade ankündigen, dass ich nach dem Abendbrot noch eine Ladung Wäsche in die Maschine stecke.«

»Schwachsinn!«, meinte Mara verächtlich. »Das war ganz klar gegen mich gerichtet. Du weißt genau, wie sehr ich mir das immer zu Herzen nehme, wenn ich mit der Hausarbeit nicht nachkomme. Du willst mir bloß ein schlechtes Gewissen machen.«

Tom legte das Messer hin, breitete die Arme aus und ging auf sie zu. »Mara, wann habe ich denn jemals ...«

Sie wich zurück, zog sich die Schürze aus und warf sie auf den Fußboden. »Koch dir dein Scheißessen allein!«

Sie stürmte aus der Küche, rannte ins Schlafzimmer und knallte die Tür hinter sich zu. Zornig ging sie vor dem Bett auf und ab. Schließlich wurde sie etwas ruhiger und lief ins Badezimmer. Das wütende Gesicht mit den hektischen roten Flecken, das ihr aus dem Spiegel entgegensah, war ihr peinlich. Sie hatte sich absolut kindisch benommen. Eine Weile tupfte sie sich das Gesicht mit einem kalten Waschlappen ab und starrte sich im Spiegel an. Was hatte sie überhaupt so aufgebracht? Sie hatte keine Ahnung.

Tom stand mit einem Drink in der Küche, das Brot fertig geschnitten vor ihm. Er sah hoch, als sie hereinkam, und sein Gesicht war so unglücklich, dass ihr sofort die Tränen kamen.

Sie lief zu ihm, legte die Arme um ihn, küsste ihn. »Es tut mir so leid. Ich habe keine Ahnung, was eben passiert ist.« Sie drückte sich eng an ihn. Schließlich entspannte er sich in ihren Armen. »Ich weiß wirklich nicht, was da eben mit mir los war. Das hast du echt nicht verdient. Verzeihst du mir?«

Er seufzte und drückte ihr einen Kuss aufs Haar. »Ist schon vergessen.«

Irgendwann entschuldigte sie sich jedoch nicht mal mehr. Eines Abends schrie sie ihn an, dass er das Gemüse auf dem Grill verbrennen lasse, wollte es dann am darauffolgenden Abend jedoch nicht essen, weil es angeblich noch roh sei. Wochenlang tat sie abends im Bett, als wäre sie zu erschöpft, wenn er sich ihr zuwandte, oder drückte auch ganz offen ihr Desinteresse aus. Hinterher warf sie ihm dann vor, er würde sie wohl nicht mehr wollen, und rechnete ihm beleidigt vor, wie lange sie schon keinen Sex mehr gehabt hatten. Sie wurde irrational und paranoid, deprimiert und ängstlich. Über Weihnachten bat Tom sie inständig, zum Arzt zu gehen, aber sie weigerte sich. An ihre Ausrede konnte sie sich nicht erinnern. Tatsächlich war all dies Teil der Krankheit – sie zerstörte nicht nur die Fähigkeit, zu denken und sich zu bewegen, sondern auch die Emotionen. Man wurde von drei Seiten gleichzeitig angegriffen und hatte keine Chance, sich zu wehren.

An einem Abend Anfang März hatten sie Laks ins Bett gebracht und saßen zusammen auf der Couch. Das hatte es schon seit Monaten nicht mehr gegeben. Tom wirkte bedrückt, und Mara fragte ihn, was los sei. »Ich mache mir Sorgen um dich«, sagte er zögerlich und nahm ihre Hand. »Ich glaube, du solltest mal zum Arzt gehen.«

Mara zog ihre Hand zurück und stand auf.

»Werd doch nicht gleich wieder böse.« Er streckte die Hand nach ihr aus. Sie trat einen Schritt zurück, sodass sie außer Reichweite war, und verschränkte die Arme vor der Brust.

»Ich will doch nur, dass du wieder fröhlicher bist, so wie früher. Ich habe das Gefühl, dir macht gar nichts mehr richtig Spaß, die Arbeit nicht, überhaupt nichts. Heute hatten wir mal einen schönen Abend zusammen, aber das ist mittlerweile so selten geworden. Das hatten wir früher viel öfter.«

»Ich bin diese Unterhaltung so leid«, gab sie zurück. »Ich

habe dir das doch schon erklärt, ich brauche keinen Arzt. Das sind alles normale Dinge, die jedem passieren – dass man mal was vergisst, dass man mal genervt ist. Dafür braucht man doch keine Diagnose. Damit geht man nicht zum Arzt.«

»Das ist es ja eben. Ich bin nicht so sicher, ob das alles normale Dinge sind, die jedem mal passieren. Ich habe mittlerweile das Gefühl, da steckt mehr dahinter.« Er sah sie bittend an, die Hand weiter nach ihr ausgestreckt. Tom versuchte immer noch, diese Diskussion in einem ruhigen, sachlichen Ton zu führen. Das machte sie rasend.

Sie warf ihm einen so verächtlichen Blick zu, dass er die Hand sinken ließ. »Was weißt du denn schon, was normal ist? Ich bin in unserer Ehe doch schon immer diejenige gewesen, die neben ihrem anspruchsvollen, unglaublich stressigen Job auch noch den Haushalt schmeißt. Ich verhandele den ganzen Tag Fälle, dann komme ich nach Hause, ziehe deine Tochter groß, koche dir Essen und wasche deine Wäsche. Währenddessen arbeitest du deine paar Stunden als Hautarzt ab und gehst schön lange joggen.«

Er zuckte bei diesem Vorwurf schockiert zusammen. Sie lachte gehässig und genoss, dass es ihr gelungen war, ihm so einen Schlag zu versetzen. Es war ihr egal, dass der Vorwurf überhaupt nicht gerechtfertigt war. Er half viel mehr im Haushalt und kümmerte sich auch viel mehr um seine Tochter als jeder andere Mann, den sie kannte. Weil er selbst mit einem Vater hatte aufwachsen müssen, der meist zu betrunken gewesen war, um im Haushalt zu helfen oder sich mit den Kindern zu beschäftigen, war es Tom sehr wichtig, so viel wie möglich zu Hause zu übernehmen und ein guter Vater und Ehemann zu sein. Dass er in beidem nicht gut war oder, noch schlimmer, es nicht einmal versuchen würde, war der schlimmste Vorwurf, den man ihm machen konnte. Einen kurzen Moment lang überlegte Mara, ob sie ihre Worte zurücknehmen sollte.

Aber dann redete sie einfach weiter. »Ich soll fröhlicher sein? Ich soll das Leben mehr genießen? Dann hilf mir gefälligst endlich im Haushalt! Vielleicht solltest du weniger mit Diagnosen um dich werfen, mein lieber Dr. Nichols, und dich stattdessen zur Abwechslung mehr wie ein erwachsener Mensch benehmen. Mach das eine Weile, dann reden wir noch mal darüber, ob ich zum Arzt muss oder nicht.«

»Mara. Das ist jetzt echt nicht fair.«

Sie betrachtete ihn kühl. Er beugte sich ein Stück in ihre Richtung vor, sah sie mit ehrlichen, vertrauensvollen Augen an. Er wartete darauf, dass sie zugab, gemein gewesen zu sein, und sich entschuldigte. Wie immer. Stattdessen sah sie ihn nur herablassend an. »Du hältst dich für so einen tollen Dad und so einen tollen Ehemann. Bist du aber überhaupt nicht. Du bist auch nicht besser als dein Vater.«

Tom sprang so heftig auf, dass Mara erschrocken einen Satz nach hinten machte. »Jetzt reicht's aber, Mara! So was lass ich mir nicht sagen! Ich lass mir doch von dir nicht so einen Schwachsinn an den Kopf werfen, nur weil du wieder mal schlechte Laune hast! Das lässt sich nicht mehr nur mit Stress im Job entschuldigen, und ich hab mir das jetzt auch lange genug angesehen. Ich weiß nicht, ob du Antidepressiva oder Eisentabletten oder einfach nur mal wieder einen Mittagsschlaf brauchst, aber das hier hört jetzt endlich auf. Ich bitte dich nicht darum, ich sage es dir: Geh zum Arzt. Sonst bin ich weg.« Er stürmte ins Schlafzimmer und warf die Tür hinter sich zu. Mara sah ihm schockiert nach.

Am nächsten Tag bat sie Tom, einen Termin bei Alan Misner zu vereinbaren, einem Neurologen, den er noch vom Studium kannte und der als Gefallen für seinen ehemaligen Kommilitonen einverstanden war, Mara kurzfristig und nach Büroschluss zu untersuchen. Sie versprach sich nicht viel davon und hatte auch nicht vor, allzu viel auf das zu geben, was bei der Untersuchung herauskam. Das sagte sie Tom jedoch nicht. Fast hatte sie ein schlechtes Gewissen, weil er sich so darüber freute, dass sie der Untersuchung zugestimmt hatte.

Auf der Fahrt zu Dr. Misners Praxis tat sie so, als wappnete sie sich innerlich für eine Unterhaltung darüber, unter welcher Krankheit sie wohl leiden könnte. In Wahrheit bereitete sie sich jedoch darauf vor, Tom einen »Siehst du!«-Blick zuzuwerfen, nachdem sein früherer Studienkollege ihnen beiden erklärt hatte, dass mit Mara alles stimmte und sie, abgesehen von natürlichen Veränderungen, die mit dem Alter nun einmal kamen, bei bester Gesundheit war. Wenn sie dann wieder zu Hause waren, würde sie Tom sagen, dass sie seine Bedingung erfüllt habe und es nun an ihm sei, ihre zu erfüllen: nie wieder mit dem Thema »Irgendwas stimmt nicht mit dir!« anzufangen. Sie rechnete damit, dass die Unterhaltung über dieses Ultimatum wohl wieder mit einigem Türenschlagen einhergehen würde, und hatte deshalb Laks vorsorglich bei ihren Eltern untergebracht.

Im Sprechzimmer nahmen Tom und Mara in futuristischen schwarzen Ledersesseln Platz. Dr. Misners Schreibtisch blieb Mara besonders in Erinnerung. Es war einer dieser supermodernen schwarzen Dinger, die eher nach einem Raumschiff aussehen als nach einem Möbelstück. Der Tisch hatte die gleichen chromblitzenden Beine wie die Sessel, die davorstanden. Das ganze Ensemble wirkte nicht unbedingt seriös, eher lächerlich. Wie Menschen, die tatsächlich krank waren, wohl darauf reagierten, wenn ihnen der Arzt von seinem Platz hinter diesem Ungetüm aus schlechte Nachrichten überbrachte? Er beherrschte zwar perfekt diesen freundlichen Blick, den warmen Händedruck und die sanfte Stimme, um jemandem eine schockierende Eröffnung zu machen, aber das wurde doch bestimmt alles von dem auffälligen Schreibtisch wieder zunichtegemacht.

Während Mara mit ihren Gedanken über die Büroeinrichtung beschäftigt war, unterhielten sich die beiden früheren Kommilitonen über alles, was seit der Uni so in ihrem Leben passiert war. Sie lauschte lächelnd, wie sich die beiden Männer über Behandlungsmethoden, Sprechstundenhilfen und Kinder austauschten, und war sicher, dass dieser sinnlose Arztbesuch bald hinter ihr liegen und sie sich mit Tom wieder auf den Heimweg machen würde.

Nachdem sich die beiden Männer gegenseitig auf den neuesten Stand gebracht hatten, wandte sich Alan Misner an Mara und erkundigte sich mit einem offenen Lächeln, was er für sie tun könne. Sie lächelte halbherzig zurück und schwieg.

»Dann fangen wir doch vielleicht mit etwas Leichterem an. Lasst uns erst einmal eine Anamnese machen«, fuhr er unbeeindruckt fort.

Obwohl sich Mara ja vorgenommen hatte, diese ganze Angelegenheit kein bisschen ernst zu nehmen, war es wohl doch besser, wenigstens die Kooperative zu spielen. Zudem war ihre Krankengeschichte auch denkbar unkompliziert, da das Waisenhaus Pori und Neerja keinerlei Information über die medizinische Vorgeschichte ihrer leiblichen Eltern mitgeteilt hatte und man sich somit nur auf sie selbst konzentrieren konnte. Sie erzählte kurz, was sie wusste.

»Schön, da haben wir doch einen Anfang gefunden.« Alan Misner freute sich offensichtlich, die widerspenstige Patientin zum Reden gebracht zu haben. »Und was führt euch her?« Bevor Mara ihn wieder mit dem ausdruckslosen Blick bedenken konnte, den sie ihm vorhin schon zugeworfen hatte, sprang Tom ein.

»Soll ich das vielleicht übernehmen?« Er nahm ihre Hand. Mara nickte, und mit ihrer Hand in seiner begann Tom leise, fast entschuldigend, aufzuzählen, welche Veränderungen er in letzter Zeit an seiner Frau bemerkt hatte. Während er sprach, sah Mara zu Boden und sagte sich, dass das, was sie gerade hörte, nichts mit ihr zu tun hatte. Sie war ein wenig vergesslich, ein bisschen ungeduldig, hin und wieder etwas gereizt. Aber die Beschreibung, die Tom von ihr gab, klang, als wäre sie eine Irre: Da wurden anscheinend mindestens einmal in der Woche Gegenstände an die Wand (oder nach Tom) geworfen, wegen kleiner Missverständnisse gleich mit den Türen geknallt, und nicht nur er, sondern auch Gina, Steph, sogar Pori und Neerja wurden mit üblen Ausdrücken beschimpft.

Nach einer Weile blendete sie im Kopf den Arzt aus, mit dem sie verheiratet war, und betrachtete den hinter dem Schreibtisch. Er machte sich beim Zuhören auf einem gelben Schreibblock Notizen. Mara versuchte, unauffällig zu erkennen, was er da schrieb, konnte aber nichts entziffern. Ab und zu unterstrich er ein Wort, manchmal kreiste er eins dick ein. Er fragte viel nach, und bei Toms Antworten unterstrich und umkreiste er noch mehr Wörter.

Mara rutschte nervös im Sessel hin und her und entzog Tom ihre Hand. Es war deutlich, dass Alan etwas erkannt zu haben glaubte. Sie wurde immer ängstlicher und unsicherer, was ihre Verteidigungsstrategie anging.

Als Tom mit seiner Aufzählung fertig war, sah der Arzt von seinen Notizen auf. »Seit wann treten die unabsichtlichen Handbewegungen auf?«

Mara fragte: »Was für unabsichtliche Handbewegungen?«

Gleichzeitig sagte Tom: »Seit etwa einem Jahr.«

Sie sahen einander an, jeder fassungslos über die Antwort des anderen. Obwohl sie es nicht wollte, zwang sich Mara, ihre Hände zu betrachten. Mit Entsetzen sah sie, dass sie sich vor und zurück über ihre Beine bewegten, über die Sessellehne wanderten und wieder zurück zu ihren Beinen, als wäre ihr Schoß ein Klavier und sie spielte gerade ein kompliziertes Stück. Blitzschnell klemmte sie sich die Hände unter die Oberschenkel. Tom flüsterte etwas Beruhigendes und streichelte ihr über das Bein.

Alan kreiste wieder ein Wort auf seinem Block ein; er kreiste es doppelt ein und unterstrich es dann noch. Er nickte nachdenklich, überflog seine Notizen noch einmal und sah Mara traurig an. Sie räusperte sich und begann wieder, im Sessel hin und her zu rutschen. Er holte eine Visitenkarte aus einer Schublade des Raumschiffschreibtischs, erhob sich fast zögerlich und trat auf Mara und Tom zu. Er lehnte sich mit einem müden Seufzer gegen die Schreibtischkante, verschränkte die Hände vor dem Bauch und sah Mara mit seinen sanften Augen an.

Beim Anblick seines Gesichts fingen ihre Lippen an zu zittern. Sie schaute wieder zu Boden. Seine teuren schwarzen Halbschuhe klopften in einem schnellen Rhythmus gegen den Teppich. Sie warf verstohlen einen Blick auf sein Gesicht und erkannte: Er war nervös. Ihre Lippen zitterten noch mehr.

Mara wollte aufstehen und das Sprechzimmer verlassen, bevor er ihr sagen konnte, wovor sie solche Angst hatte. Aber dann würde Tom ihr bestimmt vorwerfen, dass sie ihren Teil der Vereinbarung nicht eingehalten hatte, und sie noch einmal hierherschleppen. Sie zog die Hände unter ihren Oberschenkeln hervor und krallte sie in die Sessellehnen, zwang sich hierzubleiben.

»Mara«, begann Alan Misner leise. »Tom. Ich kann euch

gar nicht sagen, wie schwer es mir fällt, euch das jetzt zu sagen. Und bevor ich ins Detail gehe, weise ich darauf hin, dass wir ohne Bluttest nicht sicher sein können. Aber ausgehend von dem, was du mir erzählt hast, Tom – die Vergesslichkeit, die Stimmungsschwankungen, die Gereiztheit, die Depression und Angstzustände –, und auch ausgehend von Maras physischen Symptomen kann ich im Moment leider nicht Chorea Huntington ausschließen. Dem Baylor Hospital in der Innenstadt ist eine Huntington-Klinik angeschlossen. Der Leiter dort heißt Evan Thiry.« Er reichte Tom die Visitenkarte und verschränkte die Hände wieder.

»Dr. Thiry wird bestimmte kognitive und physische Belastungstests mit dir durchführen und damit überprüfen, ob ich mit meiner Vermutung richtigliege. Wenn er zu demselben Schluss kommt, kann er es dann mit einer Blutuntersuchung endgültig bestätigen oder ausschließen. Ob du diesen Bluttest vornehmen lässt, ist aber ganz dir überlassen. Egal, wie du dich letztendlich entscheidest, Dr. Thirys Klinik bietet auf jeden Fall ein breites Spektrum an ärztlicher und psychologischer Versorgung, das euch beiden sicher hilft. Und später, wenn sie alt genug ist, auch eurer Tochter. In der Klinik gibt es ganz fantastische pädiatrische Sozialarbeiter, die Kindern dabei helfen können ...«

Er verstummte. »Tut mir leid, ich bin gerade ein bisschen voreilig. Bei Tom gehe ich davon aus, dass er weiß, was Huntington für eine Krankheit ist, aber du kennst sie vielleicht gar nicht, Mara. Hast du schon einmal davon gehört?«

Der Name kam ihr bekannt vor. Sie erinnerte sich, dass Tom einmal davon erzählt hatte – vielleicht hatte er während des Medizinstudiums etwas darüber gelesen? Oder einer seiner Kollegen hatte einen Patienten behandelt, der darunter litt? Sie wusste es nicht mehr und konnte sich auch nicht an

Details erinnern, aber wenn man berücksichtigte, wie Alan darüber sprach, dann musste es eine unglaublich schreckliche Krankheit sein.

Mara drehte sich zu Tom um, wollte ihn bitten, ihre Erinnerung aufzufrischen. Sie hoffte, er würde die Augen verdrehen und den Arzt sagen, dass er völlig falschlag, egal, was nun genau nicht mit ihr stimmte, es gab jedenfalls keinen Grund für ihn, sich an seinen lächerlichen Schreibtisch zu lehnen, sie mit diesem Blick anzusehen und von Spezialisten, Bluttests und Sozialarbeitern für ihre Tochter zu reden. Toms tränennasse Augen sagten ihr jedoch etwas anderes.

Sie drehte sich schulterzuckend wieder zu Alan Misner um. Er legte seine große Hand auf ihre, sah ihr fest in die Augen und erklärte ihr die Krankheit mit ruhiger, sanfter Stimme. Tom schob seinen Sessel ein Stück näher an Maras heran und legte den Arm um sie. Aus dem Augenwinkel sah sie, dass er aufmerksam ihr Gesicht musterte, während sie Alan zuhörte. Sie versuchte, sich auf seine Worte zu konzentrieren, sammelte jedoch gleichzeitig auch schon Gegenargumente, mit denen sie klarstellen würde, dass der Arzt mit seiner Vermutung, die Veränderungen an ihr würden sich nicht nur auf Arbeitsstress und Älterwerden zurückführen lassen, genauso falschlag wie ihr Ehemann.

Nur wenig drang wirklich zu ihr durch, der Großteil schien gedämpft und unverständlich, wie wenn man den Frequenzbereich eines Radiosenders verlässt.

Degenerative neurologische Erkrankung.

Fortschreitendes Absterben der Gehirnzellen.

Erbkrankheit. Kinder betroffener Eltern haben eine fünfzigprozentige Chance, selbst zu erkranken.

Deshalb hat er mir so viele Fragen nach meinen leiblichen Eltern gestellt, ging Mara auf. Wenn das Waisenhaus Pori und

Neerja doch nur die Unterlagen ausgehändigt hätte! Dann könnte sie sie Tom und seinem ehemaligen Studienkollegen jetzt um die Ohren hauen und beweisen, dass mit ihr alles stimmte.

Es sei denn, aus den Unterlagen würde das Gegenteil hervorgehen. Bei dem Gedanken musste sie kurz die Augen schließen. Bevor sie sie wieder öffnete, erlaubte sie sich schnell noch einen anderen Gedanken: Zum Glück war Laks adoptiert und konnte somit keine Krankheit von Mara erben. Laks' leibliche Eltern hatten keine Gendefekte, das wussten Tom und Mara aus der dicken Akte, die ihnen das Waisenhaus über sie mitgegeben hatte.

Abnahme geistiger Fähigkeiten.

Allmählicher Kontrollverlust über den Körper.

Mara setzte sich ein wenig aufrechter und musste vor Erleichterung fast lachen. Alan Misner übertrieb genauso wie ihr Mann. Keines dieser beiden Merkmale traf auf sie zu. Sie war geistig voll da und litt mit Sicherheit auch nicht unter einem Kontrollverlust über ihren Körper. Klar fiel ihr ab und zu etwas herunter, aber das passierte ja wohl jedem mal.

Obwohl – jetzt, da sie darüber nachdachte, musste sie zugeben, dass es ihr in letzter Zeit öfter passierte. Vergangenen Samstag war sie im Yogakurs zweimal beim Herabschauenden Hund hingefallen. Steph auf der Matte neben ihr hatte ihr zugeflüstert, dass die Übung doch nicht Herab*fallender* Hund hieß. Aber Ungeschicktheit war ja wohl noch lange nicht das Gleiche wie »Kontrollverlust über den eigenen Körper«.

Unabsichtliche Bewegungen des Gesichts, des Körpers und der Gliedmaßen, auch »Chorea« genannt.

Mara betrachtete ihre Hände. Zu ihrem Entsetzen umfassten sie nicht mehr die Sessellehnen, wie sie es eigentlich sollten, sondern spazierten stattdessen blitzschnell die Lehnen hoch und runter, hoch und runter, und sie war sich dessen überhaupt nicht bewusst gewesen. Sie klemmte sie sich wieder unter die Oberschenkel und presste die Beine diesmal fester auf die Sitzfläche.

Andere Symptome sind beispielsweise Depression und Angstzustände, Stimmungsschwankungen und Persönlichkeitsveränderungen.

Sie wurde rot.

Vergesslichkeit.

Mara musste schlucken und sah von Alan zu Tom. Er biss sich auf die Lippe. Sein Gesicht war fahl.

Zunehmende Schwierigkeiten beim Ausführen alltäglicher Tätigkeiten wie Arbeiten und Autofahren.

Am Ende nicht mehr fähig, allein zu gehen, zu sprechen, zu schlucken, sich anzuziehen, auf die Toilette zu gehen.

Im Endstadium völlig auf die Hilfe anderer angewiesen.

Rollstuhl. Pflegeheim. Magensonde.

Eingeschränkte Wahrnehmung der Umwelt. Unfähig zu sprechen. Erkennt Familienangehörige teilweise nicht mehr.

Lebenserwartung ab Ausbruch der Krankheit zehn bis fünfzehn Jahre.

Keine Heilungschancen für den fortschreitenden Verfall der Gehirnzellen.

Tödlich.

Keine Heilung.

Der Arzt war fertig. Er legte ihr die Hand auf die Schulter. »Das ist ein ziemlicher Schlag, ich weiß«, sagte er freundlich. »Nimm dir einen Moment Zeit, um diese Nachricht sacken zu lassen.«

Mara konnte das Zittern ihrer Lippen einfach nicht unterdrücken. In ihrem jetzigen Zustand würde es ihr auf keinen Fall gelingen, den beiden Männern ein überzeugendes Gegenargument zu liefern. Sie überarbeitete ihre Strategie: Wenn sie es aus dem Sprechzimmer schaffen würde, ohne zu weinen, ohne den beiden das Gefühl zu geben, dass sie ihr hatten Angst einjagen können, dann wäre das schon mal ein kleiner Sieg. Abrupt stand sie auf und entzog ihre Schulter der Hand des Arztes. »Nicht nötig.«

Alan Misner machte einen Schritt auf sie zu. Sie drehte sich schnell weg und war an der Tür, bevor er ihren Sessel erreicht hatte. Sie konnte seine sanfte Stimme, den verständnisvollen Blick und seine Vermutung, es gäbe ein größeres Problem als einfach nur ein bisschen viel Stress bei der Arbeit, keine Sekunde länger ertragen. Tom stand ebenfalls schnell auf und lief ihr hinterher, schob sie sanft in Richtung Fahrstuhl. Alan holte sie ein und ging neben Tom her. Mara sah, wie die beiden wissende Blicke tauschten, nickten und Worte wechselten, aber das Blut rauschte ihr zu laut in den Ohren, um ihre Unterhaltung verstehen zu können.

Im Auto schloss sie die Augen und lehnte sich im Sitz zurück, tat so, als wäre sie nach Alans langer, schrecklicher Aufzählung zu erschöpft, um mit Tom zu sprechen, und sagte sich selbst, dass keins dieser Symptome jemals auf sie zutreffen würde. Tom schwieg, eine Hand auf ihrem Bein. Nachdem sie zu Hause in der Garage angehalten hatten, lief er um das Auto herum, um ihr die Tür zu öffnen, doch Mara war schnell und schob sich an ihm vorbei. Sie ging in die Küche und tat beschäftigt, füllte sich ein großes Glas Wasser an der Spüle und trank es langsam aus, versuchte, sich wieder unter Kontrolle zu bringen.

Tom stand abwartend neben ihr. Sein Gesichtsausdruck machte sie ganz böse: so viel Mitgefühl und Anteilnahme und nicht das kleinste bisschen von »Hab ich's dir doch gesagt!«, womit sie eigentlich gerechnet hatte.

»Vielleicht irrt sich Alan«, meinte er und legte ihr eine Hand auf den Rücken. Mara trat einen Schritt zurück, sie wollte nicht berührt werden. »Ich hoffe so sehr, dass er sich irrt.« Er ging einen Schritt auf sie zu und versuchte, sie zu umarmen, doch sie trat zur Seite, entzog sich ihm wieder, und er ließ die Arme sinken.

»Wenn du möchtest, mache ich dir einen Termin für den Bluttest bei Dr. Thiry«, sagte er. »Du hast ja gern Sicherheit. Die hättest du mit dem Test.« Er streichelte kurz ihre Schulter, ließ die Hand aber sinken, bevor Mara wieder einen Schritt zurücktreten konnte.

»Du musst den Test natürlich nicht machen, das ist ganz deine Entscheidung. Vielleicht ist das eine Situation, in der du lieber keine Gewissheit haben möchtest. Das könnte ich verstehen. Du hast Alan ja gehört: Weil es keine Heilung gibt, wollen manche lieber mit der fünfzigprozentigen Chance leben, dass sie nicht an der Huntington-Krankheit leiden, als mit der hundertprozentigen Sicherheit, dass sie daran erkrankt sind.«

Mara betrachtete ihren Mann. Das hatte sie Alan nicht sagen hören. Sie fragte sich, was sie wohl noch alles nicht mitbekommen hatte. Aber eigentlich war es ja auch egal. Tom und sein Studienkollege lagen auf jeden Fall völlig falsch.

»Ich könnte also verstehen, wenn du den Test lieber nicht willst«, fuhr Tom fort. »Aber wie Alan auch meinte, kann man ein paar der Symptome auf jeden Fall behandeln, egal, ob mit oder ohne Test. Die Depression, die Angstzustände, dagegen gibt es Medikamente. Ich weiß, das habe ich schon oft gesagt, und du hörst es nicht gern. Aber wenn du solche Medikamente nehmen würdest, wärst du vielleicht fröhlicher. Und es würde dir nicht so viel ausmachen, dass ...« Tom zögerte. »Einfach alles.«

Er macht so ein Drama daraus!, dachte sie. Es war ja überhaupt nicht so, dass ihr alles etwas ausmachte. Zumindest nicht immer.

»Und falls du den Test doch vornehmen lassen willst und das Ergebnis positiv ist, gibt es ja trotzdem noch Hoffnung. Es wird ununterbrochen nach einer Heilung geforscht, nach Medikamenten, die den Verlauf wenigstens verlangsamen.«

Mara fragte sich, ob das auch etwas war, das Alan ihnen erzählt hatte, oder ob Tom das selbst wusste. Er wartete auf eine Antwort von ihr. Sein hoffnungsvoller Blick nervte sie, sie gab sich jedoch große Mühe, ihren Ärger nicht zu zeigen, denn das wäre ja wieder nur Wasser auf seine Mühlen.

»Danke«, sagte sie knapp, »aber bei allem Respekt – ich glaube, dein toller Dr. Misner liegt genauso daneben wie du. War ja eine rührende Rede, die er da gehalten hat, das muss man ihm lassen. Und er hat sie auch ganz fantastisch vorgetragen. Aber mit mir ist wirklich alles in Ordnung.«

Tom sah sie erschrocken an.

»Na gut, ab und zu vergesse ich mal was. Aber ich habe eben einen sehr stressigen Job und bin nebenbei auch noch Mutter. Ich bin fast vierzig.« Er wollte etwas sagen, aber sie hob abwehrend die Hand. »Und manchmal bin ich gereizt, vielleicht auch mehr als sonst. Aber wir machen ja auch gerade eine schwierige Phase durch. Wir haben uns auseinandergelebt. Wir sind nicht mehr ein Team so wie früher. Und damit gehen wir auf unterschiedliche Weise um.

Und ja, ich bin neuerdings ein bisschen tollpatschig, ich bin ab und zu etwas unruhig. Du bist ja mittlerweile auch ganz schön schnell genervt, das muss man auch mal sagen. Und ungeduldig. Und außerdem anscheinend auch noch völlig besessen von dem Gedanken, für alles, was in unserer Beziehung gerade schiefläuft, irgendeine medizinische Ursache bei mir zu finden.«

Er gab einen entrüsteten Laut von sich und wollte etwas erwidern, aber sie schüttelte den Kopf und hob einen Finger, damit er sie nicht unterbrach.

»Ich gebe zu, dass es mit mir in letzter Zeit nicht ganz einfach war, und das tut mir leid. Aber mit dir ist es auch nicht leicht. Und im Gegensatz zu dir schleppe ich dich wenigstens nicht zu irgendwelchen alten Unifreunden, damit die uns was über irgendeine grauenhafte Erbkrankheit erzählen, und verkünde dann hinterher: ›So, Schatz, und diese Krankheit hast du jetzt!‹ Wenn ich so was machen würde, hätten wir nämlich eine ganze Menge Probleme mehr.« Sie zog herausfordernd eine Augenbraue hoch, damit auch ja klar war: Nach diesem Schwachsinn wäre es allein seine Schuld, wenn die Dinge noch mehr aus den Fugen gerieten.

Er streckte die Hand nach ihr aus. »Mara.«

Sie wich ihm aus und wandte sich zur Tür. »Ich gehe jetzt schlafen.« Mara verließ das Zimmer. »Ich lege dir deine Schlafsachen auf die Couch.«

9

Scott

Scott konnte sich im Moment einfach nicht auf Grammatik und Ausdruck konzentrieren. Er schob die Englischarbeiten beiseite und klappte seinen Laptop auf. Während er darauf wartete, dass der Computer hochfuhr, lauschte er Curtis, der noch immer las. Er mochte es, wie der Junge jedes Wort mitflüsterte, während sein Finger langsam der Zeile folgte.

»Du ... kannst ... den ... Teller ... nehmen.«

Er hörte noch einen Moment zu, dann öffnete er im Browser seine Lesezeichen und klickte auf das *Anders-als-die-anderen*-Forum. Er war der Online-Selbsthilfegruppe an dem Abend beigetreten, an dem Laurie und er sich darauf geeinigt hatten, Curtis für ein Jahr aufzunehmen. Der Gedanke, über Nacht Vater zu werden, wenn auch nur auf Zeit, hatte Panik in ihm ausgelöst. Scott hatte stundenlang im Internet gesurft, bis er auf die bunte Mischung des mittlerweile harten Kerns des Forums traf: 2boys, verwitweter Vater eines leiblichen und eines Stiefsohns; flightpath, zweifache Mutter, die nach der Scheidung von einem tyrannischen Alkoholiker plötzlich alleinerziehend war; LaksMom, Adoptivmutter; SoNotWicked, Stiefmutter und Gründerin des Forums.

Im Laufe des letzten Jahres hatte Scott sich fast täglich mit ihnen über alles Mögliche unterhalten, sowohl über Elternthemen wie bestimmte Erziehungsfragen, Schlafenszeiten und Hausaufgabenbetreuung als auch über Allgemeines wie die Zeitaufteilung zwischen Arbeit und Familie, Berufsaussichten und Lieblingsrezepte. Und schließlich auch über sehr viel persönlichere Dinge wie Streit unter Freunden, Eheprobleme und sogar Sex. Seine Internetfreunde wussten weder, wie er wirklich hieß, noch, wie er aussah, und trotzdem waren sie mit den Hochs und Tiefs seiner Beziehung mit Laurie genauso vertraut wie Pete. Und wussten natürlich auch, wie lieb er seinen Großen hatte.

Er las sich das Thema des heutigen Tages durch.

Dienstag, 5. April, 07:55 Uhr

SoNotWicked schrieb:

Guten Morgen, ihr Lieben!! Eigentlich wollte ich heute mit euch über das Thema »Ferienlager« reden; es wurde ja in den letzten Tagen schon ein paarmal angesprochen, dass es nicht mehr lange bis zum letzten Schultag ist. Es ist also wieder mal so weit – wir müssen uns einfallen lassen, was wir mit den lieben Kleinen die nächsten zwei Monate anstellen sollen. Aber darüber können wir ein anderes Mal reden.

Ich weiß ja nicht, wie's euch geht, doch seitdem MotorCity uns daran erinnert hat, dass sein Großer bald weg ist, denke ich die ganze Zeit darüber nach. Wie schafft ihr Pflegeeltern das nur, dass ihr einem Kind eure ganze Liebe und Aufmerksamkeit schenkt, obwohl ihr es vielleicht nie wiederseht, wenn es wieder bei seinen leiblichen Eltern wohnt? Kann man sich da vielleicht selbst schützen, indem man sich ein bisschen zurückhält, nicht ganz hundert Prozent gibt?

Ich persönlich kann mir nicht vorstellen, Pflegemutter zu sein, etwas so Zeitaufwendiges und Kräftezehrendes auf sich zu nehmen, und das Ganze mit dem Wissen, dass man dafür durchaus keine lebenslange Liebe und Zuneigung zurückbekommt. Dass mich keiner besucht, wenn ich alt und klapprig bin, im Altersheim sitze und vor mich hin murmele. Und ihr macht so was einfach, tut alles für diese Kinder, die sich danach vielleicht nie wieder bei euch melden. Wie zur Hölle schafft ihr das bloß?

Scott kratzte sich am Kinn und wünschte, SoNotWicked wäre beim Thema Ferienlager geblieben. Er überflog wie immer erst die Antworten der anderen Forumsmitglieder und las sich die seiner engsten Freunde dann in Ruhe durch. Die erste war von LaksMom, die ihm wie jeden Tag in den letzten Wochen eine Nachricht geschickt hatte, dass sie an ihn dachte.

Anfangs hatte er sie sich im Lotussitz auf einem großen lila Kissen vorgestellt, den Laptop auf dem Schoß, die langen schwarzen Haare zu einem geflochtenen Zopf auf dem Rücken, ein entrücktes Lächeln auf dem Gesicht, während sie mit ihren Online-Freunden chattete. Es war auf jeden Fall eine stereotype Vorstellung, dessen war er sich bewusst, und höchstwahrscheinlich auch rassistisch. Vor allem aber war sie völlig unzutreffend, wie er mittlerweile herausgefunden hatte, jetzt, da er sie besser kannte. Nun stellte er sie sich in einem teuren Hosenanzug vor, in der einen Hand die Aktentasche, in der anderen einen Thermo-Kaffeebecher, wie sie schnell auf dem Handy eine Nachricht ans Forum schickte und sich dann mit dem Auto auf den Weg zu ihrem Büro im fünfundfünfzigsten Stockwerk eines Wolkenkratzers machte. Er scrollte ein wenig herunter und entdeckte einen weiteren Kommentar von ihr, eine direkte Antwort auf SoNotWickeds Frage.

Dienstag, 5. April, 09:15 Uhr

SNW, ich denke auch schon ganz schön lange darüber nach. Ich bin ziemlich sicher, dass MotorCity der Ganz-oder-gar-nicht-Typ ist. FosterFranny genauso, obwohl es bei ihr eine etwas andere Situation ist, sie hat ja vor, ihre Pflegekinder zu adoptieren. Mich würde deine Meinung dazu interessieren, MotorCity. Ist bestimmt nicht einfach, darüber zu reden/schreiben. Aber möglicherweise wird der anstehende Abschied doch ein bisschen leichter, wenn du mit uns darüber sprichst? Vielleicht nicht unbedingt *leichter*, aber wenigstens erträglicher?

Scott scrollte ein Stück weiter und entdeckte eine Nachricht von einer anderen Freundin, flightpath:

Dienstag, 5. April, 16:20 Uhr

Hier auch Interesse an MotorCitys und FFs Meinung dazu. Ihr wisst ja, für mich sind die Pflegeeltern/Vormundsleute unter euch echte Helden. Ich könnte das nicht – viel zu egoistisch.

Flightpath war dem Forum beigetreten, weil sie auf der Suche nach Rat und moralischer Unterstützung beim Thema »Leben mit einem älteren Elternteil« gewesen war, nachdem ihre demenzkranke Mutter bei ihr eingezogen war. Der harte Kern des Forums wuchs ihr jedoch so ans Herz, dass sie auch nach dem Tod ihrer Mutter weiterhin täglich vorbeischaute. Sie war die Stimme der Vernunft inmitten der teilweise etwas gluckenhaften jüngeren Eltern und beantwortete deren Fragen oft mit einem Augenzwinkern. Als jemand vor ein paar Wochen fragte, wie man dem kleinen Sohn am besten bei einem Projekt für die dritte Klasse helfen könne, antwortete Flightpath: »Sag ihm, dass du die dritte Klasse schon lange hinter dir hast, verlass das Zimmer, und lass ihn das allein machen.«

Sie hatte schon oft verzweifelte Mitglieder wieder auf den Boden der Tatsachen zurückgeholt, die sich Sorgen machten, weil sie ihren Kindern bestimmte Dinge nicht bieten konnten, sei es ein Luxusurlaub oder ein Studium oder – in Scotts Fall – eine verlässliche Vaterfigur für Curtis, wenn der Junge zurück zu LaDania ziehen würde.

»Jetzt komm mal wieder runter, MotorCity«, hatte Flightpath ihm befohlen. »Du hast in der Hand, was du für den Jungen bist, solange er bei euch wohnt. Und da du ja anscheinend vergessen hast, was das ist, helfe ich dir mal auf die Sprünge: für ein Jahr der beste Vater, den man sich nur wünschen kann. Auf alles, was danach kommt, hast du keinen Einfluss mehr. Also hör auf, dich deshalb fertigzumachen.«

Der sportbegeisterte 2boys, der selten ein Blatt vor den Mund nahm, war ebenfalls einer von Scotts engsten Freunden im Forum. Er und die Mutter seines Sohnes, die die Familie kurz nach dessen Geburt verlassen hatte, waren nie verheiratet gewesen. Mehrere Jahre später heiratete er eine andere Frau, die ihren Sohn mit in die Ehe brachte. Ein Jahr nach der Hochzeit erkrankte sie an Leukämie, und zwei weitere Jahre später war 2boys Witwer und alleinerziehender Vater von zwei kleinen Jungen.

Er trat dem Forum kurz nach dem Tod seiner Frau bei und erklärte, er sei wohl zu einem Leben als Junggeselle verdammt (»entweder hauen sie mir ab, oder sie sterben, auf jeden Fall bleibt einfach keine Frau lange bei mir«). Scott und 2boys freundeten sich schnell über das Thema Sport miteinander an und füllten das Forum manchmal mit so vielen Nachrichten über Mannschaftsrekorde und Spielerstatistiken, dass die anderen Mitglieder sie freundlich baten, sich doch vielleicht ein Sportblog zu suchen, damit der Rest von ihnen sich in Ruhe unterhalten konnte. Scott entdeckte eine zweite Nachricht von 2boys.

Dienstag, 5. April, 16:33 Uhr

@flight – ich glaub, ich könnte das auch nicht. ich meine, hey, ich bin ja schon oft genug genervt von meinen beiden, und mit denen bin ich immerhin durch gene und gesetze verbunden. echt jetzt, wenn kinder einem nicht helfen würden, steuern zu sparen, hätt ich ab und zu nicht übel lust, meine beiden einfach an der autobahn auszusetzen.

@motor – das wichtigste zuerst: hast du mitgekriegt, was für granaten pettitte gestern Abend in den ersten 2 innings geworfen hat? der typ hat's so was von drauf. die yankees werden dieses jahr meister, ich sag's dir. ach nee, das wichtigste ist natürlich curty, klar. du weißt ja, wie ich dich bewundere, hab ich dir ja schon oft genug gesagt. und mich interessiert auch sehr, wie du mit der situation klarkommst.

Scotts Finger schwebten einen Moment über der Tastatur, während er seine Gedanken ordnete. Dann fing er an zu tippen.

Dienstag, 5. April, 18:53 Uhr

@SoVERYWicked – so sollten wir dich umbenennen, dafür, dass du ausgerechnet jetzt dieses Thema aufmachst! Quatsch, ich mach nur Spaß, die Frage ist ja berechtigt, und ich weiß auch, dass andere hier im Forum in der gleichen Situation waren/sind und vielleicht darüber reden wollen. Bevor ich mich eben eingeloggt habe, hab ich meinem Großen beim Lesen zugehört – er spricht die Wörter immer laut mit –, und mir ist klar geworden, wie sehr ich seine Stimme im Hintergrund vermissen werde, während ich Arbeiten korrigiere oder eine Strategie für das nächste Basketballspiel ausarbeite oder mit euch chatte. Ich kann echt nicht glauben, dass ich sein stockendes Lesen und das Flüstern dabei nur noch fünf Tage lang hören werde.

Aber um auf die Frage zurückzukommen: Ich gehe da eigentlich nicht so ran, dass ich überlege, was ich ihm gebe und dafür zurückbekomme. Ich freue mich eher an all dem, was er mir im vergangenen Jahr gegeben hat, und denke darüber nach, wie schlimm es wird, ihn nicht mehr hier zu haben. Ich versuche, mir vor Augen zu halten, was auf ihn und auf mich zukommt, und dafür dankbar zu sein – er kriegt seine Mom zurück, und ich habe bald eine eigene Familie.

Wie euch meine Frau sicher bestätigen würde, schaffe ich es leider nicht immer, das Ganze positiv zu sehen. Ich musste mir schon anhören, ich würde mich benehmen wie ein Mann, der kurz davorsteht, ein Kind zu verlieren, und nicht wie einer, der eins bekommt.

@LaksMama – du bist die virtuelle Schwester, die ich nie hatte, das weißt du ja. Du weißt aber wahrscheinlich nicht, wie sehr mir deine morgendlichen Nachrichten jeden Tag helfen und wie sehr ich sie in den nächsten Wochen brauchen werde (na ja, jetzt weißt du's doch).

@boys – Meld dich wieder, wenn du weißt, wovon du redest. Die Yankees kannst du abhaken, die Tigers sind einfach die Besten!!!

Er klickte auf *Senden* und drehte den Kopf halb zu Curtis.

»Du … kannst … dich … auf … den … S-tuhl … setzen.«

Musik in seinen Ohren. Er loggte sich im Forum aus und klappte den Laptop zu. »Curty, schau dir den Satz noch mal genau an. Ich glaube, das vorletzte Wort spricht man anders aus.«

»*Curty*? Seit wann nennst du mich denn Curty?«

Er gab dem Jungen einen kleinen Klaps an den Kopf. »Ich

meinte natürlich Großer. ›Stuhl.‹ Lies die Stelle noch mal.« Er ließ sich neben Curtis auf die Couch fallen. Der Junge rutschte heran und kuschelte sich eng an ihn.

»Du kannst ... dich auf den ... Stuhl setzen.«

»Super. Na los, noch fünf Seiten und dann ein bisschen Mathe.«

»*Noch* fünf? Ich hab doch schon fünf gemacht. Laurie meinte, ich muss nur fünf. Wenn ich jetzt zehn mache, haben wir nachher keine Zeit mehr zum Körbewerfen.«

»Na ja, fünf sind gut, aber zehn sind große Klasse, meinst du nicht? Und du willst doch bestimmt nicht nur gut sein, oder?«

Curtis schnaubte. Scott sah ihn ernst an. »Na gut. Aber bei Mathe sind zwei Seiten schon große Klasse, ja? Mehr wäre fast schon zu gut, glaube ich.«

Scott lachte. »Zwei Seiten Mathe gehen klar.«

Der Höllen-Hattrick – Lesen üben, Mathe üben, duschen – ließ am Ende wirklich keine Zeit mehr, um noch Körbe zu werfen. Curtis holte mit einem tiefen Seufzer seinen Schlafanzug aus dem Schrank. »Ich hab dir doch gesagt, dass zehn Seiten zu viel sind.« Er sah mit theatralischer Verzweiflung zu den Basketballpostern an der Wand und dann zu dem kleinen Korb, den Scott neben seinem Schrank befestigt hatte. Schließlich heftete er die traurigen Augen auf Scott, der im Türrahmen lehnte und sich anstrengen musste, seine Belustigung angesichts des perfekt zur Schau gestellten Selbstmitleids des kleinen Jungen zu verbergen.

Scott holte die abgegriffene Ausgabe von *Stuart Little* aus dem Regal am Fenster und setzte sich aufs Bett, die langen Beine ausgestreckt. Er klopfte auf die Matratze neben sich. »Wie wär's zum Trost mit einem Extra-Mausekapitel heute Abend? Oder willst du lieber die ganze Zeit mit Schmollen verschwenden? Das wär mir auch recht, kein Problem.« Er schob die Unterlippe vor und imitierte das Gesicht des Jungen.

Curtis versuchte weiterzuschmollen, konnte jedoch ein Lächeln nicht lange unterdrücken. »Lieber ein Extra-Mausekapitel!«

Während der Junge es sich neben ihm gemütlich machte, tat Scott so, als studierte er den Einband des Buches. In Wirklichkeit aber genoss er insgeheim den Moment stiller Zufriedenheit, das Gefühl des kleinen warmen Körpers neben sich, den dünnen Arm auf seinem Bein. Curtis schien den Moment nicht unterbrechen zu wollen, deshalb legte Scott das Kinn auf dessen Kopf ab und ließ den Blick langsam durchs Zimmer schweifen.

Es war das typische Kinderzimmer eines kleinen Jungen. Poster mit Sportlern an den Wänden, eine Sammlung Rennautos, auf dem Fußboden verstreute Legosteine und Soldaten. Auf dem kleinen Teppich mit dem Straßenmuster darauf lagen zwei Gummidinosaurier. Scott und Laurie hatten am Morgen bis nach unten gehört, wie die Dinosaurier die Teppichstadt in Schutt und Asche gelegt hatten. Die beiden brutalen Zeitgenossen hatten die Lego-Bewohner bis unter das Bücherregal geschleudert. Ein paar waren sogar bis zum Kleiderschrank geflogen, dessen Tür offen stand und den Blick auf eine volle Wäschetonne und ein paar ziemlich unordentlich aufgehängte Kleidungsstücke freigab. Eine Einheit der Spielzeugarmee hatte offensichtlich erfolglos versucht, die Stadt zu beschützen: Unter einem der Dinosaurier sahen grüne Arme und Beine hervor, und hinter den Büchern im Regal versteckten sich ein paar Deserteure.

Der Junge neben ihm wurde langsam unruhig. Es war Zeit, mit dem Vorlesen zu beginnen. Scott schlug das Buch auf und zog vorsichtig das zerknickte Foto hervor, das als Lesezeichen diente. Auf dem Foto waren Curtis und er zu sehen, auf dem Bett aneinandergekuschelt wie jetzt gerade, Curtis hielt das damals noch ganz neue *Stuart-Little*-Buch in der Hand. Es war sein erster Abend hier gewesen, und Laurie hatte ganz viele Fotos gemacht, um sie LaDania und Bray zu schicken, damit die beiden wussten, dass es Curtis in seinem neuen Übergangszuhause gut ging. Curtis hatte das Foto haben wollen, und seitdem diente es als Lesezeichen.

Scott wollte das Bild auf den Nachttisch legen, aber eine kleine Hand streckte sich danach aus. »Kann ich mal?«

Scott gab ihm das Foto, und der Junge hielt es vorsichtig fest. Er strich mit dem Finger sanft über die beiden Menschen darauf. »Du wirst mir auch fehlen«, sagte er, eine Antwort auf das, was Scott zu ihm draußen in der Einfahrt gesagt hatte. »Ich hab meine Mom lieb, aber …« Er wischte sich mit dem Schlafanzugärmel über Nase und Mund.

»Das weiß ich doch«, erwiderte Scott und gab Curtis einen Kuss auf die Haare. »Und wenn du mich vermisst, heißt das nicht, dass du sie deshalb nicht lieb hast. Du kannst uns beide lieb haben, ich hab ja auch dich und Laurie gleichzeitig lieb. Das ist überhaupt nichts Schlimmes.« Er zog Curtis näher zu sich heran. »Du wirst mir so fehlen, ich kann dir gar nicht sagen, wie sehr. Aber du kannst immer zu Besuch kommen, so oft du willst. Ich freu mich schon drauf. Wen soll ich denn sonst im Basketball besiegen?« Er stieß den Jungen an und grinste.

Curtis kicherte und versetzte Scott ebenfalls einen Stoß in die Rippen. »Ja, aber wenn ich Bray mitbringe, werden wir zwei *dich* besiegen.«

»Da hast du recht. Bring ihn aber trotzdem ruhig mit, ihr seid uns beide immer willkommen.« Er legte dem Jungen eine Hand auf die Schulter. »Wirklich immer.«

Curtis schniefte und wischte sich noch einmal mit dem Ärmel über die Nase. Dann gab er Scott das Foto zurück. Während Scott sich zum Nachttisch hinüberbeugte, fühlte er plötzlich einen kleinen Finger in seiner Achselhöhle. Er drehte sich blitzschnell um und hielt die freche Hand fest.

»Versuchst du etwa, mich zu kitzeln? Willst du etwa sagen, dass Kitzelzeit ist? Anders kann ich das nämlich nicht verstehen, das ist dir hoffentlich klar.«

Der Junge lachte hell auf und versuchte, aus dem Bett zu klettern, doch Scott schnappte ihn sich, kniete sich über ihn und hielt ihn fest. Eine Hand umfasste die beiden dünnen Arme, die sich ihm immer wieder entwinden wollten, mit der anderen kitzelte er Curtis, bis dessen Kreischen sein typisches ohrenbetäubendes Level erreichte. Scott pikte ihn zur Sicherheit noch ein paar Mal in beide Achselhöhlen, verpasste dem Jungen dann den gespielten Fausthieb in den Bauch, der das Ende ihrer Kämpfe bedeutete, und setzte sich wieder auf.

»Oooch!«

Scott hielt die Hände fest, die ihn schon wieder unter der Achsel kitzeln und zum Weitermachen überreden wollten. »Ja, ja, ich weiß. Aber es wird wirklich Zeit, ein bisschen runterzukommen, nicht noch mehr Quatsch zu machen.«

Er wandte sich wieder dem Buch zu, zu keiner weiteren Diskussion bereit. »Wo haben wir denn gestern Abend aufgehört?«

10

Mara

Mara stand in der Küche und sah durch die Glasschiebetür hinauf in den dunklen Nachthimmel. Aus dem Augenwinkel nahm sie eine Bewegung wahr und trat einen Schritt zurück. Es war der Sonnenfänger, der an einer Schnur vom Türrahmen hing und hin und her schwang. Sie stieß ihn sanft mit der Fingerspitze an und sah ihm zu, wie er sich langsam um die eigene Achse drehte. Es war eine Miniaturnachbildung der Notre-Dame-Basilika von Montreal. Die hatten sie dort vor vier Jahren gekauft, bei dem Versuch, ihre Gefühle füreinander durch einen Besuch in der Stadt, in der sie sich verliebt hatten, wieder neu zu beleben.

Sie hatten sich im dritten Semester in der Morrice Hall an der McGill University kennengelernt. Mara war nur wenige Straßen weiter aufgewachsen, Tom kam von der anderen Seite der Grenze, aus New York. Sie wollte in den USA Jura studieren, ihre Eltern wollten als Rentner gern in eine wärmere Gegend ziehen und natürlich weiterhin nah bei ihrem einzigen Kind wohnen. Dank Poris Anstellung als Chemie-Ingenieur bei einer Firma mit Filialen auf beiden Seiten der Landesgrenze verfügte er neben der indischen Staatsbürgerschaft auch über die US-amerikanische und die kanadische. Dadurch stand einem Leben an einem wärmeren Ort als Quebec nichts im Weg. Tom spielte damals lediglich mit dem Gedanken, Medizin zu studieren, ließ diese Idee jedoch schnell wie einen festen Vorsatz klingen, als ihm klar wurde, wie ernst seine exotische, schwarzhaarige Freundin ihre Zukunft nahm.

Sie sprach schon beim ersten Date davon, dass sie Karriere als Anwältin machen wollte. Sie saßen auf der Treppe vor der Kirche, tranken Kaffee aus Pappbechern und taten, als hockten sie wegen der Kälte so nah beieinander. Mara beschrieb ihm bis ins kleinste Detail, wie sie sich ihre erfolgreiche Anwaltskanzlei vorstellte, ihren Plan, in kürzester Zeit dort Partnerin zu werden, das lange Arbeitsleben, das bis weit über das Rentenalter hinausgehen würde. Und sie erklärte ihm lachend, wenn er nur eine Frau suche, die gut zu seinem Doktortitel passte, den ganzen Tag zu Hause saß und ihm die Arbeitswelt überließ, dann hätten sie beide keine Zukunft.

Tom hatte an dem Abend mitgelacht. Zwei Jahre später, zu Beginn ihres letzten Jahres an der Uni, besuchten sie noch einmal Notre Dame. Sie standen auf den Stufen, auf denen ihr erstes Date stattgefunden hatte, und er sagte ihr, dass er tatsächlich auf der Suche nach einer Frau sei. Er gab zu, dass er immer gedacht hatte, er würde sein Leben mit einer verbringen, die zu Hause blieb und für ihn kochte. Schließlich sei ihm jedoch klar geworden, dass er nur mit einer Frau glücklich werden könnte, der ihr Beruf genauso wichtig war wie ihr Mann. Die ihn damit in den Wahnsinn treiben würde, dass sie immer etwas Arbeit mit nach Hause bringen würde – an den Wochenenden, im Urlaub und auch sonst ständig.

So eine Frau wollte er, erklärte er ihr, und dann kniete er sich vor sie hin, hielt ihr den Ring hin, der eigentlich nicht hübsch genug für sie war, wie er hinzufügte, und fragte, ob sie vielleicht eine Frau kenne, auf die diese Beschreibung zutraf.

Mara stieß den Sonnenfänger noch einmal sanft an, sodass er schnell vor sich hin kreiselte, und drehte den Verlobungsring an ihrem Finger. Tom hatte sie schon oft gebeten, sich doch von ihm einen hübscheren kaufen zu lassen. Einen teuren, mit einem so großen Diamanten, wie er ihn ihr gern damals schon geschenkt hätte und sich heutzutage auch endlich leisten konnte. Sie lehnte dies stets kategorisch ab.

Mara betrachtete die kleine Kirche, die sich nun langsamer drehte. Er hatte sie mit der Reise vor vier Jahren überrascht, es war ein paar Monate nach dem Termin bei Alan Misner gewesen. Tom hatte in dieser Zeit das Wort »Huntington« kein einziges Mal mehr erwähnt, und Mara hatte sich große Mühe gegeben, ihre Gereiztheit nicht mehr so an ihm auszulassen. Dadurch war die Mauer ein wenig abgetragen worden, die sie zwischen sich errichtet hatten, sie stand jedoch leider immer noch, und deshalb hatte sie Toms Vorschlag von einem gemeinsamen Wochenendtrip geradezu schockiert.

Angeblich sollte die Reise anlässlich ihres Hochzeitstags stattfinden. Am Morgen des zweiten Tages bat Tom Mara jedoch im Hotelzimmer zu sich auf die Couch und gestand, dass der wahre Grund ein erneuter Versuch seinerseits war, sie davon zu überzeugen, dass sie nicht völlig gesund war. Er bat sie inständig, doch noch einmal über einen Termin bei Dr. Thiry in der Huntington-Klinik nachzudenken. Sie sah seinen verkrampften Schultern an, dass er sich nach dem Erwähnen der Krankheit auf eine aggressive Reaktion von ihrer Seite eingestellt hatte. Stattdessen beugte sie sich vor, den Kopf zwischen den Knien, und brach in Tränen aus. Wegen der Symptome, die sie sich endlich selbst eingestand, und der Diagnose, von der sie mittlerweile annahm, dass Tom damit richtiglag. Sie erzählte ihm, dass sie seit dem Termin bei Dr. Misner immer wieder über alles nachgedacht und sich selbst auch bereits schlaugemacht hatte. Sie war dabei auf eine Website mit vielen Kommentaren und Informationen von betroffenen Patienten und deren Familienangehörigen gestoßen. Mara hatte sich in einigen der Aufzählungen von Anzeichen, Symptomen und Erfahrungsberichten wiedererkannt und sich letztendlich zu einer Untersuchung durchgerungen, um den Verdacht bestätigen zu lassen, den sie mittlerweile mit Tom und seinem Studienkollegen teilte.

»Wenn ich diese Krankheit habe, dann will ich es auch wissen«, erklärte sie Tom. Sie saßen im Hotelzimmer in Montreal und hielten sich an den Händen. »Ich brauche die Gewissheit, wie du selbst meintest. Ich will mich darauf vorbereiten. Und ich will es Laks irgendwie erklären. Vielleicht nicht unbedingt die ganz schlimmen Details, aber wenigstens die Tatsache, dass mich die Krankheit ihr wegnehmen wird. Ihre leibliche Mutter war ohne jede Erklärung plötzlich fort, das soll bei mir anders sein. Wenn sie mich auch verliert, soll sie wissen, warum.«

Tom hakte nach, denn das würden die Leute in Dr. Thirys Klinik auch tun, meinte er. Wollte sie es wirklich wissen? War sie sich darüber im Klaren, wie sie damit umgehen würde, was es für sie bedeutete, wenn das Ergebnis des Testes positiv ausfiel?

Sie sagte, sie sei bereit. »Wenn der Test positiv ist, wird das vor allem eine Erleichterung sein.« Sie saß immer noch vornübergebeugt und hatte die Arme um sich geschlungen. »Ich weiß schon lange, dass irgendwas mit mir nicht stimmt. Und das steht zwischen uns, das hast du ja auch gemerkt. Dass wir nicht wissen, was wirklich los ist, ist doch für uns beide unerträglich. Selbst wenn die Antwort niederschmetternd ist – wenigstens haben wir dann eine.« Sie sah ihn ängstlich an. »Wenn dieses Ding endlich einen Namen hat, wenn wir wissen, womit wir es zu tun haben, finden wir vielleicht auch wieder zueinander.«

»Ganz bestimmt«, sagte er und zog sie langsam an den Schultern hoch. Er legte einen Arm um sie und zog sie näher zu sich heran. »Wir finden garantiert wieder zurück zueinander, wir haben ja schon damit angefangen.«

Sie drückte ihre Wange gegen seine warme Hand. »Ich werde sterben«, flüsterte sie. »Bevor unsere Enkel da sind. Bevor Laks überhaupt heiratet oder studiert.«

»Schatz, jetzt lass uns doch erst mal den Test machen.«

»Ich hab die Krankheit«, sagte sie. »Das weiß ich. Und das weißt du auch.«

Sie versetzte dem Sonnenfänger erneut einen kleinen Stoß. Eine Träne lief ihr die Wange hinunter, dann noch eine, schließlich ein ganzer Strom, als sie von der Erinnerung überwältigt wurde, wie sie zusammengebrochen war, diesmal mit dem Kopf in Toms Schoß, seine Arme um ihre Taille, wie ihre Schultern bebten, als ihr das ganze Ausmaß klar wurde. Klar wurde, was sie zurücklassen musste.

»Ich werde nicht für sie da sein«, weinte sie. »Sie wird keine Mutter haben. Ich werde nicht erleben, wie sie aufwächst. Ich werde das alles nicht sehen!«

»Ach, Mara.« Selbst heute noch, fast vier Jahre später, hatte sie den Klang seiner Stimme im Ohr, die unendliche Verzweiflung darin. Fühlte das Gewicht seines Körpers, wie er sich über sie beugte, sie vor allen Gefahren bewahren wollte. Aber die Gefahr drohte ja nicht von außen, und es war egal, wie nah er sie zu sich heranzog, dass er ihren Körper mit seinem bedeckte – sie wusste, dass er sie nicht vor dem Angriff ihres eigenen Körpers schützen konnte.

11

Mara

Bei ihrem ersten Besuch verbrachten sie fast sechs Stunden in der Huntington-Klinik. Die vielen Gespräche, Tests und Untersuchungen verschwammen für Mara im Rückblick zu einer einzigen Masse. Einige kleine Dinge waren ihr hingegen bis heute in Erinnerung geblieben. Wie freundlich die Abteilungsleiterin Betty gewesen war, die Maras Tests und Termine koordiniert hatte und ihre Hand hielt, während sie Tom und sie vom Untersuchungsraum zum Sprechzimmer und von dort in den Konferenzraum führte.

Wie Dr. Thiry sie begrüßte, wie er ihre Rechte mit beiden Händen umfasst und lange nicht losgelassen hatte. Dank dieser Geste fühlte Mara sich schlagartig sicher und gut aufgehoben in der Klinik, und so ging es ihr bis heute jedes Mal, sobald sie dort durch die Tür trat. Wie Tom ständig nach ihr gegriffen hatte, ihr alle paar Sekunden über die Schultern strich, ihr einen Kuss auf die Wange drückte, auf die Schläfe, auf die Stirn, ihr sagte, wie sehr er sie liebte.

Vielleicht waren das aber auch gar keine kleinen Dinge.

Dr. Thirys Team nahm sich viel Zeit, Mara die Huntington-Krankheit, auch kurz HK genannt, im Detail zu erklären, doch sie hatte schon so viel im Internet darüber gelesen, dass sie mittlerweile nicht mehr genau hätte sagen können, welches Wissen sie woher hatte. Schon vor ihrem Termin in der Klinik wusste sie, dass HK eine Art genetisches Stottern war, dass ein bestimmtes Basentriplett – das C-A-G-Triplett, als CAG abgekürzt – am Ende eines bestimmten DNS-Strangs öfter als nötig wiederholt wurde.

Sie wusste, dass der Bluttest, mit dem festgestellt wurde, ob jemand an HK litt oder nicht, die Krankheit nachwies, indem er die Anzahl der CAG-Wiederholungen in der DNS dieses Menschen anzeigte. Bei weniger als fünfunddreißig Wiederholungen war man gesund, hatte kein HK-Gen in der DNS und würde keine Symptome entwickeln. Ab mehr als vierzig Wiederholungen hatte man auf jeden Fall HK, und es würden früher oder später Symptome auftauchen – vorausgesetzt, man wurde dafür alt genug. Zwischen sechsunddreißig und neununddreißig Wiederholungen befand man sich im Niemandsland, dann musste man einfach abwarten. Vielleicht würden sich Symptome einstellen, vielleicht hatte man Glück.

Mara hielt den Sonnenfänger fest und fuhr mit dem Finger den äußeren Rand der kleinen Kirche nach. Sie musste an ihr erstes Gespräch in der Klinik denken. Während des einstündigen Termins hatte sie Betty gefragt, ob es stimmte, dass jemand mit einem höheren CAG-Wert, fünfundvierzig zum Beispiel, schneller abbaute als jemand mit einem Wert von vierzig. Sie hatte im Internet gelesen, dass es umso schlimmer um einen stand, je höher dieser Wert ausfiel. Es bedeutete, dass die HK einem die Neuronen schneller zerstörte, die Kommunikation zwischen Gehirn und Muskeln schneller zunichtemachte, dass man dadurch schneller die Kontrolle über seine Gliedmaßen verlor. Es bedeutete auch, dass man früher starb. Kinder, die an Juveniler HK litten, hatten zum Beispiel meist Werte in den Sechzigern, bei ihnen lagen zwischen dem ersten Anzeichen der Krankheit und dem letzten Atemzug oft nur fünf Jahre.

Sie erinnerte sich, dass Betty widersprochen hatte, es gebe keinen wissenschaftlich bewiesenen Zusammenhang zwischen dem CAG-Wert und der Geschwindigkeit, mit der die Krankheit fortschritt. In diesem Moment wurde Mara zum ersten Mal bewusst, dass sie sich bei der Beantwortung ihrer Fragen nicht auf die Klinik oder Ärzte im Allgemeinen verlassen konnte. Es sollte nicht das letzte Mal bleiben. Es gab noch so viel, das man nicht wusste, sagte Betty, und mit »man« meinte sie die Ärzte, die in den Laboren versuchten, das Wie und das Warum der Krankheit zu ergründen.

Gleichzeitig lebten draußen in der echten Welt aber viele Menschen mit der Krankheit und tauschten im Internet ihr Wissen aus. Und selbst wenn die Typen in den weißen Kitteln vielleicht nicht auf dem neuesten Stand waren – Mara wusste ja, was sie gelesen hatte: Dutzende Erfahrungsberichte von HK-Patienten und deren Angehörigen, in denen sie erzählten, dass jemand mit einem CAG-Wert von fünfundvierzig in der Tat viel schneller abgebaut hatte als ein Onkel oder Bruder oder Großvater mit einem Wert von einundvierzig.

Sie wusste außerdem, was sie gesehen hatte: ein Video von einer Frau mit einem Wert von sechsundvierzig, die acht Monate zuvor bei einem Familienfußballturnier noch zwei Tore gegen ihre Tochter geschossen hatte und nun mit seltsam verzerrtem Gesicht vor der Kamera stand, während ihr Oberkörper so sehr hin und her geschleudert wurde, dass es aussah, als würde sie jeden Moment umfallen. Die Frau fuchtelte, ohne es zu wollen, wie wild mit den Armen und erinnerte Mara an die bunten aufblasbaren Figuren, die man oft auf Volksfesten sah, die sich im Wind hin und her bogen und spastisch anmutende Bewegungen ausführten.

Ein weiteres Detail, das sich Mara bei diesem ersten Besuch nachhaltig eingeprägt hatte, waren ihre Hände. Dr. Thiry hatte sie nach ihrer Chorea befragt, den unabsichtlichen Bewegungen der Gliedmaßen, die auch Alan bemerkt und ihr erklärt hatte, und sie sah hinunter und stellte wieder einmal überrascht fest, dass ihre Hände nicht ruhig in ihrem Schoß lagen, sondern die ganze Zeit in Bewegung waren. Sie sah erschrocken zu Tom, der nur hilflos mit den Schultern zuckte. »Meistens merkt man es kaum. So schlimm wie jetzt ist es nur, wenn du viel Stress hast.« Mara verschränkte die Hände daraufhin ineinander, um sie still zu halten, und Tom hatte sich zu ihr herübergebeugt und sie geküsst. »Das hier ist ja auch wirklich wahnsinnig aufreibend, Schatz.«

Dr. Thiry erläuterte, dass HK-Patienten ihre eigenen Bewegungen häufig falsch wahrnahmen. Jemand, der aufgrund seiner Chorea ununterbrochen zappelte, merkte es vielleicht gar nicht. Manche hatten auch einen sehr unregelmäßigen Gang, waren aber davon überzeugt, völlig normal zu gehen.

»Das nennt man Anosognosie«, sagte Dr. Thiry.

»Anosognosie«, wiederholte Mara. Das hatte einen seltsamen Klang, fand sie. Aber es war ja auch ein sehr seltsames Phänomen – wie konnte jemand seine Arme bewegen, ohne es zu merken? Wie konnte jemand plötzlich ganz anders gehen als sonst und das nicht mitbekommen? So unglaublich es auch schien, es gehörte wohl ab jetzt zu ihrem Leben dazu.

»Anosognosie«, flüsterte sie noch einmal vor sich hin und betrachtete ihre Hände, die sich immer noch ohne ihr Zutun bewegten. Es war, als gehörten sie jemand anderem.

Dr. Thiry wandte sich an Tom. »Die Chorea tritt also schon seit einer Weile auf? Noch irgendwelche anderen körperlichen Symptome?«

Tom warf Mara einen verstohlenen Blick zu und nickte. »Sie lässt Sachen fallen«, sagte er leise. Mara merkte, dass er hin und her gerissen war zwischen dem Wunsch, seine Frau vor noch mehr bestürzenden Neuigkeiten über sich selbst zu beschützen, und dem Bestreben, dem Arzt alle nötigen Informationen zukommen zu lassen.

»Ist schon in Ordnung«, sagte sie und lächelte zum Beweis, dass sie sich bei der Thematik nicht mehr sträubte. »Erzähl ihm ruhig alles.«

Tom rutschte nervös hin und her. »Sie stößt auch oft irgendwo gegen«, fuhr er fort. »Gegen den Tisch, gegen die Arbeitsplatte in der Küche. Und …« Er verstummte kurz, als müsste er erst all seinen Mut zusammennehmen, um den Satz zu beenden. »Ab und zu fällt sie hin.«

»Hast du mit Steph gesprochen?«, fragte Mara. Sie musste an den »Herabfallenden Hund« beim Yoga denken. Davon hatte es seit dem ersten Mal noch viele mehr gegeben.

Tom legte den Kopf schräg. »Nein, ich seh doch selbst, wenn du hinfällst. Wieso? Bist du vor Steph auch schon gestürzt?«

»Nicht oft«, flüsterte sie. Er schob seinen Stuhl näher zu ihr heran und legte ihr den Arm um die Schultern.

Im Auto auf dem Weg nach Hause brachte Tom die Sprache noch einmal auf Maras Anosognosie. Sie erklärte, warum ihm ihre Bewegungen aufgefallen waren, Mara selbst jedoch nicht. »Ich wollte es dir sagen, als es angefangen hat, aber du warst dem Thema gegenüber ja nicht so offen. Was ich gut verstehen kann. Soll ich dir es von jetzt an sagen, wenn es mir auffällt oder wenn es schlimmer wird?«

Mara musste an die Frau aus dem Video denken, die ausgesehen hatte wie eine Jahrmarktsfigur, die mit dem CAG-Wert von sechsundvierzig. Wer würde schon wissen wollen, dass er oder sie so aussah? »Nein«, antwortete sie.

Mehr wusste sie von diesem Tag nicht mehr, nicht mehr von den restlichen fünf Stunden voller Befragungen, Nachhaken, Nicken und Notizenmachen der verschiedenen Spezialisten, an deren Namen und Gesichter sie sich schon nicht mehr erinnerte. An ihren zweiten Besuch einen Monat später, als der Bluttest durchgeführt wurde, hatte sie ebenfalls kaum noch eine Erinnerung.

Mara erinnerte sich jedoch an jedes Detail ihres dritten Termins, als sie sich zu einem kurzen Gespräch mit Betty und Dr. Thiry trafen, um über das Ergebnis des Tests informiert zu werden. Dieser Besuch begann und endete mit einer Zahl.

Achtundvierzig.

Ihr CAG-Wert.

Achtundvierzig.

48.

Vier, acht.

Dr. Thiry reichte ihr das Blatt mit den Daten. Mara hielt es nur eine Sekunde fest und ließ es dann fallen, als hätte sie sich verbrannt. Sie schloss die Augen und sagte sich, dass sie wohl nie wieder diese Zahl sehen oder hören konnte, ohne unglaublich wütend zu werden. Sie würde den Geburtstag, der auf ihren siebenundvierzigsten folgte, ignorieren – wenn sie überhaupt so alt würde. Sie öffnete die Augen und erkannte an den Gesichtern der Umstehenden, dass sie das gerade laut gesagt hatte.

Sie versuchte aufzustehen, wollte aus dem Zimmer laufen, verlor aber plötzlich das Gleichgewicht. Tom sprang schnell auf und hielt sie fest. Er nahm sie in die Arme, drückte seine Wange, seine Brust, seine Beine, seinen ganzen Körper fest gegen ihren und küsste ihre Wangen, ihre Augen, ihre Haare, sagte ihr, dass er sie liebte. Sie wusste nicht mehr, wie lange sie so dastanden.

Nach einer Weile drehte sich Tom zu Betty und Dr. Thiry um, sprach leise mit ihnen, und die beiden verließen daraufhin den Raum. Er blieb bei ihr. Mara hätte sich nicht bewegen können, wenn sie es gewollt hätte. Ihr war hinterher nicht mehr klar, wie sie aus dem Gebäude zum Auto gekommen waren, Tom musste sie einen Großteil des Weges getragen oder sie zumindest beim Gehen gestützt haben. Sie weinten beide die ganze Fahrt bis nach Hause, das wusste sie noch, hielten einander an den Händen und drückten so fest zu, dass ihre Finger ganz taub wurden und sie sich kurz loslassen und die Hände bewegen mussten, bevor sie doch wieder nacheinander griffen.

Zu Hause stolperten sie ins Wohnzimmer und brachen auf der Couch zusammen, zu erschöpft, um auch nur einen Schritt weiterzugehen. Dort lagen sie dann, ein Knoten aus Armen, Beinen und Tränen, bis es draußen dunkel war. Schließlich trug Tom sie ins Schlafzimmer und half ihr dabei, das Nachthemd anzuziehen und unter die Decke zu kriechen. Er zog sich ebenfalls aus und legte sich zu ihr. Er umarmte sie von hinten, schmiegte sich eng an sie, vergrub sein tränennasses Gesicht an ihrem Hals und wiegte sie beide in den Schlaf.

Den Rest der Woche nahm sie wie durch einen Schleier wahr, nur ein paar Momente prägten sich ihr ein: Neerjas Schrei, durchdringend und verzweifelt wie der eines Klageweibs, als Tom ihr alles erzählte; ihre Eltern, die Laks an dem Abend zu sich nahmen, als die Zwei Frauen vorbeikamen; wie Steph fluchte und Gina weinte und wie die beiden dann sofort einen Plan für die nächsten Wochen zusammenstellten, welcher Kollege aus dem Büro wann und welches Essen für Mara und Tom vorbeibringen würde; andere Freunde (die mittlerweile keine Freunde mehr waren), die einmal vorbeikamen, während Toms Beschreibung, was auf die Familie zukommen würde, blass wurden und dann für immer aus ihrem Leben verschwanden.

Ihre Eltern waren in dieser Woche natürlich fast ununterbrochen für sie da, ihr Vater brachte alle halbe Stunde Lebensmittel vorbei, ihre Mutter stand in der Küche und kochte, obwohl Gina sie immer wieder freundlich darauf hinwies, dass sich bereits jemand anders um das Essen kümmerte. Mara erinnerte sich daran, wie sie, ihre Mutter, Steph und Gina eines Abends bei einem Glas Wein im Wohnzimmer saßen und sich unterhielten, während Tom und Pori Laks ins Bett brachten. Mara erzählte den Frauen, dass sie nicht so recht verstehen konnte, wieso sie eigentlich so schockiert war. Dass sie auf rationaler Ebene ja schon seit einiger Zeit wusste, dass es für ihre Symptome nur eine Erklärung geben konnte. Dass sie rein von der Logik her hätte wissen müssen, welches Ergebnis bei dem Bluttest herauskommen würde. Gina und Neerja nickten verständnisvoll.

Steph schenkte allen Wein nach und fasste zusammen: »Rationalität und Logik haben wohl nichts zu melden, wenn man plötzlich mit der Diagnose ›unheilbar krank‹ klarkommen muss.«

12

Mara

Mara setzte sich an den Küchentisch und klappte ihren Laptop auf. Die Bildschirmuhr zeigte zwei Uhr fünfzehn an, es waren über zwei Stunden vergangen, seitdem sie aus ihrem Ehebett in Laks' geklettert war. Sie schüttelte den Kopf, fassungslos darüber, wie sehr ihr Schlafrhythmus seit der Diagnose durcheinandergeraten war. Durch die ständige Sorge, was wohl der nächste Monat oder auch schon die nächste Woche bringen würde, schlief sie bereits seit einem Jahr nicht mehr durch. In letzter Zeit sahen ihre Nächte fast immer so aus wie diese: Der Rest des Hauses schlief, und Mara saß allein in der dunklen Küche, dachte über alles nach. Machte sich Sorgen. Schmiedete Pläne.

Sie zog den Klebezettel vom Boden des Laptops, den sie dort versteckt hatte – die Liste mit Leuten, von denen sie sich noch verabschieden musste, und Aufgaben, die in den nächsten fünf Tagen noch zu erledigen waren. Sie strich die Namen der beiden Uni-Freunde durch, mit denen sie am Nachmittag unter dem Vorwand telefoniert hatte, sie wolle nur überprüfen, ob ihre Nummern noch stimmten. Dann strich sie den Namen einer Mutter durch, deren Kind mit Laks zur Schule ging und mit der sie sehr gut befreundet war. Sie hatte ihr eine E-Mail geschrieben, bevor Laks nach Hause gekommen war. Die E-Mail begann mit einer vorgeschobenen Frage zum anstehenden Wandertag und endete mit ein paar Zeilen, in denen Mara sich für die Freundschaft bedankte. Sie hatte die

Mail ganze vier Mal umgeschrieben, bevor sie keine Angst mehr gehabt hatte, dass die Frau beim Lesen misstrauisch werden würde. Sie konnte mit ihrem Fortschritt zufrieden sein, fand Mara. Dem Forum Bescheid zu sagen hatte sie sich immer noch nicht getraut, aber dafür war ja noch Zeit. Sie klebte den Zettel wieder unter den Laptop, loggte sich ein und überflog die neuesten Einträge. Bei MotorCitys Kommentar, sie sei wie eine Schwester für ihn, musste sie lächeln, und als sie sah, wie viele ihm alles Gute für die letzten Tage mit seinem Großen wünschten, kam sie aus dem Lächeln gar nicht mehr heraus. Sie glaubte nicht an Gott, trotzdem schloss Mara kurz die Augen und schickte ein Stoßgebet zum Himmel, dass MotorCity gut damit fertigwürde, wenn der Junge nicht mehr bei ihm lebte. Zum Glück hatte er ein eigenes Baby, auf das er sich freuen konnte. Da sie schon mal dabei war, wünschte sie sich gleich noch von ganzem Herzen, dass sich morgen jemand von Dr. Thirys Klinik melden und ihr mitteilen würde, dass ein einmaliger Fall von Inkontinenz überhaupt nichts zu bedeuten habe.

Nachdem sie den Wunsch losgeschickt hatte, ging sie auf eine Website mit Informationen zum neuesten Forschungsstand zu HK. Sie zog sich einen Stift und einen Schreibblock heran. Schon vor vier Jahren hatte sie die Seite in den Lesezeichen ihres Browsers gespeichert. In den ersten Monaten nach der Diagnose hatte sie sie jeden Tag aufgerufen und sich durch alle Artikel gelesen. Sie war begeistert gewesen von den vielen Forschungsteams auf der ganzen Welt, die »entscheidende Fortschritte« zu verzeichnen oder gerade »beträchtliche finanzielle Mittel« erhalten hatten, um weiter nach der Ursache und einer Heilungsmöglichkeit der Krankheit zu suchen.

Mehrere Male hatte sie auch Tom auf der Seite erwischt. Er stritt das zwar immer ab und behauptete, er hätte nur etwas für einen Patienten nachgeschlagen, konnte aber nie eine befriedigende Erklärung dafür liefern, wieso er jedes Mal blitzschnell den Laptop zuklappte, wenn sie dabei in seine Nähe kam. Sie hatte ihn jetzt schon eine Weile nicht mehr dabei erwischt und es selbst ebenfalls aufgegeben. Aus den »vielversprechenden Anfängen« und »potenziellen Möglichkeiten« wurde nie etwas Handfestes, und nach einer Weile hatte es sich angefühlt, wie wenn man sich auf einen geschmückten Baum freut, aber in einer Familie lebt, die Weihnachten gar nicht feiert. Mara war schon seit Ewigkeiten nicht mehr auf der Website gewesen.

Jetzt, angetrieben von der Hoffnung auf Neuigkeiten durch Dr. Thirys Team am nächsten Tag, schwebte der Kuli schreibbereit über dem Notizblock. Sie klickte die Mine ein paar Mal heraus und wieder herein, eine Profi-Mitschreiberin, die sich warmmachte, angetreten, um sich Notizen über die neuesten Entwicklungen zu machen, von denen sie dann morgen früh Tom erzählen konnte. Vielleicht konnte sie ja den ursprünglichen Plan umwerfen, wie ihr Geburtstag enden sollte. Sie überflog die Überschriften, klickte sich durch die Details zu gerade abgeschlossenen oder noch laufenden Modellstudien mit Tieren, schöpfte bei jedem Versuchspersonenbericht Hoffnung.

Nach zwanzig Minuten klickte sie ein letztes, lustloses Mal mit dem Kuli und ließ ihn auf den Tisch fallen.

Nichts.

Seit ihrem letzten Besuch waren viele Anstrengungen unternommen worden; es gab seitenweise Berichte, aber bei keiner Studie war etwas wirklich Nennenswertes herausgekommen. Ein Pharmakonzern hatte die jahrelange Forschung nach »enttäuschenden Ergebnissen« bei Tierversuchen eingestellt. Ein Labor hatte den Start einer Untersuchung über das Absterben von Nervenzellen bei HK-Patienten verschoben; die erste Phase sollte nun in anderthalb Jahren beginnen statt wie geplant in einem halben. Das Endprodukt, so hoffte man zumindest, wäre ein Medikament, das das Voranschreiten der Krankheit verlangsamen könnte. Keine Heilung, nur eine Hilfe. Und natürlich käme es erst nach drei Testläufen auf den Markt, jeder davon zwischen sechs und achtzehn Monate lang. Mara würde sich also nicht so bald ein Wundermittel in der Apotheke kaufen können.

Sie hätte es wissen müssen. Die Fragen, die die Krankheit aufwarf – wie sie funktionierte, wie sie aufgehalten werden konnte –, waren nach wie vor ungeklärt. Sie hatte sich wieder mal dazu hinreißen lassen, sich Hoffnungen auf einen Weihnachtsbaum zu machen. Stattdessen starrte sie nur eine leere Zimmerecke an.

Mara sah vom Laptop zum Telefon an der Wand und bereute die Nachricht, die sie der Klinik auf den Anrufbeantworter gesprochen hatte. Dort würde man sich bestimmt nicht trauen, ihr zu sagen, dass dieser einmalige Vorfall der Anfang vom Ende war.

Man würde ihr aber eben auch nicht versprechen können, dass der Vorfall nicht auf eine neue, verschlechterte Situation hinwies. Dass er kein Anzeichen dafür war, dass demnächst noch mehr peinliche Erlebnisse dieser Art folgen, dass noch weitere Körperfunktionen nachlassen würden, dass ihr wirklich noch viel Zeit blieb, bevor sie so sehr die Kontrolle über ihren eigenen Körper verlor, dass sie nicht mehr selbst über ihren Abschied aus dem Leben würde bestimmen können. Dass sie ruhig noch ein Jahr oder auch nur einen weiteren Monat warten konnte. Ein Gespräch mit Dr. Thiry würde lediglich dafür sorgen, dass mehr Leute von dem peinlichen Zwischenfall erfuhren.

Als die Klinik am nächsten Tag zurückrief, ging Mara nicht ans Telefon.

TEIL II

Mittwoch, 6. April

NOCH VIER TAGE

13

Scott

Als Scott aufwachte, war es schon spät. Er hatte in der Nacht kaum geschlafen, die meiste Zeit wach gelegen und an die Decke gestarrt. Auf dem Weg in die Küche stieg ihm der Duft von frischem Kaffee in die Nase – zu seiner Überraschung, denn in letzter Zeit wurde Laurie von dem Geruch immer schlecht. Er kaufte sich deshalb schon seit einer Weile morgens erst auf dem Weg zur Arbeit einen Becher.

Sie saß fertig angezogen in der Küche und aß eine Scheibe Toast. »Hast du dir Kaffee gekocht?«

Laurie verzog das Gesicht. »Ich glaube, ich trink nie wieder welchen, nein. Das ist die größte Gemeinheit am Schwangersein, weißt du. Man hört ständig, dass Schwangere zu den verrücktesten Tageszeiten Appetit auf die seltsamsten Sachen haben, aber keiner sagt einem, dass man sich auch auf einmal vor Dingen ekelt, die man sonst immer lecker fand. Der Kaffee ist für dich, ich dachte, du schaffst es heute vielleicht nicht, dir noch einen vor der Arbeit zu kaufen. Hast du heute Nacht eigentlich überhaupt geschlafen?«

»Ein bisschen.«

»Kann mir schon denken, wieso du wach gelegen hast.«

Er sah sie prüfend an und überlegte kurz, sich eine Ausrede zu überlegen, Personaleinsparungen in der Schule oder so etwas.

Sie stand auf, stellte ihren Teller in die Spüle und legte eine Hand auf seine Brust. »Ich konnte auch lange nicht einschlafen. Und ich hab überlegt – wenn dir ein Junge, der nicht mal dein Sohn ist, schon so viel bedeutet, dann wird unser Baby den liebevollsten Vater auf der ganzen Welt haben, das steht fest.« Sie strich ihm über die Wange. »Ich hätte mehr Verständnis haben sollen. Er und ich sind uns ja schon nahe, aber bei euch beiden ist das noch mal was ganz anderes. Das vergesse ich manchmal. Es wird sehr schwer für mich, wenn er nicht mehr bei uns wohnt, aber für dich wird es wohl noch viel schlimmer. Tut mir leid, dass ich mich da manchmal nicht so hineinversetzt habe.«

Das Mitgefühl in ihrer Stimme und in ihrem Blick überraschte ihn so, dass er gar nichts sagen konnte. Er schloss die Augen und drückte seine Wange gegen ihre Hand.

»Soll ich ihn heute von der Schule abholen?«, fragte sie.

»Nein. Ich hab ja nur noch ein paar Mal die Gelegenheit, ihn nach Hause zu fahren. Das will ich mir nicht nehmen lassen. Ich könnte mir in den Hintern beißen, dass ich es gestern nicht gemacht habe. Du hattest recht – ich habe Pete gebeten, mich diese Woche beim Training zu vertreten, damit ich mehr Zeit mit ihm verbringen kann. Und dann lasse ich diese Frau ...«

»Es war richtig so«, sagte sie. Ihre Stimme klang sanft. Er wartete auf den leisen Vorwurf, dass die Schule bei ihm immer vorging, und beschloss, diesmal nicht zu widersprechen.

Der Vorwurf blieb jedoch aus. Voller Dankbarkeit drehte er den Kopf zur Seite und drückte Laurie erst einen Kuss in die Hand, dann einen auf die Wange. »Danke für den Kaffee.«

Laurie verließ das Haus. Scott war mittlerweile eine Viertelstunde zu spät dran, und das, obwohl sein Zeitplan ohnehin sehr eng war. Curtis würde sich ganz schön ranhalten müssen, doch mit der richtigen Belohnung in Aussicht konnte er sicher dazu überredet werden: Wenn er sich beeilte, durfte er auf dem Weg zur Schule immer den Radiosender aussuchen.

Scott holte die Tüten mit dem Pausenbrot für sie beide aus dem Kühlschrank und legte neben die eine noch eine Banane und einen Müsliriegel – ein Unterwegsfrühstück für seinen Beifahrer. Er stellte die Tasse in die Spüle, schälte sich selbst eine Banane und schlang sie mit vier Bissen hinunter, während er, mehrere Stufen auf einmal nehmend, die Treppe hinauflief.

»Hey, Großer! In sechs Minuten müssen wir im Auto sitzen! Hopp, hopp!«

Curtis sprang wie der Blitz aus dem Bett und hatte sich seine Belohnung damit verdient.

»Ich hab heute keine Lust auf Sportberichte«, erklärte er, während er auf den Rücksitz kletterte. »Die reden im Moment immer nur über Baseball, und Baseball ist mir eigentlich ziemlich egal. Aber die Tigers find ich natürlich toll«, fügte er schnell hinzu. »Die Tigers sind die Besten!«

»An die kommt keiner ran«, stimmte Scott zu. »Und was willst du dann hören? Rock? Jazz? Blues? Vielleicht ein bisschen Motown?«

»Meine Mom steht auf Motown.«

»Na, dann passt es ja. Ein bisschen Motown, um zu feiern, dass du sie am Montag wiedersiehst, dass es zurück nach Hause geht?«

Sobald er die Worte ausgesprochen hatte, biss er sich auf die Lippe. Den Jungen bedrückt in der Schule abzuliefern war natürlich keine gute Idee. Scott ärgerte sich über sich selbst und formulierte in Gedanken schon eine E-Mail an Miss Keller: *Es tut mir sehr leid, falls sich Curtis heute danebenbenimmt – das ist meine Schuld ...*

Aber typisch für ein Kind in seinem Alter, freute sich Curtis heute so sehr auf die Rückkehr zu seiner Mom, wie er gestern noch unglücklich darüber gewesen war.

»Ja! Motown, um zu feiern, dass ich zurück zu meiner Mom ziehe!«

»Alles klar.«

Scott stellte den Sender ein, fuhr rückwärts aus der Einfahrt und sang dabei schief mit. Laurie flehte ihn immer an, das nur ja nie in der Öffentlichkeit zu tun.

So take a good look at my face
you'll see my smile looks out of place.

Curtis krümmte sich zusammen und hielt sich die Ohren zu. »Aaah! Aufhören!«

»Also hör mal, du kannst ja wohl nicht erwarten, dass jemand aus Detroit bei Smokey nicht mitsingt! Und überhaupt, sing lieber selbst mit, anstatt dich zu beschweren. Na los!«

»Ich kenn doch aber nur die Stelle mit ›good look at my face‹, mehr weiß ich nicht.«

»Dann wird's Zeit, dass du den Text lernst, junger Mann.«

Den Rest der Strecke fuhren sie in zufriedenem Schweigen. Trotz Curtis' sonstigem hohen Zappelfaktor war er kein Morgenmensch. Scott fasste hinter sich und streichelte dem Jungen kurz über das Knie. Curtis saß still da und starrte mit leerem Blick aus dem Fenster, vor dem Häuser und Bäume vorbeirauschten. Die morgendliche Fahrt zur Schule verlief meistens so: Im Radio lief eine Sportsendung oder Musik, und die beiden hingen ihren jeweiligen Gedanken nach, genossen still die Gegenwart des anderen.

Scott alberte gern mit Curtis herum, mochte es aber genauso, die Fahrt schweigend zurückzulegen, zu überlegen, welche Tricks er heute im Basketballtraining üben, welchen Roman er mit seinen Achtklässlern als Nächstes durchgehen würde. Heute dachte er über nichts nach, sondern fuhr einfach nur vor sich hin, sah zu, wie aus den schicken Straßen von Royal Oak die heruntergekommenen Straßen von Detroit wurden.

Nach zehn Jahren an der Franklin Middle School kannte Scott die Strecke in- und auswendig. Hin und wieder veränderte sich aber doch noch etwas, und Scott wollte nichts davon verpassen. Meistens war es eine Veränderung zum Schlechten hin – ein weiteres Haus, das mit Brettern vernagelt worden war, ein neues Graffito an einer Hauswand, die der Besitzer erst letzte Woche neu gestrichen hatte. Ein Blatt Papier an einer Haustür, dessen Wortlaut man vom Auto aus nicht erkennen konnte, dessen Größe und Farbe jedoch verrieten, dass es sich um einen Räumungsbescheid handelte.

Ab und zu gab es jedoch auch positive Veränderungen – in einer kleinen Autowerkstatt, die jahrelang geschlossen gewesen war, brannte wieder Licht, und auf dem Mitarbeiterparkplatz davor standen ein paar Autos. Ein Schild, das im Fenster eines Obstladens die Neueröffnung ankündigte, nachdem dieser vor einem Jahr hatte schließen müssen. Wäsche, die im Hinterhof eines Hauses zum Trocknen hing, das lange leer gestanden hatte. Nun konnte man neue Gardinen in den Fenstern sehen, und auf der schiefen Veranda, die dringend einen frischen Anstrich brauchte, lag Spielzeug herum.

Diese Art Veränderungen machten Scott Mut. Manchmal ging es eben doch bergauf in dieser Gegend. Manchmal konnten Familien zurück in die Häuser oder Wohnungen ziehen, die sie hatten aufgeben müssen. Ehrliche Unternehmer konnten Geschäfte und kleinere Betriebe wiedereröffnen. Ein Junge wie Brayden Jackson konnte ein Stipendium bekommen. Ein Studium abschließen. Eine richtige Arbeit finden. Ein Leben weit weg von hier anfangen.

Die Franklin Middle School war ein Mikrokosmos von Detroit, ebenso deprimierend wie schön, Vergangenheit und Zukunft trafen hier aufeinander. Das Gebäude hatte früher sicher einmal sehr eindrucksvoll ausgesehen. Drei Stockwerke, roter Backstein, hohe Fenster und riesige Flügeltüren. Die Wiese vor dem Haus war bestimmt sattgrün, der Basketballplatz glatt und schwarz gewesen, die Begrenzungslinien akkurat und weiß, der Zaun drumherum gerade und stolz. Die Marmorböden glänzten damals noch, die hölzernen Türen zu den Klassenzimmern waren glatt und sauber.

Ob jemand, der damals hier zur Schule gegangen war, das Gebäude in seinem heutigen Zustand überhaupt noch wiedererkennen würde? Der Backstein war ausgeblichen, an manchen Stellen grau, an anderen schwarz – ein Überbleibsel der Reihe von mittlerweile geschlossenen Fabrikgebäuden am Ende der Straße. In manchen Fenstern fehlten die Scheiben, und die unterschiedlichen Versuche der Lehrer, dies zu beheben – mit Pappe und Klebeband in den verschiedensten Farben –, sorgten dafür, dass die Fassade heutzutage nicht mehr eindrucksvoll, sondern eher traurig aussah.

Die »Wiese« vor dem Haus war mittlerweile nur noch ein Flecken brauner Sand, auf dem hier und da ein spärliches Grasbüschel wuchs. Die Begrenzungslinien auf dem Basketballplatz waren nicht mehr zu erkennen, und die Oberfläche hatte der Michigan-Winter im Laufe der letzten Jahrzehnte in rissige Wellen gelegt. Der Zaun hatte viele Löcher und stand schon lange nicht mehr gerade und stolz, war vielmehr zu einem hängenden, traurigen Etwas verbogen und verbeult.

Und erst das Innere des Gebäudes! Die Böden in den Fluren waren stumpf und zerkratzt. Die Wände waren in einem ekligen Grünton gestrichen, der irgendwann vielleicht einmal freundlich gewirkt hatte, Scott aber heute nur noch an psychiatrische Anstalten aus Horrorfilmen erinnerte. Den Türen zu den Klassenzimmern sah man kaum noch an, dass sie aus Holz waren, und Generationen von Kindern hatten sich im Laufe der Jahre mit ihren Initialen und Schimpfwörtern darauf verewigt, manche waren mit Tinte draufgekritzelt, andere mit einem Messer hineingeritzt.

Sie erreichten Curtis' Schule, die Logan Elementary, die ein paar Straßen weiter lag. Scott fuhr auf den Parkplatz. Die Logan Elementary hatte nie so schick ausgesehen wie die Franklin Middle School. Das flache Gebäude bestand aus blassgelbem Backstein und hatte grüne Metalltüren. Dafür sah das Haus aber nicht so heruntergekommen aus: Der Backstein war nur teilweise etwas angegraut, und die Fenster hatten noch alle ihre Scheiben. Es gab keine Graffiti, und die Türen zu den Klassenzimmern waren frei von Schimpfwörtern, wie Scott an einem Elternabend bemerkt hatte.

Er hielt an. »Wir sind da, Großer.«

Der Junge sprang aus dem Auto, schwang sich den Rucksack über die Schulter, schnappte sich die Tüte mit seinem Pausenbrot und stellte sich vor das offene Fenster der Fahrerseite.

»Faust«, sagte Scott und hielt Curtis die eigene hin.

Der Junge boxte leicht mit seiner dagegen.

»Backe«, sagte Scott.

Curtis tat so, als wäre es ihm peinlich, musste aber lächeln und hielt Scott die Wange hin, damit der ihm einen Kuss geben konnte.

»Versprich mir was«, sagte Scott.

»Ich versprech's dir.«

»Sorry, das reicht mir nicht. Ich will den ganzen Satz hören.«

Curtis seufzte. »Ich verspreche dir, dass ich auf Miss Keller höre.«

»Wie lange?«

»Den ganzen Tag.«

»Super. Dann mal los, du Albert Einstein.«

Als Scott in seinem Klassenraum ankam, hatte er noch genau zehn Minuten, bevor die Stunde anfing. Genug Zeit für einen kurzen Blick ins Forum. Während er seinen Laptop hochfuhr, überlegte er, wie seltsam es war, dass er in einer Woche, in der er doch so viel Zeit wie möglich mit Curtis verbringen wollte, überhaupt an das Forum dachte und auch noch Zeit damit verschwendete, dort Einträge zu schreiben. Mindestens genauso seltsam, wenn nicht noch verrückter, war jedoch auch die Tatsache, dass er in diesen schweren Tagen den meisten Halt nicht etwa bei seinem besten Freund Pete oder seiner Frau fand, sondern bei einer Gruppe Fremder, die er nicht mal erkennen würde, wenn sie in diesem Moment seine Klasse betreten würden. Nicht dass Pete und Laurie ihn nicht trösteten – oder es zumindest versuchten. Aber so paradox es auch klang: Wenn es darum ging, sein Innerstes nach außen zu kehren, ging eben nichts über die totale Anonymität des Internets. Im Gegensatz zu den Menschen, die ihn im »wahren« Leben kannten, hatten LaksMom, flightpath, 2boys und die anderen keinen Kontext, in den sie seine Einträge und Kommentare einbetten konnten, keine Hintergrundgeschichte, ob gut oder schlecht, vor der sie hätten bewerten können, was er ihnen erzählte. Wenn er zu Laurie sagte: »Ich kann mir ein Leben ohne Curtis nicht vorstellen«, dann tat ihr das weh, weil für sie noch so viel mehr dabei mitschwang. Sie hörte auch noch heraus: »Curtis ist mir wichtiger als das Baby. Curtis ist mir wichtiger als du.«

Pete verletzte so eine Aussage nicht so sehr wie Laurie, doch er kam genau wie sie nicht umhin, Scott an seine weiteren Lebensumstände zu erinnern: »Mensch, du siehst ihn doch wieder, wenn er an die Franklin wechselt. Dann hast du drei ganze Jahre mit dem Jungen. Und bis dahin hast du ein eigenes Kind, um das du dich kümmern kannst, von den zwanzig Kindern im Basketballteam und den dreihundert anderen mal ganz abgesehen, die du jeden Tag in der Schule siehst.« Es war gut gemeint, das wusste Scott. Aber es half kein bisschen.

Scotts Freunde im Forum kannten seine Lebensumstände nicht. Wenn er sagte: »Ich kann mir ein Leben ohne Curtis nicht vorstellen«, dann verstanden sie nur genau das und nichts anderes. Sie hörten keine versteckte Bedeutung heraus, sie verstanden nur diese neun Wörter. Sie fühlten sich davon nicht verletzt, sie versuchten nicht, ihm das Gefühl auszureden, warfen ihm nicht vor zu übertreiben.

»Natürlich kannst du das nicht«, sagten sie nur. Genauso hatten sie auch auf alles andere reagiert, das er von sich erzählt hatte – seine Gedanken zu Elternschaft, Ehe und Sex, Bildung und Rassismus. Sie lasen, was er schrieb, nur das, und darauf antworteten sie. Sie waren nicht immer einer Meinung mit ihm; es hatte im vergangenen Jahr genug hitzige Diskussionen über die verschiedensten Themen gegeben. Aber Jasager konnte er genauso wenig gebrauchen wie Menschen, die in seine neun Wörter noch dreizehn andere hineininterpretierten.

Diese Woche konnte er einfach nicht damit umgehen, zusätzlich zu seinem gebrochenen Herzen auch noch ein schlechtes Gewissen von Laurie eingeredet zu bekommen. Er brauchte auch keine Aufmunterung von Pete, der versuchte, ihn die Dinge positiver sehen zu lassen. In vier Tagen war Curtis fort, und es gab keinen Trost, nichts, was es besser machen konnte. Scott brauchte niemanden, der das Problem für ihn lösen wollte, es gab ja keine Lösung. Er brauchte jemanden, der seine Gefühle ernst nahm. Seinen Schmerz akzeptierte.

Verstand, dass er am Boden zerstört war, allen Grund dazu hatte und es wohl auch noch eine Weile bleiben würde.

Genau das bekam er von seinen namenlosen, gesichtslosen Freunden im Forum: absolutes, ehrliches Mitgefühl. Deshalb nahm er sich heute die Zeit, dort vorbeizuschauen. Deshalb würde er sich auch morgen die Zeit nehmen, wenn es nur noch drei Tage waren. Wenn es nur noch zwei Tage waren, wenn es nur noch ein Tag war, wenn Curtis endgültig fort war.

Er las sich die Unterhaltung vom vergangenen Tag durch und war gerührt, wie viele Mitglieder einen Kommentar hinterlassen hatten. Es gab über dreißig neue Einträge. Das waren nicht einfach Fremde, die sich hinter einer unbekannten IP-Adresse versteckten. Das waren echte Freunde, denen er genauso wichtig war wie sie ihm. Er musste einfach lächeln, als er eine Nachricht nach der anderen las, in der ihm alles Gute und Kraft für die nächsten Tage gewünscht wurde.

SoNotWicked erinnerte alle daran, dass es in Ordnung war, wenn Männer weinten. Scott musste lachen. Er hatte sich in den vergangenen Nächten, nachdem Laurie eingeschlafen war, in Curtis' Zimmer geschlichen, sich dort in den Schaukelstuhl gesetzt und den Tränen freien Lauf gelassen. Ein oder zwei waren seine Wange heruntergelaufen und auf sein T-Shirt getropft, während er dem Jungen zugesehen hatte, dessen Augen unter den geschlossenen Lidern hin und her zuckten und dessen Mund sich im Schlaf bewegte. Wahrscheinlich legte er sich gerade mit irgendeinem Traumwesen an.

Scott scrollte weiter und fand den Eintrag, auf den er gehofft hatte, von einem Mitglied namens FosterFranny, die nur ab und zu von sich hören ließ. FosterFranny hatte innerhalb der letzten zehn Jahre gemeinsam mit ihrem Mann fast ein Dutzend Pflegekinder bei sich aufgenommen.

Dienstag, 5. April, 20:41 Uhr

Ich befürchte, ich kann dir da weniger helfen, als du denkst. Der beste Rat, den mein Mann und ich bekommen haben, bevor wir Pflegeeltern wurden, war: Distanz wahren. Und wir haben uns von Anfang an daran gehalten. Die Kinder, die bei uns gewohnt haben, haben auf jeden Fall für immer einen Platz in unserem Herzen, aber wir haben uns auch immer große Mühe gegeben, emotional eine gewisse Distanz zu bewahren.

Wenn es dann für die Kinder Zeit war, in ihre Familien zurückzugehen, haben wir das deshalb auch jedes Mal ganz gut überstanden. Es hat sich zum Glück nie so angefühlt, als müssten wir eins unserer eigenen Kinder gehen lassen. Wenn ich mir ansehe, was du so über die Beziehung zu deinem Großen erzählt hast, muss ich LaksMom zustimmen: Du hast dich völlig auf die Sache eingelassen, und anstatt auf dein Herz aufzupassen, hast du es komplett dem Jungen geschenkt.

Wenn das stimmt, kann ich dir nur raten, dir immer wieder vor Augen zu halten, was für den Jungen am besten ist. Wir beide haben uns in der Vergangenheit ja schon lang und breit über das Thema unterhalten: Es ist eben meistens am besten für das Kind, bei seinen Eltern bzw. einem Elternteil zu leben. Wenn die Mutter vom Großen ihre Drogenabhängigkeit im Gefängnis unter Kontrolle bekommen hat – und du meintest ja vor ein paar Monaten, dass du davon ausgehst –, dann ist es wohl tatsächlich das Beste für ihn, wieder bei ihr zu leben. Wenn man sich darauf konzentriert, tut es nicht mehr so weh, ihn gehen zu lassen. Es wird immer noch sehr schmerzhaft sein, weil er dir ja wirklich viel bedeutet, aber hoffentlich trotzdem ein bisschen leichter. Ich wünsche dir alles Gute.

Scott sah auf die Uhr. Noch sechs Minuten, bis die erste Stunde anfing. Zeit genug, um Franny schnell zu antworten.

Mittwoch, 6. April, 07:54 Uhr

@Frans – Da hätte ich dich wohl mal um Rat fragen sollen, *bevor* der Große bei uns eingezogen ist. Du und LaksMom, ihr habt recht: Ich hab Curtis mein Herz komplett geöffnet. Ich glaube aber nicht, dass es anders gegangen wäre, selbst wenn ich es versucht hätte. Dieser Junge nimmt einen einfach sofort völlig für sich ein.

Dass ich mich darauf konzentrieren soll, was für ihn am besten ist, ist ein guter Tipp, und deine weisen Worte von vor ein paar Monaten habe ich auch nicht vergessen. Sie helfen mir gerade, das hier überhaupt durchzustehen. Soweit man bei dem, was ich gerade mache, von »durchstehen« sprechen kann, es fühlt sich nämlich definitiv an, als würde ich einen Teil von mir weggeben müssen. Aber der Gedanke, dass es ihm hilft, macht es ein bisschen leichter.

@2boys – Na, was sagen deine Yanks nach der Niederlage gegen die Orioles gestern Abend, hm?;) An die Tigers kommt eben doch keiner ran. Da würde ich echt Geld drauf wetten, wenn ich das dann auch von dir eintreiben könnte. Meinst du, SNWicked würde in dem Fall eine Ausnahme machen, was die Anonymitätsklausel angeht?

Er musste an die letzte Nacht denken, wie er wieder einmal nicht hatte schlafen können, und fügte hinzu:

@SNW – Könnten wir das Forum vielleicht auch Leuten aus Asien zugänglich machen? Ich liege in letzter Zeit nachts oft wach, und es wäre schön, dann jemanden zum Reden zu haben.

Ich habe schon alle Baseballspielwiederholungen durch und bin kurz davor, den Teleshoppingsender einzuschalten, nur um ein bisschen Gesellschaft zu haben. Ich spare im Moment jeden Cent für das viele Babyzubehör, das meine Frau will – da kann ich die Versuchung wirklich nicht gebrauchen, morgens um zwei ein Gedenkteller-Set mit allen Präsidenten der Vereinigten Staaten drauf zu bestellen ...

Scott fuhr den Laptop herunter, schob ihn in seine Aktentasche und sah auf die Uhr. Noch zwei Minuten. Er dachte über Frannys verspäteten Rat nach, sich nicht zu sehr an den Jungen zu binden. Darüber, dass er es nicht hätte verhindern können, selbst wenn der Ratschlag rechtzeitig gekommen wäre. In dem Moment, als er vergangenes Jahr Brays Vorschlag zugestimmt hatte, hatte festgestanden, dass er nächste Woche das Herz herausgerissen bekommen würde.

Bray hatte vor etwa einem Jahr überraschend mit Curtis im Schlepptau bei Scott und Laurie vor der Tür gestanden. Die beiden Brüder hatten einen weiten Weg hinter sich. Die Wohnung, in der sie mit ihrer Mutter lebten, befand sich nur wenige Blocks von der Logan Elementary entfernt in einem heruntergekommenen beigefarbenen Betonflachbau. Der Gebäudekomplex war trauriger Rekordhalter, was Vorfälle von häuslicher Gewalt und Drogenkonsum anging. Die beiden Jungen hatten verschiedene Väter, und ihre Mutter schien der Aufgabe überhaupt nicht gewachsen zu sein, zwei Kinder allein großzuziehen.

Scott hatte während seiner Zeit als Brays Basketballtrainer an der Franklin Middle School oft versucht, mit LaDania ins Gespräch zu kommen, und sich regelmäßig hinterher bei Laurie beklagt, dass sie schon wieder nicht nüchtern gewesen war.

Immer wenn er sie sah, hatte sie diesen leeren Blick, wirkte stets durcheinander und unkonzentriert. Sie schien nie zu verstehen, was er ihr begreiflich machen wollte: dass ihr älterer Sohn viel Talent und eine Chance auf eine gute Zukunft hatte. Obwohl Scott nicht damit gerechnet hatte, Bray und Curtis an einem kalten Aprilabend unangekündigt auf seiner Veranda anzutreffen, hatte es ihn also nicht völlig überrascht, dass Bray, nachdem Scott die beiden Jungs hereingebeten hatte, ihm zuflüsterte, er müsse mit den Coffmans kurz privat reden, seine Mutter sei im Moment wegen ihres Drogenproblems in Schwierigkeiten.

Curtis wurde mit Malpapier und Stiften ins Esszimmer verfrachtet, und Scott und Laurie führten Bray ins Wohnzimmer, wo er gestand, dass »Schwierigkeiten« eine leichte Untertreibung gewesen sei. LaDania war am Morgen wegen Drogenbesitzes verhaftet worden und würde höchstwahrscheinlich zu zwölf Monaten Freiheitsstrafe verurteilt werden, wovon sie elf Monate im Gefängnis und einen Monat in einer Suchtrehabilitationsklinik verbringen würde. Der Pflichtverteidiger hatte gesagt, dass es für sie keine Chance auf Bewährung gebe, weil es mittlerweile die dritte Festnahme wegen Drogenbesitzes war. Jemand müsse sich nun um ein paar Dinge kümmern, um ihre persönlichen Sachen, um einen Nachsendeauftrag für ihre Post ... und um ihren siebenjährigen Sohn Curtis.

Bray hatte sich an diesem Morgen das Auto eines Teamkollegen geliehen, war von Ann Arbor hierhergefahren und hatte den ganzen Tag mit dem Pflichtverteidiger gesprochen, versucht, eine Lösung für seinen jüngeren Halbbruder zu finden. Eine Möglichkeit wäre, Curtis mit zurück nach Ann Arbor zu nehmen, aber er konnte natürlich nicht einfach ein Kind bei sich im Studentenwohnheim unterbringen. Die Wohnung, die er sich mit drei anderen Spielern teilte, war jetzt schon zu klein und ohnehin nicht die richtige Umgebung für einen Erstklässler. Außerdem hatte Bray aufgrund seines vollgepackten Zeitplans zwischen Vorlesungen, Training und Spielen auch gar keine Zeit, ein Jahr lang für Curtis den Vater zu geben.

Hinzu kam, dass er am Nachmittag mit Curtis' Lehrerin an der Logan Elementary gesprochen hatte und dabei ein weiterer erschwerender Faktor zutage getreten war: Trotz seiner recht ausgeprägten Verhaltensstörung zeigte Curtis langsam Fortschritte in der Schule. Fortschritte, die höchstwahrscheinlich wieder zunichtegemacht würden, wenn er jetzt in eine neue Stadt umziehen und die Schule wechseln müsste. Wenn seine Mutter aus dem Gefängnis zurück war, würde der Junge sowieso an die Logan Elementary zurückkehren, und ihn für ein Jahr woanders hinzuschicken, nur um ihn dann wieder herzuholen, schien unvernünftig zu sein.

Eine weitere Option wäre, dass Bray sich für ein Jahr von der Uni beurlauben ließ und wieder zu Hause einzog. Wenn LaDania dann zurück war, könnte er versuchen, sich erneut seinen Platz im Uni-Basketballteam zu erspielen. So lieb er seinen kleinen Bruder auch hatte, diese Option passte Bray am wenigsten. Er hatte gerade erst angefangen, seinen Traum zu verwirklichen, und wollte alles daransetzen, dies auch zu Ende zu bringen. Diese letzte Alternative wollte er jedoch auch nicht ausschließen. Er wäre nicht glücklich damit, war aber bereit, falls nötig hierher zurückzuziehen.

Der Pflichtverteidiger gab sich die größte Mühe, eine andere Lösung zu finden. Er hatte oft genug mitansehen müssen, wie Kinder und Jugendliche ihr Potenzial verschwendeten, weil sie auf die schiefe Bahn geraten waren und es einfach nicht mehr aus dem Getto schafften. Er beschwor Bray, nach einer Alternative zu suchen. Gab es denn niemanden, der ihm irgendwie helfen konnte? Jemanden, dem er vertraute, der die Mitvormundschaft übernehmen könnte, solange LaDania im Gefängnis war? Irgendjemanden, der für ein Jahr einspringen könnte, damit Bray seine Karriere nicht ruinieren musste?

Bray kannte weder seinen noch Curtis' Vater und hatte während seines neunzehnjährigen Lebens bisher nur ein weiteres Familienmitglied kennengelernt, LaDanias Mutter, die jedoch schon kurz nach Curtis' Geburt gestorben war. Die Johnsons, ein Hausmeisterehepaar, das mit im Gebäudekomplex wohnte, hatten sich in der Vergangenheit immer gut um die beiden Jungen gekümmert, aber sie waren schon älter, Mrs. Johnson war oft krank, und Bray wollte die beiden nicht behelligen. Die Nachbarn und der Freundeskreis der Mutter kamen nicht infrage.

In seiner Verzweiflung wandte er sich an einen Menschen, der ihm schon öfter geholfen hatte und mehr für ihn da gewesen war als jeder andere, sogar mehr als seine Mutter. Der einzige auf der Welt, dem es genauso wichtig war, dass Bray an der Uni blieb, wie ihm selbst: Scott Coffman.

Ein Jahr war eine lange Zeit, das sei ihm bewusst. Bray sah nervös von Scott zu Laurie. Er verlangte damit ganz schön viel von ihnen. Aber er konnte zumindest versprechen, dass es kein Tag länger war: LaDania würde elf Monate im Gefängnis verbringen, dann einen Monat in einer Suchtrehabilitationsklinik, und dann konnte sie wieder nach Hause und ihren Sohn zu sich holen. Zwölf Monate, mehr nicht.

Scott war die Entscheidung leichtgefallen. Er hatte Bray spielen gesehen und innerhalb weniger Minuten gewusst, dass er etwas Besonderes war. Nach einer Woche Training sagte er zu Pete und später auch zu Hause zu seiner Frau, dass Brayden Jackson der beste Spieler war, den er jemals trainieren würde. Er hatte noch nie so viel Talent und so viel Ehrgeiz bei einem so jungen Spieler gesehen, und seine Körpergröße – er war schon in der sechsten Klasse eins zweiundachtzig – machte ihn ebenfalls zu einer beeindruckenden Erscheinung.

Mindestens genauso beeindruckend war Brays Charakter. Auf dem Platz war er ein perfekter Anführer, im Unterricht benahm er sich mustergültig und legte ein Verantwortungsgefühl an den Tag, das weit darüber hinausging, was in seinem Alter normal war. Scott wusste, daran war zum Teil Brays häusliche Situation schuld. Wenn sie einen guten Tag hatte, konnte man LaDania vielleicht als eine nicht sonderlich aufmerksame Mutter bezeichnen. An schlechten Tagen war sie nicht einmal ansprechbar. Bray meinte, sie nehme nicht oft Drogen – zumindest nicht im Vergleich zu anderen. Und er zögerte auch, sie als Alkoholikerin zu bezeichnen – ebenfalls verglichen mit anderen. Aber manchmal »fühlte sie zu viel auf einmal« und hatte sich angewöhnt, diese Gefühle dann wegzurauchen oder wegzutrinken.

Nach und nach hatte Bray gegenüber Scott zugegeben, dass er sich mehr um seinen kleinen Bruder kümmerte als sie, ihn badete, ihn anzog, ihm etwas zu essen kochte, wenn seine Mutter nicht zu Hause oder völlig stoned war. In der Schule verhielt er sich ähnlich, passte immer auf die jüngeren Schüler auf, sowohl auf dem Platz als auch im Klassenraum. Als er Scott dann am Ende der sechsten Klasse ansprach und ihn um Tipps bat, um seine Technik im Spiel zu verbessern, half Scott diesem Jungen, der sonst immer allen anderen half, nur zu gern.

Den ganzen Sommer über trainierten die beiden. Sie spielten stundenlang auf dem Basketballplatz der Schule, und wenn der besetzt war, zogen sie in die Einfahrt der Coffmans um. Bray träumte davon, später ins Team der Parker High School aufgenommen zu werden, und hoffte, dass es in zwei

Jahren vielleicht klappen würde, wenn er sich ganz viel Mühe gab. Scott war sich sogar ziemlich sicher, dass es klappen würde, egal, ob Bray weiterhin so fleißig trainierte oder nicht. Doch es war ihm natürlich sehr viel lieber, dass der Junge seine Zeit auf dem Basketballplatz verbrachte als auf der Straße. So wie LaDanias Pflichtverteidiger hatte auch er schon viele Jugendliche auf die schiefe Bahn geraten sehen, die eine vielversprechende Zukunft vor sich gehabt hatten. Deshalb sagte er Bray nicht, wie außergewöhnlich er dessen Talent einschätzte, sondern erklärte sich stattdessen bereit, so viel mit ihm zu trainieren, wie er wollte.

Zwei Jahre später wurde Bray in das Basketballteam der Parker High aufgenommen, gehörte schnell zur Anfangsformation und wurde schließlich zum Star der Mannschaft. Scott und Pete waren während seiner ersten Saison bei jedem Spiel dabei, und Scott hängte jeden Zeitungsartikel, den er über Bray finden konnte, im Klassenraum an die Wandzeitung. Und es gab viele. Am Ende der Saison platzte Scott fast vor Stolz darüber, wie gut Bray sich machte. So froh er darüber war, so unglaublich traurig machte ihn gleichzeitig – zu seiner eigenen Überraschung – die Tatsache, dass seine Zeit mit diesem talentierten, ehrgeizigen, sympathischen Jungen, den er mittlerweile richtig lieb hatte, nun zu Ende war. Bray hatte seinen Platz im Team an der Parker High sicher und brauchte Scott nicht mehr.

Bray hatte jedoch keineswegs vor, sich auf seinen Lorbeeren auszuruhen. Nach Saisonende rief er Scott an und fragte, ob sie das Training am kommenden Wochenende fortführen könnten. Diese Saison als Star der Mannschaft war schön gewesen, ließ er Scott wissen, aber er wollte mehr. Er wollte der beste Spieler sein, den die Parker High je hervorgebracht hatte. Außerdem wollte er es mit einem Sportstipendium an die Uni schaffen. Er hatte große Pläne, wollte Geld verdienen und seiner Mutter und seinem Bruder ein besseres Leben ermöglichen. Und er wusste, dass er für seinen Studienplatz selbst zahlen musste und dies nur durch sein Talent auf dem Platz konnte.

Also trainierten sie ein weiteres Jahr gemeinsam einmal pro Woche, mal auf dem Platz an der Franklin, mal in Scotts und Lauries Einfahrt. Scott und Pete, die weiterhin bei jedem offiziellen Spiel im Publikum saßen, sahen dem Jungen dabei zu, wie er seinen eigenen Traum noch übertraf: Die Lokalzeitungen erklärten ihn nicht nur zum besten Spieler aller Zeiten an der Parker High, sondern sogar der ganzen Stadt Detroit. Scott schnitt die Artikel alle aus, sammelte die alten von der Wandzeitung, sortierte sie sorgfältig in einen Ordner ein und hängte die neuen auf.

Bray brach jahrelange Rekorde von Spielern, die zwei Jahre älter als er waren. Universitäten wurden langsam auf ihn aufmerksam und schickten ihm Briefe mit Stipendiumsangeboten. Talentscouts tauchten bei seinen Spielen auf. Er ließ jedoch nicht nach, trainierte weiter unglaublich hart, und am Ende seines elften Schuljahrs berichteten die Artikel an der Wandzeitung, dass Brayden Jackson mittlerweile zu den besten Highschool-Spielern des Landes gehörte. Bray hatte von vielen Unis Stipendien angeboten bekommen, entschied sich jedoch für die University of Michigan, um in der Nähe von Curtis und seiner Mutter zu bleiben.

Am Ende der zwölften Klasse waren nicht nur Scott und Pete davon überzeugt, sondern auch die Reporter, die weiterhin für Nachschub für Scotts Wandzeitung sorgten, dass mehr drin war als Basketball auf Uni-Level. Brayden Jackson würde in der NBA spielen.

Scotts Unterstützung für Bray hatte ihn in den letzten Jahren viele Hundert Stunden gekostet, aber er hatte jeden Moment davon genossen. Und er hatte es in Anbetracht von Brays aussichtsreicher Zukunft, die sich der Junge durch seinen Fleiß und sein hartes Training selbst erarbeitet hatte, sehr gern getan. Der junge Mann, dessen lange Gliedmaßen kaum auf Scotts und Lauries Sofa Platz gehabt hatten, als er an dem Aprilabend vor einem Jahr nervös vor den beiden gesessen hatte, würde in ein paar Wochen sein erstes Jahr an der Uni abschließen. Wenn seine Noten so ausfielen, wie er sich ausgerechnet hatte, erzählte er, stünde seinem Abschluss in BWL wohl nichts mehr im Weg.

Was Bray verschwieg, Scott aber durchaus bewusst war, war die Tatsache, dass dieser Uni-Abschluss sich langsam, aber sicher zu einem netten Plan B entwickelte. Es gab Gerüchte, dass sich bereits die ersten Talentscouts von der NBA ein paar Spiele des jungen Basketballphänomens angesehen hatten.

Scott war zwar sehr überrascht von Brays Frage, ob Laurie und er Curtis für eine Weile aufnehmen könnten, und fühlte sich angesichts der riesigen Verantwortung auch etwas überfordert. Trotzdem fiel ihm die Antwort leicht. Er würde alles dafür tun, dass Bray weiterstudieren, weiter Basketball spielen, auf seinen Abschluss hinarbeiten und vielleicht Profispieler werden konnte. Für Laurie war die Entscheidung nicht ganz so einfach, wie sie ihm im Flüsterton mitteilte, nachdem die beiden sich für einen Moment zum Beratschlagen ins Schlafzimmer zurückgezogen hatten.

Laurie und Bray verband nicht das Gleiche wie Scott und den Jungen, Lauries Anteilnahme an Brays Zukunft ging nicht annähernd so tief wie Scotts. Die Vorstellung, dass ihr bisheriges Leben auf den Kopf gestellt würde, wurde nicht wie bei ihm sofort durch das Wissen angenehmer, dass sie Bray damit half, seine Träume zu verwirklichen. Sie hatten vor, das Kind einer fremden Frau bei sich aufzunehmen, noch dazu ein verhaltensgestörtes Kind, und diese Aussicht wurde für Laurie nicht wie für Scott durch den Gedanken an Bray in einem schicken Anzug oder sogar im Trikot einer NBA-Mannschaft versüßt. Sie hatten Curtis im Laufe der Jahre ab und zu bei Brays Spielen gesehen oder wenn er sich bei dessen Trainingsstunden bei ihnen in der Einfahrt dazugesetzt hatte. Dabei hatten sie oft genug erlebt, dass er kein einfaches Kind war. Ein Nachmittag mit ihm war eine Sache. Ein ganzes Jahr eine völlig andere.

Außerdem, erinnerte sie ihn, hatten sie beide ja auch eigene Träume, vor allem einen: eine eigene Familie zu gründen. Sie hatten die letzten drei Jahre versucht, schwanger zu werden, und es waren Jahre voller Trauer, Frustration und Anspannung gewesen, von den unzähligen Arztterminen, dem Fruchtbarkeitstest und der künstlichen Befruchtung mal ganz abgesehen. Der erste Versuch war gescheitert. Geld und Nerven reichten nur noch für ein weiteres Mal, das sie im Herbst angehen wollten.

Lauries gesamte Energie und Aufmerksamkeit konzentrierte sich auf die Hoffnung auf ein eigenes Kind. Sie konnte sich nicht vorstellen, diese Aufmerksamkeit auf ein fremdes Kind zu richten.

Scott versuchte, die Tatsache, dass sie im Moment vom Gedanken an eine eigene Familie geradezu besessen war, für sich zu nutzen, und meinte, dass es doch eigentlich ganz praktisch wäre, Curtis im Haus zu haben, während sie auf den Termin für die zweite künstliche Befruchtung und danach dann auf das Ergebnis warteten, ob alles geklappt hatte. Mit einem Kind im Haus, um das sie sich kümmern mussten, wären sie abgelenkt in der schrecklichen Phase des Hoffens, des Wartens, des Verzweifelns. Und ein Kind mit ein paar Verhaltensauffälligkeiten – das würde sie doch noch besser ablenken, oder?

Außerdem war das Timing perfekt, erklärte er. Es war doch viel angenehmer, den Sommer über mit einem Siebenjährigen beschäftigt zu sein, als sich die ganze Zeit Gedanken darüber zu machen, dass dieser Versuch der Befruchtung ihr letzter Versuch sein würde. Wenn sie Glück hatten und Laurie diesmal schwanger würde, hätten sie immer noch genug Zeit, um die Schwangerschaft zu genießen. Und wenn ihr Baby dann auf die Welt kam, war Curtis schon wieder zu Hause bei LaDania.

Laurie war nicht ganz überzeugt, dass es wirklich so eine gute Idee war, für ein Jahr Babysitter zu spielen. Sie wusste durchaus Besseres mit dem gemeinsamen, hoffentlich letzten kinderfreien Jahr anzufangen. Aber es stimmte, dass ihr Weg zur Elternschaft bisher voller Sorge und Anspannung gewesen war, und sie hatte keine große Lust auf eine neue Phase ungeduldigen Wartens. Die Ablenkung, die ein Kind im Haus ihnen verschaffen würde, schien da schon ein wenig verlockend. Und sie wusste ja, wie wichtig Bray ihrem Mann war. Also stimmte sie schließlich zu.

Curtis würde die zwölf Monate, die seine Mutter abwesend war, bei ihnen verbringen. Länger würde es auch gar nicht gehen, denn im nächsten Jahr um diese Zeit hatte sie fest vor, sich auf ihr eigenes Baby vorzubereiten. Aber für zwölf Monate sollte er ihr willkommen sein.

Am nächsten Morgen trafen sich Scott, Laurie und Bray mit Janice, der Sozialarbeiterin, die die Familie Jackson betreute. Sie meinte, es wäre ideal, wenn die Coffmans Curtis für ein Jahr und eine Woche aufnehmen würden, dann hätte LaDania noch eine Woche nach ihrer Rückkehr, um sich um einen Job zu kümmern und sich und die Wohnung auf die Heimkehr ihres Sohnes vorzubereiten.

Scott sah flehentlich zu Laurie, die zwar seufzte, aber zugab, dass dieser Zeitplan vernünftig klang. Am Nachmittag wurden die vier dann mit LaDanias Segen sowie ihrer Unterschrift auf dem Mitvormundschaftsantrag im Gepäck vor Gericht vorstellig und baten darum, den Coffmans für die Dauer von zwölf Monaten und einer Woche die Mitvormundschaft für Curtis zu übertragen. Nach einigen Worten von Janice, einem halben Dutzend Fragen des Richters an die Coffmans und Bray und dem Klopfen des Richterhammers war es dann geschafft.

Am Sonntag hatte LaDania die Klinik verlassen und wohnte seitdem wieder zu Hause. Sie sah sich bereits nach Arbeit um, wusste Janice zu berichten, und brachte auch die Wohnung auf Vordermann, damit Curtis am Montag wieder bei ihr einziehen konnte, nachdem die Mitvormundschaft der Coffmans im Rahmen einer gerichtlichen Anhörung offiziell aufgelöst worden war. Und nun blieben Scott noch genau vier Tage mit seinem Großen, dem gegenüber er sich weniger als Vormund denn als Vater fühlte.

Dass LaDania Curtis in dem ganzen Jahr nur wenige Male angerufen und kaum die Hälfte seiner Briefe beantwortet hatte, war vor Gericht ebenso irrelevant wie die Tatsache, dass Scott und den Jungen mittlerweile viel mehr miteinander verband als ein Formular.

LaDania war Curtis' Mutter und Scott dagegen nur ein Mann, der sich eine Weile um ihn gekümmert hatte.

14

Scott

Scotts Plan ging perfekt auf. Curtis spielte seine Rolle als Ablenkung so gut, wie er es Laurie versprochen hatte. Der Junge nahm ihre Aufmerksamkeit sogar so sehr in Anspruch, dass sie im Nachhinein meinte, ihm ihre Schwangerschaft zu verdanken. Der Arzt hatte ihr immer wieder geraten, nicht ständig über die Schwangerschaft nachzudenken, sich mit anderen Dingen zu beschäftigen, damit ihr Körper entspannt in die nächste Runde der künstlichen Befruchtung gehen konnte.

Curtis betrat die Bühne im April. Im September war Laurie dann bereits so in eine Welt voller Verhaltensvorschriften und Belohnungssysteme abgetaucht, kümmerte sich um seine Hausaufgaben, sein Übungspensum und um Elternabende, dass sie kaum Zeit für Gedanken über ihre Fruchtbarkeit hatte und jede Nacht durchschlief. Als sie erfuhren, dass die Befruchtung funktioniert hatte, war Lauries erster Kommentar dazu: »Das haben wir Curtis zu verdanken.«

So dankbar sie jedoch für die Ablenkung durch den Jungen war, es änderte nichts daran, dass sie ihn nach der vereinbarten Zeit auch wieder aus dem Haus haben wollte. Scott machte ihr deshalb keine Vorwürfe. Er war schließlich derjenige, der sich nicht an die Regeln gehalten, sich Monat für Monat mehr auf den Jungen eingelassen hatte, sodass er jetzt, da der Moment des Abschieds näher rückte, schon den bloßen Gedanken daran kaum ertragen konnte.

Die letzten Wochen hatten sie die Rollen getauscht: Laurie

versuchte, Scott zu überzeugen, sich mit irgendetwas abzulenken – zum Beispiel mit dem Kind in ihrem Bauch.

»*Unser* Kind«, sagte sie ab und zu in einem Tonfall, der keinen Zweifel daran ließ, dass sie nicht gerade glücklich darüber war, ihren Mann ständig daran erinnern zu müssen, dass er bald Vater wurde. Ihrer Meinung nach wog dieser Titel auch sehr viel schwerer als ›Vormund eines kleinen Jungen‹.

Schon mehrmals hatte Scott fast gesagt: »Aber wie soll ich mich denn auf ein Kind freuen, das ich noch gar nicht kenne, wenn ich gerade so traurig bin, weil ich ein Kind verliere, das ich schon hatte?« Doch er hatte sich immer im letzten Moment zusammenreißen können. Der Blick, den ihm seine Frau dann zuwarf, machte jedoch deutlich, dass seine Stimmung in letzter Zeit diese Nachricht auch ohne Worte sehr gut kommunizierte.

So wie Laurie hatte auch Scott immer von einer Familie geträumt, hatte sich Baseball mit seinen Kindern auf der Wiese vor dem Haus vorgestellt, Hockey und Basketball in der Einfahrt, gemeinsames Grillen im Garten. Der Anblick der zwei rosa Streifen auf dem weißen Plastikstäbchen im Oktober hatte ihn überglücklich gemacht, und als er den Herzschlag seiner kleinen Tochter zum ersten Mal hörte, zum ersten Mal ihre Umrisse auf dem Ultraschallmonitor sah, hatte er das Gefühl, sein Herz würde vor Freude zerspringen.

Er freute sich auf das Kind. Er freute sich unglaublich, natürlich tat er das. Aber Gefühle veränderten sich nun einmal, das hatte er lernen müssen, und um ehrlich zu sein, empfand er nicht mehr dieselbe überschäumende Freude wie seine Frau. Er wollte ja, er hatte sich wirklich große Mühe gegeben. Und machte sich Vorwürfe, dass ihm etwas so schwerfiel, das doch eigentlich so leicht sein sollte. Laurie sah das genauso.

Aber es dauerte immer noch drei Monate, bis ihre Tochter

auf die Welt kam. Gleichzeitig gab es hier und jetzt einen Jungen, der ihn brauchte. Ein Junge, der in eine Welt zurückgeschickt wurde, in der es statt regelmäßiger Mahlzeiten und sauberer Kleidung eine Mutter gab, die es nicht mal schaffte, längere Zeit nüchtern zu bleiben. Das Wissen, welches Leben sein Großer hinter sich lassen würde und welches vor ihm lag, brach Scott das Herz. Und es war nun einmal so gut wie unmöglich, an irgendetwas anderes zu denken.

Das Klingeln zur ersten Stunde riss Scott aus seinen Gedanken. Kurz darauf wurde aus dem gedämpften Gemurmel auf dem Flur ein lautes Stimmengewirr im Klassenzimmer, und eine Horde Achtklässler strömte zu ihrer Englischstunde bei Mr. Coffman in den Raum. Scott ließ die Hand sinken, die sich beim Gedanken an die Zukunft seines Großen ab dem nächsten Montag unwillkürlich gegen seinen Bauch gepresst hatte.

Nächsten Montag schon. Das war einfach zu früh.

Denk nicht drüber nach!, rief er sich selbst zur Vernunft. Bis dahin ist noch viel Zeit. Viel Zeit, um gemeinsame Erinnerungen zu schaffen. Zeit für Spaghetti und Kekse und Kuchen und Hamburger und gemeinsame DVD-Abende.

Und für Monstertrucks, diese völlig verrückten Fahrzeuge mit der Karosserie eines herkömmlichen Geländewagens und übergroßen Reifen, die, angefeuert von einem Stadion voller wild gewordener Fans, gegeneinander darin antraten, über riesige Sandhaufen zu fahren oder über eine lange Reihe alter Autos zu springen. Curtis hatte Monstertrucks schon im Fernsehen gesehen, erzählte er Scott, aber »in seinem ganzen Leben noch nie nicht« live. Es war kurz nach seinem Einzug bei den Coffmans gewesen. Sie spielten gerade wieder einmal *Würdest du lieber*, und Scott hatte ihn gefragt, ob er lieber der erste Junge auf dem Mond oder der erste siebenjährige Präsident der Vereinigten Staaten wäre.

»Also, wenn wir von den allertollsten Sachen auf der ganzen Welt reden, dann was ganz anderes. Dann würde ich lieber mal Monstertrucks in echt sehen.«

»Monstertrucks?« Scott hatte lachen müssen. »Die live zu sehen wäre das Allertollste auf der ganzen Welt? Besser, als im Weltraum zu sein oder das Land zu regieren? Und was, wenn du mit Bray an der Uni Basketball spielen könntest?«

»Nö. Lieber Monstertrucks sehen.«

»Mit Bray zusammen in der NBA spielen? So viel Kaugummi, wie du willst? Oder vielleicht Eis? Nie wieder Hausaufgaben? Oder …«

»Monstertrucks«, sagte Curtis bestimmt. »Eine Monstertruck-Show wäre das Allerbeste auf der ganzen Welt. Du musst gar nicht weiter überlegen, du kannst dir eh nichts Besseres ausdenken. Es gibt nichts, was ich lieber machen würde.«

Vor zwei Monaten hatte Scott Curtis dann beim Abendbrot ganz nebenbei zwei Tickets zugeschoben und gespannt zugehört, wie der Junge die Wörter beim Lesen wie immer vor sich hin flüsterte. »Mons-ter-trucks. Monster. Trucks. *Monstertrucks!*« Er reckte die Tickets in die Luft, sprang so heftig von seinem Stuhl auf, dass der nach hinten fiel und gegen die Wand krachte, und drehte mehrere aufgeregte Runden durch das Haus, wobei er immer wieder »Wir fahren zur Monstertruck-Show! Wir fahren zur Monstertruck-Show!« kreischte.

Scott hatte Curtis die Tickets lachend wieder abgenommen, damit er sie in seiner Aufregung nicht noch zerriss. Er befestigte sie in der oberen Ecke der Pinnwand, wo Curtis nicht an sie herankam. »Ich muss doch verhindern, dass du die vor lauter Freude vollsabberst. Sonst können wir sie gar nicht mehr benutzen, wenn es so weit ist!«

Die Show war diesen Sonntag, an Scotts und Curtis' letztem gemeinsamen Tag.

»Wie lange noch?«, kam es seitdem alle halbe Stunde. Laurie besorgte Curtis daraufhin einen Kalender, damit er die Tage bis zur Monstertruck-Show selbst herunterzählen konnte und sie mit seiner Fragerei nicht in den Wahnsinn trieb. Seitdem strich er jeden Abend einen Tag mit einem dicken roten Kreuz ab und verkündete, wie viele es noch waren bis zum »allerbesten Tag in meinem ganzen kompletten Leben, auch wenn ich hundert werde«.

Seit diesem Abend hatte Scott Curtis oft auf den Arm nehmen müssen, damit dieser die Tickets an der Pinnwand berühren konnte. Jedes Mal fuhr er mit dem Finger die Worte nach, während er sie laut vorlas. Vor ein paar Tagen hatte er sie gleich zweimal in seinem typischen Flüsterton vorgelesen, den Scott so mochte, und hatte ihm danach mit der kleinen kühlen Hand die Wange gestreichelt. »Das ist das Allerschönste, was mir jemals wer geschenkt hat.«

Scott wischte sich kurz über die Augen, stellte sich vor die Klasse und wartete darauf, dass die Schüler aufhörten zu reden. Kein besonderes gemeinsam besuchtes Event könnte je ausdrücken, wie lieb Scott den Jungen hatte, wie schrecklich er ihn vermissen würde, wie sehr er Teil von ihm geworden war. Aber eine Monstertruck-Show kam schon ziemlich nahe heran.

15

Mara

Laks und Tom standen in der Haustür und wollten gerade zum Schulbus gehen, als Mara sich aus dem Schlafzimmer schleppte. »Ich hätte euch ja fast verpasst! Tut mir leid, dass ich so lange geschlafen habe.«

Sie gab Laks einen Kuss und strich Tom über die Wange. »Du hättest mich wecken sollen, Süßer. Ich kann sie doch morgens selbst fertig machen.«

»Ist überhaupt kein Problem. Frühstück mit einem meiner Lieblingsmädchen macht mir doch Spaß.«

Die Art, wie er das sagte und sie dabei angrinste, zeigte deutlich, dass er ganz schön stolz auf sich war. Sie konnte sich gut vorstellen, wie er vorhin an ihrem Bett gestanden hatte. Bestimmt hatte er ihr eine Haarsträhne aus dem Gesicht gestrichen oder über die Wange gestreichelt, ihren Wecker ausgestellt und sich gefreut, dass er ihr diesen »Gefallen« tun und sie ein bisschen länger schlafen lassen konnte, nachdem sie so lange auf gewesen war.

Mara zwang sich zurückzulächeln, es wollte aber nicht recht gelingen. Sie hatte nur noch so wenige Morgen mit Laks und war am Boden zerstört, dass ihr nun einer davon genommen worden war. Für morgen würde sie sich einfach noch einen zweiten Wecker stellen, von dem Tom nichts wusste. Irgendwo musste doch ihre Laufuhr sein. Sie wusste nicht mehr, ob sie sie zusammen mit den anderen Sportsachen in einem Secondhandladen abgegeben hatte oder ob sie noch in irgendeiner

Schublade lag. Hoffentlich dachte sie nachher daran, nach der Uhr zu suchen, wenn Tom zur Arbeit gegangen war.

»Kommst du mit zum Bus?«, fragte Laks und rümpfte beim Anblick ihrer Mutter die Nase. Mara war noch im Nachthemd, der Bademantel darüber hing offen, ein Ende des Gürtels schleifte auf dem Boden. Sie warf einen Blick in das Glas des gerahmten Fotos neben der Tür. Ein Büschel ihrer kurzen schwarzen Haare stand ihr vom Kopf ab, und ihre Wange war mit Schlaffalten übersät. Sie versuchte mit einer Hand, die wilde Strähne zu bändigen, und mit der anderen, sich die Falten von der Wange zu reiben. Es half nichts.

Sie trat einen Schritt zurück, grinste ihre Tochter an und ließ sich nicht anmerken, dass Laks' Naserümpfen sie verletzt hatte. »Natürlich nicht, ich sehe ja schlimm aus! So darf mich doch außer Daddy und dir keiner sehen!« Sie stellte sich ans Fenster und versteckte sich hinter der Gardine, hielt sie nur mit einer Hand einen Spalt offen und spähte hindurch. »Na los, ihr zwei. Der Bus kommt gleich. Ich verstecke mich hier und winke, dann kann mich keiner sehen außer euch.«

Das Mädchen lächelte erleichtert und hüpfte an der Hand ihres Vaters aus der Tür. »Tschüss, Mama!«, rief sie über die Schulter zurück.

»Tschüss, Mäuschen! Nachher sehe ich auch präsentabler aus, versprochen!«

Als Tom wieder hereinkam, quälte sich Mara gerade mit dem Verschluss des Mittwochfachs ihrer Pillendose herum. »Sie wollte dir nicht wehtun«, sagte er und streckte die Hand nach der Pillendose aus, aber Mara tat so, als bemerke sie es nicht, und zerrte selbst weiter am Deckel herum, bis sie ihn endlich aufbekam. Sie schluckte ihren täglichen Stimmungsaufheller und griff nach einem Glas Wasser, um ihn hinunterzuspülen. Wenn sie jemals pharmazeutische Hilfe dabei hatte gebrauchen können, ihre Emotionen unter Kontrolle zu behalten, dann heute.

Tom strich ihr mit dem Finger über die Wange. »Du bist immer wunderschön, selbst wenn du gerade erst aufgestanden bist.«

Sie schob seine Hand weg und bedeckte die Schlaffalten auf ihrer Wange. »Ach, das sagst du doch nur so.«

»Nein, du bist wirklich immer wunderschön.« Er zog ihre Hand vom Gesicht. »Du hättest dich nicht hinter dem Vorhang verstecken müssen. Sie war nur …«

»Ehrlich. Sie war einfach nur ehrlich.« Mara sah an sich herunter und verzog beim Anblick des offenen Bademantels verbittert das Gesicht. Sie zog den Gürtel so fest zu, dass es wehtat.

»Ich will nicht, dass du das Gefühl hast, dass du ihr …«, setzte Tom an, und sie wusste genau, was er sagen wollte. Dass sie nicht das Gefühl haben sollte, es wäre eben genau das passiert, was tatsächlich passiert war: Sie war ihrer Tochter peinlich.

»Natürlich hab ich das Gefühl, Tom. Und wenn ich ihr jetzt schon peinlich bin, obwohl ich noch reden und laufen kann, obwohl ich wenigstens noch mitbekomme, dass ich mich lieber hinter der Gardine verstecken sollte, wie soll das dann erst in ein paar Jahren werden, wenn ich das alles nicht mehr kann?«

»Hör auf!« Er zog ihr Gesicht am Kinn zu sich. »Hör auf damit.«

»Womit denn? Damit, weiter abzubauen? Das kann ich nämlich nicht.«

»Hör auf zu überlegen, wie sie dich irgendwann sieht!«, sagte er ernst. »Wir wissen doch gar nicht, wie sich das alles entwickelt.«

»Ich finde, dieser Morgen hat uns einen ganz guten Vorgeschmack darauf gegeben, wie sie mich irgendwann sehen wird.«

Er atmete langsam aus, umarmte sie und drückte ihr einen Kuss auf die Haare. Dieses Thema diskutierten sie nicht zum ersten Mal. Mara sorgte sich, dass Laks' Kindheit von ihrer Krankheit ruiniert würde, und Tom beruhigte sie, dass ihre Tochter viel stärker sei, als Mara dachte, und selbst mit den schlimmsten Aspekten ihrer Krankheit würde umgehen können.

Mara entspannte sich in Toms Umarmung, ließ sich von ihm aufrecht halten. Nach einer Weile löste er seine Arme und küsste sie. »Anderes Thema?«

Sie lächelte dankbar. »Gern.«

»Gestern Abend. Was war denn da los mit dir? Und können wir das bitte öfter machen?«

Sie zwang sich zu einer lässigen Miene. »Was denn, darf eine Frau ihrem gut aussehenden Mann etwa nicht mehr zeigen, dass sie seinen tollen Körper zu schätzen weiß?«

»Oh, doch, das darf sie sehr wohl. Und so oft sie will.« Einen Arm immer noch um sie gelegt, griff er an ihr vorbei zur Kaffeekanne und goss ihnen beiden eine Tasse ein. Ihre füllte er nur zu einem Viertel, aber sie bat ihn, ihr noch ein bisschen mehr einzuschenken, und griff gierig nach der Tasse.

»Du solltest vielleicht ein bisschen weniger Koffein zu dir nehmen. Ich hab das Gefühl, in letzter Zeit schläfst du noch schlechter als sonst.«

Sie zuckte nur mit den Schultern.

»Du musst dich mehr ausruhen, Schatz. Das weißt du doch. Meinst du, du brauchst eine höhere Dosis Tavor? Soll ich mal Dr. Thiry anrufen? Oder vergisst du einfach, sie zu nehmen? Soll ich dich abends dran erinnern?«

Sofort schlug ihr das Herz bis zum Hals. Die Vorstellung, wie er mit der Tablette und einem Glas Wasser vor ihr stand und ihr liebevoll lächelnd dabei zusah, wie sie die Pille schluckte, ließ ihr den Hals eng werden … Ohne es zu wissen, wäre er der Gefängniswärter, der zwischen ihr und dem Fluchttunnel stand, den sie so mühselig gegraben hatte.

Oder schlimmer noch: Was, wenn er sie zur Klinik begleiten und dort erfahren würde, dass sie schon vor Monaten selbst um eine Erhöhung der Tavor-Dosis gebeten hatte? Und dass es bereits die höchste erlaubte Dosis für jemanden mit ihrem Gewicht war? Es konnte gar nicht sein, dass die Tabletten nicht wirkten, würde Dr. Thiry sagen. Wenn sie immer noch nicht schlief, dann nur, weil sie die Tabletten gar nicht nahm.

»Ach, nein.« Sie winkte ab. »Ist nicht nötig. Ich hab da so meinen Ablauf, und dank meiner Klebezettel vergesse ich auch keinen Schritt. Zähneputzen, Zahnseide, eine Tavor nehmen, Wasser austrinken, ab ins Bett. Gutenachtkuss für meinen Mann. Für den letzten Schritt brauche ich zum Glück noch keinen Erinnerungsklebezettel.«

Sie starrte in ihre Tasse, konnte Tom nicht ansehen, während sie log. Der Klebezettel, auf dem *Tavor!* stand und der seit ein paar Monaten am Badezimmerspiegel hing, diente ihr lediglich zur Erinnerung, dass sie die abendliche Tablette zu ihrem geheimen Vorrat legte und überprüfte, dass dieser noch immer sicher hinter dem Regal mit den Handtüchern versteckt lag. Tom sah skeptisch aus. Sie drückte ihm seinen Schlüssel in die Hand und zeigte auf die Uhr am Backofen. »Du, es ist schon ganz schön spät!«

Es funktionierte. Er ging seine Aktentasche suchen und war in Gedanken bereits in der Praxis und bei seinen Patienten, dachte nicht mehr darüber nach, wieso seine Frau nicht schlief, obwohl sie angeblich jeden Abend brav ihre Schlaftabletten nahm.

Kurz darauf stand er wieder in der Küche, die Tasche in der Hand, sein Jackett über der Schulter; sein Kuss schmeckte nach Zahnpasta. Mara fiel auf, wie seine Augen strahlten. Ihre kleine Umräumaktion im Kleiderschrank hatte funktioniert, er trug ein blaues Hemd. Auch noch ihr Lieblingshemd, das mit dem italienischen Schnitt und dem dezenten Fischgrätmuster. Ihr Blick fiel auf seinen Ehering, und sie stellte sich zum tausendsten Mal vor, wie ihm die Frauen reihenweise zu Füßen liegen würden, wenn er ihn dann irgendwann nicht mehr trug.

Und zum tausendsten Mal gab sie sich Mühe, ihre aufsteigende Eifersucht zu verdrängen. Sie erinnerte sich selbst daran, dass man beim Suizid den Preis nun mal vorab zahlt. Es gab kein »Hinterher«, mit dem sie sich trösten konnte. Der Gedanke an Tom mit einer anderen Frau, der Schmerz, dass sie so viel in Laks' Leben verpassen würde – damit musste sie eben diese letzten vier Tage klarkommen.

Hör auf mit deinem Selbstmitleid!, ermahnte sie sich. Für dich sind es nur vier Tage. Für die beiden ist es der Rest des Lebens.

»Hast du heute schon irgendwas vor?«, fragte Tom. Sie war dankbar, dass er damit ihre Gedanken unterbrach, sich ihr in den Weg stellte, bevor sie sich ganz im Selbsthass verlieren konnte.

»Hab nur ein paar Besorgungen zu machen. Ich hab mir für zwei Uhr ein Taxi bestellt.«

»Gute Idee. Aber du, lass ja die Finger von der Wäsche. Darum kümmere ich mich morgen Abend.«

»Tom Nichols«, sagte sie streng. »Die Wäsche schaffe ich ja wohl noch selbst.«

»Ja, aber meine Joggingsachen sind mit dabei, und die riechen echt nicht gut.«

»Netter Versuch, zieht aber nicht bei mir, also lass es einfach. Ich wasche seit zwanzig Jahren deine Joggingklamotten, und bis jetzt hab ich's ja wohl auch überlebt.«

»Na gut.« Er hob die Hände zum Zeichen, dass er sich geschlagen gab. »Dann lass mich aber wenigstens von unterwegs was fürs Abendbrot mitbringen, damit du nicht kochen musst. Stattdessen kannst du dich nachmittags noch mal kurz hinlegen.«

Sie verdrehte genervt die Augen. »Ja, unbedingt. Ich hab ja auch nur sieben Stunden Zeit, um darin irgendwie Kochen und Mittagsschlaf unterzubringen.« Ihr Sarkasmus ließ ihn zusammenzucken, und sofort tat es ihr leid. Sie lächelte ihn entschuldigend an und nahm sein Gesicht in die Hände. »Du verwöhnst mich einfach für meinen Geschmack ein bisschen zu sehr. Das Kochen schaffe ich wirklich noch.«

»Ich verwöhne dich eben gern. Lass mich wenigstens einkaufen gehen, wenn ich dir schon das Kochen überlasse. Brauchen wir irgendwas?«

Beide drehten sich gleichzeitig zu der Handvoll rosa Klebezettel am Kühlschrank um. Gina hatte sich das System ausgedacht: Auf rosa Zetteln stand, was eingekauft werden musste, auf gelben, was Mara am Abend kochen wollte, auf grünen, was zum Auftauen rausgelegt werden musste, und blaue erinnerten sie jeden Abend daran, Laks' Pausenbrot vorzubereiten. Tom riss die rosa Zettel ab und klebte sich jeden an einen anderen Finger. »Ich kaufe dann auf dem Nachhauseweg ein.« Er ging zur Hintertür. »Hab dich lieb!«, rief er Mara über die Schulter zu. »Und mach Mittagsschlaf!«

»Ja, Dr. Nichols.«

Mara stellte ihre Kaffeetasse in die Spüle. In dem Moment

leuchtete das Telefon auf. Seit ein paar Monaten zuckte sie bei lauten Geräuschen immer sehr zusammen, und Tom hatte das Küchentelefon sofort gegen eins ausgetauscht, das nicht durch ein Klingeln, sondern durch ein blinkendes Licht auf einen Anruf aufmerksam machte. Sie war darauf durch keinen Beipackzettel und auch keine Symptomliste von anderen Betroffenen vorbereitet worden, hatte einfach feststellen müssen, dass sie öfter Dinge vom Tisch oder von der Kommode stieß, wenn das klingelnde Telefon, ein Klopfen an der Tür, Laks oder Tom, die nach ihr riefen, sie erschreckten.

Es machte auch keinen Unterschied, wenn sie mit einem bestimmten Geräusch rechnete. Laks hatte ein Spiel mit schnatternden Enten, das Mara irgendwann einfach nicht mehr mit ihr hatte spielen können. Selbst wenn Laks sie vorwarnte, dass die Enten gleich das Geräusch von sich geben würden, flogen Mara trotzdem die Karten aus der Hand, und sie fegte die Spielfiguren vom Brett.

Mara beugte sich über die Spüle und warf einen Blick auf das Display des Telefons. *Dr. Thiry*. Während das Licht weiterblinkte, musste sie an das Ergebnis ihrer verzweifelten Internetrecherche in der vergangenen Nacht denken: Es gab keinen medizinischen Durchbruch, der das Stadium aufhalten konnte, das durch den Vorfall im Supermarkt offensichtlich eingeleitet worden war. Die Klinik konnte ihr da auch nicht helfen, konnte ihr nicht sagen, dass es keinen Grund zur Sorge gab. Sie konnte nicht sicher sein, dass sie ihr eigenes Ende immer noch in der Hand hatte, wenn sie die Deadline am Sonntag verstreichen ließ.

Im besten Fall könnte sie sich ein paar mitfühlende Seufzer vom anderen Ende der Leitung anhören, während das Klinikteam heimlich Gott dafür dankte, selbst nicht so arm dran zu sein wie Mara Nichols. Im schlimmsten Fall würde Dr. Thiry sich mit der Bitte an Tom wenden, Mara gegenüber besonders wachsam zu sein, damit sie sich nach diesem demütigenden Vorfall nicht vielleicht etwas antat.

Mara starrte das Telefon böse an, bis das Licht daran endlich erlosch.

16

Mara

Mara sah auf die Uhr. Viertel nach eins – noch genug Zeit, um kurz im Forum vorbeizuschauen, bevor das Taxi kam. Sie ignorierte den Eintrag von SoNotWicked zum heutigen Thema und konzentrierte sich stattdessen auf die gestrigen Kommentare zu MotorCitys Situation.

Sie überflog die Einträge, die seit ihrem letzten Besuch dazugekommen waren, und blieb an einem von MotorCity hängen, den dieser am Morgen geschrieben hatte. Bei seiner Frage nach asiatischen Mitgliedern im Forum musste sie lächeln. Vielleicht konnte sie ihm doch ein bisschen mehr helfen, als lediglich ein paar tröstende Zeilen zu schreiben, die ja nicht wirklich nützten.

Mittwoch, 6. April, 13:20 Uhr

MotorCity, ich persönlich habe auch schon genauestens analysiert, welches Teleshoppingprodukt wohl das beste ist (die Antwort lautet »keins«, obwohl ich zugeben muss, dass mich der Entsafter schon ziemlich lockt), und weiß auch genau, welche Zeitung in meinem Viertel morgens als erste zugestellt wird (das Wall Street Journal um halb fünf). Hätte ich mal gewusst, dass du zur selben Zeit wach warst, dann hätten wir reden können! Wollen wir uns für heute Abend hier verabreden? Um Mitternacht? Können ja auf Privatnachrichten umsteigen, damit die anderen sich morgen früh nicht durch unser Gequatsche arbeiten müssen.

Sobald sie die Nachricht abgeschickt hatte, musste sie daran denken, was Tom wohl davon halten würde, wenn er wüsste, dass sie sich, anstatt zu schlafen, zum mitternächtlichen Chatten verabredete. Sie dachte an die To-do-Liste unter ihrem Laptop und die vielen Dinge, die sie in den nächsten vier Tagen noch zu erledigen hatte. War es da nicht verrückt, dass sie auch nur eine Sekunde online mit Menschen verbrachte, die sie nicht mal persönlich kannte? Wo ihr doch nur noch wenig Zeit blieb, ihren Abschied von den Menschen zu organisieren, die sie im »wahren« Leben kannte und die ihr am meisten bedeuteten?

Vielleicht war es wirklich ein bisschen verrückt. Aber andererseits wäre ich ohne das Forum wahrscheinlich noch viel verrückter, dachte sie mit einem Lächeln. Natürlich waren ihr Familie und Freunde am wichtigsten. Doch ihre virtuellen Freunde hatten sie als Einzige die ganze Zeit über wie einen normalen Menschen behandelt und damit sowohl dafür gesorgt, dass sie nicht verzweifelt war, als auch dafür, dass sie ihr echtes Leben überhaupt so lange hatte genießen können.

Das war wohl der Grund, davon abgesehen, dass sie im Moment sowieso etwas sentimental war, dass sie es einfach nicht übers Herz brachte, sich diese Woche schon vom Forum zu verabschieden. Auch wenn es wirklich langsam Zeit wurde. Während sie ihre Liste abarbeitete, schaffte sie es zwischendurch trotzdem immer wieder, kurz dort vorbeizuschauen. Es war ja auch nicht so, als hielte es sie von irgendetwas ab, wenn sie ein wenig online war. An Schlaf war sowieso nicht zu denken. Da konnte sie ebenso gut einem Freund beistehen.

Mara loggte sich aus, schlüpfte in den Flip-Flop, den sie sich unter dem Tisch ausgezogen hatte, und griff nach ihrer Handtasche. Sie sortierte gerade deren Inhalt, als es an der Tür klingelte. Das Geräusch ließ sie zusammenfahren, und ihr Portemonnaie flog quer durch die Küche.

»Mist.«

Sie fluchte noch einmal, als sie entdeckte, dass es in einem schmalen Spalt zwischen Kühlschrank und Wand gelandet war. Da passte zwar ihr Arm hinein, aber bei ihrem unsicheren Gleichgewicht in letzter Zeit hatte sie Sorge, sich nicht so tief bücken zu können. Gleich würde das Taxi kommen, es war also kein guter Zeitpunkt, um auf dem Fußboden zu landen und nicht aufstehen zu können. Vielleicht könnte sie das Portemonnaie ja mit dem Besen aus der Ritze holen? Doch leider war der Besen nicht da, wo er hingehörte, und sie hatte auch keine Ahnung, wo er sein konnte. Bis ihr das eingefallen war oder sie ihn im Haus gesucht hatte, wäre garantiert das Taxi da.

»Verflucht.«

Es klingelte noch einmal an der Tür.

»Meine Güte, jetzt leg halt deine blöden Werbeflyer hin, und lass mich in Ruhe!«

Die Klingel schrillte wieder. Anscheinend gab derjenige einfach nicht auf. Und sie wollte kein Publikum, wenn das Taxi kam, wollte nicht, dass sich die Leute Gedanken machten, wieso sich eine Frau ihres Alters im Taxi herumkutschieren ließ, anstatt selbst zu fahren.

»Ich komme!«

Sie riss genervt die Tür auf und wollte den Besucher gerade anfauchen, sah sich jedoch zu ihrer Überraschung dem Taxifahrer selbst gegenüber. Mit dem roten Holzfällerhemd, das über seinem Bauch spannte, und dem fettigen grauen Haar sah er aus wie ein verarmter Weihnachtsmann. Er roch nach einer Mischung aus Mottenkugeln, Mundwasser und Rasierwasser. Nein, wohl eher ein Eau de Toilette, korrigierte sie sich, als ihr seine grauen Stoppeln auffielen.

»Guten Tag. Ich dachte, ich komm ein bisschen früher, damit Sie ... damit wir ... also, damit genug Zeit ist ...« Er fuhr sich mit der dicken Hand durch die Haare und setzte neu an. »Ich weiß ja, dass Sie pünktlich um zwei loswollen.«

»Nett von Ihnen, dass Sie bis zur Haustür gekommen sind, aber das wäre nicht nötig gewesen. Ich hatte eigentlich vor, vorn an der Straße auf Sie zu warten.«

»Kein Problem. Ich dachte, Sie wollen vielleicht ...« Er sah Mara nervös an, als hätte er Angst, etwas Falsches zu sagen. »Ich dachte, ich könnte Ihnen ... also, es ist ja schon ein Stück bis vorn zur Straße.«

»Ach so.« Sie wurde rot.

Nachdem sie sich von dem schlimmen Vorfall vor dem Cornflakes-Regal am Montag im Supermarkt so weit erholt hatte, dass sie wieder hatte fahren können, war sie davongerast. Sie hatte es kaum erwarten können, endlich die nasse, stinkende Hose auszuziehen und unter die Dusche zu kommen. In ihrer Aufregung bog sie jedoch falsch vom Parkplatz ab. Als sie schließlich bemerkte, dass sie nicht nach Hause, sondern in die entgegengesetzte Richtung fuhr, wollte sie schnell wenden. Das abrupte Manöver sorgte für ein Hupkonzert und quietschende Reifen hinter ihr, während sie über den Mittelstreifen holperte und halb auf die Gegenspur geriet. Das Hupen erschreckte Mara so, dass ihre rechte Hand das Lenkrad herumriss und das Auto zurück auf ihre Spur und in den Verkehr hinter sich geriet.

»Oh nein!«

Ein Pick-up hupte sie wütend an. Der Fahrer zeigte ihr beim Überholen den Mittelfinger, Unverständnis auf dem ärgerlichen Gesicht.

Mara war mit den Nerven völlig am Ende. Auf der anderen Straßenseite entdeckte sie neben einer kleinen Bank auf der Ecke eine Seitenstraße. In dem Bemühen, so schnell wie möglich von der Hauptstraße herunter- und in die Gasse zu kommen, riss sie das Lenkrad zu scharf nach rechts, schaffte es nicht mehr, gegenzulenken, überquerte zwei Spuren, fuhr über den Bordstein, über den Gehweg, rammte das große Metallschild der Bank und kam erst dadurch schließlich zum Stehen.

Sie schlug mit dem Gesicht auf dem Airbag auf, ein grässliches Knirschen war zu hören, und ihr blieb für einen Moment die Luft weg. Der Motor zischte. Sie schob den Airbag beiseite. Die rechte Seite des Autos hatte sich fast komplett um den Pfahl mit dem Werbeschild der Bank gewickelt.

»Verdammt noch mal!«

Vorsichtig überprüfte sie alle ihre Gliedmaßen, ein Körperteil nach dem anderen. Bewegte Finger und Zehen, ließ Fußknöchel und Handgelenke kreisen. Anscheinend war nichts gebrochen, ihre Rippen fühlten sich jedoch an, als hätte sie vom Dach der Bank einen Bauchplatscher mitten auf den Parkplatz gemacht. Um sie herum wurde es laut. Sie erschrak. Als sie die Menge bemerkte, die sich mittlerweile um das Auto geschart hatte, wünschte sie sich nur noch, sie könnte im Sitz herunterrutschen und durch den Fußboden sickern, den Blicken der Leute entkommen.

Links von ihr klopfte es. Eine auffällig geschminkte Frau mit einem Namensschild, das sie als Mitarbeiterin der Bank auswies, tauchte neben dem Fenster auf. Mara versuchte, es herunterzukurbeln, aber es klemmte. Sie öffnete die Tür.

»Alles in Ordnung?«, fragte die Frau. »Sie haben uns gerade einen ganz schönen Schrecken eingejagt. Zum Glück gibt's Airbags, hm? Sie haben ja anscheinend nichts abbekommen.« Sie ließ den Blick über die Motorhaube und den Rest des Autos schweifen und beugte sich wieder zu Mara ins Fenster. »Ihr Wagen hat aber schon ziemlich was abgekriegt, so wie's aussieht.«

Die Bankangestellte kam noch ein wenig näher und sah aus, als wollte sie etwas hinzufügen. Dann presste sie die halb geöffneten Lippen jedoch nur zusammen und verzog ein wenig den Mund. »Haben Sie noch was anderes zum Anziehen dabei?«, flüsterte sie.

Mara sah an sich herunter und wurde wieder daran erinnert, dass das Tupfen mit dem Küchenpapier nicht viel geholfen hatte. Der Fleck auf ihrer Hose war immer noch deutlich sichtbar. Sie schlug die Hände vors Gesicht und wünschte wieder, sich einfach in Luft auflösen zu können.

»Momentchen, Süße.« Die Frau lief zur Beifahrerseite herum, holte Maras Jacke vom Sitz und reichte sie ihr mit einem bewundernden Blick durchs Fenster. »Die ist vielleicht ein bisschen zu schick hierfür, aber ... außergewöhnliche Umstände erfordern außergewöhnliche Maßnahmen, nicht?« Sie strich Mara über den Rücken. Mara band sich die Jacke um die Hüften. »Na, sehen Sie, schon viel besser«, sagte die Frau. »Um ehrlich zu sein, riechen tut man's nicht, also, solange es keiner sieht, bleibt es unter uns.«

Mara warf einen verstohlenen Blick auf das Duftbäumchen im Getränkehalter neben sich, das sie auf dem Supermarktparkplatz vom Rückspiegel gerissen und über ihre Hose gerieben hatte. Es hatte tatsächlich geholfen. Sie bedankte sich bei der Frau, die ihr noch einmal aufmunternd zulächelte und dann dem Notarzt und dem Abschleppwagen Platz machte, die mittlerweile eingetroffen waren. Mara kletterte aus dem Auto und winkte nur ab, als einer der Sanitäter sie untersuchen wollte. »Alles in Ordnung, wirklich.«

»Sie hatten's wohl eilig«, rief ihr der Fahrer des Abschleppwagens zu. »Keine Zeit zum Parken, da wollten Sie eben gleich zum Schalter durchfahren, was?« Er lachte über seinen eigenen Witz.

Mara lächelte gezwungen.

Auf der Fahrt im Abschleppwagen zur Werkstatt gelang es ihr noch, die Tränen zurückzuhalten. Aber als der Kfz-Mechaniker überrascht durch die Zähne pfiff und verkündete, es sei fast ein Wunder, dass ihr nichts passiert war, ging ihr auf, dass sie ernsthaft jemanden hätte verletzen oder sogar töten können. Der Gedanke war wie ein Schlag vor den Kopf. Was, wenn Laks mit im Auto gesessen hätte?

Sie ließ das Kinn auf die Brust sinken und schluchzte los. Aus dem Augenwinkel sah sie den Mechaniker einen Schritt zurückgehen. Er trat unsicher von einem Fuß auf den anderen, räusperte sich dann und sagte: »Kein Grund zu weinen, Ma'am. Ist doch alles gut gegangen.« Es klang nicht überzeugend.

Der Werkstattchef erklärte, dass die Reparatur bis Freitag dauern werde und er nicht sicher sei, ob sie einen Leihwagen für sie hätten. Er wollte ihr die Nummer einer Mietwagenfirma heraussuchen, doch Mara lehnte dankend ab. Sie würde nie wieder fahren, sagte sie leise. Sie brauche weder einen Leihwagen noch ein Mietfahrzeug. Nach der Reparatur würde ihr Auto nur noch in der Garage stehen, bis ihr Mann es irgendwo loswurde.

Der Chef sah sie verwundert an und wartete auf eine Erläuterung. Diese wenigen Sätze waren ihr jedoch schon zu viel gewesen, und sie stand einfach nur stumm da, während ihr Tränen und Rotz über das Gesicht liefen. Schließlich schob die Assistentin des Chefs den Mann beiseite und nahm Maras Hand. »Ich rufe Ihnen ein Taxi, ja?«

Sie stellte sich an die Tür und lehnte sich gegen die Scheibe. Das Taxi hielt vor dem Haus. Mara hob die Hand. Der Fahrer winkte zurück. Sie öffnete die Tür und ging ein paar Schritte. Plötzlich sprang der Taxifahrer aus dem Auto, rannte mit erschrockenem Gesicht auf sie zu und reichte ihr den Arm.

Mara sah ihn nur böse an, weil er hier so ein Theater veranstaltete. Der Fahrer des Abschleppwagens und der Mechaniker waren auch schon so zusammengezuckt, als sie die ersten Schritte gemacht hatte. Was war denn bloß mit diesen Männern los? Sie warf dem Abschleppwagenfahrer und dem Kfz-Mechaniker einen ärgerlichen Blick zu und fauchte den Taxifahrer an, dass er sich gefälligst wieder ins Auto setzen und auf sie warten sollte wie auf jede andere Kundin.

Sie brauchte seine Hilfe nicht. Und sein Mitleid erst recht nicht. Sie konnte allein gehen. Sehr gut sogar. Wie er ja wohl selbst sehen konnte.

Der Fahrer ließ gehorsam den Arm sinken, sein Gesichtsausdruck verriet jedoch, dass er anderer Meinung war. Er begleitete sie zum Taxi. Währenddessen pfiff er betont lässig vor sich hin und sah sich immer wieder um. Er öffnete ihr die Tür und fügte schnell hinzu, dass er das für jeden Fahrgast tat. Dann trat er einen Schritt zurück und bedeutete Mara durch Gesten, dass er ihr gern die Tür aufhielt. Als sie jedoch plötzlich das Gleichgewicht verlor und fast mit dem Kopf voran auf den Rücksitz gefallen wäre, entschuldigte er sich schnell und half ihr.

Als sie endlich saß, hätte Mara ihn am liebsten schon wieder mit einem wütenden Blick bedacht, konnte sich aber gerade noch zusammenreißen. Vielleicht war der Fahrer ein bisschen übereilig gewesen, doch er hatte auch verhindert, dass sie sich den Kopf am Autodach aufschlug. Sie lächelte ihn entschuldigend an und nahm sich vor, diesmal angesichts der üblichen Mischung aus Mitleid und Selbstzufriedenheit, die sich garantiert gleich auf seinem Gesicht widerspiegeln würde, auf jeglichen sarkastischen Kommentar zu verzichten. Es war immer so eine selbstverliebte Miene, so ein »Bin ich nicht toll, wie ich da eben dieser bedauernswerten, hilflosen Frau geholfen habe, die es nicht mal allein zum Auto schafft? Wenn ich nicht gewesen wäre, hätte die Arme sich den Kopf aufgeschlagen!«.

Davon lag jedoch nichts in seinem Blick, wie Mara überrascht bemerkte. Kein Mitleid, keine Selbstzufriedenheit. Stattdessen sprach aus seiner Miene das Beste, was sie hätte hoffen können: *»Ich habe genug eigene Probleme und weiß Gott keine Zeit, mir auch noch Gedanken über Ihre zu machen.«*

Sie bat ihn um seine Visitenkarte.

Jetzt stand er wieder vor ihr, mit demselben teilnahmslosen Ausdruck auf dem flächigen, wettergegerbten Gesicht. Und sie starrte ihn an, als hätte er sich über sie lustig gemacht. Sie zwang sich zur Ruhe.

»Entschuldigung, es war wirklich nett, dass Sie an mich gedacht haben. Ich wollte auch gerade nach vorn kommen, mir ist aber eben in der Küche das Portemonnaie heruntergefallen, und ich komme nicht dran. Könnten Sie mir vielleicht helfen?«

Mara war selbst überrascht, dass sie hier einfach einen Fremden um Hilfe bat, und wurde wieder rot. Sie wollte gerade sagen, dass es vielleicht doch nicht nötig sei, da antwortete er:

»Klar, kein Problem!«

Nun war es ihr unangenehm, dass sie ihn überhaupt gefragt hatte, doch was sollte sie tun – behaupten, ihr wäre gar nichts heruntergefallen? Dass sie seine Hilfe doch nicht bräuchte? Sie könnte ihn ja nicht mal bezahlen ohne Portemonnaie, und außerdem musste sie zur Drogerie.

»Nett von Ihnen.«

Sie führte ihn in die Küche und zeigte auf die Geldbörse. Er bückte sich ohne Probleme und reichte sie ihr. Mara griff danach und ließ sie gleich wieder fallen. Angewidert von sich selbst schüttelte sie den Kopf. Der Küchenfußboden war wie ein Magnet, der ihr einfach Gegenstände aus der Hand zog.

Der Taxifahrer ließ sich nichts anmerken und bückte sich noch einmal danach. »Soll ich vielleicht …« Er sah sie aufmerksam an, als hätte er Angst, sie könnte ihn beißen, öffnete langsam ihre Handtasche, die sie über der Schulter trug, und legte ihr das Portemonnaie hinein.

»Danke.«

»Kein Problem. Soll ich draußen am Auto warten?«

»Ich glaube, wir müssen uns nichts mehr vormachen, ähm …?«

»Harry.«

»Harry.«

Sie gingen zur Wohnungstür. Harry reichte ihr seinen Arm und sah sie abwartend an. Als sie eine Hand auf den weichen Baumwollstoff seines Hemdes legte, atmete er erleichtert aus. Sie musste lächeln. Er wirkte wie ein typischer Südstaaten-Gentleman; für ihn war es offenbar etwas ganz Normales, Frauen seinen Arm anzubieten. Das mit dem Portemonnaie hatte er auch so charmant gehandhabt, da schien es eigentlich nur fair zu sein, ihm die Hand auf dem Arm zu gönnen.

»Danke schön. Ich bin übrigens Mara Nichols.«

»Nett, Sie kennenzulernen, Mrs. Nichols.«

Sie lachte. »Wohl eher nicht. Bis jetzt habe ich ja eigentlich nur böse geguckt und Sie angefaucht.«

Sie gingen zusammen aus dem Haus und die Einfahrt hinunter. »Ich hab so das Gefühl, dass bei Ihnen mehr dahintersteckt als Fauchen und böse Blicke«, sagte er. Er schwieg einen Moment. Als er weitersprach, drehte er den Kopf leicht zur Seite, als hätte er Angst, sie könnte ihm gleich eine Ohrfeige verpassen. »Ich hab so das Gefühl, Sie sind es einfach gewohnt, alles unter Kontrolle zu haben. Und was Hilfe von anderen angeht...« Er zögerte wieder kurz. »... na ja, ein großer Fan sind Sie jedenfalls nicht davon.«

Mara warf den Kopf in den Nacken und lachte laut los. Die plötzliche Bewegung brachte sie aus dem Gleichgewicht, Harry trat jedoch mit einem Schritt rechts hinter sie und fing sie auf. Er richtete sie sanft wieder auf und sah dabei überall sonst hin, nur nicht zu ihr. Sie schaute ihn dankbar an, er wandte jedoch immer noch den Kopf ab. Schließlich stieß sie ihn in die Seite, sodass er endlich ihren Blick erwiderte. Sie grinste ihn an, und er lachte nun ebenfalls los, ein tiefes, herzliches Lachen, das jedoch schnell wieder verstummte.

Mara sah sich im Taxi zum ersten Mal richtig um. Am Montag war sie so aufgewühlt gewesen, dass sie gar nicht bemerkt hatte, wie makellos das Innere des Fahrzeugs war – was man angesichts des etwas heruntergekommenen Äußeren seines Fahrers nicht erwartet hätte. Die Sitze und der Fußboden waren blitzsauber, Quittungsstapel und Visitenkarten lagen säuberlich mit Büroklammern zusammengeheftet auf dem Armaturenbrett, auf dem Boden vor dem Beifahrersitz stand eine kleine Kühlbox, in der sich wahrscheinlich Harrys Mittagessen befand, und auf dem Beifahrersitz lag eine ordentlich zusammengefaltete Jacke.

Er hatte seine Sonnenblende heruntergeklappt. Daran klemmte ein kleines, verblichenes und schon etwas eselsohriges Foto. Mara beugte sich vor. Es war ein Schulfoto von einem Mädchen in Laks' Alter. Sie saß in der für Schulaufnahmen typischen förmlichen Haltung da, gerade Schultern, die Hände im Schoß, das Lächeln etwas gestellt.

»Ihre Enkelin?«

In dem Moment, als sie die Frage stellte, war ihr klar, dass das nicht der Fall sein konnte. Das Foto war zu alt, die Frisur und die Kleidung des Mädchens zu altmodisch. Das Foto war mindestens zehn Jahre alt, das Mädchen musste mittlerweile ein Teenager sein, wenn nicht sogar älter. Mara betrachtete Harrys Profil und versuchte, sein Alter zu schätzen. Höchstens Mitte fünfzig. Er sah aus, als hätte er ein hartes Leben hinter sich, aber er wirkte bei Weitem nicht alt genug für eine Enkelin im Teenageralter.

Harry sah von seinem Fahrtenbuch hoch. »Hm?«

»Ich habe gerade das Foto an der Sonnenblende gesehen. Ist das Ihre Enkelin?«

»Ach so. Ähm. Nein.« Er klappte die Sonnenblende hoch. Mara wollte sich gerade entschuldigen, falls sie ihm zu nahe getreten war, aber er drehte sich nur lächelnd zu ihr um. »Na dann. Sie hatten am Telefon was von Besorgungen gesagt. Wo geht's als Erstes hin?«

Er schaltete das Taxameter ein. Anscheinend war sie ihm also mit der Frage doch nicht zu nahe getreten. Über das Foto schien er jedoch offensichtlich nicht weiter reden zu wollen.

»Zur Drogerie. Dann zu einem Modegeschäft da in der Nähe. Ich habe angerufen, sie haben mir die Sachen schon rausgesucht, ich muss sie nur noch anprobieren. Dauert aber bestimmt nicht lange.«

Er nickte und fuhr los.

17

Mara

Eigentlich ist ja gar nichts dabei, sagte sich Mara. Die Leute kauften hier ständig so etwas ein. Die Kassiererin würde gar nicht weiter drüber nachdenken, den anderen Kunden würde es bestimmt nicht einmal auffallen. Es war auch nicht peinlicher, als Tampons zu kaufen, die sie früher als Jugendliche auf dem Warenband immer beschämt unter einem Berg aus Bodylotion, Shampoo und Sonnenmilch versteckt hatte, aber mittlerweile völlig entspannt kaufte. So wie die Herren mittleren Alters mit der Tube Hämorrhoidensalbe in der Hand, die manchmal vor ihr in der Schlange standen. Denen war es ja auch kein bisschen peinlich. War schließlich nichts dabei.

Harry hatte angeboten, mit in die Drogerie zu kommen, ihr den Einkaufskorb zu tragen und hinterher die Taschen für sie im Auto zu verstauen. Mara hatte jedoch mit der Begründung abgelehnt, sie wolle ihm keine Umstände machen. Und er hatte es dabei belassen. Wahrscheinlich spürte er, dass sie lieber allein sein wollte.

Sie nahm sich einen Plastikkorb vom Stapel neben der Tür und ging entschlossenen Schrittes auf den Gang mit dem Schild *Spezial-Unterbekleidung* zu. Nette Umschreibung. Mara würde diese Dinger immer Windeln nennen.

Windeln.

Sie war zweiundvierzig Jahre alt und kaufte gerade Windeln.

Nicht die süßen mit den gelben Entchen drauf, die auf eine

völlig normale Lebensphase hinwiesen, sondern große, hässliche Dinger, die einem entgegenschrien: »Ich habe meine Blase genauso schlecht unter Kontrolle wie ein Baby!« Die Bewertungen im Internet schwärmten zwar davon, wie diskret diese Artikel heutzutage seien, dass manche sogar hübsche Muster hatten, damit sie weniger nach dem aussahen, was sie wirklich waren, aber um die große, unförmige Plastikverpackung kam man eben doch nicht herum. So wusste am Ende jeder Kunde im Laden, dass die Käuferin »Schwierigkeiten« hatte, wie es die Produktwebsite bezeichnete. Inkontinent, würde jeder denken.

Jetzt waren ihre Schritte schon nicht mehr so entschlossen. Dieser Einkauf war plötzlich mehr als ein schneller Gang zum Regal, zur Kasse und wieder nach draußen. Mittlerweile fühlte es sich eher so an, als zeigte sie damit aller Welt, dass sie nun endgültig zu den Kranken und Schwachen gehörte. Sie hatte versagt. Ihr Körper hatte versagt, und die Tatsache, dass es mit Anfang vierzig passierte anstatt mit Anfang achtzig, machte es so viel schlimmer. Mara fühlte sich wie ein Dreizehnjähriger, der zum ersten Mal Kondome kauft, oder wie eine Vierzehnjährige, die einen Schwangerschaftstest braucht. Es gab ein festgelegtes Alter, in dem es in Ordnung war, bestimmte Drogerieartikel zu kaufen. Außerhalb dieser Altersgruppe war ein Kauf dieser Produkte verachtenswert und verdächtig.

Demütigend.

Mara fühlte, wie ihre Haut vom Schlüsselbein bis hoch zum Kinn zu glühen begann. Sie ging weiter auf das Schreckensregal zu. Dort angekommen, drehte sie sich einmal im Kreis, um sicherzugehen, dass niemand in der Nähe war und ihr zusah, dass niemand bemerkte, was sie da in ihren Korb legte. Sie war jedoch allein. Mara holte tief Luft. Jetzt oder nie. Den Moment des Alleinseins musste sie nutzen. Geh schnell den Gang runter, hörte sie die Stimme in ihrem Kopf, schnapp dir zwei Packungen, geh zur Kasse, und dann ab ins Taxi! Wenn du es ganz schnell machst, ist es vielleicht gar nicht so schlimm. Drei, zwei, eins: wie wenn man ein Pflaster abreißt.

Ihre Füße wollten jedoch nicht gehorchen. Während sie dort wie festbetoniert stand, überlegte sie sich eine neue Strategie: Wenn sie sich weigerte, die letzten Schritte auf das Regal zuzugehen, sich weigerte, die Packung herauszunehmen, dann würde sich das Problem vielleicht von selbst in Luft auflösen.

Mit dieser Strategie hatte sie es jedoch früher an diesem Morgen schon einmal versucht und dann zu dem Schluss kommen müssen, dass es zu gefährlich war. Sie hatte mit einer Damenbinde in der Hand im Bad gestanden und sich gesagt, wenn sie keine trug, wenn sie nicht zugab, dass sie allen Grund hatte, sich auf einen weiteren Zwischenfall einzustellen, dann würde es auch zu keinem mehr kommen. Wenn man sich darauf vorbereitete, lud man das Vorkommnis ja geradezu dazu ein, auch einzutreten. Sie hatte die Binde zurück in den Karton gesteckt und ihn weit nach hinten in den Schrank geschoben.

Kurze Zeit später, als sie sich die frisch gewaschene Yogahose anzog, schlich sich jedoch das Bild des kleinen Jungen aus dem Supermarkt wieder in ihre Gedanken, der überraschte Ausdruck auf seinem Gesicht, während er auf den Fleck auf ihrer Hose starrte. Wie sie gestottert und gestammelt hatte, versucht hatte klarzustellen, dass es eine ganz normale Erklärung dafür gab, dass sie da mit einer nassen Hose, in eine Wolke Uringeruchs gehüllt, in der Öffentlichkeit herumstand! Da war sie zurück ins Bad marschiert, hatte die Damenbinde wieder hervorgekramt und gehofft, damit sicher zu sein, bis sie endlich in einer Drogerie etwas Entsprechendes kaufen konnte.

Mara sah nach links und nach rechts, vor sich und hinter sich, schaute sich noch einmal genau um, ob auch ja keine anderen Kunden in der Nähe waren. Vor dem einen Regal befand sich ein Aufsteller mit Badetüchern mit dem Schriftzug der Dallas Cowboys darauf, und obwohl ihr die Mannschaft in ihren über zwanzig Jahren hier in Texas bisher immer völlig egal gewesen war, fand sie, jetzt sei genau der richtige Zeitpunkt für ein bisschen Lokalpatriotismus. Sie verglich die verschiedenen Handtücher miteinander, versuchte, sich zwischen einem weißen Helm auf blauem Grund und einem blauen Helm auf weißem Grund zu entscheiden, und ignorierte dabei geflissentlich die gehässige Stimme in ihrem Kopf, die ihr zurief, dass sie bei einem Preis von vier Dollar neunundneunzig einfach beide nehmen und dann endlich hinter sich bringen sollte, wofür sie eigentlich hergekommen war.

Aus dem Gang nebenan hörte sie eine Männerstimme und musste an Harry denken. Wenn sie jetzt noch länger hier herumstand, machte er sich am Ende noch Sorgen um sie und kam ihr hinterher, um nach dem Rechten zu sehen. Sie legte zwei Handtücher in ihren Korb, ging endlich den Gang hinunter und betrachtete dabei traurig die Produktpalette. Sie hatte sich am vergangenen Abend bereits im Internet schlaugemacht und für eine Marke entschieden und suchte jetzt die Regale danach ab.

Noch einmal sah sie verstohlen nach links und rechts. Die Luft war rein. Mara holte tief Luft, presste die Lippen aufeinander und ging auf das Regal zu, so schnell sie konnte. Mit angehaltenem Atem griff sie sich im Vorbeigehen zwei Packungen, stopfte sie in den Korb unter die Handtücher und lief im Stechschritt weiter. Erst als sie um die Ecke gebogen war und im Gang mit den Haushaltswaren stand, ließ sie die angehaltene Luft endlich entweichen und atmete tief durch.

Nachdem sie sich etwas erholt hatte, richtete sie sich auf und betrachtete die viereckigen Packungen, die sich unter den Handtüchern abzeichneten. Ein winziges Lächeln stahl sich auf ihr Gesicht. Geschafft. Sie hatte es tatsächlich geschafft.

Das Lächeln wollte sich gerade vollends ausbreiten, als plötzlich wie aus dem Nichts eine Frau neben ihr auftauchte. Mara drehte sich schnell um, gab vor, die Flaschen mit dem Waschmittel zu studieren, und hielt den Korbinhalt vor den Blicken der Frau versteckt, bis diese an ihr vorbeigegangen war. Die Kundin ging langsam weiter, und Mara konnte endlich aufatmen. Mit einem Lächeln machte sie sich auf den Weg zum Ausgang. Gleich würde sie im sicheren Taxi sein.

Und dann fiel ihr ein, dass sie ja auch noch bezahlen musste.

Mist. Wie konnte sie das nur vergessen? Schon sah sie sich wieder vor aller Augen in die Reihe der Kranken, Gebrechlichen und Unglücklichen der Geschichte einreihen. Mara bewegte sich zögernd auf die Kasse zu und bereitete sich darauf vor, den Inhalt ihres Korbes einer zwanzigjährigen Kassiererin präsentieren zu müssen, die den Mund bestimmt genauso überrascht aufreißen würde wie der kleine Junge am Montag im Supermarkt.

Sie betrachtete die junge Frau aus der Nähe, sah die blaue Strähne in den Haaren, das Piercing in der Augenbraue, die vielen Ringe an den Fingern und fand, dieser Frau wäre es durchaus zuzutrauen, dass sie die Packung hochhielt und rief: »Iiih, so was tragen doch nur Omas!«

Mara überlegte, dass sie einfach mit den Schultern zucken und behaupten könnte: »Ja, die sind auch für meine Mutter.«

Dann könnte sie den Laden sicher noch mit einem Rest Würde verlassen. Aber sie fühlte schon jetzt die Hitze an Hals und Wangen hochsteigen und wusste, man sah ihr die Scham leuchtend rot an. Ihre Hände fingen an zu schwitzen, ihre Kehle war plötzlich ganz eng geworden. Jemand anderes hätte in dieser Situation die Kassiererin bestimmt mit einem lässigen Kommentar davon überzeugen können, dass die Einlagen nicht für ihn waren. Mara Nichols gehörte jedoch nicht zu dieser Art Mensch.

An der Kasse hatte sich eine Schlange gebildet. Mara stellte sich an und sah immer wieder zur Tür, ob Harry dort auftauchte. Die Kassiererin schwatzte mit den Kunden. Die Litanei texanischer Höflichkeiten, die Mara sonst immer so nett fand – »Wie geht's Ihnen, Ma'am? Haben Sie alles gefunden? Einen schönen Tag noch! Kommen Sie bald wieder!« –, fühlte sich heute an, als kratzten Nägel auf ihrer brennenden Haut.

Als sie an der Reihe war, stellte Mara den Einkaufskorb mit Mühe auf das Band. Ihr war schwindlig. Sie musste sich mit einer Hand festhalten und versprach ihrem Körper, wenn er jetzt noch die letzten paar Minuten durchhielt, dürfte er gleich im Taxi zusammenbrechen. Die Kassiererin sah hoch, um sie zu begrüßen, doch Mara schnappte sich eins der Klatschmagazine aus dem Aufsteller neben der Kasse und hielt sich die Zeitschrift vors Gesicht, als könnte sie sich so gegen den »Iiih, so was tragen doch nur Omas«-Kommentar wappnen, auf den sie so angespannt wartete.

»Hallo, wie geht's Ihnen, Ma'am?«

»Gut, danke.« Mara fühlte, dass sich ihre Lippen bewegten, hörte jedoch keinen Ton aus ihrer Kehle kommen. Sie versuchte es noch einmal, und wieder entwich ihrem Mund nur ein kleiner Lufthauch.

Stille. Wahrscheinlich wartete die Kassiererin darauf, dass Mara endlich hinter ihrer Zeitschrift hervorschaute und höflich antwortete. Sich wie ein zivilisierter Mensch benahm. Mara spürte eine neue Welle heißer Scham in sich aufsteigen.

»Haben Sie alles gefunden? ... Och nee, nicht schon wieder so was!«

Bei den Worten krampfte sich Maras Herz zusammen und schien sogar für einige Sekunden stehen zu bleiben, bevor es ihr plötzlich bis zum Hals schlug. Mit angehaltenem Atem ließ sie das Magazin ein Stück sinken und sah die Kassiererin eine der weißen Plastikpackungen mit gerunzelter Stirn hin und her drehen. Mara fragte sich, ob es eigentlich möglich war, vor Schamesröte so zu brennen, dass die Haut Blasen schlug. Sie blickte zur Tür und überschlug fieberhaft, ob sie es aus dem Laden schaffen würde, bevor die Kassiererin sie einholte und mit den Windeln in der Hand wedelte, dass es auch der letzte Kunde im Drogeriemarkt noch sah – inklusive Harry.

»Ach, da ist er ja! Diese Strichcodes sind manchmal wirklich tückisch. Man sucht und sucht ...« Die Frau zeigte auf die Stelle der Packung, an der der Code versteckt war.

Mara machte eine hektische Handbewegung, dass die Kassiererin den Artikel doch bitte nicht allen herumzeigen sollte, doch die junge Frau bemerkte es gar nicht, freute sich nur, dass sie den Strichcode endlich entdeckt hatte, und hatte anscheinend alle Zeit der Welt. Aus dem Augenwinkel sah Mara einen älteren Herrn vom Ende der Schlange nach vorn kommen.

»Ich hab's ziemlich eilig«, sagte sie. Ihre Stimme klang ganz anders als sonst.

Die Kassiererin beeilte sich, die Artikel zu scannen. »Ja, natürlich, Ma'am, kein Problem. Das wären dann bitte zweiunddreißig Dollar fünfundneunzig. Ach, Moment mal, ich glaube, auf die Unterbekleidungsartikel gibt's diese Woche Rabatt, da war ein Coupon im Prospekt. Sie können sich von da vorn noch schnell einen holen!« Sie zeigte auf den Stapel. Der ältere Herr kam näher. »Wollen Sie sich kurz …«

»Ist schon gut, ich bezahle einfach den vollen Preis«, sagte Mara, den Blick auf den Mann geheftet.

»Ich kann Ihnen den Prospekt sonst auch selbst schnell …«

»Bitte kassieren Sie einfach ab! Bitte, ich möchte einfach den regulären Preis zahlen. Ich habe es eilig.« Mara streckte der Frau ihre Kreditkarte hin und versteckte sich vor deren Augen schnell wieder hinter ihrer Zeitschrift.

»Kein Problem. Sie können das sonst auch gern noch von zu Hause aus machen, online. Dazu gehen Sie auf www …«

»Nein!« Mara warf die Zeitschrift auf das Band und griff nach ihren Einkaufstüten. »Ich will jetzt endlich los!«

Die Kassiererin zuckte zusammen und reichte ihr die Tüten und den Kassenzettel. Mara war ihr eigenes Verhalten so peinlich, dass sie kein Wort herausbekam und stattdessen versuchte, Danke und Entschuldigung mit einem kurzen Nicken auszudrücken.

»Ich wünsche Ihnen einen schönen Tag«, sagte die Kassiererin mechanisch, »bis zum nächsten Mal.«

Mara dachte bei sich, dass es mit Sicherheit kein nächstes Mal geben würde.

18

Scott

Scott sagte seinen Schülern gerade die Hausaufgaben für den nächsten Tag an, als die Sprechanlage im Klassenzimmer summte und die Sekretärin Mrs. Bevel ihn mit panisch klingender Stimme bat, sofort ins Büro zu kommen, sie habe bereits die Vertrauenslehrerin Miss Styles losgeschickt, die in seiner Abwesenheit auf die Schüler aufpassen würde. Scott sah vom Lautsprecher zur Uhr, dann zu den hoffnungsvollen Gesichtern seiner Achtklässler, die gespannt darauf warteten, ob er ihnen erst noch die Aufgaben zu Ende diktieren würde.

»Glück gehabt«, sagte er und ging zur Tür. »Maddie, du passt hier so lange auf, bis Miss Styles da ist«, rief er über die Schulter einem Mädchen aus der ersten Reihe zu. Er trat in den Gang hinaus und musste lächeln, als hinter ihm sofort fröhliches Chaos losbrach. Er lächelte immer noch, als er das Büro von Mrs. Bevel betrat. Janice, die Sozialarbeiterin der Familie Jackson, erhob sich von einem Stuhl.

»Hallo, Scott«, sagte sie, und wie immer klang ihre Stimme ebenso angespannt, wie ihr Körper wirkte. Sie sah auf ihre Schuhe hinunter, als wäre sie nicht sicher, wie es weitergehen sollte. Die typischen höflichen Interaktionen zwischen zwei Menschen gingen ihr völlig ab. Für eine Sozialarbeiterin wirkte Janice ziemlich unsozial, fand Scott. Doch er wollte kein vorschnelles Urteil über sie fällen und ging davon aus, dass sie sich bestimmt mit mehr Hingabe um die Kinder und Familien in ihrer Obhut kümmerte, als es von außen den Anschein hatte.

Sie strahlte jedoch meist solch eine Strenge aus, hatte einen seltsam ausdruckslosen Blick, und ihre Stimme klang so desinteressiert, dass es wirkte, als arbeitete sie die Dinge lediglich mechanisch ab. Ob sie früher wohl anders gewesen war? Hatten ihr vielleicht die Jahrzehnte an Überstunden jegliche Gefühle genommen? Oder war sie von Anfang an so kühl und distanziert gewesen? Vielleicht hatte sie denselben Rat mit auf den Weg bekommen wie FosterFranny: Schließ die Kinder nur nicht zu sehr ins Herz!

»Janice! Das ist ja mal eine Überraschung.« Scott streckte ihr die Hand hin, und die Sozialarbeiterin ergriff sie für einen winzigen Moment, bevor sie sie schnell wieder losließ.

»Ich dachte, Mrs. Bevel hat mich herbeordert, weil ich wieder mal das Licht im Klassenraum angelassen habe oder die Klassenarbeiten noch nicht fertig korrigiert sind.« Er drehte sich mit einem Grinsen zu der Sekretärin um. »Ich hab ja bei Ihnen eine ziemlich lange Liste an Vergehen, stimmt's?«

Mrs. Bevel sah nervös von Scott zu Janice, erhob sich, murmelte etwas von Akten, die sie durchsehen müsse, und verließ das Zimmer.

Scott wandte sich wieder Janice zu. »Oh, da hab ich sie wohl verschreckt. Na ja.«

Erst jetzt fiel ihm ihr angespannter Gesichtsausdruck auf. Sie presste die Lippen so hart aufeinander, dass sie ganz weiß waren, und ihre Augen starrten gebannt auf einen Punkt auf Mrs. Bevels Schreibtisch. Er konnte den Ausdruck in ihren Augen nicht ganz deuten. War das Angst? Nervosität? Auf jeden Fall irgendetwas in Richtung »ziemlich aufgebracht«. Kein Wunder, dass Mrs. Bevel geflohen war! Scott wünschte, er könnte ihr einfach hinterherlaufen.

»Ich habe leider schlechte Nachrichten«, sagte Janice. Sie setzte sich und klopfte auf den Stuhl neben sich. Scott sah die

Geste als Befehl an und nahm brav Platz, ließ sie dabei jedoch nicht aus den Augen. Seine Gedanken überschlugen sich nun. Hatte Curtis wieder mal Ärger gemacht? Aber Mrs. Keller hatte ja seine Handynummer. Normalerweise rief sie doch auch immer an oder schickte ihm eine SMS. War irgendetwas mit Bray? Aber dann hätte der Junge sich selbst gemeldet.

Es sei denn, er konnte es nicht.

»Ist mit Bray alles in Ordnung?« Ihm wurde plötzlich ganz flau im Magen.

Janice antwortete nicht gleich, und Scott wurde nun wirklich schlecht. »Janice, ist was mit Bray?«

»Es geht um LaDania. Sie war heute Morgen in meinem Büro. Sie will Curtis heute Nachmittag von der Schule abholen und mit nach Hause nehmen.«

»*Was?*« Scott sprang blitzartig von seinem Stuhl auf. »Aber die Anhörung vor Gericht ist doch erst am Montag!«

»Dabei handelt es sich ja, wie Sie wissen, lediglich um eine Formalie. LaDania sagt, sie ist so weit, er kann nach Hause kommen. Heute noch. Die Regelung erteilt Ihnen und Mrs. Coffman zwar die Vormundschaft, entzieht sie aber LaDania nicht gleichzeitig. Und wenn man es genau betrachtet, hatten Sie die Vormundschaft ja auch nur für die Dauer von LaDanias Haftstrafe, die seit letzter Woche abgegolten ist. Sie hat damals zugestimmt, dass Curtis noch eine Woche länger bei Ihnen bleibt, weil ich ihr dazu geraten hatte. Weil ich meinte, dass diese Extrawoche zwischen ihrer Entlassung und der Anhörung gut für sie wäre. Das sieht sie nun anders. Sie meint, sie ist einsam, so ganz allein zu Hause. Sie will ihren Sohn bei sich haben.«

Scott umfasste seinen Kopf mit beiden Händen. Die Worte, die er nicht hören wollte, hingen jedoch weiterhin in der Luft. Curtis würde heute nach Hause gehen.

Am Abend würde es keine Spaghetti und keine selbst gebackenen Kekse geben. Keine Gutenachtgeschichte. Kein letztes Basketballmatch in der Einfahrt.

Keine DVD am Freitag.

Keine Monstertruck-Show am Sonntag.

Kein Abschied.

Er lehnte sich gegen Mrs. Bevels Schreibtisch, presste die Fäuste auf die Augen und kämpfte mit dem Gefühl, sich jeden Moment übergeben zu müssen.

Nach einer Weile sagte er leise: »Aber ich habe doch noch ein paar Tage. Ich meine, *wir*. Wir haben doch noch ein paar Tage zusammen. Wir wollten noch so viel zusammen unternehmen. Jeden Abend eine Extragutenachtgeschichte. Sein Lieblingsessen. Noch ein letztes Basketballmatch. Wir wollten am Freitag zusammen eine DVD gucken. Und uns am Sonntag eine Monstertruck-Show ansehen. Wir dachten ...«

»Ich weiß«, unterbrach Janice ihn. Das Mitgefühl in ihrer Stimme überraschte Scott. »Ich weiß, Sie dachten, Sie hätten noch eine letzte gemeinsame Woche.« Sie lächelte traurig. »Ich habe schon geahnt, dass Sie noch eine Menge geplant haben, und das habe ich LaDania auch gesagt.«

Janices Tonfall änderte sich, und Scott konnte ihren Ärger in diesem Moment ebenso hören wie fühlen. Er sah sie an. Sie hatte sich zu ihm vorgebeugt, in ihren Augen glitzerten Tränen. Die Muskeln ihrer dünnen Unterarme bewegten sich, während sie die Hände im Schoß rang. »Ich habe ihr auch gesagt, dass der Junge seine Zeit bei Ihnen auf die richtige Art beenden muss. Dass wir ihm einen richtigen Abschied ermöglichen müssen und dass Sie und Laurie diesen Abschied auch brauchen. Nach allem, was Sie für ihn getan haben, haben Sie das ja wohl verdient. Ich habe ihr das alles erklärt, mehrmals und sehr deutlich. Es hat sie leider nicht interessiert.«

Scott war überrascht, wie emotional Janice plötzlich wirkte. Im vergangenen Jahr war sie mehrere Male bei ihm zu Hause gewesen, hatte aber nach dem zehnten Besuch immer noch so reserviert gewirkt wie nach dem ersten. Fast gegen ihren Willen nahm sie jedes Mal den angebotenen Kaffee oder die angebotene Limonade an, ließ das Getränk dann jedoch stets unangetastet stehen, saß nur sehr aufrecht am Küchentisch und machte sich ausführliche Notizen zu Curtis' Ess- und Schlafgewohnheiten, seinem Verhalten, seiner Mitarbeit in der Schule. Sie schrieb jedes Mal seitenweise mit, doch Scott und Laurie kam es immer so vor, als ginge es ihr mehr darum, die Seiten des Notizbuches zu füllen, als wirklich um den Jungen und seine Pflegeeltern.

Manchmal stellte sie auch Curtis einige Fragen. Wenn er mit einem Witz darauf antwortete, verzog sie jedoch keine Miene, zeigte nicht das geringste Anzeichen von Belustigung, wiederholte ihre Frage stattdessen so lange, bis sie eine Antwort von ihm erhielt, die es wert war, notiert zu werden. Manchmal setzte sie sich auch »zur Beobachtung« still in eine Zimmerecke und bat die Familie, einfach ihrer geplanten Beschäftigung nachzugehen und so zu tun, als wäre sie gar nicht da.

Scott und Curtis gelang das auch, sie tobten einfach weiter miteinander herum, spielten Dame oder was sie eben gerade spielen wollten. Laurie machte das jedoch nervös; sie hielt sich dann immer in Janices Nähe auf und bot ständig an, ihr nachzuschenken, obwohl die Sozialarbeiterin noch keinen Schluck aus ihrer Tasse oder ihrem Glas getrunken hatte. »Das ist, wie wenn einem Gevatter Tod sagt, man soll ruhig schlafen gehen, während er dabei noch ein Weilchen am Fußende sitzt«, hatte Laurie nach der ersten »Beobachtungssession« zu Scott gesagt.

»Ich habe LaDania versichert, dass es keinen Grund gibt, Sie und Curtis auch nur einen Tag früher als vereinbart auseinanderzureißen, und schon gar nicht mehrere Tage«, fuhr Janice fort. »Es wird ja so schon schwer genug für ihn, Sie nicht mehr zu sehen. Und für Sie ja auch. Ich habe ihr gesagt, dass ich noch nie erlebt habe, dass ...« Sie lehnte sich auf ihrem Stuhl zurück und sah aus, als würde sie jeden Moment zusammenbrechen, als hätte sie diese Menge an Emotion völlig erschöpft. »Ich habe ihr jedenfalls gesagt, dass es falsch ist. Ich habe ihr gegenüber meine Position sehr deutlich gemacht. Aber sie lässt sich da leider nicht überzeugen.«

»Das war's dann also«, murmelte Scott. »Sie ... sie nimmt ihn einfach so wieder mit. Sie darf das alles kaputt machen, worauf wir uns so gefreut haben. Weil sie sich einsam fühlt. Und ihre Meinung geändert hat. Das ... das ist doch unglaublich. Das ist einfach ...« Er zögerte und suchte nach dem richtigen Wort. »Das ist unglaublich Scheiße!« Janice zuckte bei dem Schimpfwort zusammen, und Scott wollte sich entschuldigen, brachte aber nicht mehr als ein Schulterzucken zustande.

»Kann ich irgendwie dagegen vorgehen?«

»Sie meinen, vor Gericht?«

Er nickte.

Janice zupfte an ihrer Lippe. »Sie haben eigentlich keinerlei Rechtsgrundlage dafür. Ich weiß nicht mal, ob Ihre Klage überhaupt angenommen würde. Aber Sie können natürlich gern mal mit einem Anwalt sprechen.«

Scott überlegte, wer dafür infrage kam. Petes Nachbar war Anwalt, der könnte vielleicht helfen. Klar, Laurie und er hatten keinerlei Recht auf den Jungen, aber irgendetwas musste er einfach unternehmen. Was LaDania da verlangte, war absolut lächerlich und unglaublich egoistisch. War ihr denn völlig egal, was Laurie und er im vergangenen Jahr für ihren Sohn getan hatten, für beide Söhne eigentlich? Konnte sie sich nicht vorstellen, dass ihnen diese letzten Tage mit Curtis wichtig waren, um sich richtig von ihm zu verabschieden? Hatte sie überhaupt darüber nachgedacht?

Aber dann kam ihm in den Sinn, was FosterFranny ihm geraten hatte: *Konzentrier dich auf das, was das Beste für das Kind ist!* Scott hob hilflos die Arme. Er hatte keine Wahl. Wenn er gegen die Entscheidung ins Feld zog, tat er das für sich, nicht für Curtis. »Schon gut«, antwortete er. »Sie ist eben seine Mutter. Ich werde mich sicher nicht zwischen ihn und seine Mom stellen, egal, wie schlimm ich das alles finde. Ich will nicht, dass unser gemeinsames Jahr damit endet, dass wir uns um ihn streiten. Das wäre ja auch nicht besser als das, was LaDania veranstaltet.«

Janice nickte. »Ich muss schon sagen, es ist geradezu erfrischend, mal mit einem Erwachsenen zu reden, dem wirklich das Wohl des Kindes am wichtigsten ist.«

»Und was jetzt? Sie schneit heute Nachmittag um drei einfach bei ihm in der Schule rein, ruft ›Überraschung!‹ und nimmt ihn mit?«

»Ja. Zum Glück konnte ich sie überreden, mich mitzunehmen, damit ich Curtis wenigstens erklären kann, was eigentlich los ist. Ich hoffe, dass ihm meine Anwesenheit den Übergang ein bisschen leichter macht.«

»Was ist mit seinen Sachen?«, fragte Scott. »Er hat doch noch Kleidung bei uns. Spielzeug. Bücher.« Er musste an *Stuart Little* denken, und der Hals wurde ihm eng.

»Sie hat mich gebeten, die Sachen heute Abend bei Ihnen abzuholen. Ich habe noch überlegt, ob ich ihr nicht vorschlagen soll, dass Sie sie bei ihr vorbeibringen, damit Sie eine Chance haben, Curtis noch einmal zu sehen. Doch ich befürchte, das würde es für ihn nur schwerer machen, Sie so schnell wiederzusehen, bevor er sich an die neue … Situation gewöhnen konnte.«

»Ich kann ihm also nicht mal Tschüss sagen?«, flüsterte Scott. Er schluckte und hatte das Gefühl, kaum Luft zu bekommen.

»Wie gesagt, ich dachte mir schon, dass Sie bestimmt etwas Besonderes für Curtis' letztes Wochenende geplant haben«, antwortete Janice, »und ich habe LaDania gefragt, ob sie dem Jungen nicht doch erlaubt, davon noch das ein oder andere mitzumachen. Sie meinte, sie denkt darüber nach.« Janice klang bitter.

»Wir wollten am Sonntag zu einer Monstertruck-Show. Das würde er nicht ertragen, wenn er die verpasst. Er freut sich schon seit Monaten darauf. Er hat die Tage im Kalender abgestrichen. Er …«

Scott konnte nicht weitersprechen. Langsam ging er zu Mrs. Bevels Stuhl hinüber und setzte sich. Er legte die Arme auf den Schreibtisch und ließ den Kopf, der sich plötzlich sehr schwer anfühlte, daraufsinken. Die Tränen, die er so lange zurückgehalten hatte, bahnten sich einen Weg, und er hielt sie nicht auf.

Janice machte ein unbestimmtes Geräusch, und einen Moment später war sie auf einmal neben ihm und umarmte ihn so fest, dass ihm fast die Luft wegblieb. Er versuchte, sich aufzurichten, hatte aber einfach nicht die Kraft, sich zu bewegen. So gab er nach und ließ sich in die Umarmung sinken. Janice flüsterte ihm leise tröstende, nichtssagende Worte ins Ohr.

Nach einer Weile lockerte sich ihr Griff, und sie strich ihm nur noch sanft über den Rücken. »Ich werde LaDania heute Nachmittag nach den Monstertrucks fragen. Ich werde darauf *bestehen*, dass Sie und Curtis dort zusammen hingehen.«

19

Mara

Harry bot an, die Drogerietüten für Mara im Kofferraum zu verstauen, aber sie lehnte ab. Während der Fahrt holte sie vorsichtig einen der »diskreten Spezial-Unterbekleidungsartikel für Damen« aus der Packung und steckte ihn in die Handtasche. Jedes Knistern des Plastiks klang ihr wie ein Trompetenstoß in den Ohren, und sie rechnete jeden Moment damit, dass Harry ihr einen neugierigen Blick über die Schulter zuwarf. Er starrte jedoch geradeaus auf die Straße.

Die Boutique, vor der sie hielten, war einer dieser trendy Läden, die ihr Steph schon seit Jahren empfahl. »Wenn man bei seiner Tochter in der Zeichenstunde vorbeischaut, kann man sich nicht anziehen wie eine Staranwältin«, hatte sie gesagt. »Und so schon gar nicht.« Sie hatte auf Maras Yogahose und das ausgeleierte T-Shirt gezeigt. »Dafür musst du einfach hipper aussehen.«

Steph wäre so stolz auf sie, wenn sie wüsste, dass Mara endlich vorhatte, hier einzukaufen. Obwohl Steph es wohl nicht gutheißen würde, dass ihre Freundin sich die Sachen bereits online ausgesucht und eine Abholung in der Filiale vereinbart hatte, anstatt sich persönlich im Geschäft zwischen den Kleiderständern umzusehen, die Farben und Schnitte zu vergleichen und stundenlang ein Teil nach dem anderen anzuprobieren, wie es Steph selbst so gern tat. Mara hatte sich drei schwarze Baumwollröcke und drei Oberteile zurücklegen lassen – verschiedene Farben, aber dieselbe Marke und derselbe Schnitt.

Sie wandte sich an eine Verkäuferin. »Wenn mir die Sachen passen, wäre es dann in Ordnung, wenn ich eins der Outfits gleich anbehalte? Ich schaue heute in der Zeichenstunde meiner Tochter vorbei und möchte dort in etwas Hübscherem auftauchen als in Sportklamotten.« Sie lächelte beschämt und deutete auf ihre schwarze Yogahose, die doppelt so teuer gewesen war wie die drei Röcke und Oberteile zusammen.

»Natürlich, gern. Viele Mütter kaufen solche Kombis bei uns.« Die höchstens zwanzigjährige Verkäuferin reichte ihr einen Rock und eine Bluse. »Sie haben ja dreimal das Gleiche bestellt, da brauchen Sie nur jeweils ein Teil anprobieren.«

Mara hörte deutlich den leichten Vorwurf heraus. Wer sah sich denn auch lediglich zwei Minuten im Internet um, rief dann im Laden an und bat darum, dass ihm dreimal der gleiche Artikel zurückgelegt wurde?

»Ich weiß, ich weiß, ›shoppen gehen‹ ist was anderes. Aber es macht mir einfach keinen Spaß, was soll ich machen. Immerhin haben die Oberteile verschiedene Farben …«

Die junge Verkäuferin betrachtete Mara wie eine seltene Spezies und schüttelte dann beschwichtigend den Kopf. »Solche Kundinnen wie Sie haben wir hier öfter. Ich persönlich kann das nicht nachvollziehen, ich liebe Shoppen.« Sie beugte sich etwas näher heran und senkte die Stimme. »Bin nur kein großer Fan vom Anprobieren, muss ich zugeben. Ihre Methode, immer bei derselben Marke und Größe zu bleiben, kann ich also schon ein bisschen verstehen. Man will einfach so wenig Zeit wie möglich in diesen Umkleidekabinen verbringen, stimmt's? Diese schrecklichen hohen Spiegel! Und dann erst das Licht da drin! Finde ich ganz schlimm.«

»Genau!«, stimmte Mara zu und tat so, als wäre das auch der Grund für ihr ungewöhnliches Vorgehen gewesen. Sie nahm sich den Rock und das Oberteil und ging zur Umkleide.

Auf dem Weg drehte sie sich noch einmal nach der Verkäuferin um. Die starrte ihr hinterher. Als sie Maras Blick bemerkte, fühlte sie sich offenbar ertappt, lächelte verlegen und lief geschäftig davon. Mara verzog ärgerlich das Gesicht, versuchte jedoch, es der jungen Frau nicht übel zu nehmen. Die Verkäuferin hatte sich offensichtlich Mühe gegeben, sich nicht über Maras seltsames Kaufverhalten lustig zu machen, wie es andere in ihrem Alter sicher getan hätten. Kein Grund, sich aufzuregen.

In der engen Kabine zog Mara die Yogahose und den teuren Seidenslip aus. Sie betrachtete die »Spezialbekleidung« und stellte erleichtert fest, dass das Windelhöschen sehr viel unauffälliger war als erwartet. Nachdem sie es jedoch angezogen hatte und das kühle, dicke Material auf ihrer Haut fühlte, war sie doch wieder den Tränen nahe. Hübsche Verzierungen hin oder her – das Ding blieb eine Windel.

Sie stand im unvorteilhaften Licht der Umkleidekabine und starrte das viereckige Einweghöschen und die blassen, abgemagerten Beine im Spiegel an, die unelegant aus dem weißen Etwas hervorsahen und in einem Paar Flip-Flops endeten. Mara betrachtete sich von allen Seiten und war froh, im eigenen Haus keinen Ganzkörperspiegel zu besitzen. Sie war immer so stolz auf ihren Körper gewesen. Durch jahrelanges fleißiges Sporttreiben und gesunde Ernährung hatte sie die perfekte Mischung aus muskulösem Körperbau und femininen Kurven erreicht. Tom sagte ihr oft, wie hübsch er sie fand, und Maras Freundinnen bewunderten sie ebenfalls.

Im Verlauf der letzten vier Jahre hatte sich die kräftezehrende Krankheit, die dafür sorgte, dass ihre Gliedmaßen ständig in Bewegung waren, jedoch an ihren Muskeln zu schaffen gemacht und ihr auch noch den letzten Rest femininer Kurven genommen. Sie hatte stets so getan, als bemerkte sie die Veränderungen nicht, wenn ihre Hände beim Einseifen in der Dusche über kantige Hüftknochen glitten, wenn ein ungewollter Blick in ein Schaufenster oder einen Spiegel verriet, wie sich unter dem T-Shirt knochige Schultern abzeichneten, wenn ihr hervorstehendes Schlüsselbein den Blick von ihrer Kette auf sich lenkte. Nach und nach war aus ihrem gebräunten, muskulösen Körper das Gerippe geworden, das sie nun vor sich sah.

Tom musste das doch auch sehen! Sie zog sich schon lange nicht mehr vor ihm um, aber selbst im Dunkeln, selbst unter der Decke musste er es doch ...

Sie hob den Blick. Dunkle Augen starrten ihr aus dem Spiegel entgegen, in den Augenwinkeln bildeten sich bereits wieder verräterische Tränen. Mara drückte sich die Finger auf die Augen und zählte langsam bis fünf, um sich wieder zu fangen. Die Verkäuferin sollte auf keinen Fall bemerken, dass sie geweint hatte. Und Harry bitte auch nicht.

Mara musste zwar bis dreißig zählen, bekam sich aber endlich wieder unter Kontrolle. Sie zog den Rock an, strich ihn glatt und betrachtete sich von allen Seiten, um sicherzugehen, dass man ihr das Geheimnis, das sie daruntertrug, auch wirklich nicht ansah. Zufrieden schlüpfte sie in die Bluse. Sah gar nicht schlecht aus.

Mara trat aus der Kabine. »Hübsch!«, sagte die Verkäuferin, und Mara war sehr froh, dass sie die Tränen hatte zurückhalten können. »Drehen Sie sich doch mal kurz!«

Mit angehaltenem Atem bewegte sich Mara nervös einmal langsam im Kreis. Ängstlich wartete sie auf einen erschrockenen Laut der Verkäuferin, die die Umrisse der Windel entdeckt hatte. Oder auch gleich noch den Aufschrei: »Iiih, Sie tragen ja Windeln wie eine Oma!«

Aber der Spiegel behielt recht. »Sieht toll aus!«, sagte die

Verkäuferin nur und klatschte begeistert in die Hände. Leise fügte sie hinzu: »Ich hoffe, ich trete Ihnen damit nicht zu nahe, aber ich finde, damit wirken Sie gleich ein bisschen jünger.«

Angesichts der Kommentare, die Mara befürchtet hatte, konnte sie mit diesem Hinweis gut leben.

»Danke für das Kompliment!«

Harry warf ihr im Rückspiegel einen bedeutungsvollen Blick zu. »Sie haben sich umgezogen? Haben Sie noch was Besonderes vor?«

»Nein, für heute habe ich alles erledigt. Aber könnten wir vielleicht einen kleinen Umweg machen, bevor es wieder nach Hause geht? Meine Tochter hat gerade große Pause, und ich würde gern kurz an ihrer Schule vorbeifahren.«

»Hat sie was vergessen?«

»Nein. Ich will nur ...« Mara zögerte. »Ich würde sie bloß gern sehen. Ihre Schule befindet sich ganz in der Nähe. Aber wenn Sie es eilig haben ...«

»Überhaupt nicht!«

Mara nannte ihm die Adresse und lehnte sich zurück. Auf der Fahrt zur Schule fiel ihr wieder einmal auf, wie viel neuer und bunter Plano im Gegensatz zu der nordisch-grauen Welt wirkte, in der Tom und sie aufgewachsen waren. Die gepflegten Rasenflächen der Stadt, die vor dem Fenster vorbeiflogen, waren so grün und makellos, dass sie fast künstlich aussahen. Die Häuser wirkten übergroß wie in einem Zeichentrickfilm, eins neuer und stolzer als das andere. Selbst die öffentlichen Grünflächen waren hier wunderschön, die Verkehrsinseln fröhlich-bunte Minigärten.

Wie das Set eines Disney-Films, hatte Tom gesagt, als sie das erste Mal durch diese Gegend hier gefahren waren. Sie waren auf der Suche nach einem Haus in den Vororten nördlich von Dallas gewesen. Auf dem Armaturenbrett lag der Brief mit der Zusage für die Stelle in der Hautarztpraxis. Mara arbeitete damals erst seit drei Jahren in der Kanzlei, und innerhalb von vierundzwanzig Stunden hatte sich ihr Mann vom schlecht bezahlten Assistenzarzt zum fürstlich entlohnten Dermatologen gemausert, der ein Vielfaches ihres Gehaltes verdiente.

»Würde mich nicht wundern, wenn die Ladenbesitzer gleich raus auf den Gehweg springen und eine Musical-Nummer anstimmen!« Tom lachte. »Und kommt mir das eigentlich nur so vor, oder scheint die Sonne hier wirklich ein bisschen heller? Der Himmel kommt mir auch ein wenig blauer vor. Bestimmt kann sich die Stadt Plano große Ventilatoren leisten, die die Wolken immer rüber nach Dallas pusten.«

Als Harry und Mara ankamen, kam gerade eine Gruppe Kinder lachend und kreischend aus dem Gebäude gestürzt und verteilte sich auf dem Pausenhof.

»Haben Sie sie schon entdeckt?« Harry fuhr im Schritttempo an der Schule vorbei.

»Noch nicht. Ach, da drüben! Das Mädchen mit den schwarzen Haaren, das mit den rosa Shorts und dem rosa-weißen T-Shirt. Sie klettert gerade die Leiter der Rutsche hoch, dritte Sprosse von oben.«

»Ach, da! Ist Ihnen ja wie aus dem Gesicht geschnitten.«

Mara lächelte. Das hörte sie oft. Inder sahen eben alle gleich aus, nicht? Da war es egal, dass Laks und sie nicht biologisch verwandt waren, so wie es auch bei ihr und ihren Eltern nicht wichtig gewesen war. Alle fanden ja auch immer, sie sähe den beiden so ähnlich. Tom war der Einzige, der genetisch eindeutig nicht in die Runde passte, das dachte (und kommentierte) jeder, der sie zusammen sah – der gut aussehende amerikanische Fremdenführer, der dem älteren indischen Ehepaar, deren Tochter und Enkelin die Stadt zeigte.

»Wollen wir hier eine Weile stehen bleiben und ihr zugucken, oder müssen Sie nach Hause?«, fragte Harry.

»Ich habe heute eigentlich nichts mehr vor«, antwortete Mara.

Harry nickte und schaltete den Motor aus. Er machte es sich bequem und sah zum Pausenhof hinüber, seine Miene so zufrieden, als hätte er an diesem Tag auch nichts anderes mehr vor. Es muss schön sein, so entspannt zu sein, dachte Mara, nachdem sie aus Gewohnheit schon wieder in der Handtasche nach ihrem Handy gewühlt hatte, um nach E-Mails aus dem Büro zu schauen.

Sie hatte keine neuen Mails bekommen. Natürlich nicht. Das kleine »KL«-Icon, auf das sie sonst immer nur hatte klicken müssen, um die E-Mails abzurufen, die an ihre Firmenadresse verschickt wurden, war ja auch schon seit Wochen von ihrem Handybildschirm verschwunden. Das Handy hatte sie behalten dürfen, aber der Zugriff auf das Katon-Locke-Netzwerk war nach ihrem Ausstieg aus der Kanzlei für sie gesperrt worden, so lautete die firmeninterne Regelung. Mara schimpfte innerlich mit sich, dass sie das vergessen hatte. Sie hatte immer noch Zugriff auf das E-Mail-Konto, das ihr die Firma eingerichtet hatte, war aber nicht in der Stimmung, es aufzurufen.

Mara lehnte den Kopf gegen die getönte Fensterscheibe, schloss die Augen und versuchte zu verdrängen, dass sie keine Staranwältin mehr war, deren E-Mail-Account ständig überfüllt war. Sie hatte es nicht eiliger als Harry, er hatte wahrscheinlich sogar noch weniger Zeit als sie, denn er hatte ja immerhin einen Job.

Sie öffnete das firmeninterne Kurznachrichtensystem, das

noch auf ihrem Handy installiert war. Es funktionierte unabhängig vom Firmennetzwerk, deshalb waren ihre Nachrichten nicht gelöscht worden, als ihr Zugriff gesperrt worden war. Sie überflog ein paar Korrespondenzen mit Gina, in denen es darum ging, ihre Sachen zusammenzupacken und das Büro leer zu räumen. Mara scrollte weiter herunter, auf der Suche nach irgendetwas Besonderem, Wichtigem, einer Nachricht, die ihrem verwundeten Ego guttun würde, und sei es auch nur für einen Moment. Irgendeine Nachricht, die sie daran erinnerte, dass sie vor gar nicht allzu langer Zeit noch eine Frau gewesen war, die mit wichtigen Leuten sprach und dringende Angelegenheiten zu klären hatte.

Endlich. Eine Nachricht von Steph:

Müssen noch mal über die Baker-Berufung reden, hab was Neues für die Beweisaufnahme rausgefunden.

Mara schloss lächelnd die Augen und erlaubte sich für einen Moment zu vergessen, wie lange die Berufung zurücklag und wie sie geendet hatte.

Es hatte als der »Baker-Fall« begonnen. Maras Klient, Maras Fall. Viereinhalb Wochen vor Gericht. Zweiundzwanzig Zeugen, zweihundertneun Beweisstücke. Zwei Kanzlei-Mitarbeiter hatten jeden Morgen helfen müssen, die Prozessunterlagen zum Tisch der Verteidigung zu schleppen und dafür zu sorgen, dass die Akten nicht durcheinandergerieten. Aber Mara war diejenige gewesen, die alle Zeugen verhört, die Beweisstücke vorgestellt, die Anträge auf Beweisaufnahme gestellt hatte. Die den Fall gewonnen hatte.

Das war vor fünf Jahren gewesen, als die Welt noch in Ordnung gewesen war. Als Tom noch gedacht hatte, dass seine

Frau vielleicht ein bisschen zu viel arbeitete, aber nichts weiter. Als sie das Wort »Huntington« nur aussprachen, wenn es um den Namen einer Straße in der Nähe ging, auf die sie manchmal auswichen, wenn sich auf der Hauptstraße wieder mal der Verkehr staute.

Der Kläger hatte Berufung eingelegt, und der Fall hatte im Laufe der nächsten Jahre die verschiedenen Stufen durchlaufen – mehrere Anhörungen, dann die Wiederaufnahme der Schadensersatz-Diskussion, noch mehr Anhörungen. Alles fast im selben Tempo, in dem auch Maras Krankheit voranschritt, die erst ihr Kurzzeitgedächtnis ausschaltete und ihr dann die Konzentration und die Fähigkeit zur Entscheidungsfindung nahm.

Es kostete sie zwar große Überwindung, aber kurz vor der Wiederaufnahme des Verfahrens bat sie Steph dazu. »Nur zur Sicherheit«, meinte ihre Freundin. Am Ende war aus dem »Sicherheitsnetz« eine ständige Ratgeberin geworden, weil es Mara immer schwerer fiel auseinanderzuhalten, welche Zeugenaussage mit welchem Beweisstück zu tun hatte und welcher Verfahrensantrag bei welcher Verhandlung gestellt werden musste.

Als an einem Wochenende der erste Aktenschrank in Maras Büro komplett ausgeräumt wurde, war Gina eingesprungen, damit Mara nicht zusehen musste. Als sich Maras Krankheit in der Kanzlei herumsprach, wurden nach und nach auch die anderen Aktenschränke von ihrem überquellenden Inhalt befreit und die Fälle unter den anderen Anwälten aufgeteilt – und immer war Gina zugegen und passte auf, wenn Mara nicht selbst dabei sein konnte. Siebzehn Jahre ihres Lebens wurden dort weggekarrt. Dass sie nicht auch noch dabei zusehen musste, machte es nicht viel leichter.

Gina. Ohne sie hätte Mara schon viel früher aufhören müssen. Gina hatte ihr von Anfang an den Rücken freigehalten, machte Überstunden, um den Einfluss der Symptome abzumildern, die nach und nach auftraten, zögerte das Unvermeidliche heraus, den Tag, an dem Mara zu dem Schluss kommen musste, dass sie nun ihre Klienten nicht mehr zufriedenstellend vertreten konnte. Gina wurde zu ihrem wandelnden Gedächtnis, als Maras eigenes am schwächsten war, war ein »Klebezettel auf zwei Beinen«, erinnerte sie nicht nur an Anhörungstermine, sondern auch an Neerjas und Poris Hochzeitstag und die Geburtstage von Stephs Kindern.

Später dann, als die Krankheit ihren Fokus von Maras Gedächtnis auf ihre Emotionen gelenkt und fast über Nacht aus einer Frau, die nichts aus der Fassung brachte, einen Menschen gemacht hatte, der beim kleinsten Anlass in die Luft ging, bewachte Gina Maras Bürotür wie ein Luchs. Sie wimmelte jeden außer Steph mit den verschiedensten Ausreden und Entschuldigungen ab, damit niemand sonst mitbekam, dass die einstmals so brillante Anwältin ihr Temperament mittlerweile ebenso wenig unter Kontrolle hatte wie ihre Fälle.

Mara musste an die Hunderte Post-its und Merklisten denken, die Gina für sie geschrieben und geführt hatte, daran, wie oft sie ihre Mittagspause damit verbracht hatte, alles auf den neuesten Stand zu bringen, nachdem ihre Chefin nicht mehr selbst in der Lage war, sich an die nächsten notwendigen Schritte im aktuellen Fall zu erinnern. Diese Extrabelastung musste Gina fast umgebracht haben, erzählte Mara später Tom und Steph.

Als Mara immer kränker wurde und für ganz alltägliche Aufgaben fünfmal so lange brauchte wie sonst, half ihr Gina immer öfter und länger aus und verbrachte schließlich mehr Zeit in Maras Büro als an ihrem eigenen Schreibtisch. Deswegen musste sie abends regelmäßig länger bleiben, um ihre eigentliche administrative Arbeit aufzuholen, für die sie tagsüber nicht mehr die Zeit fand. Mara bat sie immer wieder, sich doch übergangsweise von einer Assistentin helfen zu lassen, aber davon wollte Gina nichts wissen. Sie wollte nicht, dass irgendjemand bemerkte, dass sie nur deshalb nicht mehr mit ihrer Arbeit hinterherkam, weil sich ihre Chefin nicht mehr konzentrieren konnte.

Vergangenes Jahr um diese Zeit hatte Mara auf Dr. Thirys Drängen hin, dass sie sich nicht überanstrengen dürfe, ihre Arbeitszeit auf vier Tage die Woche reduziert. Es war ihr unglaublich schwergefallen. Und es war ihr ebenso schwergefallen, Kent, den geschäftsführenden Teilhaber der Kanzlei, über den wahren Grund dafür aufzuklären. Fast hätte sie sich herausgeredet. Es war so verlockend, und es wäre auch so leicht gewesen, das typische schlechte Gewissen einer berufstätigen Mutter vorzuschieben und ihm die Wahrheit weiterhin vorzuenthalten. Aber das hatte sich falsch angefühlt, also hatte sie ihm von ihrer Erkrankung erzählt und erklärt, dass ihr Arzt meinte, sie sei produktiver, wenn sie nur noch vier Tage die Woche arbeiten und ihrem Körper und ihrem Geist einen Tag mehr Ruhe gönnen würde.

Kent zeigte überraschend viel Verständnis und meinte, wenn es ihr helfe, freue man sich, sie wenigstens weiterhin vier Tage die Woche zu sehen. Ihr Angebot, für Ginas Überstunden selbst aufzukommen, lehnte er ebenso empört ab wie ihren Vorschlag, sie im Briefkopf der Kanzlei von nun an statt als Partnerin als externe Beraterin zu führen: Für ihn und auch alle anderen bei Katon Locke sei sie weiterhin ein vollwertiger Partner. Mit Kents Unterstützung und Ginas Hilfe, schwärmte Mara dann am Abend Tom vor, würde sie ihre Viertagewoche noch unendlich lange bewältigen können.

Und dann, fast über Nacht (obwohl es tatsächlich erst letzten Herbst passiert war), war sie am Ende ihrer Viertagewoche plötzlich so erschöpft, dass Dr. Thiry zu einer Dreitagewoche riet. Diese drei Tage sollte sie auch noch mit reduzierter Stundenzahl arbeiten, »Minitage« nannte sie das – lediglich von acht bis siebzehn Uhr, ein Bruchteil ihrer sonstigen Arbeitstage, die im Morgengrauen begonnen und erst spät in der Nacht geendet hatten. Tom hätte natürlich am liebsten gehabt, dass sie nicht einmal diese drei kurzen Tage arbeitete. »Hör doch einfach ganz auf!«, beschwor er sie. Aber er wusste genau, dass sie nie so einfach das Handtuch werfen würde. Sie sprach noch einmal mit Kent und einigte sich mit ihm darauf, dass sie von nun an drei Tagen die Woche arbeiten würde, solange es ihr die Krankheit erlaubte.

Die Krankheit erlaubte es ihr genau sechs Monate lang, bis zum Februar dieses Jahres. Die Frau, die früher zusammen mit ihrem Mann am Wochenende ausgedehnte Joggingtouren unternommen hatte, fiel mittlerweile beim Herabschauenden Hund jedes Mal zu Boden, konnte keine Kaffeetasse mehr halten, ohne etwas zu verschütten, hatte schon ein gutes Dutzend Teller auf die Fliesen fallen lassen. Die Frau, die irgendwann einmal drei gute Tage im Büro bewältigen konnte, existierte plötzlich und ohne Vorwarnung nur noch in ihrer Erinnerung.

Es liege an ihrem hohen CAG-Wert, erklärte sie den Zwei Frauen. Tom sagte sie das jedoch nicht, er hörte das nicht gern. »Ist irgendwie typisch, oder?«, meinte sie eines Abends bei einem Glas Wein zu Steph. »Eigentlich sollte es mich nicht überraschen, dass ich mit meinem wahnsinnigen Ehrgeiz natürlich auch die krasseste Form der Krankheit bekomme. Dabei hätte ich diesmal wirklich gern ausprobiert, die Dinge zur Abwechslung mal langsam anzugehen.«

Seit Anfang Februar, also seit zwei Monaten, musste sie sich schon quälen, überhaupt einen produktiven Tag pro Woche im Büro zu leisten. Und da gab Kent schließlich auf. Eines Nachmittags stand er auf einmal bei ihr im Büro. »Wir müssen reden.«

Es sei mehr als beeindruckend, wie lange sie es überhaupt geschafft habe, begann er. Sie sei für alle Zeit der tapferste Mensch, dem er je begegnet sei. »Aber ich muss an die Kanzlei denken.« Er hob hilflos die Arme. Flehte sie an, ihn zu verstehen. Bat sie um Verzeihung. »Ich muss an unsere Klienten denken.«

Kent konnte es nicht riskieren, dass ihre Krankheit, die plötzlich immer schneller voranzuschreiten schien, irgendwann dafür sorgte, dass sie eine Deadline vergaß oder einen wichtigen Punkt in einer Verhandlung übersah. »Und ich weiß, dass du das auch nicht riskieren willst.« Ihm war anzusehen, dass er wirklich glaubte, diese Entscheidung auch zu ihrem Besten zu treffen. »Das würdest du dir doch nie verzeihen.« Wenn sie beide einen anderen Beruf hätten, einen, bei dem hundertprozentige geistige Klarheit nicht so wichtig wäre …

Und Mara stand da, nickte, zwang sich zu einem Lächeln und heuchelte Verständnis, tat, als glaubte sie ihm, dass es ihm nicht nur um den Profit der Kanzlei ging, als verzeihe sie ihm, und schob ihn schließlich sanft aus ihrem Büro. »Ich spreche gleich mal mit Gina, wie wir meine Sachen am schnellsten zusammenräumen«, sagte sie noch, verschloss die Tür hinter ihm, glitt zu Boden und brach in Tränen aus.

Das war es dann also. Ihre Karriere war zu Ende. Das Leben, von dem sie schon als Kind geträumt hatte, auf das sie sieben Jahre lang an der Universität hingearbeitet hatte, hatte soeben ein abruptes Ende gefunden. Die Titel – Juristin,

Anwältin, Partnerin –, die ihr angeblich nichts bedeuteten, auf die sie jedoch heimlich so stolz gewesen war, trafen nun nicht mehr auf sie zu.

Sie brauchte zwei Stunden, bevor sie sich wieder stark genug fühlte, um aufzustehen, sich zu ihrem Schreibtisch zu schleppen, Tom anzurufen und ihn zu bitten, sie abzuholen. Sie brauchte eine Woche, um den Mut zu sammeln, Kent anzurufen und die Einzelheiten zu besprechen. Sie einigten sich darauf, dass sie weiterhin einen Tag pro Woche arbeiten sollte, bis sie ihr Büro ausgeräumt, die alten Akten ins Archiv gebracht und die aktuellen Fälle Steph und den anderen Kollegen übergeben hatte.

Ende Februar sammelte sie die letzten persönlichen Gegenstände ein und verabschiedete sich endgültig von allem – von den Kollegen, von ihrem Büro, von ihrer Karriere, der sie fast zwanzig Jahre ihres Lebens gewidmet hatte und gern noch mehr gewidmet hätte. An ihrem letzten Tag sah sie aus dem Fenster ihres Büros hinunter auf Dallas, genoss ein letztes Mal die Aussicht, die ihr in endlosen Arbeitsstunden Gesellschaft geleistet hatte. Mara betrachtete den dicken Metallfensterrahmen und den Riegel. Sie bräuchte weniger als eine Minute, um das Fenster zu öffnen und hinauszuspringen. Doch sie rief sich ihr Versprechen in Erinnerung und sagte sich, dass dazu noch genug Zeit bliebe.

Mara riss sich zusammen und schaffte es aus dem Büro, schloss ein letztes Mal die Tür hinter sich. Sie lächelte während des Firmenessens, das ihr zu Ehren in einem schicken Restaurant in der Innenstadt stattfand. Sie nickte freundlich, während sie den Reden lauschte, die Kent und die anderen Partner über das unrühmliche und verfrühte Ende einer fantastischen Karriere hielten. Erst zu Hause brach sie zusammen. Das erste Mal in Toms Armen und dann noch einmal

Wochen später im Bad, weil es Tom offensichtlich sehr mitnahm, dass sie noch nicht darüber hinweg war, und weil sie erleichtert bemerkt hatte, dass die voll aufgedrehte Dusche selbst das lauteste Weinen übertönte.

20

Scott

An den Rest des Schultages konnte sich Scott später nicht mehr erinnern. Er wusste noch dunkel, dass Pete wie immer in der Mittagspause zu ihm in die Klasse gekommen war und ihn gefragt hatte, wieso er nur völlig benommen auf den Boden starre. Scott erinnerte sich auch noch daran, wie Pete sehr lange und lautstark geflucht hatte, also musste er ihm von dem Gespräch mit Janice erzählt haben. Aber er hatte keine Erinnerung daran, es tatsächlich ausgesprochen zu haben: »Curtis ist weg.«

Er schaltete auf Autopilot. Nach der Schule setzte er sich ins Auto und fuhr zur Logan. Erst als er um die Ecke bog und das Gebäude sah, die vielen Kinder auf dem Schulhof, in der Schlange am Bus oder mit ihren Eltern am Schultor, wurde ihm klar, dass er Curtis ja heute gar nicht abholen musste. Nie wieder.

Scott parkte und schaute den Kindern zu, die aus der Tür zu Autos, Bussen und Schaukeln gerannt kamen, und hielt nach Curtis, Janice oder LaDania Ausschau. Vergeblich. Er wartete noch ein wenig, vielleicht kamen sie ja später, vielleicht zusammen mit dem Rektor oder Miss Keller. Der Schulhof verschwamm kurz vor seinen Augen, als ihm klar wurde, dass er sie verpasst hatte. Den Jungen noch einmal aus fünfzig Metern Entfernung zu sehen hätte ihn zwar nicht darüber hinweggetröstet, dass er ihn nicht mit nach Hause nehmen konnte. Aber es wäre immerhin etwas gewesen.

Er stellte das Autoradio an. Es lief Motown. Scott weinte eigentlich nicht sehr schnell, doch wenn er jetzt schon wieder Smokey hörte, wäre es bestimmt so weit. Schnell schaltete er das Radio wieder aus und fuhr nach Hause.

Laurie erwartete ihn schon und warf sich ihm sofort in die Arme. »Janice hat angerufen, sie hat mir alles erzählt. Ich bin so sauer auf LaDania, ich könnte sie ...« Sie schüttelte den Kopf, wollte anscheinend nicht aussprechen, was sie Curtis' Mutter am liebsten angetan hätte. »Sie wollte nachher vorbeikommen und seine Sachen abholen, aber ich hab ihr gesagt, sie soll es gleich erledigen, damit du nicht dabei sein musst. Sie ist gerade wieder weg. Kann ich irgendwas für dich tun?«

Hol ihn zurück!, wollte Scott sagen. Doch das würde sie nicht hören wollen. »Ich hätte gern was zu trinken.«

»Ein Bier? Oder lieber was Stärkeres?« Sie sah ihm in die Augen. »Ich hol dir was Stärkeres. Geh schon mal ins Wohnzimmer, ich bin gleich da.«

Kurz darauf setzte sie sich neben ihn auf die Couch, reichte ihm ein Glas und streichelte ihm mitfühlend über das Knie. »Eine gute Nachricht gibt es aber zum Glück. Janice meinte, LaDania hat dem Besuch der Monstertruck-Show zugestimmt. Du kannst Curtis am Sonntagmorgen abholen und dann zurückbringen, wann du willst. Da habt ihr zwei wenigstens noch euren letzten großen Tag zusammen, hm?«

Er schenkte ihr das Lächeln, das sie erwartete, und nahm einen Schluck.

»Ich dachte, ich bestell uns heute was beim Lieferservice«, sagte Laurie. »Thailändisch, wie klingt das? Du hast ja bestimmt keine Lust auf die Spaghetti, die wir heute eigentlich mit ...«

»Thailändisch klingt super, danke. Soll ich anrufen?«

»Hab ich schon, das Essen ist in einer Stunde da. Wollen wir ein bisschen fernsehen?«

»Ich würde mich lieber kurz hinlegen, wenn das in Ordnung ist.«

»Klar.«

»Kommst du mit?«

Laurie schüttelte den Kopf und griff nach einem Buch auf dem Couchtisch. Es war einer ihrer Eltern-Ratgeber. »Ich lese noch ein bisschen. Ich sag dir Bescheid, wenn das Essen da ist.«

Er stieg die Treppe hinauf. Eigentlich hatte er sich vorgenommen, schnell an Curtis' Zimmer vorbeizugehen und nicht hineinzusehen, doch diesen Kampf verlor er. So ordentlich hatte das Zimmer das letzte Mal ausgesehen, bevor Curtis eingezogen war. Scott hatte den Jungen oft ermahnt, seine Sachen nicht immer einfach auf den Boden zu werfen, aber beim Anblick des perfekt aufgeräumten Raumes wurde ihm nun fast schlecht. Die Schranktür war geschlossen, das hatte Laurie wahrscheinlich mit Absicht gemacht, um ihm den Anblick der leeren Fächer und Bügel darin zu ersparen. Sie hatte Janice zwei große Reisetaschen mitgegeben, hatte sie erzählt. Erst hatte sie nur Kleidung für Curtis eingepackt, aber dann noch so viel Spielzeug dazugelegt, wie hineinpasste.

Scott ließ sich auf das Bett fallen und sah sich im Zimmer um. Präg dir alles genau ein, dachte er bei sich, bevor Laurie hier mit Farbeimern und Vorhängen einfällt, die besser zu einem kleinen Mädchen passen. Merk dir das alles, vergiss es nicht! So sah das Zimmer aus, als du einen Sohn hattest.

Mit jedem Gegenstand war eine Erinnerung verbunden. Auf dem Regal lag das Buch *Stuart Little*, das seltsamerweise keinen Platz in einer der Reisetaschen gefunden hatte, und allein damit waren schon tausend Erinnerungen verbunden.

Das Bücherregal war halb leer, also hatte Laurie Curtis durchaus Bücher mitgegeben. Wieso gerade das nicht? Weil sie wusste, welchen emotionalen Wert es für ihn, Scott, hatte? Das war lieb von ihr, aber der Große sollte das Buch bekommen, und auch das Foto darin. Er würde es morgen an LaDania schicken.

Auf dem Fensterbrett über dem Bücherregal entdeckte er ein paar versprengte Plastiksoldaten. Ihre Einheit hatte am Morgen noch auf dem kleinen Straßenteppich gelegen, doch offensichtlich in der Zwischenzeit ihren Weg in eine der Reisetaschen gefunden. Die Spielzeugsoldaten würde er Curtis auch nachsenden. Vielleicht sollte er dem Jungen überhaupt ein großes Paket schicken, den ganzen Rest, der im Zimmer zurückgeblieben war.

Einen langen, emotionalen Brief, wie sehr er ihn vermisste, würde er ihm ersparen. Aber er würde vielleicht einen kleinen Zettel an die Soldaten kleben, damit Curtis wusste, dass Scott an ihn dachte. Er musste grinsen, als ihm der perfekte Spruch dafür einfiel: Würdest du dir diese kleinen Kerle lieber in die Nase stecken oder sie einschmelzen und die Schmelzflüssigkeit dann trinken?

Im Kopf hörte er Curtis ihre nächste Mission ankündigen, in der es immer darum ging, die Teppichstadt vor einem bevorstehenden Angriff zu beschützen – vor den Dinosauriern oder einem Lego-Monster, das er extra dafür gebaut hatte, oder auch vor dem gefährlichsten aller Feinde: Scott, besser bekannt als die »Riesenschuhe«. »Okay, passt auf, Männer. Ich weiß, ihr hattet euch schon alle auf einen ruhigen Abend eingestellt, aber leider sind gerade die Riesenschuhe aufgetaucht und wollen das Licht im Zimmer ausmachen und uns durch Dunkelheit schwächen. Ich habe aber natürlich schon längst einen Plan, keine Sorge. Den Riesenschuhen werden wir es zeigen!«

Der Kommandant war Scott dann aber meist sehr schnell unterlegen gewesen, da die Riesenschuhe Unterstützung von den Riesenhänden bekamen, die berühmt für ihre Kitzelangriffe waren. Der Kommandant rettete sich kreischend in das sichere Bett, gab sich kichernd geschlagen und versprach, auf der Stelle einzuschlafen.

Scott stand auf und nahm die drei Soldaten vom Fensterbrett und steckte sie sich in die Hosentasche. Wie viele Plastiksoldaten brauchte ein Junge eigentlich? Die drei würden Curtis sicher nicht fehlen. Aber für den Fall, dass er doch irgendwann nach ihnen fragte, würde Scott sie erst einmal in seiner Nachttischschublade aufbewahren. Er könnte sie ihm später ja immer noch schicken.

Doch ... hatte es überhaupt Sinn, Curtis das Spielzeug nachzuschicken? Sollte er nicht besser auch das Buch hierbehalten? Was, wenn der Junge irgendwann das Interesse daran verlor? Das musste ja früher oder später passieren. Was, wenn es ungelesen in irgendeiner Ecke bei LaDania herumlag und eines Tages einfach im Müll landete, entweder weil LaDania nicht um den sentimentalen Wert des Buches wusste oder weil der Junge plötzlich zu cool für so eine Kindergeschichte geworden war? Was, wenn das Foto ebenfalls weggeworfen würde?

Er zog die Fotografie zwischen den Seiten hervor und fuhr mit dem Finger über die beiden Menschen auf dem Bild, so wie Curtis am Abend zuvor. Es sah eher aus wie ein Mensch mit zwei Köpfen: In ihrer allabendlichen Lesekuschelhaltung waren sie so eng aneinandergedrängt, dass nicht sofort klar war, wo der eine aufhörte und der andere anfing. Scott musste an Curtis' ernsten Gesichtsausdruck am vergangenen Abend denken. Würde der Junge vielleicht in einem Jahr beim Anblick des Fotos peinlich berührt sein, weil er dort mit einem

Mann gekuschelt hatte, mit dem er nicht einmal verwandt war? Ja, das Foto würde ganz sicher früher oder später im Mülleimer landen, wenn er es ihm jetzt schickte.

Bei dem Gedanken wurde Scott unendlich traurig, aber er riss sich zusammen. Wie lange sollte sich ein Kind denn an sein neuntes Lebensjahr erinnern? Er schloss die Augen und versuchte, sich irgendetwas ins Gedächtnis zu rufen, das er selbst mit neun Jahren erlebt hatte. Zu Weihnachten hatte er ein Trikot der Detroit Lions geschenkt bekommen und es einmal beim sonntäglichen Kirchenbesuch über seinem feinen Anzug getragen. Oder war er da vielleicht schon zehn oder sogar elf Jahre alt gewesen? Scott dachte an seine Grundschulzeit und versuchte, sich den Raum in Erinnerung zu rufen, in dem er in der zweiten Klasse unterrichtet worden war. Es gelang ihm nicht. Ihm fiel ja nicht einmal mehr ein, wie seine Lehrer und damaligen Freunde hießen.

Für Scott würde das letzte Jahr unvergesslich bleiben, doch das bedeutete nicht, dass es dem Jungen genauso ergehen würde. Viel wahrscheinlicher war, dass es ihm kaum etwas bedeuten würde. Klar, im Moment war Scott noch Curtis' Held, aber wie sähe das in fünf Jahren aus? Er selbst würde immer noch um seinen Großen trauern, aber würde der Name Scott Coffman drüben in Detroit noch irgendetwas in Curtis auslösen, oder würde er nur eine vage Erinnerung sein?

Nein. Das Buch würde mit den Soldaten in seine Nachttischschublade wandern, entschied Scott.

Er beschloss, sich nicht mehr zu quälen als nötig und nicht in den Schrank zu sehen. Der Schaukelstuhl würde im Zimmer stehen bleiben, damit Laurie darin das Baby stillen konnte. Das war in Ordnung. Er selbst hatte hier auch schon seine Elternqualitäten unter Beweis stellen müssen, hatte einmal mit Curtis in diesem Schaukelstuhl gesessen und ihn gewiegt, weil der vor

Ohrenschmerzen nicht schlafen konnte. »Ich bin zu alt für so was«, hatte der Junge sich noch kurz beschwert, dann aber den Kopf an Scotts Schulter gelehnt und gegen seinen Arm getippt, bis Scott den Jungen umarmte und fest an sich drückte.

»Ich erzähl's auch keinem«, hatte er geflüstert.

Unzählige Stunden hatte er im vergangenen Jahr in diesem Schaukelstuhl zugebracht, hatte mit Curtis für die Schule geübt oder ihm zugehört, wenn er von seinem Tag erzählt hatte. Diese Geschichten konnten meist nicht nur erzählt, sie mussten nachgestellt werden, und das Bett, der Fußboden, das Schrankinnere und Scotts Schoß wurden dabei zur Bühne. Ein paar Mal hatte Curtis Heimweh gehabt und Scott gebeten, bei ihm sitzen zu bleiben, bis er eingeschlafen war. An diesen Abenden balancierte Scott dann Arbeiten auf seinen Knien, die er korrigieren musste, oder chattete mit LaksMom und den anderen im Forum, erzählte ihnen von dem kleinen Jungen, der einen Meter entfernt von ihm lag.

»Du bist echt zum Vater geboren«, hatte 2boys einmal in einem überraschenden Anfall von Ernsthaftigkeit zu ihm gesagt. Damals wussten Scott und Laurie noch nicht, dass sie endlich schwanger war. »Ich weiß ganz genau, irgendwann klappt's bei euch. Das Universum kann doch jemanden wie dich nicht verschwenden.«

An diesem Abend hatte Scott Laurie vorgeschlagen, ein älteres Kind zu adoptieren. LaksMom hatte ihn gewarnt, die Kosten für eine Adoption lägen im Bereich eines Sportwagens. Das Geld für ihren Sportwagen hatten sie zu diesem Zeitpunkt jedoch schon für die künstliche Befruchtung ausgegeben, und es würde noch einen Versuch geben. Aber von der Geldfrage abgesehen wäre Scott sofort dafür, einen Jungen oder ein Mädchen aus einem Pflegeheim in der Nähe zu sich zu nehmen. Ein schon älteres Kind zu retten, das sonst von Heim zu Heim wandern würde, und gleichzeitig sofort eine Familie zu haben, ohne Wartezeit? Das wäre doch perfekt. Es ging ihnen ja schließlich darum, Eltern zu sein, oder? Nicht darum, wie das Kind ursprünglich einmal zu ihnen gefunden hatte.

Wie sich herausstellte, sah Laurie das allerdings völlig anders. Sie wollte unbedingt ein eigenes Kind. Adoption war für sie nicht Plan B, sondern allenfalls Plan Z. Und zuvor müssten sie alle möglichen Optionen ausgeschlossen haben, bevor sie darüber auch nur nachdenken würde, meinte sie. Und das galt auch bloß in Bezug auf ein *Baby*, ein Kind, das zu jung war, um irgendwelchen emotionalen Ballast mitzubringen, keinesfalls für ein älteres.

»Solche Kinder kommen ja nicht aus glücklichen Familien, weißt du«, erklärte sie ihm. Sie hatte Horrorgeschichten gehört von Kindern aus Pflegefamilien, die Probleme damit hatten, emotionale Bindungen aufzubauen, die niemanden an sich heranließen, die ständig von Albträumen gequält wurden. Die logen, stahlen. Kinder, die ständig Grenzen austesten mussten.

Und sie träumte schon so lange von eigenen Kindern. Stellte sie sich vor, plante, richtete in Gedanken das Kinderzimmer ein. Eins nach dem anderen würden sie erst in dem kleinen Zimmer ganz oben wohnen, bis sie dann groß genug für ein richtiges Kinderbett in einem eigenen Kinderzimmer waren. Und diesen Traum von pummeligen, rosigen Babys würde sie sich nicht nehmen lassen.

Scott hätte es damals einfach auf sich beruhen lassen sollen. Das hatte Pete später zu ihm gesagt, als Scott ihm von den Tränen erzählt hatte, von dem Türenschlagen, von den Wochen, die er auf der Couch geschlafen hatte.

»Überleg doch mal, wie viele Enttäuschungen Laurie schon hinter sich hat«, hatte Pete gemeint, »und wie gut sie damit bis jetzt umgegangen ist. Weißt du denn nicht, was für ein Glück du mit ihr hast? Ist dir nicht bewusst, wie viele Paare an ihrer Unfruchtbarkeit verzweifeln, wie viele Frauen die Schuld bei ihren Männern suchen, wie oft das Sexleben komplett zum Erliegen kommt und Ehen deshalb scheitern? Wieso setzt du dein unglaubliches Glück aufs Spiel, indem du weiter Druck auf Laurie ausübst?«

Weil er einfach nicht anders konnte. Er sah Fünf- und Zehnjährige vor sich, die nie Liebe erfahren hatten, niemals Teil einer Familie gewesen waren. Und er sah auch, was aus diesen Kindern später wurde; er fuhr ja jeden Tag auf dem Nachhauseweg an ihnen vorbei. Verwahrloste Jugendliche mit leerem Blick, die ihn an der roten Ampel mit Blicken maßen, Ausschau nach Polizisten hielten, abschätzten, ob genug Zeit war, ihn um Geld anzuhauen, ihm ein bisschen Gras zu verkaufen oder seinen Kopf gegen das Lenkrad zu schlagen und ihm die Brieftasche und das Auto abzunehmen. Kinder, aus denen so viel hätte werden können.

Deshalb ließ Scott von dem Thema nicht ab, obwohl er es selbst besser wusste. Selbst wenn die künstliche Befruchtung diesmal funktionierte, so seine Argumentation, sollten sie vielleicht trotzdem noch ein älteres Kind adoptieren oder ein Pflegekind aufnehmen. Dann hätten sie ihr Baby und würden trotzdem Kindern helfen, die allein auf der Welt standen.

Diese Unterhaltungen führten zu nichts. Im Gegensatz zu ihm hatte Laurie keine Lust, »alle Kinder von Detroit zu retten«. Und sie hatte auch keine Lust mehr darauf, sich deshalb schlecht und egoistisch zu fühlen, nur weil er an einem Samariterkomplex litt – einem »Scheißsamariterkomplex«, um genau zu sein.

Sie musste ihren Mann ja jetzt schon mit den Kindern von Detroit teilen, schrie sie ihn an, und ihre Verbitterung war geradezu greifbar. Er verbringe mehr Zeit an der Franklin als zu Hause, gebe sich mit der Planung seiner Trainingsstunden mehr Mühe als mit der Planung eines Dates mit ihr. Sie hatte genug gegeben. Diesen Traum würde sie sich nicht nehmen lassen.

Nachdem er wieder im Ehebett schlafen durfte, dauerte es trotzdem noch zwei Wochen, bevor sie ihm erlaubte, sie zu berühren.

21

Mara

Mara wischte sich über die Augen, steckte das Handy zurück in die Tasche und sah wieder hinaus zum Spielplatz. Das getönte Fenster neben ihr fuhr mit einem Surren herunter. »Nein!« Sie duckte sich. »Also nein, danke. Sie soll mich nicht sehen.«

Sie hörte, wie sich Harry zu ihr umdrehte. Bestimmt überlegte er, was mit ihr nicht stimmte. Erst bedachte sie ihn ständig mit bösen Blicken und fauchte ihn an, und jetzt schien sie komplett durchzudrehen. Er sagte jedoch nichts. Sein Sitz knarzte, als er sich nach vorn drehte, und dann fuhr die Scheibe mit einem Surren wieder hoch.

Eine Viertelstunde lang sahen sie den Kindern schweigend beim Spielen zu.

Dem Kind.

Laks kletterte die Rutsche hinauf, sauste nach unten, kletterte wieder die Leiter hoch, rutschte herunter, immer und immer wieder. Als Susan und sie sich schließlich einen Ball schnappten, waren Laks' rosa Shorts schon ganz schmutzig. Die beiden Mädchen warfen sich den Ball zu und quietschten vergnügt. Dann liefen sie um die Wette zu einem Klettergerüst am anderen Ende des Pausenhofs.

Mara hätte ihr am liebsten zugerufen, dass sie doch in Flip-Flops nicht rennen sollte, aber Laks bewegte sich mit den zwei Stücken Gummi an ihren Füßen bemerkenswert schnell und sicher. Mara schüttelte den Kopf. Sie selbst war heute in ihren

Flip-Flops mehrere Male gestolpert, dabei ging sie ganz langsam.

Kurz darauf waren die Mädchen wieder auf der Rutsche. Dann ging es zurück zum Klettergerüst. Rüber zu den Schaukeln, wo sich die beiden mit dem Bauch auf das Brett legten und Superman spielten. Mittlerweile hatte sich das T-Shirt farblich den Shorts angepasst. Wie Laks' Füße aussahen, wollte Mara sich lieber gar nicht vorstellen. Das Mädchen hatte es am Abend zuvor wieder einmal geschafft, sich vor dem Baden zu drücken. Das gelang ihr in letzter Zeit viel zu oft, weil es Mara immer schwerer fiel, sich hinzuknien und wieder aufzustehen, ohne dabei das Gleichgewicht zu verlieren. Das hatte sie Tom gegenüber nicht zugeben wollen. Sie würde sich heute eine Ausrede einfallen lassen müssen, damit er Laks badete. Diese Füße mussten endlich mal wieder mit Wasser und Seife in Berührung kommen. Sollte sie Tom aufschreiben, dass ihre Tochter ab April jeden Abend gebadet werden sollte?

Sie hatte bereits einen langen Brief an ihn verfasst, und auch einen an Laks. Beide Dokumente waren sicher auf ihrem Laptop gespeichert. Am Sonntag würde sie sie ausdrucken und Tom aufs Kopfkissen legen, damit er sie nach seiner Joggingrunde dort fand. Mara hatte darüber nachgedacht, mehrere Briefe zu verfassen, vielleicht einen für jeden Geburtstag. Aber dann hatte sie im Radio eine Sendung über eine Frau gehört, die genau das getan, die ihrer Tochter für jedes neue Lebensjahr einen Brief mit mütterlichen Ratschlägen hinterlassen hatte. Für die Tochter waren diese Briefe am Ende mehr Belastung als Freude gewesen. Jedes Jahr hatte sie lesen müssen, wie sich ihre Mutter ihr Leben vorgestellt hatte, was sie studieren, welchen Beruf sie ergreifen würde, welchen Mann sie heiraten würde. Gewissensbisse und das Gefühl, die tote Mutter zu enttäuschen, waren für das heranwachsende Mädchen die Folge gewesen. Die Briefe hatten der Tochter kaum Raum gelassen, ein eigenständiger Mensch zu werden.

Nein. Das wollte Mara weder Laks noch Tom antun. Sie würde beiden einen Brief hinterlassen, in dem sie ihnen sagte, wie sehr sie sie liebte, wie dankbar sie war, dass sie für eine kurze, wundervolle Zeit zu ihnen gehört hatte, und wie stolz sie auf sie war, egal, was sie aus ihrem weiteren Leben machen würden. Sie würde Tom auch nicht allzu viele Instruktionen geben, beschloss sie jetzt, während Laks und Susan waghalsige Sprünge von der Schaukel vollführten, die Gesichter rot, die Haare verschwitzt, Kleider und Haut ganz sandig. Sie würde ein paar Tipps in den Brief an ihn schreiben, als wäre sie nur kurz auf Geschäftsreise, nur dies und das, um ihm den Alltag zu erleichtern. Er würde dafür verantwortlich sein, für Laks zu sorgen. Und es würde ihm wunderbar gelingen. Daran zweifelte Mara nicht.

Ein Pfiff ertönte. Mara schlug vor Schreck mit der Hand gegen die harte Plastikverschalung der Autotür und fluchte leise. Die Kinder verließen den Pausenhof und liefen zurück ins Gebäude, wo eine Lehrerin stand und die Ströme in die richtige Richtung lenkte wie ein Fluglotse auf dem Rollfeld. Mara rieb sich die Hand und verwünschte ihr Nervensystem, das nicht mehr mit lauten Geräuschen umgehen konnte.

»Das ging aber schnell«, sagte Harry. »Früher dauerte die Pause doch immer eine halbe Stunde.«

»Bei uns auch.« Mara warf einen Blick auf die Uhr am Armaturenbrett. »Das Taxameter ist ausgegangen, als Sie angehalten haben. Könnten Sie noch mal fünfzehn Minuten einstellen?«

»Ja, könnte ich.« Er rührte sich jedoch nicht.

»Harry, Sie leben doch vom Taxifahren.«

»Jep.«

»Dann verrate ich Ihnen mal ein Geheimnis: Taxifahrer verdienen Geld, indem sie den Taxameter laufen lassen.«

»Hm.« Er tat, als hätte er noch nie davon gehört. »Das ist ja mal ein guter Tipp. Aber der kleine Umweg hier macht doch den Kohl nicht fett.«

»Und was, wenn es irgendwann einmal kein Umweg ist, sondern die Strecke, die ich gefahren werden möchte? Da würden Sie den Taxameter doch auch laufen lassen, oder nicht? Oder muss ich mir einen anderen Taxifahrer suchen, einen, der sich auch bezahlen lässt?«

»Das würden Sie tun?« Harry legte sich in einer theatralischen Geste die Hand aufs Herz.

»Wenn Sie mir keine andere Wahl lassen ... Ich lasse mich jedenfalls nicht gratis herumkutschieren.«

»Wann?«

»Morgen?«

»Geht klar.«

»Und Sie lassen den Taxameter laufen?«

»Wenn Sie dann keinen anderen Taxifahrer anrufen.«

»Abgemacht.« Sie lächelte.

»Abgemacht.« Sie schüttelten einander die Hand. Harry startete den Motor, grinste sie im Rückspiegel breit an und fuhr los.

»Sie haben anscheinend Besuch«, sagte er, als er in ihre Auffahrt einbog.

Mara legte ihm das Geld auf die Mittelkonsole und sah aus dem Fenster. Ihre Eltern standen vor dem Haus, Neerja mit einer Auflaufform in der Hand, Pori mit einer Plastiktüte mit dem Schriftzug des indischen Supermarktes Agarwal.

»Veranstalten Sie eine Party, und jeder bringt was mit?«

»Nein, das sind nur meine Eltern. Sie bereiten oft zu viel Essen zu, ganz aus Versehen, und immer ist es gerade so viel, dass es perfekt für meine Familie reicht. Ich nehme mal an, sie haben auch schon wieder versehentlich zu viel eingekauft.«

Harry schüttelte den Kopf und lachte. »Kennen Ihre Eltern Sie überhaupt? Sie sind ja nur wirklich nicht der Typ, der sich gern helfen lässt.«

Mara lachte. »Da haben Sie recht. Aber irgendwie haben die beiden seit zweiundvierzig Jahren nicht verstanden, was Sie innerhalb der letzten vierundzwanzig Stunden kapiert haben.«

»Soll ich einfach weiterfahren?« Er legte die Hand auf die Gangschaltung.

»Ach Gott, nein! Und ich hätte auch nicht so undankbar reden sollen. Das sind zwei wirklich liebe Menschen, und sie meinen es ja nur gut. Aber ich wollte heute Abend selbst kochen. Das kann ich nämlich immer noch sehr gut.« Sie schlug ärgerlich mit der Hand auf das Polster neben sich und sah ihre Eltern durch die Scheibe an. Sie war nicht hilflos. Die beiden sollten endlich aufhören, sie so zu behandeln.

Mara musste an den letzten Besuch ihrer Eltern denken. Es war vor ein paar Tagen gewesen, am Wochenende. Pori und Neerja waren zum Mittagessen vorbeigekommen (das sie selbst mitgebracht hatten) und hatten am Nachmittag Laks in die Eisdiele eingeladen. Eine Stunde nachdem sie ihre Enkelin wieder zu Hause abgeliefert hatten, bat Mara ihre Tochter, ihre Barbies wegzuräumen. Die Antwort war ein fröhliches: »Mach ich, Mama!«

Mara verdrehte die Augen, denn das sah Laks so gar nicht ähnlich. Normalerweise maulte sie in solchen Momenten: »Kann ich das nicht nachher machen?« Oder sie behauptete, das Spielzeug ohnehin gleich wieder zu benötigen.

»Wir haben wieder mal die kleine Miss Perfect im Haus!«, sagte Mara zu Tom, und sie wusste auch ganz genau, wer dahintersteckte. Zufälligerweise verwandelte sich ihre Tochter nämlich immer dann in Miss Perfect, wenn sie gerade Zeit mit ihren Großeltern verbracht hatte. Allerdings hielt Laks es nie länger als einen halben Tag im Musterkindmodus aus, dann benahm sie sich wieder wie sie selbst und diskutierte bei den einfachsten Anweisungen. Und dafür war Mara dankbar.

Aber diese halben Tage mit Miss Perfect machten Mara wahnsinnig; sie erkannte ihre Tochter kaum wieder in diesem unecht wirkenden, dienstbeflissenen Kind, das ihr alle fünf Minuten seine Hilfe anbot, geduldig aufräumte und Schulaufgaben machte.

Tom zuckte nur mit den Schultern. »Laks wird eben älter«, meinte er. »Kinder streiten doch nicht für immer.«

Doch Mara erwiderte nur, dass sie ihn und ihre Eltern genau durchschaute. Es war nicht etwa so, dass Laks auf unerklärliche Weise in ein paar Monaten plötzlich geistig um fünfzehn Jahre gereift war, und das wussten auch alle. Es war einfach offensichtlich, dass sie strenge Anweisungen von ihren Großeltern bekommen hatte, nur ja ihrer kranken Mutter nicht zu widersprechen. Und diese Anweisungen mussten schleunigst zurückgerufen werden.

Mara war nicht hilflos. Sie musste nicht, auf weiche Kissen gebettet, im Bett liegen, während ihr die Eltern den Haushalt führten, und sie würde auch nicht daran zerbrechen, dass sich jemand mit ihr stritt. Das mussten Pori und Neerja endlich begreifen, auch wenn es ihnen schwerfiel.

Mara wurde vom Klicken von Harrys Sicherheitsgurt aus ihrer imaginären Rede an ihre Eltern gerissen.

Als er ihr die Tür öffnen wollte, sagte sie: »Bitte helfen Sie mir nicht, Harry. Bitte.«

Sie schnallte sich ab, blieb aber sitzen. »Sie halten mich bestimmt für verrückt, weil ich Ihre Hilfe nur dann annehme, wenn uns niemand sieht. Vielleicht ist es auch egoistisch, dass ich mich am Montag von einem Wildfremden, also von Ihnen, ins Haus habe führen lassen und meinem Vater alle Hilfestellungen verbieten möchte.«

Harry räusperte sich, und Mara sah hoch. Ihre Blicke trafen sich im Rückspiegel.

»Ich war nicht immer nur Taxifahrer. Früher war ich …« Er zögerte. »Mehr. Aber das ist schon lange her; das war damals in Tulsa.« Er senkte den Blick und schaute einen Moment durch die Windschutzscheibe hinaus. Mara fand, er sah wehmütig aus. Welchen Erinnerungen er wohl nachhing? Er erwiderte ihren Blick im Rückspiegel und sprach weiter. »Als ich nicht mehr in meinem alten Beruf arbeiten konnte, wollte ich nicht dort als Taxifahrer anfangen, wo mich die Leute als jemand anders kannten. Als jemand … Besseres. Also bin ich hierhergezogen, wo ich für alle ein Unbekannter war. Hier bin ich nur der, der ich jetzt bin. Die Leute hier haben nicht diesen traurigen Ausdruck, dieses Bedauern im Blick, wenn sie mich ansehen, weil sie wissen, wie tief ich gesunken bin.« Er runzelte die Stirn. »Hier kennt niemand meine Vergangenheit. Ich könnte nicht mehr in Tulsa leben, jeden Tag diese Blicke ertragen.«

Er schüttelte den Kopf. »Deshalb halte ich Sie weder für verrückt noch für egoistisch. Ich weiß, Sie wären manchmal nur gern in Tulsa oder sonst wo, irgendwo, wo keiner weiß, wie Sie früher waren, und wo Sie auch niemand voller Mitgefühl ansieht.«

»Mein Gott«, sagte Mara fassungslos. »Waren Sie früher Psychotherapeut? Barkeeper? Pfarrer? Können Sie Gedanken lesen?«

Er lachte. »Nein.«

»Harry?«

»Hm?«

»Tut mir leid, was Ihnen passiert ist. Egal, was es war.«

Er wich ihrem Blick aus. »Ist schon okay.«

»Ach, mir machen Sie nichts vor!« Sie zwinkerte ihm zu, öffnete die Autotür und hievte sich hinaus.

Sie klopfte gegen sein Fenster, und er ließ die Scheibe herunter. »Ich muss diese Woche wirklich über mich selbst staunen«, sagte sie. »Sie haben mich ja am Montag erlebt, als Sie mir das erste Mal helfen wollten. Normalerweise kriege ich mich nicht so schnell wieder ein, wenn ich sauer bin. Das mit Ihnen war eine Ausnahme. Ich lass mir eigentlich nie von Fremden helfen.«

Er lächelte. »Dann habe ich ja Glück, dass wir uns getroffen haben, was?«

Sie lachte. »So habe ich es noch gar nicht gesehen.«

»Ich schon.« Er nahm sein Fahrtenbuch und einen Kuli vom Armaturenbrett. »Morgen um dieselbe Zeit?«

»Viertel vor elf wäre mir lieber. Die Frühstückspause in der Schule ist um elf.«

Er nickte und machte sich eine Notiz. »Ich klingele dann bei Ihnen und nutze die Gelegenheit aus, Ihnen zu helfen, solange Sie noch nicht wieder Sie selbst sind.«

»Damit habe ich gerechnet.«

»Vielleicht sind wir beide gleich dickköpfig.«

»Nicht nur vielleicht.« Sie lächelte. »Das würde auf jeden Fall erklären, warum wir so …« Mara zuckte mit den Schultern und sah kurz über das Autodach hinweg zum Haus. Sie war nicht sicher, ob sie aussprechen sollte, was sie dachte. Es war absolut lächerlich, sich jemandem so verbunden zu fühlen, den man kaum kannte.

»Glaub ich auch«, stimmte Harry zu.

»Marabeti!«, rief Neerja plötzlich.

Mara winkte ihren Eltern zu. Neerja hielt Pori zurück, der reflexhaft einen Schritt auf seine Tochter zugegangen war.

»Hallo, Liebes!«, rief er. »Deine Mutter und ich dachten, du könntest uns vielleicht ein bisschen Essen abnehmen, damit es nicht schlecht wird.«

Mara sah wieder zu Harry. Der grinste sie nur an, hob grüßend den Finger und fuhr davon.

22

Mara

Ihre Eltern machten auch nach außen hin deutlich, dass sie zusammengehörten. Sie waren gleich groß und wie immer eher für eine Cocktailparty angezogen als für eine Stippvisite bei ihrer Tochter. Pori trug eine akkurat gebügelte Khakihose, modische Sandalen und ein fliederfarbenes Seidenhemd, Neerja ein Leinenkleid im selben Farbton. Das war eine Marotte von ihr, mit der sie vor Jahren angefangen hatte und von der sie nicht lassen wollte. Ihre Haare waren das Einzige, das die beiden wirklich voneinander unterschied – Poris spärlicher Haarkranz war völlig ergraut, während Neerjas dicker Zopf zu einem guten Teil immer noch tiefschwarz war.

»Wir sind nur ganz kurz vorbeigekommen«, sagte Neerja. »Wir haben dir Hühnchen mit Reis und ein paar Samosas von Agarwal mitgebracht.« Sie hielt die Einkaufstüte hoch. »Und wir sind auch gleich wieder weg. Obwohl ich mich wirklich zu gern auf deinen Garten stürzen würde. Ich sehe hier und da ein bisschen Unkraut, das mal wieder gezupft werden könnte …« Sie betrachtete den Garten und stellte im Geiste garantiert schon einen Schlachtplan auf.

Mara war unglücklich. So hatten sich die beiden ihre Zeit als Rentner sicher nicht vorgestellt. Solange sie denken konnte, hatten Neerja und Pori davon geträumt zu reisen. Sie hatten Tom und ihr immer Broschüren gezeigt – von den Pyramiden der Azteken, die sie unbedingt sehen, der Bootsfahrt durch Venedig, die sie noch unternehmen, den norwegischen

Fjorden, die sie fotografieren wollten. Sie hatten sich Reiseführer in der Bibliothek ausgeliehen, hatten eine Liste mit ihren zwanzig Lieblingszielen angelegt, stundenlang an der Reihenfolge der einzelnen Sehenswürdigkeiten gefeilt.

Und dann erfuhr Mara, dass sie einen CAG-Wert von achtundvierzig hatte, und plötzlich brachten sie keine Broschüren mehr mit. Stattdessen kamen sie ständig mit fertigen Gerichten und Lebensmitteln vorbei, mit Gartengeräten und Putzmitteln. Unzählige Male hatte Mara ihnen schon erklärt, die Hausarbeit durchaus noch selbst erledigen zu können.

Sie versprachen dann, sich mit ihren Hilfestellungen zurückzuhalten, verfielen aber immer wieder in die alten Verhaltensmuster, suchten Vorwände und Ausreden, ihrem geliebten Kind helfen zu können.

Mara wusste, so würde es von jetzt an bleiben. Weil die beiden ihre kranke Tochter nie verlassen würden, nicht mal für eine Woche. Würde Mara den Dingen ihren Lauf lassen, würden ihre Eltern nach ihrem Tod zu alt sein, um die Pyramiden noch zu sehen. Für die Gondelfahrt durch Venedig wären sie zu gebrechlich. Wenn es eine olympische Disziplin wäre, sich klaglos für einen geliebten Menschen aufzuopfern, hätten die beiden, die da vor ihrer Haustür standen, schon längst die Goldmedaille errungen.

Mara hoffte, dass Neerja und Pori nie aufgehen würde, dass ihre Selbstlosigkeit mit ein Grund für ihre Entscheidung von vor vier Jahren gewesen war, ihrem Leben rechtzeitig selbst ein Ende zu setzen. Sie hoffte, sie würden sie egoistisch finden, feige. Doch hoffentlich würde ihnen nie klar werden, dass Mara damit nicht nur sich selbst, sondern auch ihre Eltern von einem Leben mit der Krankheit befreit hatte.

Pori und Neerja sollten die Chance bekommen, den Rest ihres Lebens so zu verbringen, wie sie es sich erträumt hatten.

Und wie sie es verdienten, nach allem, was sie für Mara getan hatten.

Sie küsste beide und holte ihren Schlüssel aus der Tasche, doch es wollte ihr nicht gelingen, ihn ins Schlüsselloch zu stecken. Bevor sie das Zittern unterdrücken konnte, nahm ihr Vater ihre Hand und half ihr. Er trat ins Haus und winkte erst Mara, dann ihre Mutter herein.

»Du nun wieder, Pori!«, zischte Neerja ihm zu und verdrehte mit Blick auf Mara gespielt genervt die Augen. Sie reichte Pori die Auflaufform. »Die kannst du schon mal in die Küche stellen. Und lass die arme Frau doch bitte allein ihre Tür aufschließen! Die Tüte kannst du stehen lassen, die bringe ich gleich mit.« Neerja versuchte, streng zu klingen, aber Mara hatte den liebevollen Blick, den sie Pori zuwarf, sehr wohl registriert.

»Danke, Papa.«

Neerja klatschte in die Hände und verschränkte sie unter dem Kinn. Mit einem Blick auf das Wohnzimmer verkündete sie: »Hier sieht's wie immer toll aus, Beti.« Das war gelogen, und Mara wusste, sobald sie aus dem Zimmer war, würde ihre Mutter versuchen, unauffällig etwas Staub zu wischen, ein Auge immer auf die Tür, damit sie nicht erwischt wurde.

»Ihr habt also Samosas mitgebracht?«

»Ja, nur ein paar«, antwortete Neerja und sah betreten zu Boden. »Aber nicht selbst gemacht. Ich habe nur das Hühnchen gekocht.«

Mara sah sie vorwurfsvoll an.

»Tut mir leid! Aber es ist Laks' Lieblingsessen, und dein Vater hat darauf bestanden, dass wir ...«

»Schon gut«, seufzte Mara. Dass Neerja die Samosas nicht selbst gemacht hatte, war ja schon mal ein Fortschritt. »Ich bringe sie in die Küche und besorge euch auch gleich mal ein Glas Wein.«

Bevor ihre Mutter protestieren konnte, erschien plötzlich Steph in der Haustür und meldete sich zu Wort. »Hat hier jemand was von Wein gesagt?« Sie warf Neerja einen Blick zu. »Und hat hier jemand etwa nicht sofort begeistert zugestimmt?«

Hinter Steph trat Gina ein, knappe dreißig Zentimeter kleiner als die Freundin. Mara fand, die beiden sahen aus wie ein Team aus einem Comic: die große, blonde, selbstbewusste Steph und ihr kleiner, dunkelhaariger, schüchterner Schatten.

Mara kannte Steph seit über zwanzig Jahren. Sie hatten sich am ersten Tag an der Uni kennengelernt, als sie bei der Begrüßungsrede des Dekans im Hörsaal zufällig nebeneinandersaßen. Von diesem Moment an waren sie unzertrennlich – zum Vergnügen und manchmal auch zum Leidwesen ihrer Ehemänner. Sie saßen stundenlang gemeinsam in der Uni-Bibliothek und diskutierten Fälle, sprachen einander vor den Prüfungen Mut zu und feierten miteinander, als beide bei der studentischen Jura-Zeitschrift der Uni angenommen wurden. Sie gingen zusammen einkaufen, als es Zeit wurde, Jogginghose und Rucksack gegen Kostüm und Aktentasche einzutauschen.

Steph und Mara absolvierten beide ein Praktikum bei Katon Locke und saßen abends gemeinsam bei einer Kanne Long Island Ice Tea auf Stephs Balkon und diskutierten das Jobangebot der Kanzlei, das beide erhalten hatten. Erst nachdem sie schon längst entschieden hatten, dass sie es annehmen würden, »überlegten« sie gemeinsam mit ihren Männern. In ihren vielen Jahren in der Kanzlei hielten sie oft »Besprechungen« auf der Damentoilette oder in ihren Büros ab und heulten sich beieinander über unfair arbeitende gegnerische Anwälte und nervige Klienten aus.

Sie gewannen zusammen Fälle und standen langweilige Meetings bei der Anwaltskammer durch. Steph war Laks Patin; Mara übernahm die Patenschaft für Christopher, den Sohn ihrer Freundin, bei dessen Geburt sie ihr im Kreißsaal beigestanden hatte. Steph wiederum erwartete Mara und Tom um drei Uhr morgens mit frischem Kaffee und einer kompletten Babyausstattung, als die beiden mit Laks aus Indien zurückkamen.

»Hallo, Mrs. Sahay«, grüßte Gina höflich und reichte Neerja die Hand.

Steph umarmte sie fest, drückte ihr einen Kuss auf die Wange und fragte: »Wo hast du denn deinen hübschen Mann gelassen, Mummy?«

»Hallo, ihr zwei!«, rief Neerja. Sie klatschte freudig in die Hände. Gina und Steph begrüßten Mara mit Umarmungen und Küssen. »Ich sehe die Zwei Frauen so gern zusammen.« Neerja drehte sich erschrocken zu ihrer Tochter um. »Ach, ich vergesse immer, dass ich das ja nicht sagen soll. Aber Lakshmi ist ja noch nicht da, nicht?«

Mara schüttelte den Kopf. »Tom ist nach der Schule mit ihr neue Ballettschuhe kaufen gefahren. Sie wurde letzten Samstag fast aus dem Kurs geworfen, weil ihre Schühchen angeblich schon fast auseinanderfallen. Und was die ›Zwei Frauen‹ angeht – Laks hat nur was dagegen, wenn wir ›swei Fauen‹ sagen.«

Neerja lachte. »Stimmt. Ich hol mal deinen Vater, und dann machen wir uns wieder auf den Weg, damit du Zeit für deine Freundinnen hast.«

»Bleibt ruhig.« Mara wies mit dem Kopf auf Gina und Steph. »Die beiden haben sich auf euch mindestens genauso gefreut wie auf mich. Steph wurde bestimmt eh nur vom Samosaduft angelockt.«

»Samosas?«, fragte die Freundin prompt und grinste. »Wo?«

Neerja hob stolz die Tüte, und es brach Mara das Herz zu sehen, wie glücklich sie darüber war, endlich einmal jemandem mit ihrem mitgebrachten Essen eine Freude machen zu können.

23

Scott

Nach der Anhörung im letzten April war Scott mit Bray und Curtis zu LaDanias Wohnung gefahren, um Curtis' Sachen zu packen. Jeder Zentimeter der Außenwand des Gebäudes war mit Graffiti bedeckt. Ein einziges Auto auf dem Parkplatz schien noch fahrtüchtig zu sein, bei allen anderen fehlte mindestens ein Rad, und die Achsen ruhten auf Holzklötzen oder Steinen.

In einer Ecke des Parkplatzes standen mehrere verrostete Einkaufswagen, in einer anderen ein Gartentisch aus Plastik. Darauf hockten drei etwas heruntergekommen wirkende Jugendliche mit Flaschen in der Hand, die in braunen Papiertüten steckten.

Sie grüßten Bray, als er mit Scott und Curtis aus dem Auto ausstieg. Bray erwiderte den Gruß und flüsterte Scott zu, er solle das Auto ja abschließen.

Der Gestank, der ihnen im Hausflur entgegenschlug, verursachte Scott Übelkeit, eine Mischung aus Schweiß, Erbrochenem und Urin. Graffiti bedeckten auch die Wände des Treppenhauses. Der Gestank wurde immer intensiver. Scott war froh, dass Laurie nicht mitgekommen war. Er hatte Bray im Laufe der Jahre oft hier abgesetzt, aber das Gebäude noch nie betreten. Er hatte immer angeboten, noch kurz mit hineinzukommen, doch der Junge hatte das jedes Mal abgelehnt. Jetzt wusste Scott, warum.

Bray schloss die Wohnungstür auf. Sofort stieg Scott der

Geruch von verdorbener Milch in die Nase. Das war noch schlimmer als der Gestank im Hausflur. Als Bray das Licht einschaltete, huschte eine Hand voll Kakerlaken über den Boden und die Küchenschränke.

»Gäste«, verkündete Curtis lässig und trat vorsichtig über die Tiere hinweg.

»Er will keines dieser Krabbeltiere umbringen«, erklärte Bray. »Aber du kannst die nicht einfach hier wohnen lassen, Curtis. Ich hatte dir doch Fallen mitgebracht, wo sind die denn?«

Der Junge zuckte mit den Schultern. Bray wischte die Kakerlaken vom Küchentisch und zertrat so viele wie möglich. Manche retteten sich in die Ritze zwischen dem Schrank und dem schmutzigen Herd. Curtis sah ihnen nach, offensichtlich zufrieden, dass sie dem Tod entronnen waren.

Scott sah sich in der Küche um. Überall benutztes Geschirr. Der Inhalt einer Packung Cornflakes hatte sich über die Arbeitsplatte ergossen. Daneben entdeckte Scott die Quelle des schlimmen Geruchs: ein offener Milchkarton.

Bray schüttelte angewidert den Kopf, doch erklärte seinem Bruder mit sanfter Stimme: »Du musst so was wegräumen, Curtis. Das hab ich dir doch schon erklärt.«

Er nahm den Milchkarton, schob das Geschirr in der Spüle ein wenig zur Seite und leerte die flockige Flüssigkeit in den Ausguss. Als er den Wasserhahn aufdrehte, um nachzuspülen, ertönte nur ein hohles Geräusch. Er wandte sich verwirrt zu Curtis um.

»Deshalb konnte ich nicht abwaschen«, erklärte der. »Wir haben schon eine ganze Weile kein Wasser mehr.«

Bray seufzte. »Deswegen wollte ich in Michigan studieren«, sagte er zu Scott. »Um immer noch nah bei ihnen zu wohnen. Aber es ist anscheinend nicht nah genug. Ich hatte keine

Ahnung, dass das Wasser abgestellt wurde.« Er schaute wieder Curtis an. »Was ist denn mit dem Geld, das Ma für Wasser und Strom beiseitelegen wollte?«

Curtis sah zu Boden, offensichtlich unglücklich darüber, seine Mutter verpetzen zu müssen. »Ich glaub, das hat sie für was anderes ausgegeben.«

»Und wo duschst du jetzt?«

»Bei den Johnsons.«

»Bekommst du da auch was zu essen?«

Curtis zuckte mit den Schultern. »Manchmal. Die haben selbst meistens nicht genug, deshalb behaupte ich dann einfach immer, ich hätte schon gegessen.«

Scott versuchte, sein Entsetzen zu verbergen, aber Bray sah es ihm offenbar trotzdem an. »Hier wird man nicht dick«, sagte er und klopfte sich mit einem Grinsen auf den Bauch. »Die reichen Typen aus den Vorstädten sind alle viel zu schwer, um mit uns auf dem Platz mitzuhalten. Die bräuchten alle mal so eine Unterschichtendiät.«

»Vielleicht sollte Pete hier einziehen, wenn deine Mutter wieder da ist«, scherzte Scott. Bray und er hatten Pete bei dem gemeinsamen Training oft mit seinem Gewicht aufgezogen.

Brayden lachte.

Scott reichte Curtis die Reisetasche, die er von zu Hause mitgebracht hatte. »Dann pack mal deine Sachen, Großer. Dein Bruder muss ja auch mal wieder zurück zur Uni.«

Curtis kicherte. »›Großer‹. Gefällt mir.« Er schnappte sich die Tasche und verschwand.

Scott und Bray traten ins Wohnzimmer. Von dem Zimmer ging nur eine Tür ab, also hatte die Wohnung wahrscheinlich insgesamt nicht mehr als zwei Zimmer. Ein Blick auf die Couch bestätigte den Eindruck: An einem Ende lag ein Kissen, am anderen ein zerwühltes Laken.

Bray folgte Scotts Blick. »Meine Mom schläft hier«, sagte er. »Früher hat sie im Schlafzimmer geschlafen und Curtis hier vorn, aber ich habe sie überredet, mit ihm zu tauschen. Sie kommt oft spät nach Hause, da hat sie ihn früher sonst immer geweckt.«

Scott konnte seine Überraschung nicht verbergen.

»Nachdem er eingeschlafen ist, geht sie noch mal los.« Bray fand das offensichtlich genauso schlimm wie er. »Ich habe ihr tausend Mal gesagt, dass sie ein Kind in seinem Alter nicht allein lassen kann, aber sie meint, die Johnsons sind ja da, falls was sein sollte. Mr. Johnson geht allerdings selbst um acht ins Bett, und Mrs. Johnson kommt die Treppe nicht mehr hoch. Solche Details interessieren meine Mom nur leider nicht. Deshalb schaut ein Freund von mir jeden Abend vorbei und sieht nach dem Rechten, ob Curtis pünktlich im Bett ist und so.« Er zuckte mit den Schultern. »Mehr kann ich nicht machen. Ich hätte ihn wohl bitten sollen, auch nach dem Wasser zu sehen.«

Er blickte wieder zur Couch und schüttelte den Kopf, als säße seine Mutter vor ihm. »Gestern Abend habe ich mir gedacht, dass es vielleicht das Beste ist, was ihm je passiert ist, dass sie ins Gefängnis muss. Ich weiß, für Sie und Laurie ist es nicht so toll, aber für Curtis ist es so viel besser. Wenn sie rauskommt, ist er ein Jahr älter, kann besser auf sich aufpassen. Ich werde ihm ein Handy besorgen, dann kann er mir Bescheid sagen, wenn es hier wieder so schlimm ist.« Er deutete hinüber zur Spüle. »Ich kann es kaum erwarten, ihn hier endgültig rauszuholen. Ich wünschte, er müsste nicht so leben.«

Scott wollte gerade etwas erwidern, da kam Curtis ins Zimmer gerannt. »Fertig!«, rief er und hielt die Reisetasche hoch, die fast leer zu sein schien. Scott sah hinein. Ein T-Shirt und ein Paar Socken. Scott zeigte Bray die Tasche. »Mehr Sachen hast du nicht?«, fragte der.

»Nö.«

»Was ist denn mit den Klamotten, die ich dir in den Weihnachtsferien mitgebracht habe?«

»Hat Ma so einer Frau verkauft.«

Bray kniete sich hin und legte seinem Bruder die Hände auf die Schultern. Er ließ den Kopf hängen. Scott wusste, dass er sich Vorwürfe machte wegen der Bedingungen, unter denen sein Bruder hier lebte. Bray lehnte seine Stirn an Curtis'. »Wieso hast du denn nichts gesagt?«, flüsterte er.

»Soll ich nicht, meinte Ma.«

Bray biss die Zähne zusammen. Er holte tief Luft und stand wieder auf. Dann nahm er die Tasche und schob Curtis zur Tür. »Komm, wir kaufen dir noch ein paar neue Sachen, bevor ich wieder wegfahre.«

»Bitte nicht«, sagte Scott. »Laurie liebt Shoppen, vor allem liebt sie es, Kinderkleidung kaufen zu gehen. Sie ist bestimmt traurig, wenn du ihr das abnimmst.«

Bray sah ihn skeptisch an.

»Ehrlich. Das macht ihr Riesenspaß. Lass sie das doch machen.«

»Sorry, Coach. Und ich wusste wirklich nicht, dass es hier so schlimm aussieht.«

Vor ein paar Wochen hatte Scott seinen Freunden aus dem Forum von dem damaligen Erlebnis in LaDanias verwahrloster Wohnung erzählt – einer der vielen Gründe, die es ihm so schwer machten, Curtis dorthin zurückzuschicken. »Alter«, hatte 2boys geantwortet, »du musst den Jungen da rausholen. Für immer.« Genau das hatte sich auch Scott seit diesem Tag vor einem Jahr immer wieder gesagt, an dem er mit Curtis von Detroit nach Royal Oak gefahren war und überlegt hatte, wie viel besser es dem Kind im großen, sauberen Haus der Coffmans gehen würde, mit fließendem Wasser, sauberer Kleidung und genug Essen für ihn, unter elterlicher Aufsicht und Sorge.

Aber so einfach war es leider nicht. Das hatte Scott damals schon vermutet, und heute, nach endlosen Gesprächen darüber mit Janice und FosterFranny und der Lektüre jeglicher Bücher und Artikel, die er zu dem Thema hatte finden können, wusste er es mit Gewissheit: Kinder waren immer am besten bei ihren Eltern aufgehoben. So war das nun mal.

Natürlich gab es Ausnahmen, wenn die Kinder missbraucht oder sträflich vernachlässigt wurden. LaDania hatte sich in den letzten Wochen vor Antritt ihrer Gefängnisstrafe zwar besonders schlecht um ihren Sohn gekümmert, das war jedoch nicht immer der Fall gewesen. Laut Bray hatte sie bisher nie »wirklich krasse Sachen genommen« und ihren Konsum stets unter Kontrolle gehabt, zwischendurch auch immer mal wieder ganz aufgehört. Im letzten Jahr war sie dann jedoch von einem Unglück ins nächste gestolpert, hatte ihren Job verloren, die Beziehung zu einem Mann war in die Brüche gegangen, und um sich über ihre Einsamkeit ohne den älteren Sohn hinwegzutrösten, hatte sie sich dann doch den »härteren Sachen« zugewandt.

Das war keine gute Entscheidung gewesen, aber Bray war sicher, dass LaDania ihre Lektion gelernt hatte. Das hatte sie ihm versprochen. Und trotz seines Ärgers darüber, dass sie ins Gefängnis musste und das Leben ihrer Söhne damit so durcheinanderbrachte, hatte sie sich bis jetzt immer große Mühe gegeben, ihnen eine gute Mutter zu sein, meinte er. Zumindest »gut« nach ihren Maßstäben, auch wenn sie sicher keinen Preis dafür gewinnen würde. Sie konnte sehr egoistisch sein, schlief an manchen Tagen lieber aus, anstatt morgens für ihre

Kinder da zu sein, ihnen das Frühstück zuzubereiten oder etwas für die Mittagspause mitzugeben.

Sie konnte nicht mit Geld umgehen, und der Anblick des leeren Kühlschranks und zweier hungriger Jungs davor am Ende eines jeden Monats hatten auch nicht dazu geführt, dass sie mehr Verantwortung übernahm. Sie war vielleicht ein bisschen zu schnell bereit, die Jungen für längere Zeit sich selbst zu überlassen, wenn sie mit ihren fragwürdigen Freunden unterwegs war. Jobs behielt sie nie sehr lange; wenn sie kochte, war sie nicht sonderlich darauf bedacht, dass das Essen auch tatsächlich nahrhaft war, und eine saubere Wohnung war ihr nicht wichtig. Regeln für ihre Kinder stellte sie nur ungern auf und hatte auch keine Lust, sich um deren Einhaltung zu kümmern. Ihre Philosophie war, dass die beiden es selbst schon früh genug merken würden, wenn sie über die Stränge schlugen.

All diese nicht ganz so idealen Entscheidungen und Einstellungen waren aber noch kein Grund, einer Mutter ihr Kind zu entziehen. Wenn Kakerlaken in der Küche, fehlende Erziehung und abendliche Kneipentouren mit fragwürdigen Gestalten bedeuteten, dass LaDania ihren Sohn nicht wiederhaben durfte, müssten einer Menge Eltern im ganzen Land die Kinder weggenommen werden, hatte Janice einmal zu Scott gesagt. Kinderpsychologen waren sich einig, dass ein schöneres Zuhause, gesünderes Essen und Erziehung nicht die Liebe der eigenen Eltern ersetzen konnten.

»Der Staat hat nicht das Recht, von den Eltern zu verlangen, dass sie perfekt sind«, hatte Janice erklärt. »Wir hoffen immer, dass sie ihr Bestes geben. Aber wenn sie ihre Kinder lieben und bei sich haben wollen und die Kinder bei ihnen nicht gefährdet sind, dann muss uns das genügen.«

Scott wünschte, es würde ihm reichen zu wissen, dass Curtis bei einer Mutter lebte, die ihn liebte und ihn bei sich haben wollte, doch so war es nicht. Ihm wurde jedes Mal schlecht bei dem Gedanken, seinen Großen in sein altes Umfeld zurückzuschicken. Es brach ihm das Herz, wenn er an Curtis' Potenzial dachte, das bei LaDania wieder brachliegen würde. Er würde keine Hausaufgaben mehr machen, er würde wieder schlechter lesen, und seine Termine beim Rektor würden sich häufen.

Er würde die Highschool vielleicht nicht abschließen, an den Besuch des Colleges war gar nicht zu denken. Ebenso wenig daran, dass er einen Weg aus seinem Viertel heraus finden würde, das schon so viele vor ihm – wie LaDania selbst – in einem Teufelskreis aus Alkohol, Drogen und Armut an sich gekettet hatte. Bray hatte sich dort herausgekämpft, aber er war auch etwas Besonderes, eine Ausnahmeerscheinung. Er vereinigte in sich Talent, Größe, Ehrgeiz und Intelligenz, die ihm nicht nur angeboren waren, sondern die er sich auch erarbeitet hatte. Scott hoffte, dass acht Jahre noch nicht aussagekräftig waren, aber es drängte sich ihm schon jetzt der Eindruck auf, dass Curtis nicht den Ehrgeiz seines Bruders besaß, nicht die gleichen körperlichen Voraussetzungen, und es sah auch nicht danach aus, als würde er so groß wie Bray werden. In der Obhut der Coffmans konnte etwas aus ihm werden, bei ihnen hätte er eine Chance auf ein normales Leben. Dafür würden Scott und Laurie sorgen. Doch ohne sie? Scott wollte sich lieber gar nicht vorstellen, was ohne sie aus dem Jungen werden würde.

Er setzte sich in den Schaukelstuhl und sah sich noch einmal in Curtis' verwaistem Zimmer um. »Alles wird gut«, sagte er sich sein übliches Mantra vor, »er kommt schon klar«, aber es klang hohl und nicht überzeugt. Und während er die Worte aufsagte, an die er selbst nicht glaubte, kamen ihm plötzlich auch der Teppich mit dem bunten Straßenmuster, das Bücherregal und die Basketballposter farbloser vor, als hätten sie ihre Leuchtkraft, ihren Sinn, ihre Fröhlichkeit verloren, jetzt, da der Junge fort war.

24

Mara

Mara ließ den Blick über die Menschen in ihrem Wohnzimmer schweifen. Von Tom und Laks abgesehen, saßen hier diejenigen zusammen, die ihr am meisten bedeuteten. Steph brach gerade in lautes Lachen aus. Mara studierte ihr Profil. Wie immer bildete ihr Mund, der nie stillstand, einen Kontrast zu ihren ernsten Augen. Sie war nach Maras Eltern die Erste gewesen, die Tom angerufen hatte, als das Ergebnis des CAG-Tests vorgelegen hatte. Für Steph war eine Welt zusammengebrochen, und sie hatte ihrer Betroffenheit mit verzweifelten Flüchen Luft gemacht, wie es ihrer temperamentvollen Art entsprach. Sehr zu Ginas Missfallen, die diese typische Südstaatenhöflichkeit besaß und sich stets sehr gesittet benahm. Steph hatte dafür »keinen Nerv«.

Vor Ausbruch der Krankheit hatten lediglich Maras ausgleichendes Wesen und ihre Streitschlichtungsfähigkeit verhindert, dass die beiden Freundinnen sich andauernd in die Haare kriegten. Nach der schlechten Nachricht hatte sich ihre Beziehung jedoch verändert, und die Unterschiede zwischen ihnen, die sie früher aneinander gestört hatten, waren mittlerweile nur noch eine Quelle gutmütigen Spotts.

Das war einer der positiven Aspekte in ihrem Leben nach der Diagnose, fand Mara. Auch jetzt legte Gina ihrer Freundin gerade eine Hand auf den Arm, um ihren Temperamentsausbruch vor Pori und Neerja einzudämmen. Steph schüttelte sie jedoch ab und antwortete auf etwas, das Mara nicht gehört hatte: »Genau das dachte ich auch, Pori! Ich meine, was soll denn die Scheiße?«

Mara musste ein Lachen unterdrücken angesichts Ginas vorwurfsvollen Gesichts; auch Neerja verzog unzufrieden den Mund. Mara selbst hatte Stephs direkte Art gerade im Verlauf der letzten vier Jahre zu schätzen gelernt; sie war dankbar, wenigstens einen Menschen zu haben, der immer genau das sagte, was er dachte.

»Jep«, hatte Steph einmal zugestimmt, als Mara sich bei ihr darüber beschwert hatte, dass ihr Gesicht durch die Krankheit ganz eingefallen aussah. »Du hast auf jeden Fall was von einem Totenkopf, das kann man nicht anders sagen. Und die ersten grauen Haare machen es auch nicht besser. Aber das kriegen wir mit einem bisschen Haarfarbe und Make-up schon wieder hin. Ich mache uns mal einen Termin beim Friseur, und danach fliegen wir bei Saks ein und kaufen uns eine richtig tolle Foundation.«

Aber auch Gina war viel mehr als eine rundliche, immer auf Anstand bedachte Person. Sie war als Freundin ebenso loyal und verlässlich wie als Sekretärin, ging stets sorgfältig die Post auf Maras Küchentisch durch, versah sie mit einem *M* oder einem *T* und achtete darauf, dass Mara ihren Stapel auch las. Sie verbrachte ein ganzes Wochenende damit, den Inhalt der Schränke und Regale in der Waschküche, der Speisekammer und im Flur komplett neu zu ordnen, damit Mara es leichter hatte, Dinge wiederzufinden.

»Du bist wirklich unglaublich gut darin, aufzuräumen und zu organisieren«, hatte Steph einmal zu Gina gesagt. »Du bist besser als alle Sekretärinnen bei uns in der Kanzlei zusammen.« Mara und die Zwei Frauen hatten bei Steph im Garten gesessen, Wein getrunken und über ihre größten Stärken und Schwächen gesprochen.

»Und du bist immer so direkt«, erwiderte Gina und beeilte sich hinzuzufügen. »Ich wünschte, ich könnte Leuten auch so freiheraus sagen, was ich wirklich denke.«

Steph hatte daraufhin gesagt, dass sie beide sich also perfekt ergänzten, dass es nichts gab, worüber Laks nicht zumindest mit einer von ihnen reden könnte.

»Absolut!«, lachte Gina. »Ich würde dafür sorgen, dass sie immer gut für die Schule vorbereitet ist, und ihr gutes Benehmen beibringen. Und Steph würde sich um all jene Dinge kümmern, vor denen andere sich drücken: die Menstruation, die Aufklärung, das erste Mal, Oralsex, die Pille …«

Mara lachte mit Gina und sah zu Steph hinüber – diese Art Humor war doch genau nach ihrem Geschmack.

Aber Steph hatte Tränen in den Augen.

»Was ist denn los?«, fragte Mara erschrocken.

Steph nahm ihren Stuhl, rückte ihn ein Stück näher an Maras heran und ergriff ihre Hand. »Ich weiß, du machst dir Sorgen darüber, was aus ihr wird, wenn du …« Ein Weinen schnürte ihr die Kehle zu. Mara drückte ihre Finger. Gina rückte ebenfalls etwas näher zu ihnen und streichelte Stephs Knie. »… wenn du nicht mehr da bist«, sprach Steph mit Mühe weiter. »Aber ich will, dass du weißt«, sie sah Hilfe suchend zu Gina, »*wir* wollen, dass du weißt …« Ihre Stimme brach wieder.

Gina, die nun auch weinte, beendete den Satz für sie. »Wir wollen, dass du weißt, dass wir uns um Laks kümmern werden. Egal, was sie braucht. Egal, was sie wissen will, wobei sie Hilfe braucht, worüber sie reden will. Wir sind immer für sie da.« Sie streckte die Hand nach den anderen beiden Frauen aus. Und dann musste auch Mara weinen, und sie saßen zu dritt da, hielten sich an den Händen und schluchzten, bis Gina sich schließlich über die Augen wischte, schniefte und sagte:

»Was ist denn mit uns nicht in Ordnung? Wieso reden wir jetzt schon über so was? Es ist doch noch viel zu früh. Laks wird uns noch jahrelang nicht brauchen.«

»Mit uns ist alles in Ordnung«, unterbrach Mara sie. »Ihr seid wundervoll. Ich mache mir die ganze Zeit Gedanken darüber, wie sie bloß ohne Mutter zurechtkommen soll. Vielleicht braucht sie euch jetzt im Moment noch nicht, aber es beruhigt mich wirklich sehr zu wissen, dass ihr für sie da sein werdet. Tom ist ein toller Vater, keine Frage, aber sie wird auch weibliche Bezugspersonen brauchen, zum Bespiel, wenn sie ihren ersten BH kaufen will, ihre Tage bekommt oder Liebeskummer hat. Um solche Sachen mache ich mir nachts, wenn ich nicht schlafen kann, Sorgen. Und ich wusste zwar, dass ihr natürlich weiterhin ab und zu Zeit mit ihr verbringen würdet, aber ich hätte euch nie darum gebeten, eine so große Verantwortung zu übernehmen.«

Sie sah die beiden an, und ihre dunklen Augen waren voller Dankbarkeit. »Ihr zwei habt mir gerade meine größte Sorge genommen. Sie wird keine Mutter mehr haben. Sie wird …«

»Zwei haben«, antworteten Gina und Steph wie aus einem Mund.

Mara fing wieder an zu weinen, und die Zwei Frauen umarmten sie, ein schluchzender Kreis aus drei Frauen. Maras Freundinnen hatten ihr gerade versprochen, sich um das Wichtigste zu kümmern, das ihr in Bezug auf Laks am Herzen lag. Vor zehn Minuten hätte sie sich noch nicht einmal getraut, darum zu bitten. Sie hatte so viele Listen und Pläne aufgestellt, aber diesen Punkt hatte sie dabei vernachlässigt. Die Zwei Frauen hatten aber gespürt, worauf es ihr wirklich ankam, und ihr nach einem halben Glas Merlot auch schon die Lösung präsentiert.

Sie stießen miteinander an. »Auf die Zwei Frauen«, sagte

Steph. »Wir beide werden zusammen nicht mal eine halb so gute Mutter sein wie Mara allein, aber wir werden uns die größte Mühe geben.«

Seit diesem Abend sprach Mara immer mal wieder mit einer der beiden über ihren jeweiligen Verantwortungsbereich. Beim Yoga sagte sie einmal zu Steph: »Du bist für Ernährung, Fitness, Essstörungen und so weiter zuständig, das ist klar, oder?« Gina hatte ihr nämlich ganz offen gestanden, dass sie mit dem Essen eher eine Hassliebe verband, mit Sport sogar ein Hasshass. Tom könnte Laks zwar Vorträge über Aminosäuren und Proteine halten, aber was wusste er schon vom Gruppenzwang unter Jugendlichen, wenn es ums Abnehmen ging? Steph warf ihr nur einen Blick zu, der deutlich machte, dass sie sich ihrer Verantwortung vollauf bewusst war.

Ein anderes Mal brachte Gina gerade die vielen Klebezettel in Maras Küche auf den neuesten Stand. Mara suchte in der Speisekammer nach etwas, was sie zum Abendbrot zubereiten konnte. »Erkläre Laks, dass es wichtig ist, dass sie ihrem Mann immer mal wieder sein Lieblingsessen kocht, ja? Ich habe manchmal Angst, dass sie von Steph so viel Feminismus mitbekommt, dass sie irgendwann denkt, man fördere gleich die Unterdrückung der Frau, wenn man einmal was Nettes für seinen Mann tut. Ich wünsche mir, dass sie ihrer Liebe Ausdruck verleiht, egal, ob das gerade politisch angesagt ist oder nicht.

Und das gilt nicht nur für ihren Mann, sondern für alle Menschen in ihrem Umfeld. Dass sie ab und zu von sich aus ihre Großeltern anruft und nicht wartet, bis die sich melden, zum Beispiel. Dass sie an all diese netten Kleinigkeiten denkt, die die meisten Menschen vergessen, die aber so wichtig sein können. Dass sie Tom an seinem Geburtstag anruft, ist ja klar, aber …«

»… sie soll ihn auch an eurem Hochzeitstag anrufen«, sagte Gina leise.

»Genau.«

»Steht schon auf der Liste«, antwortete Gina und tippte sich an die Schläfe. »Steht schon alles drauf.«

25

Mara

Laks kam ins Wohnzimmer gestürmt und quietschte vor Freude, als sie dort ihre Lieblingsmenschen zusammen sitzen sah – ihre Großeltern, ihre Mutter und die Zwei Frauen. Sie umarmte einen nach dem anderen, kletterte dann auf Ginas Schoß, und Mara hörte die beiden über ihre neuen Ballettschuhe flüstern. Kurz darauf gesellte sich auch Tom zu ihnen, drückte drei der anwesenden Frauen einen Kuss auf die Wange, der vierten einen auf den Mund und schüttelte Pori die Hand. Laks hielt er eine kleine Tasche hin.

»Die wandert sofort in deinen Schrank, wie wir es verabredet haben, Miss Dreckspatz.«

»Daddyyy!« Laks sah zu den Versammelten. »Du sollst mich doch nicht so nennen, wenn die anderen dabei sind.«

»Entschuldige, Lakshmibeti.«

Gina sah überrascht auf, aber Tom zuckte nur mit den Schultern. »Ein paar Spitznamen kenne ich, aber mehr auch nicht. Gib mir noch mal zweiundzwanzig Jahre, dann sehen wir weiter.«

Neerja streichelte ihrem Schwiegersohn verständnisvoll den Arm und lächelte Mara an. Es ging Tom ja gar nicht darum, eine zweite Sprache zu lernen, das wussten sie beide. Er wollte nur das Gefühl haben, zur Familie zu gehören. In seiner Kindheit hatte es keine Kosenamen gegeben, außer man zählte »dieser kleine Mistkerl, der schon genauso ist wie sein Vater« dazu.

Laks schnappte sich die Tasche und rannte in ihr Zimmer.

»Mission erfüllt«, sagte Tom zu Mara, als das Mädchen außer Hörweite war. »Sie hat neue Schuhe und darf weiter bei der Probe mitmachen. Ich weiß aber nicht, ob sie auch zur Aufführung zugelassen wird, wir haben nämlich keine rosa Leggings bekommen. Die waren alle ›zu quetschig‹ oder ›zu drückig‹ oder was auch immer, jedenfalls haben diese Dinger sie alle angeblich so eingeschnürt, dass wir ihr fast die Beine amputieren mussten.«

»Dann war sie ja mit dem richtigen Elternteil unterwegs«, sagte Steph. »Du hättest die Amputation ja gleich im Laden vornehmen können.«

»Ich bin Hautarzt, Steph, kein Chirurg. Einen Pickel hätte ich ihr im Laden entfernen können. Ein Bein wäre schon schwierig geworden.«

»Was ist ein Pickel?«, fragte Laks, die wieder ins Wohnzimmer gekommen war.

»Hast du deine Schuhe weggeräumt?«, wollte Mara wissen.

»Ich hab die Tasche an meine Türklinke gehängt …«

»Räum sie bitte dahin, wo sie hingehört – in deine Ballettschublade im Schrank.«

»Aber Maaamaaa! Ich will doch die Zwei Frauen noch sehen, bevor sie wieder gehen!«

»Die sind in zwei Minuten immer noch hier, und länger brauchst du auch nicht, um die Tasche wegzuräumen.«

Das Mädchen stampfte maulend davon. Die sechs Erwachsenen, die im Wohnzimmer zurückblieben, mussten sich große Mühe geben, nicht loszulachen. Eine halbe Minute später war Laks zurück. Steph zog sie auf ihren Schoß und drohte ihr mit dem Finger. »Lakshmi Nichols. Ich hab dir doch gesagt, was das nächste Mal passiert, wenn du Widerworte gibst, anstatt dich wie die perfekte Fünfjährige zu benehmen, oder?«

Laks kniff die Augen zusammen und überlegte. Dann riss sie triumphierend die Hand in die Luft, als es ihr wieder einfiel. »Ich kriege Geld!«

»Ganz genau.« Steph holte einen Dollar aus der Handtasche und gab ihn ihr. »Davon habe ich noch mehr! Und jetzt schau mal in der Küche nach, ob da noch ein paar Samosas für Tante Steph sind.« Sie gab dem Mädchen einen Klaps. »Husch, husch!« Laks lief lachend in die Küche.

»Steph!«, sagten Mara und Gina vorwurfsvoll.

»Was denn?« Steph sah sie unschuldig an. »Du hattest doch ein Problem damit, dass sich die Kleine wie Miss Perfect benimmt, als wärst du zu schwach, um mit einem bisschen Widerspruch oder Trotz umzugehen, Mara. Ich habe das Problem für dich gelöst. Bitte schön!«

Nachdem Steph und Gina gegangen waren, bat Mara ihre Eltern, doch noch zum Essen zu bleiben. Sie ließen sich überreden, aber nur unter der Bedingung, dass sie das mitgebrachte Essen aufwärmen und das Tischdecken übernehmen durften, während ihre Tochter sich derweil mit Tom im Wohnzimmer entspannte.

Widerwillig gab Mara nach. Eine halbe Stunde später saßen sie zusammen beim Essen. Pori hatte das Geschirr und Besteck für besondere Anlässe aus dem Schrank geholt, und Laks klatschte beim Anblick des hübsch gedeckten Tischs vor Freude in die Hände. Wenn sie sie danach noch unter dem Kinn verschränkt hätte, wäre sie fast eine Miniaturausgabe ihrer Großmutter, dachte Mara.

»Alles sieht so fein aus!«, rief Laks.

»Ach so«, sagte Pori und sah zu seiner Tochter. »Hätte ich besser das andere Geschirr nehmen sollen?«

Mara schämte sich, dass ihr Vater sich sorgte, wieder einmal eine ihrer Regeln gebrochen zu haben.

»Nein, das hier ist ja ein besonderer Anlass. Meine vier Lieblingsmenschen sitzen alle zum Essen zusammen.«

Laks kicherte. »Wir sind doch ständig zusammen, Mama. Aber wo wir schon mal das schicke Geschirr rausgeräumt haben, können wir auch ein Tischgebet sprechen, ja? Bei Susan wird jeden Abend ein Tischgebet gesprochen.«

Mara sah ihre Tochter überrascht an. »Ein Tischgebet?«

Das Mädchen nickte. »Ja, das spricht man vor dem Essen.«

Mara lachte. »Ich weiß, was ein Tischgebet ist, ich wundere mich nur, dass dich das interessiert. Aber klar, warum nicht?«

»Au fein!« Laks klatschte wieder in die Hände und wartete darauf, dass einer der Erwachsenen zu sprechen beginnen würde. Drei von ihnen waren jedoch Hindus, und der eine Christ unter ihnen war kein praktizierender.

»Da muss ich mal kurz nachdenken«, sagte Tom, »ist nämlich ganz schön lange her.«

»Welches Gebet spricht denn Susans Familie, Lakshmibeti?«, fragte Neerja.

»Sie sagen nur, dass sie sich freuen und dankbar sind, dass alle zusammen sind.«

»Da kann man aber nicht von ›nur‹ reden. Wenn in einer Familie alle zusammen sind, ist das etwas sehr Schönes, nicht, Mummy?«, meinte Pori und sah zu Neerja hinüber. Er lächelte, aber sein Blick war voller Trauer. Seine Frau nickte kurz und wischte sich über die Augen.

Der Grund für die Traurigkeit ihrer Eltern traf Mara so heftig, dass sie es im ganzen Körper spürte: Ihre Tochter würde sterben.

Wie oft hatte sie bis jetzt darüber nachgedacht? Richtig,

ernsthaft darüber nachgedacht und ihre Krankheit aus der Perspektive ihrer Eltern gesehen? Es fiel ihr schwer, die Wahrheit vor sich selbst zuzugeben. Wenn sie an die beiden dachte, sah sie sich selbst stets als das Opfer, nicht sie.

»Es ist mir egal, dass meine Eltern nun mal am besten mit meiner unheilbaren Krankheit klarkommen, indem sie hier den Besen schwingen und ständig Curry vorbeibringen«, hatte sie sich oft bei Tom beschwert, »*ich* bin schließlich diejenige, um die es geht, und ich hasse es, wenn sie mich behandeln, als könnte ich meinen Haushalt nicht allein führen.«

Wann gestand sie sich endlich ein, dass ihre Eltern genauso litten wie sie selbst? Ihre *Tochter* würde sterben.

Mara sah zu ihrem eigenen Kind hinüber und spürte wieder einen brennenden Schmerz in sich aufsteigen, wie immer, wenn der Gedanke an diesen unglaublichen Verlust ihren ganzen Körper durchfuhr. Sie war in den letzten Tagen völlig von dem Schmerz eingenommen gewesen, der sich bei dem Wissen einstellte, dass dies ihre letzten Momente mit ihrem Kind waren. Und dabei hatte sie kein einziges Mal an ihre Eltern gedacht, die ja dasselbe vor sich hatten. Sie war schließlich nicht der einzige Mensch an diesem Tisch, der bald sein Kind verlieren würde.

Mara nahm die Hand ihrer Mutter, und Neerja, die annahm, dass das zum Tischgebet gehörte, ergriff gehorsam das Händchen ihrer Enkelin.

»Bei Susan halten sie sich dabei nicht an den Händen«, sagte Laks, griff aber trotzdem nach der Rechten ihres Vaters und der wiederum nach Poris Hand.

Pori nahm Maras und lächelte Laks an. »Wir erzählen's ihr einfach nicht.«

Alle senkten den Kopf, und Pori sagte ein paar Worte über

Liebe, die Familie und neue Ballettschuhe. Mara sah auf und ließ den Blick über die Tischrunde wandern.

Dann schloss sie die Augen. Wenn sie doch nur an einen Gott glauben könnte wie Susans Familie! Es wäre so tröstlich zu wissen, dass nach dem Tod noch irgendetwas kam. Dass es einen Grund für ihre Krankheit gab, einen höheren Sinn, dass sie nicht einfach nur ein grausamer Zufall war. Dass Laks eine Lehre, einen Trost daraus ziehen könnte.

Selbst wenn sie keinen Trost darin fände, an einen Gott zu glauben, dachte Mara, wäre es eine Erleichterung, jemanden zu haben, dem man die Schuld an allem geben konnte.

26

Scott

Mittwoch, 6. April, 23:47 Uhr
Private Message von MotorCity:

Das war echt schön, LaksMom. Danke, dass du so lange aufgeblieben bist und mit mir geredet hast.

Ich versuche gerade, mich zu erinnern, wann wir das das letzte Mal gemacht haben. Vor sieben Monaten. Als wir gerade schlechte Nachrichten wegen der IVF bekommen hatten und ich mit meiner Frau das erste Mal über Adoption geredet habe. Es gab da ein kurzes Zeitfenster, da hatte sie darüber nachgedacht, ein Baby zu adoptieren, und du warst bei dem Thema einfach die beste Ansprechpartnerin. Sie strahlt bis heute, wenn ich dich erwähne. Wundert mich, dass sie das Baby nicht »LaksMom« nennen möchte.:) Sie wollte, dass du ein Buch schreibst, weißt du noch?

Mittwoch, 6. April, 23:49 Uhr
Private Message von LaksMom:

Klar weiß ich das noch. Ich hatte sogar kurz ernsthaft darüber nachgedacht. Aber es hat nicht sollen sein, wie man so schön sagt.

Mittwoch, 6. April, 23:50 Uhr
Private Message von MotorCity:

So was passiert eben. Und wir reden schon viel zu lange über mich, habe ich das Gefühl. Ich weiß ja nicht, wie es dir geht, aber ich persönlich bin schon ganz genervt von mir. Du bist dran. Was hält dich so in letzter Zeit vom Schlafen ab?

Mittwoch, 6. April, 23:51 Uhr
Private Message von LaksMom:

Du, ganz ehrlich: Ich denke in diesen Tagen so viel über mein Leben nach, da bin ich froh, wenn es mal um jemand anderen geht. Können wir meine Schlaflosigkeit als Alterserscheinung abtun und einfach ignorieren?

Ich bin überhaupt nicht von dir genervt. Ich denke viel an dich und fühle mich ziemlich schlecht, weil ich dir nicht annähernd so eine große Hilfe bin, wie ich gern wäre. Ich wünschte, ich könnte mehr für dich tun. Irgendwas, was mehr hilft als ein paar Nachrichten.

Mittwoch, 6. April, 23:54 Uhr
Private Message von MotorCity:

Glaub mir, in der letzten Stunde hast du mir schon sehr geholfen. Manchmal bedeuten einem die kleinen Dinge am meisten, weißt du?

Donnerstag, 7. April, 00:01 Uhr
Private Message von LaksMom:

Das weiß ich sehr gut, ja.

Donnerstag, 7. April, 00:03 Uhr
Private Message von MotorCity:

Ich wollte dich noch was fragen, hab mich aber bis jetzt nicht so richtig getraut ... Wenn ich nachts wach liege und mir Sorgen mache, wie mein Großer wohl mit dieser plötzlichen Veränderung klarkommt, überlege ich manchmal, ob es ihm vielleicht deshalb nicht so schlecht geht wie mir, weil er – auch wenn wir uns beide sehr nahegestanden haben – immer noch diese unsichtbare, aber unglaublich starke Verbindung zu seiner Mom hat.

Meinst du, dass eine biologische Verwandtschaft immer mehr wiegt?

Ich hoffe, es ist okay, dass ich dir als Adoptivmutter diese Frage stelle; ich möchte nicht so unsensibel sein wie 2boys manchmal ... Falls es dich verletzt, sag's einfach, dann lass ich das Thema.

Donnerstag, 7. April, 00:12 Uhr
Private Message von LaksMom:

LOL. Du könntest nie wie 2boys klingen, dazu hast du zu viel Feingefühl.;)

Ich finde die Frage überhaupt nicht schlimm. Ich weiß nicht, wie es anderen Adoptiveltern geht, aber ich denke darüber selbst auch ziemlich oft nach.

Ich weiß nicht, ob dir meine Antwort gefällt; ich glaube jedenfalls, dass Erwachsene durchaus in der Lage sind, ein Kind so zu lieben, als wäre es ihr eigenes, Kinder andersherum jedoch nicht. Die werden immer die stärkste Verbindung zu ihren leiblichen Eltern haben.

Das fand ich am Anfang sehr schlimm. Man will ja nicht wahrhaben, dass einen das eigene Kind nicht so liebt, wie man es selbst liebt. Ich wollte glauben, was so viele Adoptionsverfechter immer sagen und was man auch immer überall liest: dass eine Adoptivbeziehung genauso vollkommen sein kann wie die zwischen leiblichen Eltern und ihrem Kind. Ich meine, ich habe meine Tochter im Säuglingsalter bekommen und großgezogen, ich kümmere mich seit fünf Jahren um sie, habe ihr all meine Liebe geschenkt – da bricht mir der Gedanke natürlich das Herz, dass sie auch nur ein winziges bisschen Liebe für einen anderen Menschen als meinen Mann und mich in sich hat.

Adoptionsverfechter würden das hier bestimmt nicht gern hören. Aber wie meine Freundin Steph sagen würde: Scheiß auf die.;) Und du hast ja bestimmt genau wie ich genug Talkshows gesehen, es ist doch immer das Gleiche: Das Kind wird direkt nach der Geburt zur Adoption freigegeben und lebt achtzehn Jahre bei Adoptiveltern, die alles für es tun. Das Kind wird achtzehn, und zack! Es will sofort seine leiblichen Eltern kennenlernen. Egal, ob man das gut findet oder nicht – diese Bindung an die Eltern ist wie ein Supermagnet von der NASA.

Mittlerweile macht mir das nichts mehr aus, ich finde es sogar gut. Das bedeutet nämlich, dass es für meine Tochter nicht so schlimm wird, mich zu verlieren, wie es für mich in Bezug auf sie wird. Sie wird mich nicht so sehr oder so lange vermissen, als wäre ich ihre leibliche Mutter. Es bedeutet auch Folgendes: Falls mein Mann noch einmal heiratet, wird mein Mädchen seine neue Frau schneller als »Mom« akzeptieren, wird sich schneller an sie gewöhnen, weil es ja keine Adoptivmutter ist, die eine leibliche ersetzt, sondern nur eine neue, wahrscheinlich jüngere Adoptivmutter.

Ich hoffe, dass dich dieser Gedanke auch tröstet. Natürlich geht es dir jetzt unglaublich schlecht ohne deinen Großen, aber so ging es ihm bestimmt auch ohne seine Mutter im letzten Jahr. Er hat sicher die ganze Zeit Sehnsucht nach ihr gehabt, egal, wie sie sich ihm gegenüber verhalten hat, egal, wie gut er es bei euch hatte. Jetzt ist er wieder bei ihr und fühlt sich innerlich nicht mehr so zerrissen.

Natürlich vermisst er dich. Aber wir wollen ja alle, dass unsere Kinder glücklich sind, oder? Dass er nicht genauso traurig ist wie du, ist eben nur logisch angesichts der Tatsache, dass ihr nun mal nicht verwandt seid. Hilft dir das?

Donnerstag, 7. April, 00:13 Uhr
Private Message von MotorCity:

Moment mal, was?! Was meinst du damit, deine Tochter »verliert« dich? Wieso??

Donnerstag, 7. April, 00:20 Uhr
Private Message von LaksMom:

Ach so, das meinte ich rein hypothetisch. Ich bin doch von Berufs wegen Pessimistin. Welchen Nachteil könnte dieser Vertrag meinem Klienten bringen? Wie wird der gegnerische Anwalt meinen Klienten in die Zange nehmen? Wie geht's mit meinem Mann und meiner Tochter weiter, falls ich auf dem Weg zum Büro einen Autounfall habe? Eine spezielle Gabe von Anwälten und Müttern: Wir machen uns nicht nur darüber Sorgen, was ist und was sein wird, sondern auch darüber, was unter Umständen vielleicht passieren könnte, egal, wie unwahrscheinlich es ist, egal, wie viel dagegenspricht ... Du verstehst? Sorry, dass ich dir Angst gemacht habe.

Donnerstag, 7. April, 00:28 Uhr
Private Message von MotorCity:

Hast du mich vielleicht erschreckt! O. k., mein Herz beruhigt sich langsam wieder. Ich lese mir deine Nachricht kurz noch mal in Ruhe durch.

...

Ja, das hilft mir tatsächlich, und ich kann mir auch gut vorstellen, wieso es dir angesichts deines höchst unwahrscheinlichen, sehr zweifelhaften und mehr oder weniger völlig verrückten hypothetischen Autounfalls hilft.

Wir empfinden dasselbe für sie, als wären sie unsere Kinder. Aber egal, wie offen sie unsere Liebe annehmen – da wird immer ein kleiner Teil von ihnen sein, den sie uns nicht schenken. Den sie für ihre echten Eltern aufheben. Und wenn dann was Schlimmes geschieht – wenn sie ein paar Tage zu früh aus ihrem Übergangszuhause gerissen werden oder ein völlig unrealistischer, abwegiger Autounfall passiert;) –, dann trauern sie nicht so um uns, wie wir um sie trauern.

Hilft wirklich. Und du hast recht, ich will natürlich nicht, dass der Junge auch nur ansatzweise so traurig ist, wie ich es im Moment bin.

Aber etwas würde ich noch gern wissen. Du bist doch selbst adoptiert. Vielleicht ist diese Frage jetzt wirklich unsensibel, aber heißt das im Umkehrschluss auch, dass du deine Mutter nicht als deine »echte« Mutter ansiehst? Hast du all die Jahre einen Teil von dir zurückbehalten und dir gewünscht, du könntest deine leibliche Mutter finden?

Donnerstag, 7. April, 00:32 Uhr
Private Message von LaksMom:

Ich glaube, dass ich mehr an meiner Adoptivmutter hänge als Laks an mir, weil meine die ganze Zeit mit mir zu Hause war. Solange meine Tochter schon bei uns lebt, hat sie genauso viel Zeit mit ihren Großeltern verbracht wie mit mir. Darunter habe ich immer sehr gelitten, dieses typische schlechte Gewissen einer berufstätigen Mutter, aber mittlerweile (wenn ich an meinen hypothetischen Autounfall denke) bin ich deshalb eher erleichtert. Selbst wenn sie theoretisch so an mir hätte hängen können wie ich an meiner Mom, haben das die Umstände unseres Familienlebens nie zugelassen.

Ich bin also in der gleichen Situation wie du – sie wird mich nicht annähernd so sehr vermissen, wie ich es tun würde.

Donnerstag, 7. April, 00:39 Uhr
Private Message von MotorCity:

Zum Glück verliert dich dein Kind ja aber nicht wirklich. Gott sei Dank passiert das nur in deinen verrückten Gehirnwindungen, die bestimmt viel rationaler funktionieren würden, wenn dein wehleidiger Online-Freund hier endlich mal mit dem Gejammer aufhören und dich schlafen lassen würde.

Gute Nacht, LaksMom. Und danke für alles.

Teil III

Donnerstag, 7. April

NOCH DREI TAGE

27

Mara

Mara erwachte vom Piepsen der Laufuhr, die sie unter ihrem Kissen versteckt hatte. Ein Blick auf den Wecker verriet ihr, dass der Alarm ausgestellt worden war. Tom. Im Badezimmer zog sie sich ihre spezielle Unterwäsche aus, steckte sie in eine Mülltüte, alles zusammen in eine andere Tüte und das Ganze dann noch in eine dritte, die sie ganz nach unten in den Mülleimer stopfte. Seufzend schlüpfte sie in eine neue Unterhose und band sich schnell ein Handtuch um die Hüften, falls Tom hereinkam.

Sie zog einen Rock und ein Oberteil in einem leuchtenden Magenta an, genauso ungewöhnlich für sie wie das hellila Oberteil, das sie am Vortag getragen hatte. Steph wäre wieder einmal stolz auf sie und würde das wahrscheinlich für einen Schritt in die richtige Richtung halten, für ein Zeichen, dass Mara endlich Interesse an modischer Kleidung zeigte, worauf sie schon so lange wartete. Mara fuhr sich durch die Haare und wusch sich das Gesicht. Sie verglich es im Spiegel mit dem, das sie am Morgen zuvor im Glas des Bilderrahmens gesehen hatte, das ihrer Tochter nicht gefallen hatte, für das Laks sich vor den anderen Kindern im Bus geschämt hätte. »Schon besser«, flüsterte Mara und ging hinunter in die Küche.

Tom lauschte gerade gebannt Laks, die ihm gegenüber auf einem Stuhl an der Küchenzeile saß, Cornflakes aß und ihm aufgeregt etwas erzählte.

»Guten Morgen!«, sagte Mara.

»Mama!« Laks kletterte vom Stuhl und streckte ihrer Mutter die milchverschmierten Hände entgegen. Mara fragte sich, wie es ihrem Mann hatte entgehen können, dass das Mädchen die Cornflakes mit den Fingern aß.

»Nur noch drei Tage!«, rief Laks und drückte sich an Maras Beine.

Mara wurde eiskalt. Sie stolperte einen Schritt zurück. Hatten sie den Klebezettel unter ihrem Laptop gefunden? Sie warf einen verstohlenen Blick zu Tom hinüber, aber er stand mit dem Rücken zu ihr und spülte seine Cornflakes-Schüssel ab. Wenn er den Klebezettel gefunden hatte, wieso war Laks dann so fröhlich?

»Was meinst du denn?« Mara gab sich Mühe, ihre Panik nicht durchklingen zu lassen.

»Dann hast du Geburtstag!«, sagte Laks und klatschte in die Hände. »Nur noch drei Tage bis zu deinem Geburtstag!«

»Ach so!« Erleichterung überschwemmte sie. »Ja, na klar.«

Bevor sich bei Mara ein schlechtes Gewissen einstellen konnte angesichts ihrer Pläne für den heutigen Tag, sprach Laks schon weiter. »Bringst du mich heute zum Bus?«

»Gern.« Mara war dankbar über den Themenwechsel.

»Juchhu! Und nachher bist du auch bei der Bibliotheksstunde dabei, nicht? Du bist doch heute dran als Elternaushilfe.«

Mara hatte sich auf Laks' Wunsch hin vor ein paar Wochen dafür gemeldet, war aber nach der gestrigen Reaktion des Mädchens auf ihren morgendlichen Anblick davon ausgegangen, dass sie in der Schule nicht mehr erwünscht war. Jetzt strahlte das kleine Gesicht sie jedoch erwartungsvoll an. »Willst du denn, dass ich komme?«, fragte Mara.

Das Kind sah sie verwirrt an, als gäbe es nur eine Antwort auf diese Frage.

»Schön, wenn Mama solche Sachen mitmachen kann, hm?« Tom sagte das zu seiner Tochter, schaute dabei aber seine Frau an, erinnerte sie wortlos an den Abend, nachdem sie endgültig in der Kanzlei aufgehört und stundenlang geweint hatte, weil ihr Leben ohne ihren Beruf keinen Sinn mehr zu haben schien, weil sie meinte, nun keinerlei Nutzen mehr für die Familie zu haben, nichts mehr beizutragen.

»Das sehe ich völlig anders«, hatte er ihr damals widersprochen. »Du bist so wertvoll für uns. Überleg doch mal, wie schön es für Laks wird, tagsüber was von dir zu haben. Du kannst ihre Klasse zu Wandertagen begleiten, bei der Organisation von Schulfeiern helfen, in der Bibliothek einspringen. Das ist doch alles viel wichtiger für unsere Familie als ein doppeltes Einkommen. Und das ist für unsere Tochter auch so viel wichtiger, als eine Staranwältin als Mutter zu haben. Dass du jetzt Frührentnerin bist, fühlt sich für dich natürlich nicht gut an, das verstehe ich. Aber des einen Leid ist des anderen Freud, und ich kann mir kein besseres Beispiel für dieses Sprichwort vorstellen als Lakshmi Nichols, deren Mutter den ganzen Tag Zeit für sie hat.«

Mara gab ihrer Tochter einen Kuss und strich ihr eine Haarsträhne hinters Ohr. »Natürlich komme ich heute zur Bibliotheksstunde.«

Laks kletterte wieder auf ihren Stuhl. »Snoopys Glück ist, wenn Mom mit in die Schule kommt!«

Mara und Tom mussten lachen. Mara hatte Laks vor ein paar Wochen *Snoopys Glück ist…* als Gutenachtgeschichte vorgelesen, und seitdem verkündete die Kleine immer, was sie glücklich machte – schaffte es nur nicht, die Formulierung anzupassen. Snoopys Glück ist, wenn Mama mir noch ein Buch vorliest! Snoopys Glück ist Spaghetti zum Abendbrot! Sie hatten irgendwann aufgehört, sie zu verbessern, denn es war wahrscheinlich kontraproduktiv, ein Kind ständig zu korrigieren, das erzählen wollte, was es glücklich machte.

Mara ging zur Kaffeemaschine. Sie griff nach einer Tasse, doch Tom fing sie mit einer Umarmung ab. »Hast du gemerkt, wie sie sich freut, dass du sie zum Bus bringst?«, flüsterte er ihr ins Ohr. »Das gestern Morgen war nur ...«

»Ich weiß. Ich hab überreagiert, sorry.« Sie hielt ihm die Tasse hin, und er goss sie ihr halb voll. Mara hielt sie ihm weiter hin.

»Du wolltest doch weniger Kaffee trinken, dachte ich.« Er goss ihr trotzdem noch einen Schluck ein und stellte ihr die Kaffeetasse auf den Tisch. »Wie lange warst du gestern noch auf?«

»Nicht lange. Wobei ›lange‹ natürlich relativ ist.«

»Im Forum unterwegs? Oder hast du wieder den Entsafter bestaunt?«

Sie lachte. »Forum. Ich habe mich jetzt doch endgültig gegen den Entsafter entschieden.«

Sie drehten sich beide zu Laks um, die konzentriert Cornflakes zwischen den Fingern zerdrückte. Tom hielt ihre Hand fest. »Ich glaube, das reicht jetzt, Miss Dreckspatz. Noch zwei Happse – mit dem Löffel, bitte – und dann Händewaschen und Zähneputzen. Dann müssen du und die weltbeste Bibliotheksaushilfe nämlich zum Bus.«

Sobald Mara hörte, wie sich das Garagentor hinter Tom schloss, holte sie den Klebezettel unter ihrem Laptop hervor. Sie diktierte während der nächsten zwei Stunden E-Mails an Freunde aus der Uni und rief auch ein paar von ihnen an, strich einen nach dem anderen von ihrer Liste. Sie betrachtete die letzten Namen, die noch übrig waren, und lächelte. Noch drei Tage, und sie kam gut voran.

Als Harry eine Stunde später vorfuhr, wartete Mara schon am Fenster auf ihn und öffnete ihm die Tür, bevor er klingeln konnte.

»Morgen, Mrs. Nichols.«

»Sagen Sie doch ruhig Mara zu mir.«

»Eine Frau, die pünktlich ist. So was habe ich ja noch nie erlebt.« Er reichte ihr seinen Arm, und sie gingen langsam und schweigend zum Auto.

Mara sah verstohlen zu ihm hinüber und fragte sich, wie es möglich war, dass sie, nachdem sie ihr Leben lang jegliches Hilfsangebot wütend abgelehnt hatte, jetzt hier einfach am Arm dieses Mannes ging, als wäre es für sie nichts Besonderes. Dass sie sich bei ihm bedankte, anstatt ihn anzufauchen, wenn er ihr seinen Arm anbot, ihr Türen aufhielt, ihr schützend eine Hand auf den Kopf legte, damit sie sich beim Einsteigen ins Auto nicht wehtat. Sie kannte ihn kaum eine Woche, und trotzdem hatte ihr dieser Mann mit seinem Südstaatenakzent, den Karohemden und den eigenen Geheimnissen beigebracht, dass es hin und wieder sogar guttat, Hilfe anzunehmen.

Mara war nie sicher gewesen, ob sie an die Existenz einer höheren Macht glaubte oder nicht. Ihre Eltern waren nicht wirklich gläubig, und Toms Schwierigkeiten mit dem Tischgebet am Abend zuvor hatten demonstriert, dass seine katholische Erziehung ihn der Kirche eher entfremdet hatte. Trotzdem hatte die Vorstellung von einem höheren Wesen, sei es eine Gottheit oder ein mächtiger Teil des Universums, immer einen gewissen Reiz für Mara gehabt.

Seit über zwanzig Jahren beschrieb sie das erste Treffen mit Tom als etwas, das von einer allwissenden Macht in die Wege geleitet worden war; sie wollte nicht wahrhaben, dass etwas so Bedeutungsvolles zufällig passiert sein sollte. Mara war vor dem Regen in ein Gebäude geflüchtet, in dem sie noch nie ein Seminar gehabt hatte. Tom war auf dem Weg zu einem Vorstellungsgespräch im Gesundheitszentrum gewesen und hatte sich in der Tür geirrt. Irgendjemand oder irgendetwas hatte gewollt, dass sie beide sich trafen, da war sie sicher.

Harry öffnete ihr die Autotür. Mara überlegte, ob derselbe Jemand oder dasselbe Etwas, der oder das ihr Tom geschickt hatte, ihr auch Harry gesandt hatte. In den letzten Tagen hatte sich ein Gedanke in ihren Kopf geschlichen und ihr keine Ruhe mehr gelassen, bis sie endlich angefangen hatte, sich mit ihm zu beschäftigen: Wenn sie sich von einem Fremden die Tür öffnen lassen konnte, war es dann wirklich so undenkbar, sich von ihrem Mann helfen zu lassen? Oder von ihren Eltern?

Wenn man sich allein den Fortschritt ansah, den sie am vergangenen Abend gemacht hatte, als sie ihrer Mutter erlaubt hatte, das Abendessen zu richten, ihrem Vater, den Tisch zu decken – vielleicht schaffte sie es ja, wenn die beiden das nächste Mal anboten, Unkraut zu zupfen, nicht wütend zu werden, sondern das Angebot dankbar anzunehmen? War es von da denn überhaupt noch so ein großer Schritt, sich von einer Pflegerin beim Haarekämmen oder Anziehen helfen zu lassen? Letzte Woche hätte sie diese Vorstellung noch weit von sich gewiesen. Heute kam ihr der Gedanke gar nicht mehr so ungeheuerlich, so absolut abwegig vor.

Aber andererseits war ja auch alles einfach, wenn man es nur für ein paar Tage ertragen musste. Wenn sie wüsste, dass sie die nächsten Jahre auf Harrys Arm angewiesen wäre, darauf, dass ihre Eltern mehrmals in der Woche Essen vorbeibrachten, wäre das dann immer noch in Ordnung für sie? Könnte sie damit leben, dass eine Pflegerin ihr die Zähne putzte, ihren nackten Körper wusch, wenn sie wüsste, dass es nicht nur wenige Tage so gehen würde, sondern vielleicht noch tausend?

Harry legte ihr vorsichtig die Hand auf den Kopf, und sie ließ sich langsam auf den Rücksitz sinken. Im Auto schrieb er etwas in sein Fahrtenbuch und sah demonstrativ nicht in den Rückspiegel.

»Danke«, sagte sie leise.

Er nickte, startete den Motor, schaute sie jedoch nicht an. »Na dann, auf geht's.«

Er klappte die Sonnenblende herunter. Da war wieder das Foto von dem kleinen Mädchen. Früher hätte sie bestimmt noch einmal nachgehakt. Kommen Sie schon, erzählen Sie mir ein bisschen was über die Kleine! Wie alt ist sie? Wer ist das überhaupt? Wieso wollen Sie nicht über sie reden? Wenn Sie es endlich mal erzählen, geht es Ihnen hinterher bestimmt besser.

Aber das war in einem anderen Leben gewesen. Zu einer Zeit, als ihr noch nicht bewusst gewesen war, welches Glück sie hatte, dass ihr nichts an ihrem Leben unangenehm sein musste. Dass es keine dunklen, verwirrenden Geheimnisse gab, die man anderen lieber nicht erzählte. Sie drehte sich zum Fenster und sah dabei zu, wie die Disneystraßen von Plano draußen vorbeihuschten.

Mara betrachtete den langen Flur, der sich vor ihr erstreckte und der zur Schulbibliothek führte. Es war elf Uhr achtundzwanzig. Die Bibliotheksstunde begann um elf Uhr dreißig. Sie hatte länger für den Weg durch die Schule gebraucht, als sie eingeplant hatte. Und jetzt hatte sie kaum noch Zeit; gleich würde das Klingelzeichen ertönen. Mara ging schneller, hoffte, es in die sichere, stille Bibliothek zu schaffen, bevor das laute Geräusch eine unwillkürliche Reaktion in ihr auslösen würde.

Gleichzeitig versuchte sie, ruhig zu werden. Stress hatte einen noch schlimmeren Einfluss auf ihren Körper als laute Geräusche, das war ein HK-Symptom. Davon hatte sie schon viel gelesen. Versuchen Sie, stressige Situationen zu meiden, besonders in der Öffentlichkeit! Etwas unter den wachsamen Blicken von Fremden tun zu müssen setzte ja jedem zu, ob mit oder ohne erhöhten CAG-Wert.

Denk an was Schönes!, sagte sie sich. Denk daran, wie sich deine Tochter freut, dass du heute hier bist. Denk daran, wie viel mehr Zeit Laks in den letzten Monaten mit ihrer Mutter hatte, Zeit für gemeinsame Snacks, Bastelnachmittage, Kaffeekränzchen mit ihren Plüschtieren im Garten. Zeit, die sie nie hatte, als ihre Mutter noch ständig in Eile war, den Kopf immer voller Klageschriften, Beweisstücke und Verhandlungsvorbereitungen. Der größte Schicksalsschlag im Leben ihrer Mutter, den Beruf frühzeitig aufgeben zu müssen, war das Beste, was Laks hatte passieren können.

Es war faszinierend, wie sehr ein anderer Blickwinkel die Sicht auf eine Situation ändern konnte. Eigentlich war Mara ja fest entschlossen, sich so bald wie möglich das Leben zu nehmen, um es Laks zu ersparen, mit einer Mutter aufwachsen zu müssen, die ihrer Tochter nicht das bieten konnte, was sie ihr gern bieten wollte. Aber war es nicht auch möglich, dass das Mädchen gar nicht mehr brauchte als ihre bloße Anwesenheit – in der Schule, zu Hause? War es nicht immer besser, überhaupt eine Mutter zu haben, als Halbwaise zu sein?

Selbst wenn Mara wirklich aussah wie diese aufblasbaren Jahrmarktsfiguren oder eines Tages im Rollstuhl saß? Selbst wenn das bedeutete, dass sie irgendwann nicht mehr zur Bibliotheksstunde kommen konnte und lediglich im Bett lag, wenn Laks nach Hause kam. Doch dann würde sie ihr zuhören können, wenn sie von ihrem Tag erzählte. Musste man denn die perfekte Kontrolle über seine Gliedmaßen haben, um eine gute Mutter zu sein? Ging es nicht vielmehr um Liebe, eine so starke Liebe, dass man die Chance, das alles hinter sich zu lassen, verstreichen ließ, um für sein Kind da zu sein, egal, in welcher Verfassung?

Ein kleines Lächeln huschte über Maras Gesicht und breitete sich dort aus, während sie weiter den Gang entlanglief. Hatte sie sich gerade selbst davon überzeugt, dass es besser für Laks war, wenn sie weiterlebte? Davon würden sie ja beide profitieren.

Mara hatte die Hälfte der Strecke zurückgelegt, als sich plötzlich die Türen zu zwei Klassenzimmern direkt vor ihr gleichzeitig öffneten. Der Raum, der ihr am nächsten lag, war der Klassenraum hundertzwölf, in dem Laks Unterricht hatte. Mara vernahm eine junge Frauenstimme. Anscheinend war heute eine Vertretungslehrerin da; Laks' Lehrerin war schon eine ältere Dame. Im Näherkommen hörte Mara, wie die Lehrerin die Kinder bat, sich in einer Reihe vor der Tür aufzustellen und hinter Samantha herzugehen, die sie zur Bibliothek begleiten würde. Ein Stück weiter stand eine andere Lehrerin im Türrahmen und gab ihrer Klasse – einem vierten Schuljahr – ebenfalls Anweisungen.

Mara ging schnell an Klassenzimmer hundertzwölf vorbei. Als sie sich dem Raum der Viertklässler näherte, stürmte dort jedoch plötzlich lachend und schubsend eine Gruppe Zehnjähriger heraus und versperrte ihr den Weg. Hinter ihr rief jemand: »Alles klar, Samantha, du kannst die Kinder jetzt in den Flur führen. Bleibt aber bitte noch kurz stehen, bis es klingelt.«

Die jüngeren Kinder hinter Mara lärmten. Vor ihr balgten

sich die Viertklässler, hinter ihr stellten sich die Fünfjährigen auf – unter ihnen ihre Tochter –, und sie selbst war zwischen all den Schülern gefangen.

Und dann ertönte das Klingelzeichen.

Es schrillte Mara an- und abschwellend in den Ohren, und die nächsten sechzig Sekunden schien für sie alles wie in Zeitlupe abzulaufen:

Das Klingeln nahm ihr das Gleichgewicht, ihr Oberkörper wurde zur Seite gerissen. Da ihre Reflexe durch die Krankheit eingeschränkt waren, konnte sie nicht schnell genug reagieren; sie ging noch zwei Schritte und prallte dann gegen ein Schließfach.

Die Kinder starrten sie mit offenem Mund an, unter ihnen Laks. Mara versuchte, sich an dem Schließfach hochzuziehen, verlor jedoch den Halt und stürzte zu Boden. Sie versuchte es noch einmal, aber das Gelächter der Viertklässler betäubte ihre Muskeln, und sie fiel erneut zu Boden.

Ein Junge rief: »Guckt mal, die Frau ist besoffen!«

Ein paar Kinder lachten.

Ein Mädchen meinte: »Wir müssen die Polizei rufen! Hier dürfen doch keine Betrunkenen sein!«

Ein anderes Kind sagte: »Hört auf zu lachen, das ist gemein!«

Ein paar hörten daraufhin auf, andere lachten noch mehr.

Die Vertretungslehrerin rief ihren Schülern zu, sie sollten zurück in den Klassenraum gehen. Die Kinder blieben jedoch wie erstarrt stehen.

»Ich habe gesagt, ab in den Klassenraum! Sofort! Samantha! Los, bring alle zurück ins Klassenzimmer! Beeilt euch!«

Alle Kinder bis auf eins gehorchten. Mara hörte ihr aufgeregtes Geschnatter, die Wörter »gruselig« und »verrückt« drangen zu ihr heraus und gellten ihr mit dem Nachhall des

Klingelzeichens und dem Gelächter der Viertklässler in den Ohren.

»Hey, du!«, zischte die Vertretungslehrerin dem Kind zu, das nicht gehorcht hatte. »Ich habe gesagt, ab in den Klassenraum!«

Mara hob den Kopf. Das Kind stand unbeweglich und mit großen Augen vor ihr.

»Mama!«, flüsterte Laks vorwurfsvoll und sah zwischen ihrer Mutter, der Lehrerin und den anderen Kindern hin und her. »Steh auf! Wieso stehst du denn nicht auf?«

Der Ausdruck der Demütigung auf dem Gesicht ihrer Tochter und der Vorwurf in ihrer Stimme trieben Mara die Tränen in die Augen. Sie zwang sich, das Lachen der Kinder auszublenden, befahl ihren Armen, ihr zu gehorchen und sich auf dem Boden aufzustützen. Es funktionierte. Sie kam tatsächlich auf die Beine. Ein stolzes Lächeln schlich sich auf ihr Gesicht, bis ihr aufging, wie erbärmlich ihre Leistung im Grunde war.

»Es tut mir so leid«, flüsterte sie. »Es hat geklingelt, und es war so laut ... heute ist es irgendwie schlimmer als sonst. Ich habe das Gleichgewicht verloren und dann ... ich wäre nicht gekommen, wenn ich gewusst hätte, dass es so schlimm wird. Ich wusste das wirklich nicht. Es tut mir so leid.«

Sie machte ein paar unsichere Schritte auf Laks zu.

Ein Junge rief: »Guckt mal, wie die läuft! Die ist wirklich besoffen!«

Mara verzog genervt das Gesicht. Was wollten sie denn noch? Sie war doch aufgestanden und lief jetzt wieder ganz normal. Wieso suchten die sich nicht endlich etwas anderes, über das sie sich lustig machen konnten?

Laks wich vor Mara zurück. »Mama, die lachen dich aus! Die Großen lachen dich aus, und die Kinder in meiner Klasse sagen gemeine Sachen über dich!«

Maras ganzer Körper glühte vor Scham. Das hier war so viel schlimmer als der Zwischenfall vor dem Cornflakes-Regal im Supermarkt. »Es tut mir so leid!«, brachte sie mühsam hervor. Die aufsteigenden Tränen schnürten ihr die Kehle zu. »Es tut mir so leid! Ich weiß auch nicht, wieso mein Körper heute so verrückt spielt!«

»Du kannst jetzt nicht mit in die Bibliothek. Bitte komm nicht mit!« Der Kleinen liefen Tränen über die Wangen, und sie wischte sie wütend weg.

»Nein, natürlich nicht. Ich fahre wieder nach Hause.«

Laks nickte und wischte sich mit dem Ärmel ihres T-Shirts über die Nase. Endlich kam die Lehrerin der Viertklässler dazu, und es wurde ruhiger. Einer der Jungen wollte ihr erzählen, was passiert war, aber sie unterbrach ihn:

»Ihr seid spät dran und müsst jetzt zur Turnhalle. Ihr könnt mir nachher noch alles erzählen.«

»Soll ich noch mit zur Tür kommen?« Es war offensichtlich, dass Laks hoffte, die Antwort würde Nein lauten.

»Nein, mein Schatz, das ist schon in Ordnung. Guck, ich kann wieder ganz normal gehen«, versicherte Mara.

Sie wollte ihrer Tochter über die Haare streicheln, aber Laks wich zurück. »Ich muss wieder rein«, flüsterte sie. »Hat die Lehrerin gesagt.« Sie drehte sich zu ihrem Klassenraum um und sah dann ungeduldig über die Schulter zu ihrer Mutter. Kann ich endlich gehen?, fragte sie stumm.

Mara nickte und schob das Mädchen in Richtung Klassenzimmer. »Geh rein. Ich komm klar. Mein Taxi ist auch gleich da. Ich warte draußen darauf.«

»Kannst du vielleicht hinter dem Baum neben dem Tor warten, damit dich keiner aus dem Fenster sehen kann?«

»Klar.« Mara drehte sich um.

Sie war am Stamm des Baumes heruntergerutscht und hatte den Kopf in den Armen vergraben, als das Taxi vorfuhr. Harry sprang aus dem Auto und rannte auf sie zu, die Autotür offen, der Motor lief noch.

»Ach du meine Güte, was ist denn passiert?«

Mara hob ihr verweintes Gesicht und wollte etwas sagen, aber es kam kein Ton heraus. Sie schüttelte nur den Kopf und sah zum Auto.

»Na klar«, meinte er sanft. »Ich fahr Sie nach Hause.« Wortlos schob er sie zum Taxi, trug sie fast, half ihr hinein und schnallte sie an.

Auf der Fahrt nach Hause schaute Mara aus dem Fenster, sah jedoch nicht die bunten Farben von Plano, sondern nur die dunklen, wütenden, tränennassen Augen ihrer Tochter vor sich, als das Mädchen beschämt seine eigene Mutter angefleht hatte, sich doch bitte vor den anderen Kindern zu verstecken. Mara hörte auf, sich die Tränen abzuwischen, sie hörte auf, sich die laufende Nase mit einem Taschentuch zu tupfen, hörte auf, die Finger auf ihre geschwollenen Augen zu drücken. Sollte Harry sie doch so sehen, wenn er in den Rückspiegel schaute, sollte er doch ihr hässliches, fleckiges, verheultes, aufgedunsenes, tränennasses Gesicht sehen, wenn er ihr nachher aus dem Auto half! Sie hatte es nicht anders verdient. Sie verdiente diese Peinlichkeit, und sie verdiente noch viel Schlimmeres, nach dem, was sie ihrer Tochter gerade angetan hatte.

Bei dem Gedanken an ihre Dummheit vorhin im Schulflur, als sie sich fast erfolgreich eingeredet hatte, dass es besser für Laks sei, wenn sie bei ihr bliebe, egal, in welcher Verfassung, entfuhr Mara ein abfälliges Geräusch. Sie schloss die Augen und hörte, wie Harry sich nach ihr umdrehte. Bestimmt sah er sie jetzt besorgt an und hätte gern eine Erklärung gehabt. Sie lehnte den Kopf an die kühle Fensterscheibe und ließ ihn auf eine Antwort warten, beschimpfte sich stattdessen innerlich weiter.

Natürlich war sie in ihrem jetzigen Zustand eine Zumutung für das Mädchen. Es gab keinerlei Rechtfertigung dafür, Laks noch einmal solch einer peinlichen Situation auszusetzen.

Mara konnte sich das Gelächter der anderen Kinder im Schulbus vorstellen, wenn sie als Witzfigur am Straßenrand stand und auf Laks wartete. Wie sie sie anstarren würden, wenn sie später im Rollstuhl saß. Das Getuschel, wenn sich herumsprach, dass sie mittlerweile ans Bett gefesselt war. Wenn Lakshmi Nichols eine Freundin mit nach Hause brachte, würde da keine Mutter mit selbst gebackenen Brownies warten, sondern eine geschlossene Schlafzimmertür, hinter der eine schwache, kranke, peinliche Frau vor sich hin dämmerte.

Mit fünf war Laks noch zu jung, um ihren Ekel vor ihrer Mutter zu verstecken. Sie war zu offen, um so zu tun, als wäre alles für sie in Ordnung, als schämte sie sich nicht ihrer Mutter. Aber eines Tages würde sie lernen, ihre Emotionen zu verbergen. Sie würde merken, dass es ihre Eltern verletzte, wenn sie etwas Negatives über Mara sagte. Sie würde lernen, ihre Gefühle für sich zu behalten, und in ihrem Innern würde sich dann eine giftige Mischung aus Demütigung und Ekel, aus Verbitterung und Wut zusammenballen. Wie konnte man da denken, dass es in jedem Fall besser für ein Kind war, eine Mutter zu haben?

Mara hatte einmal einen kurzen Blick in die Zukunft, die sie erwartete, erhaschen können. Sie hatte in Dr. Thirys Klinik ein Gespräch über eine Einrichtung mitbekommen, in dem eine andere Patientin lebte, und Mara war dorthin gefahren und hatte sich mit der Lüge, sie wolle ihre Mutter dort vielleicht unterbringen, einer Heimführung angeschlossen. Sie hatte die HK-Patientin sofort entdeckt. Die Frau saß in einer Ecke des Beschäftigungsraumes. Ihre dünne Decke war auf die Fußstützen ihres Rollstuhls gerutscht, weil ihr Oberkörper von der Hüfte aufwärts wie wild hin und her schlenkerte, nach vorn fiel, zurückgerissen wurde, dann wieder nach vorn sackte, ihr Gesicht eine verzerrte Maske.

Ein Mann und zwei Jugendliche, ein Junge und ein Mädchen, saßen zusammengesunken auf Plastikstühlen neben ihr. Der Blick der Frau war starr auf einen leeren Stuhl gerichtet, der ein paar Meter entfernt stand, und obwohl der Mann die ganze Zeit mit ihr sprach, war nicht zu erkennen, ob sie ihn hörte, ob sie ihn überhaupt wahrnahm. Die Kinder saßen so unbeteiligt daneben, als warteten sie auf den Bus. Sie hatten sich über ihre Handys gebeugt und trugen Kopfhörer, nickten im Takt einer Musik, die nur sie hörten.

Man konnte sich gut vorstellen, dass die beiden bei früheren Besuchen noch versucht hatten, mit ihrer Mutter zu reden, ihr zu erzählen, was sich Neues in ihrem Leben zugetragen hatte – in der Schule, beim Sport, mit Freunden –, und dafür stets nur einen leeren Blick von der Frau geerntet hatten. Ein Blick, der sagte, dass sie sie gar nicht gehört hatte. Dass sie sie mittlerweile nicht einmal mehr erkannte. Der Heimangestellte, der die Führung leitete, erzählte monoton von Spieleabenden, Ausflügen und Ernährungsplänen. Der Mann neben der Huntington-Patientin nahm die Decke, breitete sie über den Beinen der Frau aus und steckte sie fest. Innerhalb weniger Sekunden war sie wieder heruntergerutscht, und er hob sie erneut geduldig lächelnd auf. Er streichelte der Frau über die Schulter und redete weiter mit ihr.

Der Kranken rutschte die Decke schon wieder herunter. Als der Mann sich danach bückte, stieß der Junge seine Schwester mit dem Fuß an. Auf ihren fragenden Blick hin deutete er auf das Deckenspiel seiner Eltern, sah kurz zu seinem Vater und verdrehte dann genervt die Augen. Seine Schwester erwiderte seinen Blick und verzog abschätzig den Mund. Als ihr Vater aufstand, senkten sie schnell wieder die Köpfe über ihre Handys und nahmen ihr rhythmisches Nicken wieder auf, als hätten sie nichts bemerkt.

Mara erzählte niemandem von ihrem Ausflug zu diesem Pflegeheim. Tom gegenüber sagte sie nur, dass sie wisse, wie das Huntington-Endstadium aussah und wie schwer das für Laks und ihn sein würde. Tom bestand darauf, dass sie klarkommen würden. Es sei vielleicht nicht ganz einfach, aber sie würden das schon schaffen, würden lernen, damit umzugehen. Mara wusste jedoch, dass dabei der Wunsch Vater des Gedankens war. Sie hatte die Realität gesehen. Sie hatte einen Blick in ihre eigene Zukunft werfen dürfen.

Mara sah verstohlen zu Harry und dachte darüber nach, dass sie es vorhin noch für denkbar gehalten hatte, sich vielleicht doch ein wenig von ihrer Unabhängigkeit zu trennen, Hilfe von Tom, ihren Eltern, Pflegern und früher oder später Krankenschwestern anzunehmen, wenn sie dadurch mehr Zeit mit Laks gewann. Das Einzige, was sie damit erreichen würde, wären jedoch mehr Tage wie der heutige, das war ihr nun klar. Mehr Kichern, mehr Getuschel, mehr Starren. Mehr peinliche Situationen für Laks. Bis Mara dann in einem Rollstuhl in einer Ecke des Beschäftigungsraumes sitzen und zum zehnten Mal ihre Decke hinuntergleiten lassen würde, während ihre Tochter vorgeben würde, nicht zu bemerken, wie jämmerlich Mara mittlerweile war.

Zu Hause angekommen, öffnete Harry die Autotür und wollte Mara heraushelfen. Sie winkte jedoch ab und zog sich selbst hoch. Er ging dicht hinter ihr her zum Haus, aber als er ihr den Arm entgegenstreckte, um ihr die Stufen zur Haustür hinaufzuhelfen, schüttelte sie bestimmt den Kopf. Er trat sofort zurück. Sie drückte ihm das Geld für die Fahrt in die Hand und versuchte dann, den Schlüssel ins Schloss zu stecken.

Er wartete stumm neben ihr, bis sie schließlich seufzte und ihm den Schlüsselbund gab. Harry schloss auf und hielt ihr die Tür auf. Sie wollte sich bedanken, aber er legte den Finger an die Lippen und schüttelte den Kopf. Grüßend hob er die Hand, drehte sich um und ging zu seinem Taxi.

28

Scott

Als Laurie nach Hause kam, hatte Scott geduscht, sich frische Sachen angezogen und erwartete sie bereits.

»Wow. Ein schickes Jackett und ein Hemd. Und meine Lieblingsschuhe trägst du auch. Gibt's einen besonderen Anlass?«

»Ich möchte mit meiner Frau essen gehen. Manche würden das sogar als Date bezeichnen.«

»Zweimal hintereinander?«

»Also bitte, gestern haben wir doch was bestellt, das gilt ja wohl nicht als Date. Und selbst wenn, wieso eigentlich nicht? Du hast dir eine Pause wirklich verdient. Musst du noch irgendwas erledigen, bevor wir losgehen? Ich habe uns einen Tisch für sechs Uhr reserviert.«

»Nein, wir können sofort los!« Sie ging hinaus und hüpfte fast die Stufen hinunter und zum Auto. »Oh Mann, ich weiß gar nicht, wann wir das letzte Mal so spontan waren! Ich freu mich so! Das letzte Mal war vor ...« Sie verstummte. »Ist ja auch egal.«

»Du kannst es ruhig sagen, Laur.«

»Nein, das wäre gemein. Du bist ja immer noch ...«

»Laur, es ist okay. Nur raus damit.« Er wartete darauf, es aus ihrem Mund zu hören, aber sie blieb stumm. »Na gut, dann sage ich es eben. Das letzte Mal war vor einem Jahr. Bevor Curtis bei uns eingezogen ist. Seitdem haben wir nichts Spontanes mehr unternehmen können. Du darfst dich ruhig freuen.« Er gab ihr einen Kuss und ließ den Motor an. »Und du darfst mir auch sagen, was du denkst. Du musst nicht so tun, als wärst du nicht erleichtert, dass wir unser altes Leben wiederhaben. Wir wissen doch beide, wie du dich darauf gefreut hast. Ich mich ja auch. Und es ist ja auch nicht so, als würde sich irgendetwas an der Situation ändern, wenn wir jetzt nicht länger Trübsal blasen. Er ist nicht mehr da. Und wir können entweder traurig darüber sein oder das Gute daran sehen. Fort ist er trotzdem.«

Laurie nickte, schwieg jedoch. Sie hielten im Auto Händchen und sangen die Lieder im Radio mit, und Scott fiel auf, wie sehr sie strahlte. Ob es nun an den letzten Schwangerschaftswochen lag, daran, dass sie sich auf den gemeinsamen Abend freute, oder vielleicht auch an der Erleichterung, das fünfte Rad am Wagen los zu sein, wusste Scott nicht. Aber Laurie sah unglaublich schön aus.

»Du siehst wunderschön aus«, sagte er und küsste ihre Fingerspitzen. »So ... zufrieden.«

»Genauso fühle ich mich auch.« Sie schloss die Augen, und so blieben sie für den Rest der Fahrt und hielten sich an den Händen. Scott sah ab und zu von der Straße hinüber zu seiner Frau, und beide sangen leise mit, als Elton John den Abschied von Daniel beklagte und von den roten Lichtern des Flugzeugs erzählte.

Beim Essen legte Laurie plötzlich ihr Besteck beiseite. »Na gut, ich geb's zu: Ich bin erleichtert.«

Er sah von seinem Steak auf. In ihrem Blick lag Unsicherheit, ob sie ihn wirklich beim Wort nehmen und es aussprechen durfte. Er bedeutete ihr weiterzureden. Das war er ihr schuldig. Sie war von Anfang an nicht gerade begeistert davon gewesen, den Jungen aufzunehmen, hatte es aber trotzdem für ein ganzes Jahr getan – Scott zuliebe. Nun sollte sie auch sagen dürfen, was sie dachte.

»Ich bin wirklich erleichtert«, fuhr sie fort. »Zum ersten Mal seit Ewigkeiten wieder wirklich vollständig entspannt. Hast du gestern Abend gemerkt, wie unkompliziert alles war? Dass wir auf der Couch zu Abend essen, die Füße hochlegen konnten? Hast du gemerkt, wie still es war? Kein Streit über Tischmanieren oder Widerworte. Und danach, während du Arbeiten durchgesehen hast, habe ich sechs Kapitel in meinem Buch gelesen und noch ein neues angefangen, und alles in fantastischer, völliger Ruhe. Keine Unterbrechungen, um Hausaufgaben, Duschengehen oder Schlafenszeiten zu verhandeln oder ob ein gewisser Jemand Nachtisch haben darf, obwohl er sein Gemüse nicht aufgegessen hat. Das war herrlich.«

Sie sah ihn abwartend an. Er hatte ein schlechtes Gewissen gegenüber Curtis, wenn sie so sprach. Aber andererseits bedeutete es ja auch nicht, dass er mit ihr einer Meinung war, wenn er sie weiterreden ließ. Er gestikulierte mit der Gabel, sie solle fortfahren.

»Na ja, danach, als ich ins Bett gegangen bin und du noch mal unten warst, was hast du da eigentlich gemacht, hast du dich in deinem Forum umgetan? Jedenfalls lag ich da und habe gedacht, dass die nächsten drei Monate jeder Abend so sein wird. Nur du und ich und genug Ruhe, um auch mal seine eigenen Gedanken zu hören.«

Er nickte. »Es war wirklich sehr ruhig, stimmt.«

»Es war fantastisch, nicht?« Vielleicht merkte sie nicht, dass er eher wehmütig als dankbar klang, vielleicht wollte sie es auch nicht merken. »So ruhig, ich konnte es gar nicht fassen. Und weißt du, was noch? Wie viel Zeit wir jetzt haben werden! Ich kann es noch gar nicht glauben. Zeit für uns allein, Zeit für uns beide zusammen. Wir können einfach nachmittags ein Schläfchen machen! Wir können am Wochenende ausschlafen und werden nicht mehr morgens um sechs davon geweckt, dass jemand in dem, was er für ein Flüstern hält, verkündet: ›TRUPPEN, WEGTRETEN! ABER BLEIBT HIER IM FLUR! AUF KEINEN FALL DIE ERWACHSENEN AUFWECKEN!‹«

Scott lachte. Der Junge hatte nie verstanden, was daran falsch war. Oder vielleicht hatte er es sehr wohl verstanden, denn sein Flüstern hatte schließlich immer dazu geführt, dass Laurie Scott so lange mit dem Ellenbogen anstieß, bis er sich endlich aus dem Bett quälte und mit dem lauten Jungen unten spielte, damit Laurie noch ein bisschen schlafen konnte.

Laurie lachte auch, die Erleichterung war ihr deutlich anzumerken. Sie nahm seine Hand, streichelte mit dem Daumen darüber und schenkte ihm ihr typisches strahlendes Lächeln, das ihm immer noch ein Kribbeln im Bauch verursachte. »Die letzten Jahre waren vielleicht nicht … na ja, nicht unbedingt die einfachsten für uns. Das siehst du auch so, oder?« Er nickte, und sie strich weiter mit dem Daumen über seine Hand.

»Und ich behaupte nicht, dass wir die Anspannung der letzten Jahre innerhalb von drei Monaten abbauen können«, fuhr sie fort. »Aber wir können eine ganze Menge wiedergutmachen, glaube ich. Mit der Zeit, die wir noch für uns haben, bis das Baby da ist – da können wir noch so viele Dates haben, so viele Filme zusammen auf der Couch sehen, ohne einen kleinen Jungen, der sich zwischen uns drängt und uns vom Kuscheln abhält. Morgens können wir lange liegen bleiben.« Sie lächelte ihn verführerisch an, und sofort kribbelte es nicht mehr nur in seinem Bauch.

»Drei Monate sind genug Zeit, um wieder als Paar zueinanderzufinden, bevor wir einen dritten Menschen im Haus haben. Genug Zeit, um unsere Beziehung zu stärken, damit sie wieder so wie früher wird, bevor der Große zu uns reingeplatzt ist und uns schlaflose Nächte und Sorgen bereitet hat. Und irgendwie bin ich zwar absolut sauer auf LaDania, und es bricht mir das Herz, dass wir uns nicht richtig von Curtis verabschieden konnten, aber andererseits sehe ich diese Extratage auch als Geschenk für uns an.« Sie sah ihn nervös an. »Kannst du mich verstehen?«

»Natürlich.«

Er hatte ja schließlich keine andere Wahl.

Nach dem Essen fragte sie, ob sie noch kurz einen Abstecher zu Bundles of Joy, ihrem Lieblingsbabygeschäft, machen könnten. Er zwang sich, Begeisterung zu heucheln, und obwohl sie ihn bestimmt durchschaute, ließ sie ihm die mangelnde Freude aus Dankbarkeit für den gemeinsamen Abend durchgehen.

Diese Dankbarkeit hatte sich jedoch offensichtlich erschöpft, als sie ihm ein paar Kleidchen für Neugeborene zeigen wollte, er aber nicht von den Baseballhandschuhen und Tigers-Trikots wegzulocken war. »Guck dir die hier bitte mal an!«, sagte sie. Sie nahm eins der Kleidchen von der Stange. Es hatte rosa Karos und vorne einen Schmetterling. Laurie hielt es ihm hin. Sag doch schon, wie niedlich du es findest, forderten ihre Augen.

Er lächelte gezwungen.

Laurie schüttelte den Kopf. »Das reicht mir nicht. Ich will, dass du mit dem Herzen dabei bist.« Sie hielt ihm das Kleid noch einmal unter die Nase. »Ich hätte gern, dass du was zu dem hübschen Schmetterling sagst. Und dann noch was …« Sie nahm ein gelbes Kleid mit einem großen Gänseblümchen darauf zur Hand. »… noch was zu dieser süßen Blume.«

Sie hängte die Kleider zurück und legte ihm die Hände auf die Schultern.

»Ich will, dass du dich wahnsinnig auf unsere Tochter freust und dass du mir das auch zeigst. Ich will, dass du mich davon überzeugst, dass das Wichtigste in deinem Leben *unsere* Familie ist, nicht eine in einem Wohnkomplex in Detroit. Ich will in deinen Augen sehen und in deiner Stimme hören und in deinen Küssen fühlen, dass *wir* das Wichtigste für dich sind. Das ist doch nicht zu viel verlangt. Das solltest du hinkriegen. Aber wenn du das nicht kannst, ist jetzt der Zeitpunkt, um es mir zu sagen.«

Sie ließ seine Schultern los und wandte sich wieder den Kleidchen zu. Scott sah zu Boden. Konnte er ihr jetzt und hier wirklich versprechen, dass er seine Trauer einfach würde abschütteln und nach vorn würde sehen können? Dass er sich von nun an nur noch auf das Baby freuen und nie wieder den Verlust des Jungen beklagen würde?

Er sah auf, betrachtete die Beine seiner Frau, ihren dicken Bauch, ihr Gesicht. Selbst jetzt, obwohl sie ärgerlich war, strahlte sie immer noch vor Schönheit. Gott, sie war so wunderschön! Und sie hatte einfach etwas Besonderes an sich. Wenn sie beide zusammen waren, lag ein Prickeln in der Luft. Wie oft waren ihm allein an diesem Abend die Knie weich geworden, weil sie sich auf ihre ganz spezielle Art durch die Haare gefahren war oder ihm einen funkelnden Blick zugeworfen hatte? Sie war die Richtige für ihn. Die einzige Frau, die er jemals lieben würde.

Worum sie ihn gerade gebeten hatte, war tatsächlich nicht zu viel verlangt. Es war auch sehr viel weniger als das, worum er sie im April vergangenen Jahres gebeten hatte, als Bray und Curtis plötzlich bei ihnen vor der Tür gestanden hatten.

»Du hast recht«, sagte er, nahm das rosa Kleid vom Bügel und betrachtete es noch einmal. »Gibt's diese kleinen Bügel dafür eigentlich auch zu kaufen? Dieses winzige Teil passt ja nie im Leben auf einen normalen, oder?« Er legte das Kleid in den Einkaufswagen.

»Danke«, antwortete sie leise.

29

Mara

Statt vorn an der Straße wartete Mara vor dem Haus auf den Schulbus.

»Laks! Hey, Süße!« Sie beugte sich auf wackeligen Beinen zu der Kleinen hinunter, um ihren Blick einzufangen. »Es tut mir so leid, was heute passiert ist.«

»Ist schon okay, Mama.« Das Mädchen schaute auf ihre Schuhe. »Ich hab Hunger, gibt es was zu essen?«

Mara atmete erleichtert aus. »Na klar.«

»Siehst du!«, war Toms Reaktion, als ihm Mara abends davon erzählte. Gleich nachdem Harry wieder gefahren war, hatte sie Tom unter Tränen angerufen und ihm alles erzählt. »Ich bin sicher, dass Laks nie wieder mit mir sprechen wird«, hatte sie gesagt.

»Unsinn«, hatte er erwidert. »Sie hält viel mehr aus, als du ihr zutraust.«

Doch etwas später am Abend wollte sie ein paar Handtücher in Laks' Zimmer bringen und vermutete Tom mit einer Zeitung auf der Couch. Als sie sich der Zimmertür ihrer Tochter näherte, hörte sie jedoch seine Stimme.

»Laks? Was ist los?«

Mara spähte durch den Türspalt. Das Mädchen lag auf dem Bett, das Gesicht in ein Kissen gedrückt, und weinte. Ihr Vater saß neben ihr und streichelte ihr über die Haare.

»Laks, komm, rede mit mir.«

Seine Frage wurde lediglich mit mehr Schluchzern beantwortet. Tom seufzte. Schließlich fragte er: »Ist es wegen des Vorfalls heute in der Schule?«

Mara zuckte zusammen, als der dunkle Kopf auf dem Kissen nickte.

»Aha. Dann rede mit mir darüber. Wenn man so traurig ist, ist es besser, darüber zu reden, als es für sich zu behalten.«

Laks drehte sich zu ihm um. Ihr Gesicht war rot vor Wut. »Lisa ist nicht mehr meine Freundin!«, schluchzte sie. »Mit der red ich nie wieder!«

»Ach so«, sagte Tom, und Mara fühlte sich ebenso erleichtert, wie er klang. »Es geht um Lisa? Was war denn mit ihr?«

»Sie hat …«, Laks schluckte, »was Gemeines gesagt.« Sie brach erneut in Tränen aus.

»Was denn?«

Laks drehte sich zur Wand.

»Lakshmi. Antworte mir. Was hat sie Gemeines gesagt?«

Immer noch mit dem Gesicht zur Wand, flüsterte das Mädchen: »Sie hat gesagt, Mama war betrunken.«

»Betrunken?« Mara hörte, dass er sich Mühe gab, amüsiert zu klingen. Ein ungutes Gefühl stieg in ihr auf. »Na, das klingt ja vielleicht doof. Aber das hat sie bestimmt gar nicht böse gemeint.«

Laks drehte sich wieder zu ihrem Vater um. »Das hat sie von den Viertklässlern, und sie hat es wohl böse gemeint!« Der entschlossene Ausdruck auf ihrem Gesicht wich einem unglücklichen, und sie musste wieder weinen. Ihre schmalen Schultern bebten, und sie bekam die Worte vor lauter Weinen kaum heraus: »Alle haben … das gesagt. Alle außer … Susan.« Sie holte tief Luft. »Das ist jetzt … meine einzige Freundin.« Laks schluchzte auf. »Und die haben … das alle … böse gemeint. Auch die … Großen. Die haben sie alle so genannt, weil sie so komisch gelaufen ist. Und da haben Viertklässler gesagt, dass sie ›betrunken‹ ist, und ich hab die Lehrerin gefragt, was das heißt, und sie hat gesagt, es ist was Schlimmes.« Das Mädchen warf sich Tom in die Arme und weinte wieder los.

Betrunken. Mara sah hinunter. Die Handtücher in ihrer Hand bewegten sich vor und zurück, auf und ab. Sie hatte nicht gemerkt, dass sich ihre Arme selbstständig gemacht hatten.

Anosognosie. Das fehlende Bewusstsein einiger HK-Patienten für die Bewegungen, die ihr Körper ausführte.

Sie hatte von Patienten gehört, die wegen vermeintlicher Trunkenheit in der Öffentlichkeit festgenommen worden waren, weil sie so seltsam gingen, teilweise vornübergebeugt, teilweise schwankend, dabei aber darauf beharrten, völlig normal zu laufen – was das Misstrauen der Polizei in diesen Fällen natürlich schürte. Und nun war Mara das Gleiche passiert. Nur dass sie nicht sich selbst blamiert hatte, sondern ihre Tochter – blamiert vor der ganzen Schulklasse. Hatte das erst heute angefangen? Oder ging das schon eine Weile so?

Plötzlich wurde es ihr klar: Der Junge und seine Mutter im Supermarkt hatten sie angesehen, als stimmte etwas mit ihr nicht. Es war nicht nur um den Fleck in ihrer Hose gegangen. Harry war quasi aus dem Auto gesprungen und an ihre Seite geeilt, nachdem sie ein paar Schritte aus der Kfz-Werkstatt auf ihn zugegangen war. Und die Verkäuferin in der Boutique hatte ihr auch hinterhergestarrt. Mara hatte in diesen Momenten nichts darauf gegeben, hatte die Blicke anders interpretiert.

Jetzt wusste sie sie jedoch richtig zu deuten. Sie lief schon die ganze Woche wie eine Betrunkene herum!

Doch ihre Familie und ihre Freunde hatten vorgegeben, nichts zu bemerken. Mara wusste, dass sie dafür dankbar sein sollte, aber der Anblick ihrer Tochter, die sich hinter der Zimmertür die Seele aus dem Leib weinte, machte es ihr schwer, Dankbarkeit zu empfinden.

»Das tut mir sehr leid«, sagte Tom. »Und Mama tut es auch sehr leid. Aber sie kann nichts dafür. Wir haben dir doch erklärt, dass Mama krank ist, weißt du noch? Sie hat die Huntington-Krankheit, deshalb kann sie nicht mehr zur Arbeit gehen. Erinnerst du dich noch, wie ich dir erklärt habe, dass Menschen nichts dafür können, dass sie krank sind? Wenn jemand wegen seiner Krankheit irgendetwas Komisches macht, was man nicht gut findet, muss man sich ganz viel Mühe geben, nicht böse auf denjenigen zu sein. Weil nämlich die Krankheit schuld daran ist, nicht der Mensch. Erinnerst du dich noch, wie ich dir das erklärt habe?«

Sie hatten mit Laks nicht viel über Maras Erkrankung gesprochen. Die Sozialarbeiterin in Dr. Thirys Klinik hatte erklärt, dass viele Patienten ihren kleinen Kindern gar nichts erzählten. »So läuft das aber nicht bei uns!«, hatte Mara sofort entgegnet. »Wir reden offen über alles.«

Tom hatte darauf bestanden, Laks auch um Verständnis dafür zu bitten, wenn Mara Gegenstände fallen ließ oder stürzte. Mara war dagegen gewesen. Sie wollte, dass ihre Tochter ihr erzählte, wenn sie wütend auf sie oder genervt von ihr war. Diese Gefühle aufgrund eines Versprechens an ihren Vater in sich hineinzufressen war das genaue Gegenteil von dem, was Mara für Laks wollte.

Das Mädchen nickte nun. »Ja, das weiß ich noch.«

»Schön.« Tom streichelte ihr über den Kopf. »Dann weißt du ja auch, dass wir nicht böse auf Mama sein dürfen. Sie kann nichts für das, was heute passiert ist. Stimmt's?« Laks schwieg. »Stimmt's, Lakshmi?« Tom klang streng, er wollte ihre Zustimmung hören.

Die Kleine stimmte ihm aber nicht zu. Mara konnte sie gut verstehen.

Tom hakte nicht weiter nach, saß nur still da und ließ sie weinen, streichelte ihre Schultern, die immer noch bebten. In dem Moment sah Mara die Tränen auf der Wange ihres Mannes. Sie schlug eine Hand vor den Mund und trat einen Schritt zurück, lehnte sich gegen die Wand und ließ die Handtücher zu Boden fallen.

Sie befürchtete schon so lange, dass sie ihre Tochter eines Tages mit ihrer Krankheit blamieren würde. Dass ihr Mann irgendwann damit überfordert sein würde, mit den Auswirkungen ihrer Erkrankung umzugehen und ihrer Tochter ebenfalls dabei zu helfen. Mara hatte jedoch nicht geahnt, wie schrecklich es sich anfühlen würde, wenn dieser Fall tatsächlich eintrat.

Laks' Stimme klang laut und entschlossen: »Sie soll nicht mehr in die Schule kommen, Daddy!«

Für einen Moment war Mara unglaublich stolz darauf, dass ihre Tochter ihre Meinung so energisch vertrat. Dann schloss sich jedoch eine eiserne Faust um ihre Brust. Der Schmerz war in der Kinderstimme deutlich zu hören gewesen, kein Zweifel, das Mädchen litt selbst darunter, so über seine Mutter zu sprechen. »Sie soll auch nicht mehr an der Straße auf mich warten. Sie soll nicht mal vor dem Haus stehen! Ich will nicht, dass die anderen Kinder über sie lachen. Und auch nicht über mich.«

»Jetzt warte mal kurz«, bat Tom. »Ich möchte nicht, dass du so ...«

»Sie soll für immer im Haus bleiben und nie mehr rausgehen!«

Mara stützte sich an der Wand ab. Ein brennender Schmerz durchfuhr sie, füllte sie aus, wand sich durch ihr Inneres, um ihre Knochen, presste gegen ihre Haut. Und dann fühlte sie sich plötzlich ganz leer. Sie hatte das Gefühl, als könnten ihre Beine jeden Moment unter ihr nachgeben. Verzweifelt drückte sie die Schultern nach hinten, zwang sich, aufrecht stehen zu bleiben, atmete langsam und gleichmäßig ein und aus und flehte ihren Körper an, ihr dieses eine Mal zu gehorchen.

»Ist ja gut«, sagte Tom. »Schhh, ist ja gut.« Dann fügte er noch etwas hinzu, seine Stimme war leise und klang sehr ernsthaft, aber sanft.

»Du verstehst das nicht, Daddy«, murmelte Laks, und dann kam noch einmal eine Antwort von Tom, wiederum leise, ernsthaft, sanft.

Mara verstand die beiden nicht mehr, hörte nur noch wie von weit her Toms Murmeln und Laks' lauten Protest, bis sich beides miteinander vereinte und verebbte, bis sie vor ihrem geistigen Auge nur noch eine Szene hörte und sah:

Tom und Laks fahren schweigend im Auto. Das Mädchen schmollt, er bereitet sich mental auf das Bevorstehende vor, versucht, Laks zu ignorieren. Sie parken das Auto, betreten das Gebäude, melden sich an. Laks hält sich die Ohren zu, als die Tür mit einem lauten Surren geöffnet wird. Es ist ein unangenehmes Geräusch, und Laks hasst es mittlerweile. Sie gehen bis ans Ende des Ganges in den Beschäftigungsraum. Die Pflegerinnen nennen es »das Wohnzimmer«. Doch Laks verzieht bei der Bezeichnung nur spöttisch den Mund.

Mara sitzt am Fenster. Starrt vor sich hin, nimmt aber nichts um sich herum wahr. Eine alte Decke liegt über ihren Beinen, obwohl draußen sommerliche Temperaturen herrschen.

Laks wird blass. Von dem Geruch hier drin wird ihr immer schlecht. Aber sie weiß, wenn sie sich bei ihrem Vater darüber beschwert, muss sie den Rest des Tages in ihrem Zimmer ver-

bringen. Wenn ihr Dad nicht hinsieht, hält sie sich heimlich die Nase zu.

Tom geht auf Mara zu und nimmt sanft ihre Hand in seine, drückt ihr einen Kuss auf den Kopf. Ihre Haare sind strähnig und ungekämmt, ihre Kopfhaut schuppig. Er küsst sie trotzdem.

Beim Anblick, wie sein Mund ihre Haare berührt, wird Laks schlecht. Sie passt auf, sich nichts anmerken zu lassen, lässt sich auf einen Stuhl fallen, verschränkt die Arme vor der Brust und zieht ein Gesicht. Das ist doch alles blöd! Sie will nicht hier sein. Sie will am Computer sitzen, mit dem Handy spielen, will mit Freunden quatschen. Sogar Hausaufgaben würde sie lieber machen, als hier zu sein.

Sie kann mit dieser Frau nichts anfangen. Sie hat sich innerlich schon lange von ihrer Mutter verabschiedet. Die Mutter, die sie mal hatte. Die Mutter, die ihr vorgelesen hat, die sie auf der Schaukel angeschubst hat, die ihr Zettel in die Brotdose gelegt hat: »Ich hab dich lieb! Mama«. Die Mutter, zu der sie früher aufgesehen hat, mit der sie vor Freunden angegeben hat. Auf die sie sich jeden Tag gefreut hat, wenn sie von der Schule nach Hause kam.

Laks betrachtet ihren Vater und verzieht angewidert den Mund. Früher war er mal richtig gut aussehend und so lebendig. Jetzt sind seine Haare völlig grau. Sein Gesicht ist zu schmal und sieht immer angespannt aus. Seine blauen Augen wirken ausgeblichen. Sein Mund bildet stets einen geraden, ernsten Strich. Außer wenn sie hier sind und er sich ein Lächeln abringt und so tut, als wäre er gern bei dieser Frau. Als wäre es seine Lieblingsbeschäftigung, sinnlos auf eine Kranke einzuschwatzen, die ihn nicht mal hört, die nicht einmal versteht, was er sagt!

Früher hat sie ihn dafür bewundert. Für seine Loyalität. Für seine Treue.

Heutzutage findet sie es nur noch traurig.

Sie hasst sich selbst dafür, dass sie so über ihn denkt, dass sie so über ihre kranke Mutter denkt. Aber was soll sie denn machen? Sie will ein richtiges Leben. Sie will einen Dad, dessen Augen nicht tot sind.

Wann stirbt diese Frau denn endlich?

Einen Moment später kniete Mara im Gäste-WC vor der Toilette und gab ihr Abendessen wieder von sich. Sie konnte nicht aufhören zu würgen, bis ihr Magen schließlich wirklich ganz leer war. Mühsam rappelte sie sich auf, spritzte sich etwas kaltes Wasser ins Gesicht und betrachtete sich ernst im Spiegel. Dann ging sie entschlossen in die Küche und rief in Dr. Thirys Büro an. Nach dem Pfeifton sagte sie ihren Namen und dass sie dem Arzt gern eine Nachricht hinterlassen würde.

»Ich kann nicht schlafen.«

30

Mara

Tom saß im Wohnzimmer auf der Couch, sein Notebook auf den Knien. Er wirkte angespannt. Mara räusperte sich. Tom klappte eilig den Laptop zu und stellte ihn auf den Couchtisch. »Da bist du ja.« Er klopfte neben sich auf die Couch.

»Es gibt keine neuen Forschungsergebnisse«, sagte sie und setzte sich. »Ich habe gestern Abend erst nachgesehen. Und heute Morgen auch noch mal.«

»Ich weiß gerade nicht, was du meinst.«

Sie sah ihn wissend an und streckte die Hand nach seinem Laptop aus. Wie zu erwarten, hielt er ihre Hand fest, bevor sie den Deckel öffnen konnte. Sie lächelte triumphierend. »Denkst du etwa, ich weiß nicht, was du nachts so treibst?«

Er ließ sich nichts anmerken, spielte immer noch den Ahnungslosen. Darauf würde sie später noch einmal zurückkommen. »Wieso hast du mir nicht gesagt, dass ich wie eine Betrunkene laufe?«

»Wie bitte? Ach so, du hast uns gehört.«

»War ja auch nicht zu überhören, wie sie gerufen hat: ›Mama soll für immer im Haus bleiben!‹«

Tom verzog unglücklich das Gesicht. »Das tut mir so leid!«

»Bitte, hör auf. Das muss dir doch schon zum Hals raushängen. Mir hängt es auf jeden Fall zum Hals raus. Du hast heute Abend bestimmt schon hundert Mal gesagt: ›Es tut mir leid.‹ Wieso hast du mich so rumlaufen lassen und mich nicht darauf hingewiesen? Hast du Laks verboten, es mir zu erzählen? Normalerweise behält sie so was ja nicht für sich.«

»Laks ist es wahrscheinlich gar nicht aufgefallen. Du bist ihre Mama. Und Mama läuft nun mal so. Erst als ...«

»Erst als sich die gesamte Schule über sie lustig gemacht hat, hat sie bemerkt, dass ihre Mama wie eine Betrunkene läuft?« Er schüttelte den Kopf, aber sie ließ ihn nicht zu Wort kommen. »Wieso hast du mich nicht darauf hingewiesen?«, fragte sie noch einmal, lauter diesmal.

Er sah sie ernst an. »Du hast gesagt, das soll ich nicht.«

Sie wollte gerade etwas erwidern, da fiel es ihr wieder ein: Als Dr. Thiry ihnen damals die Anosognosie erklärt hatte, hatte sie Tom gebeten, ihr nicht zu sagen, wenn sie sich seltsam bewegte. Sie hatte es nicht wissen wollen. »Oh.«

Mara zeigte auf den Laptop. »Aber mal im Ernst, hast du das nicht endlich mal satt?«

»Was denn?«

Es überraschte sie nicht, dass er immer noch unschuldig tat. Mittlerweile erwartete sie es nicht anders.

»Hast du's nicht satt, im Internet nach Neuigkeiten zu forschen, immer zu hoffen, dass heute ein neues Medikament auf den Markt kommt, eine neue Studie, die es gestern noch nicht gab? Auf ein glückliches Ende dieser Geschichte zu hoffen, auf diese neuen Heilungsmethoden, die es ›in Kürze‹ geben wird, auf die man dann aber doch noch ewig warten muss? Selbst die besten Ärzte wissen immer noch nicht, wie die Krankheit überhaupt funktioniert. Von Heilungsmethoden sind sie weit entfernt. Bist du es nicht leid, immer wieder den Laptop aufzuklappen und dir zu sagen: ›Vielleicht ja heute‹?«

Er zuckte mit den Schultern. »Ich mache mir eigentlich nicht solche Sorgen in Bezug auf die Forschung. Es gibt Fortschritte. Und wir haben ja auch noch Zeit.«

»Von wegen! Innerhalb von zwei Monaten ist aus mir, der Supermom, die Mom geworden, die bitte nicht mehr das Haus verlassen soll, weil es ihrer Tochter peinlich ist. Die Glücklichen mit den niedrigen CAG-Werten haben vielleicht Zeit. Ich nicht.«

»Jetzt fang doch nicht schon wieder damit an.« Tom gab sich Mühe, seine Genervtheit zu verbergen, Mara hörte sie jedoch sehr genau heraus. »Dr. Thiry hat es dir gesagt, alle in der Klinik haben es dir gesagt: Es gibt keinen wissenschaftlich bewiesenen Zusammenhang zwischen dem CAG-Wert und der Geschwindigkeit, mit der die Krankheit fortschreitet.«

»Also, im Internet habe ich genug über Patienten gelesen, die einen hohen CAG-Wert hatten und schneller abgebaut haben als ...«

Er hob die Hand. »Du darfst nicht so viel auf irgendwelche Geschichten geben, die im Internet kursieren. Ich finde, wir sollten eher auf die Meinung der Ärzte hören.«

»Super Idee!«, fauchte sie. »Auf die Meinung der Ärzte, ja? Die seit meiner Diagnose noch nichts Neues über die Krankheit herausgefunden haben? Da kann ich auch gleich zu einer Wahrsagerin gehen.«

Darauf erwiderte er nichts mehr, und sie saßen eine Weile schweigend da. Mara wusste, dass er überlegte, wie er sie am besten trösten und beruhigen konnte, und das machte sie wütend. Bevor der Ärger aus ihr herausbrach, zwang sie sich, tief durchzuatmen und bis drei zu zählen. Streit würde sie jetzt nicht weiterbringen. »Mal ganz ehrlich, Tom. Hast du es nicht auch satt, immer so zu tun, als wärst du nicht sauer, dass du so ein beschissenes Leben führen musst?«

»Aber ich bin ja gar nicht sauer«, erwiderte er sanft und nahm ihre Hand. »Ich meine, klar wäre es schön, wenn es dir besser gehen würde, aber ...«

»Ach komm«, versuchte sie, ihn aus der Reserve zu locken. Er sollte endlich sagen, was er wirklich dachte. »Jetzt hör mal auf mit dem Quatsch! Du wünschst dir auch für dich, dass alles anders wäre.«

»Nein.«

»Natürlich tust du das.« Sie nickte ihm aufmunternd zu, damit er es endlich zugab. »Du wünschst dir manchmal, du hättest bei der Frau, die du dir ausgesucht hast, nicht so eine Niete gezogen.«

Er zuckte erschrocken zusammen, als hätte sie ihn geohrfeigt. »Mara! Natürlich denke ich so was nicht!«

»Und ob! Das weiß ich. Du denkst, wie toll es wäre, wenn du nicht immer so viel Verständnis haben müsstest. Wenn du mich endlich los wärst, diese nervige ...«

Er riss sich los und sprang auf, stand wütend vor ihr. Die Ader an seiner Schläfe pochte. »Erzähl mir nicht, was ich gern hätte! Du hast keine Ahnung, was ich gern hätte, was ich denke, wie es mir geht.«

»Na ja, aber ich kann's mir ganz gut vorstellen. Ich mache ja das Gleiche durch. Und mir wäre es eben lieber, wenn die Krankheit endlich gewinnen würde und alles vorbei wäre, als dass es sich noch Jahre hinzieht. Laks würde es auf jeden Fall besser gehen, wenn ich in einer Urne auf dem Kaminsims stehen würde. Dann würde ich sie wenigstens nicht mehr in der Schule blamieren. Für dich wäre es auch besser, wenn ich endlich aus dem Weg wäre. Dann wäre Platz im Haus für eine neue, junge Sexbombe an deiner Seite. Für jemanden, auf den du stolz sein kannst. Du müsstest niemanden mehr bemitleiden.«

»Verdammt noch mal, Mara!«

Sie zuckte zusammen. Tom fluchte nie. Er schrie sie auch niemals an. Von ihnen beiden war immer sie diejenige, die ihrem Ärger sehr deutlich Ausdruck verlieh.

»Was habe ich dir gerade gesagt? Du hast keine Ahnung, was ich denke! Du hast keine Ahnung, was Laks denkt! Hör endlich auf damit!«

»Na gut, aber ich weiß, was *ich* denke. Und ich denke, es würde dir ohne mich besser gehen.«

»Oh, mein Gott!« Er lief verzweifelt auf und ab. Sein Gesicht war gerötet, und sein Atem ging stoßweise. Er versuchte, seinen Ärger unter Kontrolle zu behalten, es gelang ihm jedoch nicht. »Du siehst das falsch. Wann verstehst du das endlich? Du siehst das wirklich völlig falsch.«

»Tut mir leid, das fällt mir schwer zu glauben, wenn ich dich hier so sehe.« Sie deutete auf sein rotes Gesicht. »Du willst mir doch nicht wirklich erzählen, dass es dir gerade gut geht.«

»Ich darf auch mal wütend sein, Mara. So wie du. Ich darf auch mal ausrasten. Wegen dieser Krankheit und wegen dem, was sie mit meiner Frau macht, mit meiner Tochter, mit meiner Familie. Ich darf das alles genauso schlimm finden wie du. Und Laks auch. Ich darf wie du fluchen und rot werden und rumschreien. Das dürfen wir alle mal. Laks und ich haben uns damit bis jetzt ziemlich zurückgehalten, das wird sich von nun an vielleicht ändern, vielleicht ist das heute Abend aber auch nur eine Ausnahme gewesen. Ich habe keine Ahnung, und es ist mir auch egal. Weil Ausrasten nämlich total in Ordnung ist, wenn einem etwas zu viel wird! Und das soll Laks wissen. Aber dass wir ab und zu mal wütend sind, heißt noch lange nicht, dass wir mit der Situation nicht umgehen können.«

Er setzte sich wieder hin und nahm ihre Hand. »Denk doch mal drüber nach, mein Schatz«, sagte er sanft, aller Ärger war wieder aus seiner Stimme gewichen. »Ich bin schließlich Arzt. Wenn ich mit kranken Menschen nichts zu tun haben wollte, wäre ich nicht Arzt geworden.«

»Du bist Hautarzt«, sagte sie bissig. »Du hast ja nun nicht gerade täglich mit todkranken Patienten zu tun.«

Tom wollte etwas entgegnen, schwieg jedoch. Er drückte ihr einen Kuss auf die Hand. Es machte sie wütend, wie er es schaffte, so schnell wieder ruhig zu werden und einen Schritt vom emotionalen Abgrund zurückzutreten, wie er so schnell ihre Beleidigung ignorieren und mit Liebe darauf reagieren konnte. Es war etwas, das ihr nicht mehr vergönnt war.

Aber um ihn geht es ja auch nicht, fiel ihr wieder ein. Wenn man einer Katastrophe nur zusah, fiel es ja nicht schwer, dabei ruhig zu bleiben.

»Sag bitte nicht, dass es uns ohne dich besser gehen würde. Das stimmt einfach nicht. Und es tut mir weh, dass du so was auch nur denkst. Laks würde es auch wehtun, wenn sie das wüsste.«

»Na gut.« Sie zuckte mit den Schultern. »Dann lasse ich euch beide eben dabei außen vor. *Mir* würde es jedenfalls besser gehen, wenn ich nicht mehr hier sein müsste, wenn ich mein Kind nicht mehr vor der gesamten Schule demütigen und meinen Mann runterziehen müsste.«

Diesmal sprang er nicht auf, aber er ließ ihre Hand los und stöhnte müde. Dann erhob er sich, ging um den Couchtisch herum und ließ sich in den Sessel fallen. Seinem Gesicht war deutlich anzusehen, dass er den Kampf verloren hatte, seine Wut zu unterdrücken. Gegen ihren Willen genoss sie diese Tatsache für einen Moment.

»Was denn? Wieso macht dich das denn jetzt auch wütend? Ich rede doch nicht mehr davon, was für euch beide besser wäre, ich rede davon, was für *mich* besser wäre.«

»Aber es geht nicht immer nur um dich, darum, wie es dir geht und was du willst!« Er beugte sich vor. »Hast du darüber schon mal nachgedacht? Ist dir das in den letzten vier Jahren jemals in den Sinn gekommen? Du hast das doch alles online gelesen, du hast die Broschüren aus Dr. Thirys Praxis gelesen. In den USA leben dreißigtausend Menschen mit Huntington. Noch viel mehr sind auf irgendeine Art von dieser Krankheit betroffen. Ja, du trägst das Gen in dir, aber die Huntington-Krankheit gehört dir nicht. Ja, HK steckt in *deinem* Körper. Doch sie steckt auch in unserer ganzen Familie. Du bist nur einer von drei Menschen, die zu dieser Familie gehören. Nur einer von zwei Menschen in dieser Ehe. Und ja, du bist diejenige mit HK, und ich behaupte nicht, dass ich wüsste, wie sich das anfühlt. Aber ich bin derjenige, der mit der Frau mit HK verheiratet ist. Und unser kleines Mädchen ist die Tochter von der Frau mit HK. Und wir lieben diese Frau, mehr als alles andere auf der Welt.

Ich weiß, dass es schwer ist, sich von der Krankheit nicht unterkriegen zu lassen. Aber du vergisst anscheinend manchmal, dass es für uns genauso schwer ist, sich von ihr nicht unterkriegen zu lassen. Du vergisst, dass wir genauso viel Hilfe dabei brauchen, mit der Sache fertigzuwerden, wie du. Ich brauche Trost und Unterstützung von meiner Frau. Laks braucht Hilfe von ihrer Mutter. Wir brauchen dich *hier*. Es würde uns nicht besser gehen, wenn du in einer Urne auf dem Kaminsims stehen würdest. Behaupte das bitte nie wieder!«

»Ja, ja, schon gut.« Mara verdrehte die Augen. »So was musst du ja jetzt sagen. Aber ganz tief drinnen denkst du doch ...«

»Verflucht!« Er war wieder aufgesprungen. »Jetzt hör doch endlich mal damit auf!«

Sie sah ihm mit offenem Mund nach, wie er aus dem Zimmer stürmte. Kurz darauf stand er wieder vor ihr, mit ihrem Kissen, ihrer Decke und ihrem Nachthemd in der Hand. »Ich soll aufhören, dich mit Samthandschuhen anzufassen? Ich soll aufhören, dich zu bemitleiden, für dich da zu sein, dir alles durchgehen zu lassen?«

Er warf die Sachen auf die Couch. »Dann bitte. Das hier würde ich machen, wenn du nicht HK hättest und mir die letzte Viertelstunde lang erzählt hättest, dass ich dich nicht genug liebe, um mit dir bis zum bitteren Ende zusammen zu sein, egal, wie beschissen es ist. Das hier würde ich machen, wenn du gesund wärst und mir vorgeworfen hättest, ich würde lieber den einfachen Weg gehen, als für immer für die Liebe meines Lebens da zu sein. Das hier würde ich machen, wenn wir die Diagnose nicht bekommen hätten und du mir gerade gestanden hättest, dass du abhauen willst, weil es offensichtlich ein paar Nachteile an unserem Zusammenleben gibt, die für dich schwerer wiegen als die Vorteile.«

Er drehte sich um, ging ins Schlafzimmer und knallte die Tür hinter sich zu.

Mara sah ihm fassungslos nach.

Gute Strategie, sagte sie bitter zu sich selbst. Mach ihn einfach so wütend, dass er froh sein wird, wenn er dich los ist.

Sie verschränkte die Arme vor der Brust und wollte unbeeindruckt wirken, doch ein Schluchzen brach aus ihr heraus, und Tränen nahmen ihr die Sicht.

Über eine Stunde saß sie in der Dunkelheit des Wohnzimmers und versuchte, ihren Mut zusammenzunehmen und zu Tom zu gehen. Sie konnte heute nicht allein schlafen, nicht wenn sie nur noch so wenige gemeinsame Nächte hatten. Er würde sich das hinterher nie verzeihen, wenn sie seinetwegen auf der Couch übernachtet hätte. Schließlich stand sie auf und hob die Sachen vom Boden auf. Sie schob die Schlafzimmertür vorsichtig auf. Tom lag im Dunkeln auf dem Rücken im Bett, hatte die Arme im Nacken verschränkt. Seine Augen waren geöffnet, doch er sah sie nicht an.

»Ich würde gern hier schlafen, wenn es für dich in Ordnung ist.« Ihre Stimme klang dünn.

Er schwieg.

Immerhin sagt er nicht Nein, dachte sie und streckte sich neben ihm aus. Sie rückte vorsichtig ein Stück an ihn heran und legte eine Hand auf sein Bein. Tom blieb auf dem Rücken liegen und starrte zur Decke, ließ sich nicht anmerken, ob er sie überhaupt wahrgenommen hatte.

»Tut mir leid«, flüsterte sie.

Keine Antwort. Sie drehte sich zu ihm um. Sein Mund bildete eine harte Linie. Tom wirkte, als versuchte er mit Gewalt, sich davon abzuhalten aufzubrausen. Doch dann bemerkte sie erschüttert, dass ihm Tränen über die Wange liefen.

Nun kamen ihr selbst auch die Tränen. Zum ersten Mal ließ sie den Gedanken zu, dass ihre Krankheit tatsächlich nichts an seiner Liebe zu ihr änderte. Vielleicht wollte er wirklich für sie da sein. Vielleicht tat es ihm wirklich weh, dass sie ihm das nicht glaubte. Vielleicht wollte er sie tatsächlich bei sich haben und wäre nicht erleichtert, sie endlich los zu sein. Vielleicht war es doch falsch gewesen, Dr. Thiry die Nachricht zu hinterlassen.

»Es tut mir so leid! Tom, sprich mit mir!«

»Es bricht mir das Herz, wenn du so redest«, flüsterte er. Er sah sie immer noch nicht an. »Dass du mir nicht glaubst, dass ich bis zum Ende bei dir sein will.«

»Ach, Tom.« Sie drehte sein Kinn sanft zu sich, sodass er sie ansehen musste. Mara wischte ihm die Tränen ab.

»Ich werde nicht mehr Auto fahren können«, wisperte sie. »Du wirst alle Besorgungen machen müssen.«

»Macht mir nichts aus«, sagte er leise. Er sah sie herausfordernd an. *Wage es ja nicht, mir zu erklären, dass ich das nicht aus vollem Herzen meine*.

»Ich werde hässlich sein und blass und dünn und die ganze Zeit sabbern, und das wird viel schneller passieren, als du denkst. Du wirst mich im Rollstuhl rumschieben müssen.«

»Macht mir nichts aus.«

»Wenn du überhaupt noch irgendwo mit mir hinwillst. Ich werde dir so peinlich sein, es wird so anstrengend sein, mich durch die Gegend zu schieben, dass du dich bestimmt lieber im Haus versteckst.«

»Werd ich nicht.«

»Ich werde dich und Laks nicht mehr erkennen. Irgendwann kann ich nicht mehr sprechen. Ich werde in ein Pflegeheim ziehen müssen, und du wirst keine Lust haben, mich zu besuchen. Dein schlechtes Gewissen wird dich zwingen, mich zu besuchen. Du wirst Laks zwingen, dich zu begleiten. Und sie wird mich dafür hassen.« Bei dem Gedanken stieg eine solche Verzweiflung in ihr auf, dass sie sich wegdrehen wollte, aber Tom nahm ihr Gesicht in beide Hände und hielt es fest.

»Das wird sie nicht.« Sein Blick hielt ihrem stand.

»Du wirst nicht so bald in Rente gehen können, Pflegeheime kosten nämlich ein Vermögen. Du musst bestimmt arbeiten, bis du achtzig bist, und Laks wird kaum studieren können.«

Er lachte leise. »Hörst du mir eigentlich zu, wenn ich dir von unserer Vermögensanlage erzähle? Ich könnte morgen aufhören zu arbeiten, und wir würden trotzdem gut zurechtkommen.«

Sie sah ihn misstrauisch an, und er lachte wieder, beugte sich zu ihr herüber und küsste sie. »Ist wirklich so. Und ich werde dich immer besuchen wollen, das ist doch klar. Laks auch. Es wird keine Belastung für uns sein. Und sie wird dich immer lieb haben.«

»Wird sie nicht, und du auch nicht. Du wirst am Ende einsam und verbittert sein, weil du ständig die Hülle eines Menschen besuchen musst, den du mal geliebt hast, der dich aber schon lange nicht mehr erkennt. Die Zeit könntest du viel besser dazu nutzen, eine neue Frau kennenzulernen. Eine junge, gesunde Frau, mit der du ein neues Leben anfangen kannst.«

Er schüttelte den Kopf. »Ich will aber kein neues Leben. Ich will das hier. Das Leben mit dir.«

»Aber ich bin doch ...«

»Du bist meine große Liebe. Für immer.«

Mara schloss seufzend die Augen. Sie fühlte, wie er näher an sie heranrutschte. Er legte sich auf die Seite und sah sie an. Tom nahm sie in die Arme und zog sie zu sich heran. Irgendwann wurde sein Atem tiefer. Sein Griff ließ nach. Sie befreite sich vorsichtig aus seiner Umarmung, setzte sich auf und sah ihm beim Schlafen zu. Er war wirklich einfach wunderschön.

»... schön genug, um beim Radio zu arbeiten, hm?«, sagte er immer lachend, wenn sie ihn darauf ansprach. Und sie antwortete jedes Mal: »Nein, ganz ehrlich einfach wunderschön.«

Mara strich ihm über die Haare, von der Stirn bis zum Hinterkopf, ließ die Hand dann über seinen Bart und seinen Kiefer wandern. Es war unverzeihlich zuzulassen, dass dieser hübsche Mann seine besten Jahre als Krankenpfleger einer Frau verschwendete, deren Schönheit, Kraft und Sexappeal sich rasend schnell verabschiedeten, während er immer besser aussehen würde.

Sie fuhr die Lachfalten an seinen Augen nach. Tom war so ein herzensguter, liebevoller Mann. Natürlich würde er sie bis zu ihrem Tod pflegen, wenn sie ihn lassen würde.

Dank Tom hätte sie noch viel mehr Jahre zu Hause als die

meisten anderen HK-Patienten. Sie hörte seine Stimme in ihrem Kopf: »Noch ist es nicht nötig, mein Schatz«, würde er jedes Mal sagen, wenn sie meinte, es sei an der Zeit, sich nach einem Pflegeheim umzusehen. Sie konnte sich gut vorstellen, wie er sie im Rollstuhl umherschob, sie von der Couch ins Bett trug, ihr das Essen pürierte. Ihr die Haare kämmte. Sie vorsichtig in die Badewanne hob und liebevoll wusch.

Er würde ihr mehr Zeit mit Laks, mit ihren Eltern, mit den Zwei Frauen schenken.

Doch wie er selbst gesagt hatte: Zu dieser Ehe gehörten zwei Menschen, nicht nur einer.

Zwei Menschen, die einander mehr liebten als alles andere auf der Welt.

Mara beugte sich über ihn, atmete seinen männlichen, aufregenden Duft ein. Sie drückte ihm sanft einen Kuss auf die warme, kratzige Wange, auf den sexy Bartansatz. Sie leckte mit der Zungenspitze über seine salzige Haut.

Zwei Menschen, deren Liebe zum jeweils anderen so stark war, dass sie alles füreinander getan hätten.

Sie drückte ihr Gesicht an seinen Hals und ließ die Tränen laufen, ließ sie beide miteinander verschmelzen und dachte darüber nach, was sie alles damit aufgab, wenn sie nicht zuließe, dass er sich so lange um sie kümmerte, wie es nur ging.

Und auch darüber, was er aufgeben müsste, wenn sie es zuließe.

Teil IV

Freitag, 8. April

NOCH ZWEI TAGE

31

Scott

Scott war sich durchaus dessen bewusst, dass seine Wiederholungsstunde über den Unterschied zwischen Adjektiven und Adverbien seine Schüler nicht gerade vom Hocker riss, aber er konnte es nicht ändern. Das Thema musste abgehandelt werden. Plötzlich drehten alle Kinder den Kopf zur Tür. Zu seiner Überraschung entdeckte Scott dort Laurie. Ihre Augen waren rot und geschwollen, als hätte sie gerade geweint, und ihre Unterlippe zitterte verdächtig, als stünde ein neuer Weinkrampf bevor.

Oh mein Gott, dachte er. Das Baby! Mit zitternder Stimme wandte er sich an die Klasse. »Ich bin gleich wieder da, ja? Ich schicke euch Mr. Connor her.« Pete unterrichtete eine Klasse im Raum gegenüber.

Scott trat auf den Gang hinaus und schloss die Tür hinter sich. Er fasste Laurie sanft an den Schultern. »Ist was mit dem Baby?«

Sie schüttelte überrascht den Kopf und legte automatisch eine schützende Hand auf den Bauch. »Es ist wegen LaDania. Sie ist tot.«

»Was?« Scott wich einen Schritt zurück und wäre fast gegen die Wand geprallt. »*Tot?* Was ist denn passiert?«

»Eine Überdosis. Ist wahrscheinlich gestern Abend passiert. Janice hat mich auf der Arbeit angerufen. LaDania wurde heute Morgen gegen vier von der Polizei gefunden. Ich hab gleich versucht, dich anzurufen, aber im Sekretariat hat sich niemand gemeldet. Und ich dachte mir, du müsstest es gleich erfahren. Wir sollten auf jeden Fall Bray holen. Kannst du hier weg?«

»Ja, na klar. Das ist ohnehin meine letzte Unterrichtsstunde. Ich brauch bloß einen Moment, um alles zu organisieren.«

Er ging zu Petes Klassenraum und steckte den Kopf durch die Tür. Pete saß allein am Lehrertisch und korrigierte Arbeiten. Scott räusperte sich.

»Ist was passiert?«, rief Pete alarmiert. Da entdeckte er Laurie. »Oh! Laurie. Hey, weinst du etwa? Ist alles in Ordnung? Ist was mit dem Baby?«

»LaDania«, sagte Scott. »LaDania ist tot, Überdosis.«

»Oh mein Gott!« Pete legte Laurie einen Arm um die Schultern. »Ich weiß gar nicht, was ich sagen soll. Das ist ja vielleicht ein Schock. Ich dachte, es geht ihr besser. Der Große wohnt doch wieder bei ihr, oder? Meintet ihr nicht, sie hat diese Woche ein Vorstellungsgespräch? Hat Janice nicht gesagt, LaDania wirkt, als ob sie wieder zurechtkommt?«

Scott nickte. »Ja, so sah es aus.«

Sie standen einen Moment schweigend zusammen.

Schließlich sagte Scott zu Laurie: »Wir sollten mal los und Bray abholen, bevor Janice ihn erreicht. Und ... oh Gott, Curtis ...!« Er schlug die Hand vor den Mund. »Was ist denn mit Curtis?«

»Der ist noch in der Schule«, antwortete Laurie. »Den können wir auf dem Rückweg von Ann Arbor abholen. Er weiß noch nichts davon, nur Bray. Janice hatte Brayden angerufen, bevor sie sich bei mir gemeldet hat. Ich habe ihn auf dem Weg hierher schon angerufen und Bescheid gesagt, dass wir ihn holen kommen und dann zusammen zu Curtis fahren, damit wir es ihm gemeinsam erzählen können. Ich glaube, darüber ist er ziemlich froh. Wenigstens das können wir also für ihn tun.«

»Ich halte dich auf dem Laufenden«, sagte Scott zu Pete. Er zeigte auf seinen Klassenraum. »Kannst du so lange …?«

»Na klar, ich kümmer mich um deine Schüler«, sagte Pete. »Mach dir keine Sorgen.«

Bray kauerte in sich zusammengesunken und mit verweinten Augen auf dem Rücksitz.

Scott sah Laurie an, die auf dem Beifahrersitz saß, und flüsterte: »Danke.« In Stresssituationen behielt sie immer einen kühleren Kopf als er.

Als wollte sie diesen Gedanken noch unterstreichen, drehte sie sich zu Bray herum. »Ich habe schon mal Pfarrer John angerufen, ich hoffe, das ist okay.« Das war der Pfarrer einer Kirche, in die LaDania ab und zu gegangen war. Er war während ihrer Gefängniszeit mit ihr in Kontakt geblieben und hatte auch mehrmals bei den Coffmans angerufen, um sich nach Curtis zu erkundigen.

»Ja, danke«, murmelte Bray. »Mit dem sollte ich auf jeden Fall reden, eine Trauerfeier organisieren und so.« Seine Stimme versagte. Er schlug die Hände vors Gesicht und ließ sich tiefer in die Polster rutschen.

»Habe ich schon erledigt«, sagte Laurie und legte ihm die Hand aufs Bein. »Von ihm aus könnten wir den Gottesdienst für sie gleich morgen abhalten, wenn euch das nicht zu früh ist. Er meinte, es wäre vielleicht gut für dich und Curtis, es möglichst schnell hinter euch zu bringen. Aber wenn du lieber noch ein bisschen warten willst, ist das auch …«

»Nein«, unterbrach Bray sie, »ich würde es gern gleich

morgen machen.« Er senkte schnell den Blick, als schämte er sich für diesen Wunsch.

»Das kann ich gut verstehen«, versicherte Laurie sanft. »Pfarrer John lädt ein paar Freunde deiner Mutter aus der Gemeinde und die Johnsons ein. Die beiden werden euren anderen Nachbarn Bescheid sagen. Sonst gibt's nur noch uns, oder? Habt ihr noch irgendwelche Verwandte? Pfarrer John meinte, er kennt sonst niemanden.«

»Nein, meine Grandma ist ja gestorben. Sonst gibt's niemanden. Zumindest soweit ich weiß.«

»Na, dann ist ja alles geklärt. Wir können Pfarrer John gern nachher wegen der Einzelheiten anrufen. Welche Musik gespielt werden soll, welcher Psalm gelesen werden soll, solche Sachen. Das kann ich aber auch übernehmen, wenn du möchtest.«

»Danke, das wäre lieb«, sagte Bray leise.

»Ja, auch von mir ein Danke, Laur«, stimmte Scott zu. Er streichelte ihr das Knie und überlegte, wie er helfen konnte. Laurie legte ihre Hand auf seine. Sie kümmerte sich um alles, hatte alles im Griff, während er nur völlig kopflos hinter ihr herlaufen konnte. »Du kannst dieses Wochenende natürlich bei uns schlafen, Bray«, sagte er. »Sonntag fahre ich dich dann zurück nach Ann Arbor.«

Bray räusperte sich. »Ähm, ich hatte eigentlich gehofft, dass ich bis Montag bleiben kann, wenn das in Ordnung ist. Ich muss am Montag sowieso in Detroit sein, wegen der Anhörung.«

»Was?«, fragte Scott. »Wieso sollten wir die Vormundschaft beenden, wenn es sonst niemanden gibt, der sich um Curtis kümmert?«

In dem Moment ging ihm auf, dass er das natürlich erst einmal mit seiner Frau hätte besprechen müssen. Doch da zog

Laurie ihre Hand auch schon zurück. Er versuchte, ihren Blick einzufangen, aber sie drehte sich weg und sah starr aus dem Fenster, die Schultern angespannt.

»Darüber habe ich auch mit Janice geredet«, sagte Bray. »Wir könnten das unter diesen Umständen schon noch aufschieben, aber ich finde, es ist für Curtis am besten, wenn er so schnell wie möglich weiß, wie es mit ihm weitergeht. Deshalb würde ich das gern einfach durchziehen. Dem Richter meine Entscheidung mitteilen und alle Formalitäten erledigen, und dann kann Curtis sein Leben weiterleben.«

»Was denn für eine Entscheidung?«

»Janice meinte, entweder übernehme ich die Vormundschaft für ihn, oder er kommt in Pflege.«

»Wie bitte?«, fragte Scott entrüstet. »Sie hat einem Studenten vorgeschlagen, der Vormund eines Achtjährigen zu werden?« Er konnte es nicht fassen. »Das hat sie dir wirklich vorgeschlagen? Wo soll Curtis denn schlafen? Bei euch im Wohnheim in der Besenkammer? Und seine Hausaufgaben macht er in eurer Umkleide, während du trainierst? Und wenn du bei einem Auswärtsspiel bist, schläft er so lange im Bus?« Scott schlug wütend auf das Lenkrad und fühlte, wie ihm die Hitze ins Gesicht stieg. Er musste nicht in den Rückspiegel sehen, um zu wissen, dass ihm eine Ader am Hals pochte.

Laurie schaute ihn nicht an, als sie sagte: »Jetzt beruhige dich mal wieder. Das hat sich Bray nicht ausgesucht, er erzählt dir ja nur, was Janice gesagt hat.«

»Tut mir leid«, erwiderte Scott und sah sie entschuldigend an. Sie blickte jedoch immer noch unverwandt aus dem Fenster und bemerkte es nicht. Beschämt fing er im Rückspiegel Brays Blick ein.

»Ach, ist schon in Ordnung.« Der Junge winkte ab. »Ich

konnte das ja zuerst auch nicht richtig glauben. Aber ich denke schon den ganzen Vormittag darüber nach und habe auch mit meinen Mitbewohnern gesprochen. Ich meine, es macht ja Sinn: Ich bin jetzt Curtis' einzige Familie. Ich sollte auf jeden Fall die Vormundschaft übernehmen. Und wieso sollten wir damit noch warten? Ihr zwei habt ja bald euer eigenes Baby. Bei euch kann er dann ja nicht mehr w…«

»Du schmeißt also einfach so dein Studium hin?«, warf Scott ein. »Gibst deine Karriere auf, deine ganze Zukunft?«

Er sah zu seiner Frau, flehte sie stumm an, Bray doch zu versichern, dass Curtis noch eine Weile bei ihnen bleiben konnte, damit Bray über diese wichtige Entscheidung länger nachdenken konnte.

Diesmal sah sie ihn an, aber ihre Augen waren dunkel und ernst. »Lass ihn doch erst mal ausreden.«

Scott holte tief Luft. »Sorry, Bray. Ich … ich bin einfach so geschockt. Red weiter.«

Laurie warf ihm noch einen Blick zu und drehte sich dann wieder zum Fenster.

Bray winkte wieder ab. »Ist schon gut. Ich meine, die Situation ist nicht wirklich gut, das ist eigentlich alles völlig verrückt. Aber ich will es nicht noch länger hinauszögern, ich will Curtis nicht länger warten lassen. Er soll sich nicht sorgen, wie sein Leben weitergeht, während ich in aller Ruhe überlege, was ich will und was gut für mich ist. Er verdient sofort eine Antwort. Er soll sich sicher fühlen.« Bray holte tief Luft und suchte im Rückspiegel Scotts Blick. »Und meine Antwort ist, dass ich sein Vormund werde. Ich werde von der Uni abgehen und wieder hierherziehen. Meine Mom hatte ein bisschen Geld aus einer kleinen Lebensversicherung. Hat Janice mir erzählt. Ist nicht viel, aber damit kommen wir erst mal klar, bis ich Arbeit gefunden habe.«

Scott wollte ihn schon wieder unterbrechen, doch Bray hob die Hand.

»Ich weiß genau, was du jetzt sagen willst. Aber ja, ich habe darüber nachgedacht. Und ja, es fällt mir nicht leicht aufzuhören. Mit der Uni, mit Basketball, mit allem.« Er blickte aus dem Fenster und schüttelte den Kopf, als sähe er das Ende seiner Karriere, seine zerbrochenen Träume dort draußen. »Aber ich wollte die Karriere bei der NBA und den Abschluss in BWL ja vor allem, um meiner Familie ein besseres Leben zu ermöglichen. Und Curtis ist meine Familie. Ich kann ihn nicht einfach zu Pflegeeltern geben und selbst weiter an einem schönen Leben für mich arbeiten.« Scott wollte etwas einwenden, doch Bray schüttelte den Kopf. »Ich verstehe, dass dich das sauer macht. Dass du vielleicht denkst, du hast die ganzen Jahre deine Zeit an mich verschwendet. Und du hast allen Grund dazu, sauer zu sein.«

Bray sah wieder aus dem Fenster, zornig diesmal. Er klang verbittert. »Ich bin so wütend auf meine Mom, dass sie mich in diese Situation gebracht hat. Dass sie Curtis allein gelassen hat.« Er holte tief Luft und sah Scott wieder an. »Aber so ist es nun mal.« Er zuckte mit den Schultern, wirkte ruhiger. »Und ich sehe einfach keine andere Möglichkeit. Also werde ich eben sein Vormund.

Und ich kann ja später immer noch die Abendschule besuchen, wenn ich ein bisschen Geld gespart habe. Ich kann da meinen Abschluss machen und einen besseren Job finden. Sicher nicht in Michigan und sicher nicht in der NBA, aber dieses Kapitel ist eben für mich abgeschlossen, und das ist auch in Ordnung so.« Scott wollte widersprechen, doch Bray legte ihm die Hand auf die Schulter und bat ihn so, ihm noch einen Moment zu geben. »Und ich brauche deine Unterstützung dabei, Coach. Ich muss wissen, dass du hinter mir stehst. Mir nicht sagst, was ich selbst weiß – dass es verdammt schade ist, dass es unfair ist und so weiter. Klar stimmt das alles. Aber darüber kann ich jetzt nicht nachdenken, und ich will es auch nicht hören. Bitte.«

Scott zwang sich, nicht sofort draufloszureden. Er atmete erst einmal tief ein. Noch einmal. Und noch einmal. Er befahl der Ader an seinem Hals, mit dem Pochen aufzuhören, und kämpfte seine innere Erregung nieder. Erst als er sicher war, wieder ruhig sprechen zu können, wandte er sich noch einmal an Bray.

»Natürlich unterstütze ich dich. Wenn du dir sicher bist, dass es das ist, was du wirklich willst. Ganz sicher, hundertprozentig. Aber ... und ich will dir hier nichts ausreden, ich denke nur mal laut, ja? Niemand würde dir einen Vorwurf machen, wenn du dir mit der Entscheidung noch ein kleines bisschen Zeit lassen und die Anhörung noch mal verschieben willst. Überlegen, ob das wirklich deine endgültige Antwort ist. Vielleicht gibt es doch noch eine Alternative. Und es würde dir auch niemand einen Vorwurf machen, wenn du irgendwann zu dem Schluss kommst, dass diese Verantwortung doch zu viel für dich wäre, dass du damit vielleicht doch überfordert wärst.«

Scott warf seiner Frau einen verstohlenen Blick zu. Sie wirkte äußerst angespannt, starrte aus dem Fenster und schwieg. Scott seufzte.

»Danke, Coach«, sagte Bray. »Aber ich bin mir jetzt schon hundertprozentig sicher. Ich würde mich einfach für den Rest meines Lebens mies fühlen, wenn ich meinen Bruder bei Fremden wohnen lassen würde, weil es mir selbst ›zu viel‹ wäre, mich um ihn zu kümmern. So bin ich einfach nicht. Ich gebe nicht auf, weil mir was ›zu viel‹ wird.«

»Nein«, stimmte Scott zu, »so bist du nicht. So warst du nie.«

32

Mara

Mara wollte gerade auf dem Klebezettel unter ihrem Laptop nachsehen, was noch zu erledigen war, als das Telefon zu blinken begann. Es war die Klinik. Diesmal nahm sie ab. Sie wusste ja, dass sie wegen ihrer Nachricht auf dem Anrufbeantworter zurückriefen, weil sie mehr Schlaftabletten benötigte.

Mara könne sich die neue Packung jederzeit abholen, sagte die Sprechstundenhilfe. »Da ich Sie gerade am Telefon habe – wollen wir nicht gleich einen Termin für die nächste Untersuchung vereinbaren? Ich habe eben gesehen, dass Sie noch keinen neuen ausgemacht haben.«

»Ja, gute Idee.« Mara fühlte, wie sie bei der Lüge rot wurde. »Ich habe nur gerade meinen Kalender nicht zur Hand. Ich melde mich dann noch mal.«

»In Ordnung. Aber warten Sie nicht zu lange, Sie wissen ja, dass es immer ein paar Wochen Wartezeit gibt. Aber wenigstens ist es bei uns noch nicht so schlimm wie beim Kinderarzt, oder?« Sie lachte, und Mara versuchte, mit einzustimmen, während sie ihrer Liste den Punkt *Arzttermine für Laks vereinbaren* hinzufügte.

Sie legte auf und rief sofort bei Laks' Kinderarzt an.

»Nur für die Impfungen nach dem fünften Geburtstag oder auch gleich noch für die, die nach dem sechsten fällig sind?«, fragte die Arzthelferin. »Ich kann hier im Kalender Termine bis zu einem Jahr im Voraus eintragen, ist kein Problem. Lieber jetzt gleich etwas ausmachen, dann vergisst man es später nicht, stimmt's?«

»Das wäre super! Und Sie schicken dann wieder kurz vorher eine Postkarte zur Erinnerung, damit die beiden … ich meine, damit wir es nicht vergessen, ja?«

»Machen wir.«

Als Nächstes rief sie bei der Zahnärztin an. »Können wir für Lakshmi vielleicht gleich die nächsten drei Untersuchungen vereinbaren? Ich habe demnächst auf der Arbeit sehr viel zu tun und vergesse so was leicht. Da dachte ich, mache ich die Termine lieber alle auf einmal.«

»Tut mir leid«, antwortete die Sprechstundenhilfe, »ich kann nur einen Termin auf einmal vormerken. Schreiben Sie sich doch einfach in den Kalender, dass Sie in einem halben Jahr noch mal anrufen. Für einen Anruf hat eine berufstätige Mutter ja wohl noch Zeit, oder?«

Eine tote aber nicht, hätte Mara am liebsten erwidert.

Doch dann fiel Mara plötzlich der Hörer aus der Hand. Er prallte von der Tischkante ab und landete auf dem Fußboden, wo die Batterieklappe mit einem hässlichen Knall abbrach. Die Stimme der Sprechstundenhilfe drang dünn zu Mara herauf. Sie konnte die einzelnen Worte nicht verstehen. Wie gelähmt starrte sie auf das Telefon auf dem Steinboden, bis die Frauenstimme verstummte und stattdessen das Freizeichen erklang.

Mara sah sich in der Küche um und stellte sich vor, wie Tom und Laks traurig und angespannt ihre Tage hier verbringen würden. Wie Laks am Küchentisch vor einer Schüssel Cornflakes saß, ohne zu essen, zu traurig, um auch nur den Löffel in die Hand zu nehmen. Wie Tom mit seinem Kaffeebecher dastand und das Mädchen bat, doch etwas zu essen. Wie er sie zum Bus brachte und sich Laks dabei an seinen Arm klammerte und bettelte, zu Hause bleiben zu dürfen.

Abends wäre es genauso, beide würden in ihrem Essen herumstochern. Tom würde Laks mechanisch duschen, sie hätte keine Lust, noch ein wenig Pirat zu spielen. Und schließlich wäre Schlafenszeit, der schwerste Teil des Tages für jeden Menschen, der um einen anderen trauerte. Mara sah Tom an Laks' Bett sitzen, sah, wie sie sich umarmten, wie Tom versuchte, sich zusammenzureißen und stark für beide zu sein, während sich das Mädchen die Augen ausweinte. Neben ihnen ein Stapel Bücher mit Gutenachtgeschichten, die sie auch heute Abend wieder nicht anrühren würden.

Ihretwegen. Nur ihretwegen. Das Tuten aus dem Hörer klang für Mara wie eine EKG-Nulllinie, das Klagelied, das ankündigte, dass jemand gegangen war und jemand anders allein zurückblieb. Gab es einen traurigeren Ton? Und wie konnte sie nur darin einstimmen?

Wie konnte sie nur? Mara hörte diesen Satz plötzlich, als schmetterte ein Chor ihn ihr entgegen. Es war ein Stimmenmeer: die Mütter in der Schule, die Anwälte in der Kanzlei, die Nachbarn. Steph, Gina, ihre Eltern. Und Tom sang am lautesten von allen: *Wie konnte sie uns das nur antun?*

Mara hielt sich an einem Stuhl fest, um nicht das Gleichgewicht zu verlieren, und versuchte, das Telefon aufzuheben. Sie konnte das Geräusch nicht mehr ertragen, das Geräusch ihrer Nulllinie und die vorwurfsvollen, verzweifelten Stimmen ihrer Lieben.

Ich mache das alles doch nur für sie, rief Mara sich in Erinnerung. Ich helfe ihnen. Das darf ich nicht aus den Augen verlieren. Sie setzte sich aufrecht an den Küchentisch und ging ihre To-do-Liste durch. Wenn sie sich von dem Schmerz ihrer Angehörigen ablenken ließ, den ihr Tod verursachen würde, und dabei aus den Augen verlor, wie viel Schmerz sie ihren Lieben durch diese Entscheidung ersparte, würde sie ihre Liste nie abgearbeitet bekommen. Sie würde ihre letzte Aufgabe niemals schaffen.

»Ich mache das für sie«, flüsterte sie vor sich hin. Und sagte es dann noch einmal lauter. »Für sie.« Sie nahm einen Stift und schrieb FÜR SIE ganz oben auf ihren Klebezettel.

Mara räusperte sich und strich den Punkt durch, den sie vor Kurzem hinzugefügt hatte: *Arzttermine für Laks vereinbaren.* Sie überflog den Rest der Aufgaben und nickte entschlossen. Ihr blieben noch zwei Tage, und sie hatte bereits fast alle Anrufe und E-Mails erledigt. Einige wichtige Dinge waren jedoch noch zu tun.

Tom Tipps stand ganz oben auf der Liste und war noch nicht abgehakt. Mara fuhr ihren Laptop hoch und öffnete ein Dokument, das sie schon vor mehreren Wochen begonnen hatte, eine Aufstellung von Stichpunkten für Tom, die sie dort sammelte. Unter den Hinweis *Schuhe für Laks immer eine Nummer zu groß kaufen, damit sie hineinwachsen kann* fügte sie hinzu: *Arzttermine ruhig schon ein paar Monate im Voraus vereinbaren.*

Über dem Tipp zum Schuhkauf stand: *Hosen mit Gummizug kaufen, damit sie Laks an den Beinen lang genug sind, aber nicht runterrutschen, sie hat doch so schmale Hüften.*

Trau dich auch ruhig, den am Boden zerstörten Witwer zu geben, wenn dich der Elternausschuss um Hilfe für irgendwelche Aktionen für die Schule nervt – so was nimmt immer wahnsinnig viel Zeit in Anspruch. Verweise ebenfalls ruhig auf deinen Witwerstatus, um Laks in den Kursen unterzubringen, in die sie am liebsten will – es wird zwar von Schulseite aus immer behauptet, dass man sich das nicht aussuchen kann, aber der Elternausschuss kann da auf jeden Fall was reißen, und einem verwitweten Arzt schlagen sie bestimmt nichts ab.

Termine zum Haareschneiden immer, immer bei Elizabeth, nie bei Marian vereinbaren – Marian ist so grob beim Kämmen, dass Laks die ganze Zeit wie am Spieß schreit.

Eine Stunde später strich Mara seufzend den Punkt *Tom Tipps* durch. Erledigt. Was jetzt? Sie hatte alle E-Mails verschickt, die noch ausgestanden hatten, und auch bereits ein frustrierendes Telefonat mit Toms Mutter hinter sich gebracht, die morgens um Viertel nach neun schon so betrunken gewesen war, dass sie den Anruf sofort wieder vergessen und Tom gegenüber nie erwähnen würde. Mara hatte nachgesehen, ob MotorCity ihr eine Nachricht im Forum hinterlassen hatte, das hatte er jedoch nicht. Da sie keine Lust hatte, sich mit dem Thema zu beschäftigen, das SoNotWicked für diesen Tag vorgeschlagen hatte – wie man trotz eines hektischen Alltags Sport treiben konnte –, loggte sie sich schnell wieder aus. Sie betrachtete den Stapel Zeitschriften neben ihrem Laptop, nahm die oberste kurz in die Hand und überflog die Themen auf dem Cover, ließ die Zeitschrift jedoch wieder sinken.

Es war halb zehn. Harry kam erst um elf. Sie hatte bereits geduscht und war fertig angezogen. Mara warf noch einen Blick auf ihre Liste. Die Briefe an Laks und Tom waren fertig. Sie würde sie morgen vor dem Ausdrucken noch einmal lesen, aber zu ändern war nicht mehr viel. Sie strich diesen Punkt durch und dann auch gleich den nächsten.

Am vergangenen Abend war sie noch einmal in Ruhe die beiden Kartons unter ihrem Bett durchgegangen, der eine mit Karten von Tom, zum Geburtstag, zum Valentinstag, zu ihrem Hochzeitstag, und der andere mit den Bildern und Bastelarbeiten von Laks – ein dreibeiniger Thanksgiving-Truthahn mit ihrem Handabdruck als Vorlage, dem das Mädchen sieben Plastikaugen angeklebt, aber nur eine einzelne Schwanzfeder angemalt hatte; ein Schneemann, der ein Basecap trug wie Tom, wenn er joggen ging, und dessen Kopf größer war als sein Körper; ein rosa Herz, dessen linke Seite viel runder war als die rechte. »Künstlerisch vielleicht noch ausbaufähig, aber auf jeden Fall anatomisch korrekt!«, hatte Tom gesagt.

Sie wusste, dass es gefährlich war, Toms kleine Zettel und Karten noch einmal zu lesen, seine Hemden im Schrank zu streicheln. Sich Laks' Bilder anzusehen, ihre ersten geschriebenem Worte zu betrachten. An den Kuscheltieren ihrer Tochter zu riechen. Sex mit Tom zu haben. Sie bewegte sich damit auf vermintem Gelände, jederzeit konnte sie damit eine Explosion auslösen, die ihre Entschlossenheit zunichtemachte. Aber sie wäre sich feige vorgekommen, sich den Gerüchen und Bildern und allem anderen nicht zu stellen.

Und es geschah auch aus egoistischen Gründen. Mara wollte das alles noch in sich aufnehmen, es durch die Haut absorbieren, auf dass es bis zu ihren Knochen vordrang. Alles mitnehmen, was noch ging.

Ein Blick auf die Liste zeigte ihr, dass es noch einen offenen Punkt gab: sich noch einmal die Bilder und anderen Kunstwerke anzusehen, die sie im Laufe ihres Lebens zusammengetragen hatten. Mara begann im Wohnzimmer vor dem Kamin, fuhr mit der Hand den Sims entlang und über die teuren Keramikfiguren darauf, auf denen die überteuerte Inneneinrichterin bestanden hatte. Es waren insgesamt vier, verspielte Stücke, die an den Glaskünstler Dale Chihuly erinnerten und deren helle Farben perfekt zu dem Mosaik der Kamineinfassung passten. Tom hatte gemeint, dass sich die Stücke doch bestens als Vasen eignen würden. Da hatte ihm die Inneneinrichterin fast die Augen ausgekratzt. Kein Tropfen Wasser dürfe dorthinein oder auch nur in ihre Nähe, hatte sie geschimpft. Diese Kunstwerke kosteten mehr, als die meisten Leute für ihr erstes Auto ausgaben, sie seien da, um bewundert zu werden, nicht um sie zu benutzen.

Zu diesem Zeitpunkt war Tom bereits kurz davor gewesen, der Frau zu kündigen. Die beiden hatten sich zuvor schon fast zerstritten, weil Tom keinen gasbetriebenen Kamin hatte haben wollen, sondern einen, in dem man echtes Holz verbrennen konnte. Echtes Feuer sei total altmodisch, hatte die Inneneinrichterin in ihrem texanischen Neureichenakzent von oben herab verkündet und Tom damit auf die Palme gebracht. Jetzt musste Mara bei dem Gedanken lächeln, wie stolz Tom auf sie wäre, wenn er sie hier mit einem dieser Angeberstücke in den unsicheren Händen sehen könnte. Sie stellte die Figur zurück und ging weiter, strich sanft über die Gravur eines Fotorahmens aus geschliffenem Glas. Bei diesem würde sie kein Risiko eingehen.

Es war ein Foto von ihr und Laks, das letztes Thanksgiving aufgenommen worden war: Mara sitzt im Wohnzimmer auf dem Boden, das Mädchen zwischen den Knien. Laks sieht zu ihrer Mutter hoch, lacht sie mit offenem Mund an. Mara erwidert den Blick und lacht ebenfalls aus vollem Hals. Sie hat die Arme um die schmalen Schultern des Mädchens geschlungen, Laks hält die Ellenbogen ihrer Mutter umfasst. So saßen sie über eine Stunde lang gemeinsam da, schwatzten und kuschelten miteinander, und Tom hatte sich mit der Kamera angeschlichen.

Mara fühlte Tränen in sich aufsteigen.

»Nein«, sagte sie fest und drückte sich mit den Fingern auf die Augenlider. »Nein.«

Sie tat es für sie, sagte sie sich noch einmal. Sie tat Laks damit einen Gefallen. Tom auch. Und sie hatte es fast geschafft. Jetzt war wirklich nicht der richtige Augenblick, um ihre Entscheidung infrage zu stellen.

Oder war es – ganz im Gegenteil – genau der richtige Augenblick?

Mara zwang sich, das Foto noch einmal zu betrachten. Mutter und Kind, die miteinander kuschelten und schwatzten. Gab es etwas Schöneres? Wenn Mara an kalten Wintertagen in Montreal von der Schule nach Hause gekommen war, hatte Neerja sie immer schon in der Küche mit heißer Schokolade und Keksen erwartet. Mara hatte sich dann auf ihren Schoß gesetzt. Neerja legte die Arme um sie und hörte ihr zu, wie sie von der Schule erzählte, mit wem die Lehrerin hatte schimpfen müssen, was sie in der Pause gespielt hatten.

Als sie älter wurde, setzte sie sich zwar nicht mehr auf Neerjas Schoß, sondern gegenüber auf einen Stuhl, aber sie vertraute ihr immer noch jeden Tag an, was sie beschäftigte.

Neerja hörte ihr immer so aufmerksam zu, als wären Maras Erlebnisse, Fragen und Sorgen für sie das Interessanteste auf der Welt. Sie nickte stets verständnisvoll, und Mara hatte immer das Gefühl, ihre Mutter auf ihrer Seite zu haben, selbst wenn sie in der Schule Ärger oder eine schlechte Note bekommen hatte.

Zum Ende der Highschoolzeit hatte Mara nach der Schule einen Nebenjob, und sie verschoben die Unterhaltungen auf abends, kurz vor dem Schlafengehen. Während ihrer Zeit an der Uni, als Mara im Wohnheim und später in einer WG wohnte, konnten sie sich nicht mehr jeden Tag sehen, dafür telefonierten sie viel. Bis heute besuchten sie einander mehrmals pro Woche, auch wenn es inzwischen fast nur noch Neerja war, die bei Mara vorbeischaute.

Mara hörte Laks so zu, wie Neerja ihr zugehört hatte. Für sie gab es kein größeres Geschenk, das sie ihrer Tochter machen konnte, keine bessere Art, ihrer Liebe Ausdruck zu verleihen. Und auch wenn sie Laks dieses Geschenk nicht noch jahrzehntelang machen konnte wie ihre eigene Mutter, hätte sie auf jeden Fall noch länger die Möglichkeit dazu als nur bis Sonntag.

Auch wenn sie bettlägerig werden würde – zuhören würde sie Laks noch lange können.

Und vielleicht wogen die vielen Dinge, die sie nicht mehr für sie würde tun können, vor diesem Hintergrund nicht mehr ganz so schlimm …

Mara streichelte sanft die Umrisse ihrer Tochter auf dem Foto. Wovon hatte Laks ihr an dem Tag erzählt? Sie versuchte, sich zu erinnern. Irgendetwas über einen Traum oder eine Reise, oder war es …

Plötzlich musste sie dringend auf die Toilette. Ihr fiel ein, dass sie nach dem Duschen noch keine neue Windel angelegt hatte. Sie drehte sich schnell um und …

Zu spät.

Sie schlug die Hand vor den Mund.

»Oh nein!«

Sie hatte die verdammten Dinger am Abend zuvor ganz hinten in einer Kommodenschublade versteckt und es sich damit selbst erschwert, an sie zu denken. Zum Glück war sie zu Hause und saß nicht schon im Taxi. Sie spürte, dass sie keinerlei Einfluss hatte, es aufzuhalten. Starr vor Entsetzen sah sie, wie der Urin eine warme Spur an ihrem Bein hinunterzog; er lief über ihre nackten Knöchel und sammelte sich auf dem weißen Wohnzimmerteppich in einem deutlich sichtbaren Fleck.

Um ihre Füße bildete sich eine unangenehm riechende Pfütze, und ohne drüber nachzudenken, bückte Mara sich schnell danach und drückte die rechte Hand an den äußeren Rand, als könnte sie damit verhindern, dass sie sich weiter ausbreitete. Die Bewegung brachte sie aus dem Gleichgewicht, und sie fiel vornüber und landete mit dem Gesicht in der Pfütze. Nie zuvor hatte Mara ihre verlangsamten Reflexe mehr verflucht.

»Nein!«

Sofort bereute sie, den Mund geöffnet zu haben. Sie musste würgen, und ein Teil ihres Frühstücks gesellte sich zu dem Urin auf dem Teppich.

»Verdammt noch mal!«

Langsam drückte sie sich vom Boden hoch. Schließlich stand sie. Mit nasser Unterwäsche und nassem Rock schleppte sie sich ins Bad. Jeder Schritt klebrig und feucht. Rock und Slip landeten wie T-Shirt und BH in der Wäschetonne.

Nackt und fluchend holte sie Eimer, Lappen und Putzmittel aus der Küche und bearbeitete verzweifelt den Fleck auf dem Teppich. Schließlich konnte man ihn nicht mehr erkennen, und sie war zufrieden.

Zurück im Bad, entdeckte sie bei einem Blick in den Spiegel Erbrochenes an ihrem Hals und in ihren Haaren. Ein Krampf durchfuhr sie und drohte, den Rest ihres Frühstücks ebenfalls noch aus ihr herauszubefördern. Panisch setzte sie sich auf die Toilette und blieb dort, bis sie das Gefühl hatte, ihr Körper müsse nun vollständig entleert sein.

Sie riss mehrere Lagen Toilettenpapier ab und versuchte, sich zu säubern, doch ihre Arme ließen sich vor lauter Stress nicht zu vernünftigen Bewegungen überreden, und so endete der Versuch mit ekelhaften braunen Spuren an der Innenseite ihres Oberschenkels, an ihrem Bauch und unter ihren Fingernägeln. Ein schrecklicher Würgereiz schüttelte sie.

Mara musste daran denken, wie angewidert der kleine Junge im Supermarkt ausgesehen hatte. Wie der Kfz-Mechaniker einen Schritt zurückgewichen war. Wie ihre Tochter sie gebeten hatte, sich doch hinter einem Baum zu verstecken, damit man sie nicht sah, und später ihren Vater angefleht hatte, ihre Mutter solle doch bitte nicht mehr das Haus verlassen. Und ihr wurde klar: So schön die Vorstellung auch war, dass

Laks nach der Schule nach Hause kommen, sich neben sie setzen und ihr von ihrem Tag erzählen würde – die Realität sah anders aus.

Wenn Mara noch länger am Leben blieb, würde dieses Monster von einer Krankheit ihr immer und immer wieder schreckliche Situationen wie diese hier bescheren, und es war lediglich eine Frage der Zeit, bevor es vor den Augen ihrer Tochter passierte. Danach würde Laks dann sicher nicht mehr zu Mara ans Bett laufen, um sich mit ihr zu unterhalten. Stattdessen würde sie sich am Schlafzimmer ihrer Mutter vorbei- und aus dem Haus schleichen, um nichts mit dieser abscheulichen, peinlichen Frau zu tun zu haben.

Und selbst wenn Laks sich auf Drängen ihres Vaters hin doch einmal zu ihrer Mutter ans Bett setzen würde, würde sie sehr bald nur noch in die leeren Augen einer Frau starren können, die ihre Anwesenheit nicht einmal mehr bemerkte.

Als sie sich so weit gesäubert hatte, wie es ihr möglich war, ließ sie sich von der Toilette auf den Fußboden gleiten. Sie presste die Lippen fest aufeinander und versuchte, so flach wie möglich zu atmen, während sie die beschmutzte Toilettenschüssel und den Boden davor mit einem Handtuch putzte. Das Handtuch warf sie in den Müll.

Sie drehte das Wasser in der Dusche auf. Es dauerte eine Weile, bis es heiß wurde. Derweil wusch sie sich wieder und wieder die Hände, schrubbte, so fest sie konnte, bis ihre Haut ganz rot war und brannte. Erst als die Seife im Spender aufgebraucht war, drehte sie den Wasserhahn zu und stieg in die Dusche. Sie schäumte sich großzügig mit Duschgel ein und rieb jeden Zentimeter Haut ab, an den sie herankam, kratzte und schrubbte. Bestrafte sich.

Als ihr teures Duschgel verbraucht war, nahm sie sich das

noch teurere Shampoo. Dann die Pflegespülung und Toms Duschgel. Als alle Flaschen in der Duschkabine leer waren, blieb sie noch eine Weile unter dem Wasserstrahl stehen. Das heiße Wasser brannte auf ihrer mittlerweile wunden Haut. Jeder Zentimeter schmerzte, aber Mara erlaubte sich nicht, aus der Dusche zu steigen. Sie verdiente diesen Schmerz. Sie verdiente ihn für das, was sie Tom und Laks antun wollte. Mara betrachtete ihre Hände. Selbst nach der Seife, dem Duschgel, dem Shampoo meinte sie, es immer noch riechen zu können. Sie würde diesen Geruch für immer in der Nase haben. Sie betrachtete ihre Fingernägel und bemerkte einen schmalen braunen Rand unter dem Nagel ihres Ringfingers. Bitter lachte sie auf. Gab es ein ausdrucksstärkeres Symbol dafür, dass sie den Kampf verloren hatte?

Mara drehte sich um und hielt das Gesicht in den Strahl. »Bitte, geh weg. Du hast gewonnen. Ich gebe mich geschlagen. Lass mich in Ruhe. Bitte, ich flehe dich an. Nicht für mich, für Laks. Ich flehe dich an. Sie braucht mich doch. Bitte.«

Nur das Rauschen des Wassers antwortete ihr, das hohle Geräusch der Tropfen, die gegen die Wände der Duschkabine prallten. Und dann eine Bewegung ihres linken Armes. Ihr Handgelenk schlug hart gegen die Duschwand, wieder und wieder, und schickte einen glühenden Schmerz ihren Arm hinauf. Klatsch! Klatsch!

»Bitte hör auf. Bitte!«

Klatsch!

»Bit…«

Klatsch!

»Verdammt noch mal!«

Mara griff grob mit der rechten Hand nach ihrem linken Handgelenk und zog es zu sich heran. Es war, als versuchte sie, einen zappelnden Fisch festzuhalten. Ihr Arm befreite sich aus ihrem unsicheren Griff und schlug noch einmal gegen die Wand.

»Hör auf! Hör auf, dich zu bewegen, verdammt noch mal!«

Die Brause hing wie ein Mikro vor ihr, und Mara schrie hinein. »Du Miststück! Du Scheißkrankheit! Ich hasse dich! Jede kranke Zelle in meinem Körper hasst dich! Wann hast du endlich mal genug? Du hast uns doch schon alles kaputt gemacht. Mir. Laks. Und sie geht noch zur Vorschule! Sie ist doch noch klein! Kann das nicht endlich mal aufhören?«

Ihr blieb die Luft weg. Mara ließ die Brause los und stützte sich an der Duschwand ab, um wieder zu Atem zu kommen. Sie ließ den Kopf hängen und versuchte, gleichmäßiger zu atmen. Unbändige Wut erfüllte sie.

Mara drehte das Wasser heißer und rutschte an der Duschwand hinunter. Das mittlerweile schmerzhaft heiße Wasser prasselte auf ihre Beine. Sie atmete tief ein, sog den Dampf in die Lunge. Genoss den ruhigen Moment ohne …

Klatsch!

Ein Schluchzen bahnte sich einen Weg aus ihrer Brust. Dann noch eins. Sie versuchte, die Beine anzuziehen, wollte die Arme um die Knie legen und den Kopf daraufstützen, aber ihr linker Arm spielte einfach nicht mit, und ihr rechtes Bein wollte nicht gebeugt bleiben.

»Oh, bitte …!«

Die rechte Hand lag in ihrem Schoß. Sie ließ sich das kochend heiße Wasser auf die Schulter und den Kopf prasseln, während ihr linker Arm immer noch, wenn auch mittlerweile ein wenig schwächer, gegen die Duschwand knallte. Klatsch! Klatsch! Klatsch!

»Ich geb auf.«

Das Rauschen des Wassers mischte sich mit dem Geräusch, das ihr Handgelenk an der Duschwand verursachte, und dem gleichmäßigen Rhythmus der fünf Wörter, die Mara immer und immer wieder wiederholte, bis das Wasser schließlich kalt wurde:

»Es tut mir so leid.«

33

Mara

Um halb elf war Mara umgezogen. Diesmal hatte sie ihre Einlagen nicht vergessen. Sie stand in der Küche, verzog das Gesicht beim Anblick der halben Tasse Kaffee, die sie sich eingeschenkt hatte, leerte sie in die Spüle und begann, die Spülmaschine auszuräumen. Sie wollte gerade ein Glas ins Regal stellen, da rutschte es ihr aus der Hand und zerbrach auf dem Fußboden in unzählige Scherben, die in alle Richtungen flogen.

Reflexartig wollte sie sich nach den größeren Glasscherben bücken, überlegte es sich dann jedoch anders und richtete sich wieder auf. Entschlossen griff sie in den Spüler, holte eine Tasse heraus und warf sie mit aller Kraft, die sie aufbringen konnte, auf die Fliesen. Fasziniert beobachtete sie, wie sie in hundert Stücke zersprang.

Beim Anblick der Scherben stahl sich ein zufriedenes Lächeln auf ihr Gesicht.

Wieder und wieder griff sie in die Spülmaschine und ließ der Tasse eine weitere folgen. Noch eine, ein Glas, ein Teller. Mara konnte nicht aufhören, bis der obere Geschirrkorb leer war. Sie stand inmitten eines Scherbenhaufens, als die Haustür geöffnet wurde und sie Harrys Stimme vernahm.

»Mara? Alles in Ordnung? Ich hab was scheppern gehört. Geht's Ihnen gut?«

Er kam in die Küche und blieb beim Anblick der Scherben wie angewurzelt stehen. Fragend sah er Mara an. Sie erwiderte seinen Blick für einen Moment, drehte sich um und wandte sich dem Regal zu.

Harry wich der fliegenden Tasse geschickt aus. Er öffnete den Mund, als wollte er etwas sagen, schloss ihn dann jedoch wieder und ließ Mara gewähren. Als keine Gläser und Tassen mehr im Regal standen, hielt sie endlich inne.

Harry wartete eine Weile. Ruhig schaute er sie an, dann griff er nach dem Besen, der an der Wand lehnte, und fegte die Scherben in der Mitte der Küche zusammen. Mit Handfeger und Kehrblech beförderte er sie in einen großen blauen Müllsack.

Mara wies mit dem Kopf zur Tür, die in die Garage führte, und Harry verstand. Mit einem lauten Scheppern verschwanden die Scherben in der Mülltonne. Mit dem Staubsauger entfernte er dann die vielen kleinen Splitter, die sich in der ganzen Küche verteilt hatten.

»Nicht dass sich die Kleine nachher noch daran schneidet.«

Mara öffnete den Mund, um sich zu bedanken, es kam jedoch kein Ton heraus. Sie legte Harry die Hand auf die Schulter, und er nickte kurz – seine Art, ihr zu sagen, dass es in Ordnung war. Als er fertig war, fragte er:

»Wollen wir neue Tassen und Gläser kaufen fahren?«

Sie schüttelte den Kopf. Tom hatte einen Karton mit Ersatzgeschirr in der Garage deponiert. Mara zeigte ihn Harry, und der trug ihn ins Haus, wusch jedes einzelne Teil ab, trocknete es, stellte es ins Regal und entsorgte den leeren Karton im Müll. Dann trat er mit einem Lächeln ins Haus, als wäre er eben erst angekommen.

»Wollen wir los?«

Mara nickte.

»Na dann.« Er reichte ihr seinen Ellenbogen. »Auf zur großen Pause.«

Als sie fast am Auto angekommen waren, fragte er: »Wollen Sie vielleicht darüber reden, was da vorhin los war?«

»Ist nicht wert, Sie damit zu behelligen«, antwortete sie leise.

»Das würde ich gern selbst entscheiden.«

»Ach, Harry, Sie haben ja keine Ahnung. Und das ist vielleicht gut so, denn sonst würden Sie nie wieder hier auftauchen, ganz ehrlich.«

»Scham lässt manchmal nicht viel Platz für andere Gefühle, hm?«

»Schon wahr.«

»Kenne ich. Kennt wahrscheinlich jeder.«

Sie sah ihn nachdenklich an und musste daran denken, dass er gesagt hatte, in Tulsa sei er früher einmal jemand ganz anderes gewesen. »Da haben Sie bestimmt recht. Aber auch wenn es sich prinzipiell bestimmt gut anfühlen würde, Ihnen mein Herz auszuschütten – heute lieber nicht.«

»In Ordnung.«

Er half ihr ins Auto, stellte den Taxameter an und fuhr los. »Ich freu mich schon drauf, die Kleine zu sehen.«

Mara lächelte vor sich hin. »Sie sind wirklich toll, Harry. Sie geben sich immer solche Mühe, dass man sich als Fahrgast willkommen bei Ihnen fühlt. Ich sollte das wahrscheinlich nicht so ernst nehmen, aber bei Ihnen habe ich das Gefühl, Sie meinen es auch wirklich so.«

»Ihr Gefühl trügt sie nicht. Und es kommt mir so vor, als wäre ich Ihnen im Gegenzug auch nicht egal.«

Sie sah ihn im Rückspiegel an. »Das sind Sie auch nicht.«

Er lächelte. »Und wenn es jemanden gäbe, dem ich meine Lebensgeschichte erzählen würde, all das, für das ich mich schäme, dann wären das Sie.«

Mara erwiderte das Lächeln. »Das müssen Sie nicht, Harry.«

Er parkte auf dem Lehrer-Parkplatz vor der Schule. Während er mit der Zentrale telefonierte, hielt Mara nach Laks Ausschau. Eine Weile saßen sie schweigend da, dann räusperte sich Harry.

»Ich bin Alkoholiker. Seit dreizehn Jahren trocken. Aber davor habe ich fünfundzwanzig Jahre lang getrunken, und in diesen fünfundzwanzig Jahren habe ich viel kaputt gemacht.«

»Was haben Sie denn ...«

Er hob die Hand. »Keine Fragen. Keine Kommentare. Kein Mitleid. Keine Kritik. Einverstanden?«

Sie hob eine Augenbraue. Andererseits war das nur fair. Sie selbst hatte ja auch die Nase voll vom Mitleid, und Kritik konnte sie im Moment ebenso wenig ertragen. »Einverstanden.«

Mara wartete darauf, dass er weitersprach, aber er starrte nur vor sich hin. Sie holte tief Luft und sagte mit einem Blick auf ihre Tochter: »Ich habe die Huntington-Krankheit. Nennt man auch HK. Das Einzige, was mir meine Mutter mitgegeben hat, als sie mich im Alter von zwei Wochen vor dem Waisenhaus abgelegt hat, ist diese beschissene, tödliche, unheilbare Krankheit.«

Harry sah sofort zu dem kleinen Mädchen auf dem Pausenhof hinüber, das er, obwohl er es nur aus der Ferne kannte, lieb gewonnen hatte. Er presste die Lippen aufeinander und schien die Luft anzuhalten.

»Ach so, nein«, sagte sie schnell, als sie verstand. »Um sie müssen wir uns keine Sorgen machen, sie ist auch ein Adoptivkind. Und die Krankheiten, die in ihrer Familie aufgetreten sind, kennen wir zum Glück. Weder väterlicherseits noch mütterlicherseits HK.«

Harry atmete aus.

»Ist schon eine schöne Ironie des Schicksals, mein Mann war nämlich sehr erleichtert, dass ich ein Kind adoptieren wollte, weil er selbst ...«, sie zögerte, »... weil es in seiner Familie so ein paar Gene gibt, die er nicht unbedingt weitergeben wollte. Und dann versteckt sich die eigentliche Zeitbombe heimlich in *meiner* DNS. Wenn sie unsere leibliche Tochter wäre und ich ihr das Risiko für HK vererbt hätte, dann ... Aber zum Glück müssen wir uns darum keine Gedanken machen. Diese eine Sache habe ich mir wenigstens nicht vorzuwerfen. Doch ich werde schuld daran sein, dass Laks viel zu früh zum zweiten Mal die Mutter verliert.«

Harry fuhr erschrocken zu ihr herum. Hundert Fragen und unendliches Mitleid waren ihm deutlich ins Gesicht geschrieben, und er musste sich offensichtlich sehr zusammenreißen, sich an die eigenen Regeln zu halten. Er drehte sich um und starrte wieder auf einen Punkt auf dem Armaturenbrett vor sich. Harry blieb lange still. Als Mara sich ein Stück zu ihm vorbeugte, bemerkte sie, dass sich seine Lippen lautlos bewegten, und ihr ging auf, dass er betete. Plötzlich tat es ihr leid, dass sie ihn erst jetzt kennengelernt hatte. Ob er noch mehr von sich erzählen wollte? Sie hoffte, nicht noch mehr von sich erzählen zu müssen.

»Ich habe eine Tochter«, sagte er schließlich. »Sie heißt Caroline. Wir haben uns jetzt seit siebzehn Jahren nicht mehr gesehen. Und das ist ganz allein meine Schuld.« Er klappte die Sonnenblende herunter und zeigte auf das Foto des Mädchens, über das Mara schon so viel nachgedacht hatte. Caroline.

»Ich hatte in Tulsa ein kleines Diner, *Harrys Höhle*. Vielleicht nicht der beste Name für jemanden, der dann später ein Suchtproblem entwickeln sollte – auch wenn es kein Opium war, sondern Alkohol ...« Er lachte in sich hinein. »An den

Wochenenden war vormittags die komplette Stadt da. Jeder kannte mich, und ich kannte jeden. Caroline meinte immer, irgendwann würde sie da zusammen mit ihrem alten Herrn arbeiten. Sie wollte kellnern, ich sollte kochen. Aber ich hab das Lokal verloren. Hab das meiste Geld für Alkohol ausgegeben, ein bisschen auch für Koks. Hab meine Lieferanten nicht mehr pünktlich bezahlt, weil ich das Geld für die Hypothek brauchte, die auf dem Lokal lag, und damit ich mich volllaufen lassen konnte

Zuerst hab ich das Haus aufgegeben. Bin mit meiner Frau Lucy und Caroline in eine winzige, hässliche Wohnung gezogen, um nur ja das Lokal behalten zu können. Damit nach außen hin alles normal aussah. Und damit ich weiter saufen und Drogen nehmen konnte. Ich hab nur an mich gedacht.« Er senkte den Kopf und schniefte. Dann schlug er sich hart aufs Bein. »Ich war so ein Arschloch. Ein absolut egoistisches Arschloch.«

Es fiel ihr schwer, ihm nicht die Hand auf die Schulter zu legen, ihm nicht den Arm zu streicheln, aber so waren nun mal die Regeln. Und jetzt war sie wieder an der Reihe.

»Ich war schrecklich gemein zu meinem Mann. Als die ersten Symptome auftraten, bevor wir wussten, was los ist. Meine ganze Persönlichkeit hat sich verändert. Ich bin sozusagen über Nacht zu einer totalen Hexe geworden. Irrational. Ein bisschen paranoid. Unglaublich launisch. Das ist Teil der Krankheit, zumindest bei manchen Patienten. Dass man es nicht wahrhaben will, gehört auch dazu. Keine gute Mischung für eine Ehe.«

Harry warf ihr im Rückspiegel einen Blick zu.

»Das stimmt wirklich«, sagte sie. »Ich war gemeiner, als Sie sich jetzt vielleicht vorstellen können. Wissen Sie noch, als wir uns zum ersten Mal getroffen haben? Mein Blick? Mein

Fauchen? Das war nichts im Vergleich zu damals. Ich war so schlimm zu meinem Mann, und das über ein Jahr lang. Hab ihn nicht an mich rangelassen, hab Dinge zu ihm gesagt, die ich sehr gern vergessen würde. Aber das Langzeitgedächtnis greift die Huntington-Krankheit leider nicht an. Auch nicht das meines Mannes. Ich würde wirklich alles dafür geben, ihm noch mehr Schmerz zu ersparen.«

Sie legte die Hände in den Schoß und wartete.

Harry seufzte. »Lucy war so verständnisvoll. Sie hat sich kein einziges Mal beschwert, dass sie unser schönes Haus und ihre Freunde in unserem alten Viertel zurücklassen musste, dass wir in eine winzige Wohnung ziehen mussten. ›Es kann jedem mal passieren, dass er in finanzielle Schwierigkeiten gerät‹, meinte sie. Ich hatte sie natürlich angelogen und behauptet, dass es im Lokal gerade nicht so rund läuft und ich deshalb die Hypothek fürs Haus nicht habe zahlen können. Ich hab ihr nicht gesagt, dass ich selbst schuld war an den finanziellen Schwierigkeiten, weil ich unsere gesamten Ersparnisse versoffen hatte.

Etwa zwei Wochen bevor das Lokal versteigert werden sollte, bin ich abgehauen. Ich konnte einfach den Gedanken nicht ertragen, dass Lucy dann die Wahrheit erfährt. Ich konnte nicht ertragen, was aus meinem Leben geworden war. Also hab ich gesagt, ich geh mal eben Milch kaufen, und bin nie wiedergekommen. Ich hab sie einfach im Stich gelassen. Meine Frau und meine Tochter. Hab es Lucy überlassen, mit allem klarzukommen.

Ich hab sie vor ein paar Jahren einmal angerufen. Hab erst mal fast eine halbe Stunde lang nur geheult wie ein Baby, bevor ich überhaupt sprechen konnte. Sie hat sich das ganz ruhig angehört. Schließlich hatte ich mich so weit beruhigt, dass ich ihr sagen konnte, wie leid mir das alles tut. Ich hab sie gefragt, ob sie mir verzeihen kann, und sie hat geantwortet, das habe sie schon längst. Ist das zu glauben? Ich habe diese Frau nicht verdient. Caroline war damals schon ausgezogen, und Lucy meinte, sie fragt sie lieber erst mal, ob es für sie in Ordnung ist, bevor sie mir ihre Nummer gibt. Falls Caroline Ja sagt, wollte sie sich melden.«

Harry sah auf seine Hände herunter, die in seinem Schoß lagen. »Ich hab aber nie wieder von ihr gehört. Und damit hatte ich dann die Antwort auf meine Frage, ob meine Tochter noch was mit mir zu tun haben will oder nicht. Ich würde alles dafür geben, mit ihr reden zu können. Ich möchte sie um Verzeihung bitten, fragen, ob wir nicht vielleicht wieder ein bisschen Kontakt haben können. Ich glaube aber nicht, dass das noch möglich ist. Sie ist jetzt erwachsen, sie ist schon dreiundzwanzig. Sie braucht mich nicht mehr.« Er zeigte auf die Fotografie über sich. »Das ist das einzige Foto, das ich von ihr habe. Das hatte ich an dem Abend, als ich abgehauen bin, im Portemonnaie.«

Mara biss sich auf die Lippe.

Harry sprach weiter. »Die Vorstellung, dass ich sie wohl nie mehr wiedersehe, dass ich ihr niemals sagen kann, wie leid mir alles tut, reicht aus, dass ich mich völlig besinnungslos saufen will. Einfach vergessen, was ich ihr und ihrer Mutter mit meiner Blödheit angetan hab.« Er schniefte wieder, und eine Träne lief ihm die Wange hinunter. Zu Maras Überraschung holte er ein sorgfältig zusammengelegtes Stofftaschentuch aus der Brusttasche seines Holzfällerhemdes und tupfte sich damit die Wange und die Augen ab. Er sah noch einmal wehmütig auf das Foto von Caroline und klappte dann die Sonnenblende fast liebevoll wieder hoch.

Mara fühlte, wie auch ihr die Tränen in die Augen steigen wollten, und drehte sich schnell zum Fenster. Sie sah zu Laks hinaus und versuchte, ruhig und gleichmäßig zu atmen, während sie dem Mädchen zuschaute, das über den Pausenhof tobte. »Gestern war mein letzter Tag als Elternaushilfe in der Bibliothek.« Sie legte die Hand an die Scheibe. Wenn sie doch Laks durch das Glas berühren könnte, ihr über die Haare streicheln könnte. Ihr noch einmal sagen, wie leid es ihr tat. »Ich bin ihr so peinlich. Tom meint, sie kommt darüber hinweg. Aber ich finde, das sollte sie nicht müssen.«

Sie spreizte die Finger auf der Scheibe. Leb wohl.

Mara stand vor ihrer Haustür und kämpfte mit dem Schlüssel. Harry hatte sich abgewandt und tat so, als betrachtete er das Blumenbeet vor dem Haus und bemerkte gar nicht, dass sie Schwierigkeiten mit dem Aufschließen hatte. Als sie es eine ganze Minute später immer noch nicht geschafft hatte, legte er jedoch seine große Hand auf ihre.

»Wie lange noch?«

»Nicht lange genug.« Sie schaute auf ihren linken Arm hinunter, der sich leicht bewegte, und musste an das denken, was heute Morgen in der Dusche passiert war. »Oder zu lange noch, je nachdem, wie man es sieht.«

»Und wie sehen Sie es?«

Sie seufzte. »Ich bin zweiundvierzig und jetzt schon Rentnerin. Ich dachte, ich arbeite, bis ich siebzig bin. Ich kann nicht mehr Auto fahren. Ich vergesse alles, wenn ich es mir nicht auf einem Klebezettel notiere. Und wenn ich meiner Tochter beim Spielen zusehen will, muss ich das heimlich und in einem Taxi mit getönten Scheiben tun, weil ich sie sonst blamiere. In einem Jahr, vielleicht auch schon früher, werde ich im Rollstuhl sitzen.

Dann muss ich mit so einem Krankentransport zur Schule

fahren, um ihr heimlich zuzusehen. Falls ich mich überhaupt noch daran erinnern kann, wann sie Pause hat. Oder daran, dass ich überhaupt eine Tochter habe. Vielleicht wohne ich dann gar nicht mehr hier.« Sie nickte zum Haus hin. »Vielleicht lebe ich in einem Jahr schon in einem Pflegeheim, sitze in der Ecke, starre an die Decke und weiß dankbarerweise nicht mehr, dass ich ein Haus und eine Familie habe und dieses Gespräch hier jemals geführt habe.«

»Ich würde Sie besuchen kommen.«

Sie strich ihm über die Wange. »Das würde ich nicht wollen.«

»Hab ich mir gedacht. Sie würden natürlich nicht wollen, dass jemand Sie so sieht.«

»Ich will gar nicht erst ständig auf Hilfe angewiesen sein. Der Gedanke, dass ich jemanden brauche, der mich füttert, mir die Haare kämmt, mich wäscht, ist mir zuwider.« Ein Schauder überlief sie. »Nein. Daran darf ich gar nicht denken.«

»Ich will Ihnen ja nicht zu nahetreten, aber finden Sie nicht auch, dass Sie mittlerweile in meiner Gegenwart ganz schön entspannt sind? Dabei kennen wir uns erst ein paar Tage. Sie lassen sich von mir ins Auto helfen, ich hab Ihnen neulich das Portemonnaie aufgehoben und heute mit dem Geschirr geholfen. Meinen Sie nicht, Sie könnten sich daran gewöhnen? Dass es Ihnen irgendwann nicht mehr so viel ausmacht, wenn Ihnen jemand hilft? Ihre Eltern oder Ihr Mann? Vielleicht sogar das Personal in einem Pflegeheim?«

»Ehrlich, Harry, manchmal denke ich, Sie haben magische Fähigkeiten. Genau dasselbe habe ich nämlich auch schon überlegt, dass mich diese Woche mit Ihnen schon ziemlich verändert hat. Doch ich fürchte, es reicht nicht. Ich befürchte, mehr als das, was Sie jetzt sehen, ist nicht drin bei mir.«

»Einen alten Baum verpflanzt man nicht mehr, hm?«

Sie lächelte. »So ungefähr.«

»Na gut.«

»Kann ich Sie etwas fragen, Harry? Damit das Verhältnis zwischen uns ein bisschen ausgeglichener ist, damit wir beide ungefähr gleich viel voneinander wissen?«

Er lachte. »Na klar.«

»Wieso schreiben Sie Caroline nicht einfach einen Brief, in dem Sie ihr sagen, was Sie ihr so gern mitteilen wollen? Wie leid es Ihnen tut, wie gern Sie sich mit ihr vertragen würden. Ich kann mir vorstellen, dass es für jemanden an ihrer Stelle sehr schwer ist, den ersten Schritt zu machen, aber das heißt nicht zwangsläufig, dass sie Sie nicht sehen will. Vielleicht wartet sie ja darauf, dass Sie auf sie zugehen.«

»Ja, darüber habe ich auch schon nachgedacht. Ich hab auch ein paarmal einen Brief angefangen, aber am Ende habe ich das Papier doch immer wieder zerrissen. Ich weiß ja im Herzen, was ich ihr sagen will, aber ich kann es einfach nicht gut in Worte fassen.«

»Verstehe ich. Wenn Sie ihr einen Brief schreiben würden, würden Sie dann noch mehr sagen wollen als das, was Sie mir im Auto erzählt haben?«

Er überlegte einen Moment. »Nein. Das fasst eigentlich alles gut zusammen. Gibt ja auch nicht viel mehr zu sagen, als dass ich Mist gebaut habe, dass es mir leidtut und dass ich sie sehr gern mal wiedersehen würde. Dass ich mir wünsche, dass sie mir eine zweite Chance gibt, wenn es möglich ist. Ich meine, das würde ich natürlich alles viel mehr ausformulieren und schöner ausdrücken. Aber darauf läuft es insgesamt hinaus.«

Sie standen ein paar Minuten schweigend voreinander.

»Als Sie mich am Dienstag angerufen haben, meinten Sie, Sie brauchen jemanden für diese Woche. Die Woche ist vorbei.

Aber Sie melden sich, wenn Sie mich wieder brauchen, ja?« Harrys letzter Satz klang eher wie ein Befehl.

»Mach ich«, antwortete Mara. »Um genau zu sein, habe ich für morgen noch ein paar Besorgungen geplant und bin danach zum Mittag mit meinen Freundinnen verabredet, während Tom mit Laks beim Ballett ist. Normalerweise bringe ich sie hin, aber ...«

»Morgen erledigen Sie stattdessen Besorgungen. Mit mir. Und dann bringe ich Sie zum Treffen mit Ihren Freundinnen.«

Er beugte sich vor und drückte ihr einen Kuss auf die Wange. Bevor sie etwas sagen konnte, hatte er sich schon wieder abgewandt und ging die Einfahrt zu seinem Taxi hinunter. Im Gehen hob er grüßend die Hand, ohne sich noch einmal umzusehen.

34

Scott

Dass Scott, Laurie und Bray gemeinsam mitten am Tag zu ihm in die Schule kamen, konnte nichts Gutes bedeuten.

»Ist was passiert?«, fragte Curtis mit zitternder Stimme.

Als er die Antwort hörte, brach er in Tränen aus und sank zu Boden.

LaDania war keine sonderlich gute Mutter gewesen. Sie hatte Curtis öfter in Brays Obhut gelassen, als richtig gewesen wäre. Curtis' Körperpflege und seine Ernährung waren ihr nie sehr wichtig gewesen. Sie hatte viele Gegenstände aus der Wohnung versetzt, um ihre Drogensucht zu finanzieren, und nur auf einen Bruchteil der Briefe und Bilder reagiert, die er ihr ins Gefängnis geschickt hatte. Aber sie war seine Mutter gewesen, und er hatte sich auf sie verlassen.

Als er zwischendurch einmal lange genug aufhörte zu weinen, um aufzublicken, breitete Bray die Arme aus. Curtis lief jedoch zu Scott, der ihn auf den Arm nahm. Der Junge klammerte sich an ihm fest, als triebe er auf offenem Meer und Scott wäre ein Rettungsring.

Scott warf Bray einen entschuldigenden Blick zu, aber Brayden schüttelte den Kopf.

»Dir vertraut er eben am meisten«, sagte er leise. »Kein Grund, sich deshalb schlecht zu fühlen.«

Zu Hause bei den Coffmans lag Curtis zusammengekrümmt auf der Couch und hielt ein Kissen umklammert. Bray setzte sich neben ihn, redete ihm gut zu und streichelte ihm übers Haar. Nach einer Weile rutschte der Junge ein Stück näher an den Bruder heran und legte den Kopf auf dessen Beine. Als Scott den beiden Bescheid sagen wollte, dass das Abendessen fertig war, saß Curtis auf Brays Schoß und klammerte sich an ihn.

»Willst du etwas essen?«, fragte Brayden.

Curtis sah kurz hoch, schüttelte den Kopf, ließ ihn dann wieder sinken.

Bray schaute Scott hilflos an und zuckte mit den Schultern. »Ich glaub, wir bleiben lieber noch ein bisschen hier, wenn das in Ordnung ist.«

»Na klar.«

Eine Stunde später saßen sie noch genau so da. Scott und Laurie hatten inzwischen gegessen und den Tisch abgeräumt.

»Ihr müsst doch schon fast verhungert sein«, sagte Scott.

Bray nickte, zeigte aber auf seinen Bruder und zuckte wieder nur mit den Schultern.

»Curtis, willst du vielleicht ein bisschen schlafen?«, fragte Scott den Jungen. »Ich bring dich gern ins Bett, es sei denn, du möchtest, dass dein Bruder das erledigt.«

Wortlos erhob sich Curtis, ging zu Scott und nahm seine Hand. »Aber kein *Stuart* heute.«

»Nein.« Scott drückte die kleinen Finger. »*Stuart* passt heute wohl nicht.« Er sah zu Bray. »Laurie hat dir einen Teller vom Abendessen in den Kühlschrank gestellt. Nimm ihn dir dann einfach.«

Scott suchte ein altes T-Shirt heraus, das Curtis als Schlafanzug dienen sollte, und deckte ihn zu. Dabei wurde der Junge wieder ein wenig wacher und fing an zu weinen. Er wurde von seinen Schluchzern so geschüttelt, dass sein ganzer Körper bebte. Scott kamen auch die Tränen. Er legte sich neben den Jungen, nahm ihn in den Arm und hielt den zitternden kleinen Kerl fest. So hatte er sich das erste Wiedersehen mit ihm nicht vorgestellt. »Ich weiß, Großer«, flüsterte er. »Ich weiß. Das ist alles ganz schlimm. Es tut mir so leid.«

Er blieb noch lange neben ihm liegen, auch als der Junge sich wieder beruhigt hatte, seine Schluchzer gleichmäßigen Atemzügen gewichen waren und sich der Himmel vom bläulichen Grau des frühen Abends zu einem dunkleren Grau und schließlich zum tiefen Schwarz der Nacht verfärbt hatte.

Kurz nach zehn warf Laurie, die selbst gerade ins Bett gehen wollte, einen Blick zu den beiden herein und berichtete, dass sie Bray ein Lager auf der Couch im Wohnzimmer gebaut hatte. »Ich wünschte, die Gästezimmer wären so weit eingerichtet, dass dort jemand schlafen kann. Der arme Bray ist fast einen Meter länger als die Couch.«

Sie hatten die anderen Zimmer bis jetzt leer stehen lassen und ihr begrenztes Einrichtungsbudget für die Räume genutzt, die regelmäßig bewohnt wurden.

»Das geht ausnahmsweise mal«, beruhigte Scott sie. »Ich habe ihm schon oft angeboten, so ein aufblasbares Gästebett zu besorgen, und er hat immer gesagt, er schläft lieber auf der Couch. Da sei er ›mitten im Geschehen‹.«

Nach zwölf Jahren bei einer Mutter, die öfter einfach verschwunden war, und danach sechs Jahren mit einem Bruder, der mehr Zuwendung brauchte, als er selbst geben konnte, zog es Bray immer in die Nähe anderer Menschen. Scotts und Petes Vorschlag, sich ein Einzelzimmer im Wohnheim zu besorgen, damit er sich besser auf sein Studium konzentrieren konnte, wenn er nicht trainierte, hatte er lachend abgelehnt. »Je mehr Leute um mich sind, desto besser geht es mir«, hatte er erklärt und war stattdessen lieber mit einer Hand voll Mitspieler in eine überfüllte WG gezogen, wo er keine Minute für sich hatte.

Jetzt wieder in LaDanias Wohnung zurückzuziehen, mit lediglich seinem kleinen Bruder als Gesellschaft, der noch ein Kind war, würde ihn umbringen. Bei dem Gedanken zog sich in Scott alles zusammen.

»Komm ins Bett!«, sagte seine Frau sanft.

Er setzte sich auf und warf noch einen Blick auf den schlafenden Jungen. Scott wollte gerade aufstehen, als Curtis plötzlich zusammenzuckte und im Schlaf stöhnte.

»Der Junge träumt nur«, meinte Laurie.

Aber Scott hatte sich schon wieder neben ihn gelegt, war nah an Curtis herangerutscht und legte den Arm um ihn. »Ich weiß. Doch ich bleibe trotzdem noch einen Moment bei ihm. Nur zur Sicherheit.«

Später schlüpfte Scott vorsichtig neben seine schlafende Frau. Er lag auf dem Bauch, den Kopf auf den Armen. In der stillen Dunkelheit ging ihm auf, dass der Stressknoten, der sich heute in seinem Bauch gebildet hatte, immer noch da war. Und sein Kopf schmerzte auch immer noch. Er hatte nach dem Abendessen eine Kopfschmerztablette genommen, aber sie hatte nicht geholfen. Und der Scotch, den ihm Laurie eingeschenkt hatte, hatte auch den Knoten im Bauch nicht auflösen können. Laurie regte sich neben ihm, und einen Moment später spürte er ihre warme Hand im Nacken. Daumen und Zeigefinger massierten genau den Punkt, an dem es schmerzte. Scott schloss die Augen und versuchte, unter dem sanften Druck schläfrig zu werden oder sich wenigstens den Schmerz nehmen zu lassen.

Es geschah jedoch weder das eine noch das andere. Er drehte sich zu ihr um. »Ich halte das nicht aus.«

Sie legte den Kopf neben seinen, ihre Stirn berührte fast seine, und streichelte ihm über die Wange. »Ich weiß.« Ihre Stimme klang beruhigend.

»Er weiß doch gar nicht, auf was er sich da einlässt.«

»Ich glaube, du kannst ihm da ruhig ein bisschen mehr zutrauen.« Sie massierte ihm die Schläfen. »Du hast ihm versprochen, ihn zu unterstützen.«

»Aber das ist ja völlig verrückt. Ich kann doch nicht danebenstehen und ihn eine so verrückte Entscheidung treffen lassen!«

»Du hast keine andere Wahl. Zumindest nicht, wenn du weiter Kontakt zu den beiden willst. Wenn du Bray jedes Mal sagst, dass du das völlig verrückt findest, was er da tut, hat er bestimmt bald keine Lust mehr, uns zu besuchen.«

»Das meine ich nicht.« Er holte tief Luft und überlegte, ob er wirklich weitersprechen sollte. Aber wann, wenn nicht jetzt? »Ich meine eigentlich ... was, wenn ... wir dafür sorgen, dass er es gar nicht erst tun kann?«

Sie zog die Hand weg. »Wovon redest du?«

Ihrer Stimme war die Anspannung anzuhören.

»Ich rede davon, dass wir Bray anbieten, Curtis hierzubehalten.«

Sie drehte sich seufzend auf den Rücken und starrte an die Decke. Er griff nach ihrer Hand, doch sie verschränkte die Arme über der Brust und versteckte die Hände darunter. »Du willst Bray anbieten, Curtis hierzubehalten.«

Scott stützte sich auf dem Ellenbogen auf und versuchte, ihren Blick einzufangen, aber sie seufzte noch einmal und wandte das Gesicht ab. Ihr Mund sah angespannt aus, und das war kein gutes Zeichen, das wusste er. Er bereitete sich innerlich schon einmal auf einen Vortrag von ihr darüber vor, wie falsch es von ihm war, nach allem, was passiert war, so etwas von ihr zu verlangen. Doch als sie sich wieder zu ihm umdrehte, sah sie plötzlich gelöster aus. Für einen kurzen Moment dachte er, sie würde Ja sagen.

»Findest du das nicht ein bisschen beleidigend Bray gegenüber?«, fragte sie. »Damit sagst du ihm ja mehr oder weniger, dass du ihm nicht zutraust, sich um seinen kleinen Bruder zu kümmern.«

»Es hat gar nichts damit zu tun, dass ich ihm das nicht zutraue. Ich würde dasselbe auch jedem anderen in dem Alter raten. Er ist zwanzig. Wie soll er denn ein Kind großziehen? Er ist ja selbst noch ein Kind.«

»Ist er eben nicht. Er ist ein zwanzigjähriger Mann. In dem Alter haben viele Leute schon Kinder. Freunde von ihm haben auch welche. Und du willst ihm sagen, dass er das nicht könnte? Nachdem er dich explizit darum gebeten hat, ihm das nicht auszureden, sondern für ihn da zu sein?«

Da hatte sie recht. Er konnte sich nicht einfach mit flatterndem Superhelden-Cape in das Leben eines Menschen einmischen, der gar nicht gerettet werden wollte. Scott legte sich wieder auf den Rücken. Diesmal war es seine Frau, die sich auf den Ellenbogen aufstützte und über ihn beugte. Sie küsste ihn auf die Schläfe. »Ich sage ja gar nicht, dass es einfach für ihn wird. Ich meine nur, du hast ihm eben versprochen, dass du ihn in seiner Entscheidung unterstützt.«

»Und was wird aus seiner Zukunft? Aus seinem Abschluss, aus seiner Profi-Karriere, aus all dem?«

»Das hier ist nun mal ab jetzt seine Zukunft. Er will es selbst so.«

»Aber …«

»Er hat dich darum gebeten, dass du seine Entscheidung mitträgst, Scott. Und du hast es ihm versprochen.«

Sie rutschte näher an ihn heran, drückte sich an ihn, streichelte ihm über die Brust, und die Berührung ließ ihn etwas ruhiger werden. Nach einer Weile wurde ihre Hand langsamer und blieb schließlich ganz liegen, und ihre Atemzüge wurden tief und gleichmäßig. Scott lag noch ein paar Minuten still da und versuchte, sich zum Einschlafen zu zwingen. Es funktionierte nicht. Er stand auf, schlich sich aus dem Schlafzimmer und schloss die Tür hinter sich.

35

Mara

Als Maras Eltern bei ihr klingelten, waren es nur noch wenige Minuten, bis Laks mit dem Bus aus der Schule kommen würde. Heute trug ihre Mutter ein blassgelbes Seidenkleid und ihr Vater ein hellgrünes Hemd mit blassgelben Streifen. Mara telefonierte gerade, lächelte ihren Eltern zu und winkte sie herein. Sie hob den Zeigefinger, um ihnen zu bedeuten, dass sie in einer Minute fertig war. Mara versuchte gerade, einer ihrer zwei besten Freundinnen zu erklären, dass sie morgen selbst zum Restaurant kommen würde und nicht von ihr abgeholt werden musste.

»Ja, Gina, wirklich. Ich habe es doch schon zu Steph gesagt: Ich habe noch ein paar Besorgungen in der Innenstadt zu erledigen, und das möchte ich gern morgen früh hinter mich bringen, damit ich dann nicht noch mal losmuss. Ich habe mir schon ein Taxi bestellt, das setzt mich dann am Restaurant ab und fährt mich hinterher auch wieder nach Hause … Ja, das ist derselbe Fahrer wie beim letzten Mal … Ja, genau, wir haben heimlich eine Affäre und treiben's ständig auf dem Rücksitz des Taxis. Du, meine Eltern sind hier. Können wir morgen weiterreden? Alles klar, dann bis morgen. Ich dich auch.«

Erst als sie aufgelegt hatte und sich gerade bei Neerja und Pori entschuldigen wollte, fiel ihr auf, dass nur ihre Mutter hereingekommen war. Mara steckte den Kopf aus der Tür. »Dad? Kommst du nicht rein?«

»Dein Vater kann doch auf Lakshmi warten, und wir beide räumen so lange die Sachen hier in die Küche.« Neerja hielt eine Tüte mit dem Agarwal-Schriftzug hoch.

»Hat Tom euch gebeten herzukommen?« Mara richtete die Frage an ihren Vater, weil sie wusste, dass ihre Mutter es nie zugeben würde.

»Ich jäte mal ein bisschen Unkraut, während ich auf Laks warte«, sagte Pori aber nur und ging ein paar Schritte den Weg hinunter. »Du weißt ja, ich steh nicht gern einfach nur so rum.«

»Der kann aber was erleben, wenn er nach Hause kommt«, schimpfte Mara vor sich hin. »Wieso muss er ständig etwas für mich arrangieren, sich überall einmischen, mich beschützen?«

In dem Moment wurde es ihr klar: Tom wollte nicht sie damit beschützen, sondern Laks, der es unangenehm war, dass ihre Mutter vor dem Haus auf sie wartete.

»Wie bitte?«, fragte Neerja.

»Ach, nichts, das war nur ein Missverständnis.« Mom würde das sowieso nicht verstehen, dachte sie missmutig. Dann fiel ihr ein, dass es kaum achtundvierzig Stunden her war, dass sie sich große Vorwürfe gemacht hatte, weil sie ihre Eltern ständig kritisierte – und jetzt krittelte sie schon wieder an ihnen herum. Sie drehte sich zu ihrer Mutter um und legte ihr eine Hand auf den Arm. »Bleibt ihr zum Abendessen?«

Neerja klatschte in die Hände. »Aber gern!«

Kurz darauf kam Laks nach Hause und überredete ihren Großvater, sie auf der Schaukel im Garten anzuschubsen. »Mama gibt mir immer einmal Schwung für jedes Jahr, das ich alt bin«, erklärte sie, während sie ihn an der Hand in den Garten führte. »Das bedeutet also fünfmal anschubsen! Ich hab Glück, weil Susans Mom sie nicht mal einmal anschubst.

Sie sagt, das ist zu anstrengend, und manchmal stößt Susan auch gegen sie, wenn sie zurückschaukelt, und das mag ihre Mom nicht.« Pori drückte sein Mitgefühl darüber aus, dass Susan mit so einer Mutter gestraft war, und schwor, seiner Enkelin würde eine solche Ungerechtigkeit nicht widerfahren.

Mara stand hinter der Schiebetür in der Küche und sah den beiden eine Weile zu. Als sie zurück ins Wohnzimmer kam, betrachtete ihre Mutter ein Foto vom letzten Halloween. Laks war als der Blechmann aus dem *Zauberer von Oz* verkleidet, weil sich Tom in dem Jahr um die Kostüme hatte kümmern sollen und gerade in der Garage damit beschäftigt gewesen war, den Rasenmäher mit einem Benzinkanister zu befüllen, als Laks ihn gefragt hatte, als was sie zu Halloween gehen könnte. Er besprühte den Kanister mit silberner Farbe, und Pori und er wickelten Laks am Halloween-Abend von oben bis unten mit Alufolie ein. Sobald sie sich bewegte, riss das Kunstwerk jedoch ein, und sie musste mit einer neuen Lage umwickelt werden. Schließlich meinten sie, das Kostüm sei fertig und sie könnten losziehen, ließen die Frauen aber vorgehen und liefen, jeder mit einer Rolle Alufolie bewaffnet, hinterher, um Laks' Kostüm jederzeit auszubessern. Das Mädchen verbrachte an dem Abend mehr Zeit damit, auf eingerissene Stellen untersucht zu werden, als Süßigkeiten einzusammeln.

Als Neerja bemerkte, dass Mara sie beobachtete, drehte sie sich schnell weg und versuchte unauffällig, sich die Tränen abzuwischen. »Es ist nichts«, sagte sie, »ich bin nur eine sentimentale alte Frau.« Sie lachte. »Die Kleine sah in dem Kostüm nur so niedlich aus.«

»Es hat nichts mit dem Kostüm zu tun, das wissen wir doch beide.« Mara umarmte ihre Mutter. »Es ist in Ordnung, wenn du unglücklich bist, Mom. Und es ist auch okay, wenn ich das mitbekomme.«

Neerja schwieg. Mara führte sie zur Couch und setzte sich neben sie. Sie nahm die runzlige Hand ihrer Mutter und fuhr liebevoll ihre Finger nach, wie sie es als Kind immer getan hatte. »Ich hab eine Idee. Komm mal mit!« Sie zog Neerja mit sich ins Gästezimmer und zeigte auf das Regal mit den Fotoalben. Neerja klatschte begeistert in die Hände und griff nach den fünf dicken Alben auf dem obersten Bord. Vier davon trug sie selbst zurück ins Wohnzimmer, Mara folgte ihr mit dem fünften.

Sie setzten sich wieder auf die Couch, und Mara betrachtete den Stapel vor ihnen auf dem Couchtisch. »Das Leben der Mara Nichols, Band eins bis fünf, Alter: drei Monate bis zweiundvierzig Jahre.«

»Bist du sicher, dass das eine gute Idee ist?«, fragte Neerja und legte Mara die Hand aufs Knie.

Laks hatte sich die Fotoalben vor Kurzem ansehen wollen, aber Mara hatte ihr die Bitte abschlagen müssen. Als Laks hartnäckig weitergebettelt hatte, hatte Neerja sie mit einem Spielzeug abgelenkt und aus dem Zimmer geführt. »Ich verstehe das, Beti«, sagte sie später zu Mara, und sie sprachen nicht mehr darüber.

Es war zu schmerzhaft, sich selbst beim Aufwachsen zuzusehen, mit dem Wissen, was das kleine Mädchen erwartete, das dort auf den Fotos die Kerzen auf dem Geburtstagskuchen auspustete, Weihnachtsgeschenke öffnete, zur Uni ging, auf den Altar zuschritt, Karriere machte, Partnerin in der Kanzlei wurde. Zu wissen, dass dieses Mädchen die einzelnen Momente wahrscheinlich mehr zu schätzen gewusst hätte, wenn es gewusst hätte, dass es die Feiern und Zeremonien nicht für immer geben würde. Stattdessen hatte Mara stets schon das nächste große Ziel im Kopf gehabt, hatte sich selbst immer wieder ermahnt, den momentanen Erfolg nicht zu lange zu genießen, sondern sich noch mehr anzustrengen. Wenn man sie doch nur hätte warnen können …

Mara schüttelte den Gedanken ab und legte ihre Hand auf die ihrer Mutter. Mit einem Blick zu den Alben fragte sie: »Chronologisch oder einfach so, wie sie kommen? Am besten chronologisch, würde ich sagen, oder?« Sie nahm Band eins, und Neerja lachte los. Mara musste ebenfalls lachen. Als ob es je eine andere Option bei ihr gab.

Als Tom heimkam, waren sie beim Abschlusstanz der achten Klasse angekommen. Er warf einen Blick auf die beiden weinenden Frauen auf der Couch und meinte: »Hier ist wohl gerade männerfreie Zone, hm?« Er küsste sie beide, entdeckte seinen Schwiegervater und Laks im Garten hinter dem Haus, holte zwei Flaschen Bier aus dem Kühlschrank und floh nach draußen.

Als er zurück ins Wohnzimmer kam, um über das Abendessen zu reden, waren Mara und Neerja bereits bei Maras Unizeit angekommen. »Laks sagt, ihr bleibt zum Essen? Das freut mich. Soll ich mir was einfallen lassen, oder hattet ihr schon was geplant?«

Mara und Neerja starrten ihn nur verwirrt an. Neerja putzte sich die Nase, und Mara wischte sich über die Augen.

»Alles klar«, meinte Tom. »Dann hau ich uns mal ein paar Hähnchenfilets auf den Grill.« Er kramte kurz im Kühlschrank und im Gefrierfach und ging dann wieder, mit weißen Plastiktüten vom Metzger und mehreren Grillsoßen beladen, an den Frauen vorbei. »Wir haben alle Zeit der Welt«, hörten sie ihn noch zu Pori und Laks sagen, bevor sich die Schiebetür hinter ihm schloss.

»So viele Erinnerungen.« Neerja lächelte unter Tränen. Sie nahm sich ein Taschentuch und putzte sich erneut die Nase.

Mara dachte darüber nach, was sie alles auf den Fotos gesehen hatten – die Reise zu den Rocky Mountains, zu den kanadischen Seeprovinzen, zum Grand Canyon. Geburtstagskuchen in Form eines Märchenschlosses, eines Drachens, eines Buches. Ein neues Fahrrad, neue Rollschuhe, ein neuer Plattenspieler. Übernachtungspartys in ihrem kleinen Wohnzimmer damals in Montreal, mit zehn oder noch mehr kichernden kleinen Mädchen. »Dad und du, ihr habt doch in solchen Nächten kein Auge zugemacht, oder?«

»Nein, absolut nicht«, gab Neerja zu. Trotzdem hatten sie Mara unzählige Male zwischen der sechsten und der zwölften Klasse erlaubt, solche Übernachtungspartys zu veranstalten.

»Ihr habt so viel für mich getan!« Mara griff erneut nach der Hand ihrer Mutter. »Ihr habt nie an euch selbst gedacht. Ich war von Anfang an das Wichtigste in eurem Leben, seit dem Tag, an dem ihr mich aus Hyderabad mit nach Hause gebracht habt. Eigentlich sogar schon vorher, seit dem Tag, an dem ihr euch entschieden habt, mich aus diesem Heim zu holen.«

»Ach, du machst mehr daraus, als es ist. Wir lieben dich doch, wir haben das gern getan.«

»Ich mache nicht mehr daraus, als es ist. Ihr habt mir so viel gegeben. Dank euch habe ich ein wundervolles Leben gehabt. Ich kann euch nie genug für all das danken, was ihr mir mitgegeben habt. Was ihr für mich getan habt. Und jetzt für Tom und Laks tut.«

»Du hast dich doch gerade dafür bedankt.«

»Nein, ich meine *wirklich* danken. Wie kann ich mich *wirklich* bei euch bedanken? Euch *wirklich* zeigen, wie viel ihr mir bedeutet, wie lieb ich euch habe, was für ein Glück es ist, eure Tochter zu sein?«

»Ich brauche kein *wirklich*. Ich brauche nur das hier.« Neerja streichelte Maras Bein, das eng an ihres gedrückt war, und nickte zu den Fotoalben hin. Sie lehnte den Kopf an die Schulter ihrer Tochter. In dem Moment fühlte Mara, wie sich etwas zwischen ihnen öffnete. Ihr ganzes Leben lang hatte sich ihre Mutter um sie gekümmert, seit der Diagnose noch mehr als früher. Nie hatte sie sich Unsicherheit in Bezug auf das Elternsein anmerken lassen.

Neerja hatte nach der Diagnose natürlich geweint, aber davon abgesehen hatte sie nie auch nur das geringste Anzeichen von Angst oder Verletzlichkeit gezeigt, wenn es um ihre Tochter ging. Sie war immer Maras entschlossene, resolute Mutter gewesen. Neerja hatte stets alles unter Kontrolle, auch ihre Gefühle, denn sie wollte nicht, dass sich ihre Tochter um sie sorgte. Und hier saß sie nun, den Kopf an die tröstliche Schulter dieser Tochter gelehnt, während ihre eigenen von lautlosen Schluchzern bebten. Sie erlaubte Mara, den Arm um sie zu legen, sie zu sich heranzuziehen und zu sagen: »Ich weiß. Es ist in Ordnung. Ich bin ja hier. Weine ruhig.« So wie Neerja es so oft zu Mara gesagt hatte.

Mara drückte ihrer Mutter einen Kuss auf die weichen, dunklen Haare und strich sie ihr hinters Ohr. »Ich hab dich lieb«, sagte sie, die Lippen gegen den Kopf der Mutter gedrückt. »Ich hab dich so lieb!«

So blieben sie eine Weile sitzen, während draußen, auf der anderen Seite der Schiebetür, Tom Hähnchenfilets marinierte und Pori Laks erst auf der Schaukel anschubste und ihr dann dabei zusah, wie sie »wie Spiderman« die Rutschte hinaufkletterte. So blieben sie sitzen, während Laks auf dem Klettergerüst herumturnte und Vater und Großvater, die ihr Bier genossen, zurief, sie sollten ihr ja zugucken. So blieben sie sitzen, bis die Glastür aufgeschoben wurde und eine Laks, die »amverhungernamverhungernamverhungern« war, hereingestürmt kam, ins Bad lief, um sich vor dem Essen die Hände zu waschen, und ihnen im Vorbeilaufen zurief, dass sie bitte den rosa Teller und den gelben Becher haben wollte.

»Die Fotoalben!« Pori, der zu ihnen getreten war, klappte eins auf. »Die habe ich mir ja ewig nicht mehr angesehen.« Er drehte sich zu den beiden Frauen auf der Couch um und bemerkte überrascht, dass sie beide weinten.

»Heute nicht«, sagte Neerja. »Wir haben sie uns gerade angeschaut, und es ist ja immer ein bisschen schwer für Mara. Ein anderes Mal, Pori.«

Mara gab ihrer Mutter jedoch noch einen Kuss und schob sie dann sanft ein Stück nach links, um rechts neben sich etwas Platz zu schaffen. Sie lächelte ihren Vater an, klopfte auf das Sofa neben sich und griff nach dem ersten Album.

36

Mara

Morgens um halb drei gab Mara endlich auf, auf den Schlaf zu warten, der sich sowieso nicht einstellen würde, und schlich sich aus dem Bett. In der Tür drehte sie sich um und betrachtete ihren schlafenden Mann. Durch einen Spalt in der Jalousie fiel ein Mondstrahl auf seinen Körper. Tom schlief nach einer weiteren wundervollen gemeinsamen Liebesnacht wieder mal den Schlaf der Gerechten. Sie hatte einfach nicht darauf verzichten können.

Das müsste ihn doch eigentlich stutzig machen, überlegte sie. Das letzte Mal, als sie beim Sex so oft die Initiative ergriffen hatte, war mit Mitte dreißig gewesen, vielleicht sogar eher mit Mitte zwanzig. Sie sah auf das Bett. Das Laken war völlig zerwühlt, und ihr Kissen musste zwischendurch auf den Boden gefallen sein. Er schien wirklich Spaß gehabt zu haben. Aber mit geschlossenen Augen konnte man sich ja alles Mögliche vorstellen, also wer weiß? Mara drehte sich schnell um und schlich auf Zehenspitzen durch das Wohnzimmer zu Laks' Zimmer. Das Mädchen hatte seine Decke aus dem Bett geworfen. Mara deckte Laks wieder zu und nahm Bunny-Bunny vom Fußende, den großen, weißen Plüschhasen, der jede Nacht bei Laks schlief, seitdem sie zwei war. Sie hatte ihn anscheinend zusammen mit der Decke weggestrampelt. Mara drückte die Nase in das Fell des Stofftiers und atmete tief ein. Laks' typischer Morgengeruch.

Mit Bunny-Bunny unter dem Arm ging Mara leise durch

das Zimmer und strich mit der freien Hand über alles, was sie sah – die glatten Holzarmlehnen des Sessels in der Ecke, das alte Porzellansparschwein auf dem Bücherregal, das Foto in einem silbernen Rahmen, das Laks als Baby auf dem Schoß des stolzen Pori zeigte. Mara fuhr über alle Oberflächen, versuchte, sich das Zimmer ihrer Tochter in allen Einzelheiten einzuprägen.

Als ihr Blick auf die Spieldose fiel, spürte sie Tränen in sich aufsteigen. Tom hatte sie gekauft, nachdem sie gerade eine Woche mit Laks wieder aus Hyderabad zu Hause gewesen waren. »Ich habe jetzt eine kleine Tochter«, hatte er Mara erklärt, »und jedes kleine Mädchen sollte eine Spieldose haben.« Mara hätte sie gern in die Hand genommen, das Gewicht gespürt, aber sie hatte Angst, sie fallen zu lassen. Sie strich mit dem Zeigefinger über den glatten Deckel und hörte dabei im Kopf das Lied: *Beautiful Dreamer*.

Vom Haken neben dem Kleiderschrank nahm sie ein kleines Basecap und fuhr mit dem Finger das gestickte R nach. Das Basecap hatte Laks als Souvenir von einem Spiel der Rangers mit nach Hause gebracht, zu dem Neerja und Pori mit ihr gegangen waren. Mara dachte lächelnd an 2boys und MotorCity und deren ständige Debatte darüber, welche Mannschaft besser war – die Yankees oder die Tigers. Was sie wohl von den Rangers hielten? Sie würde sie später am Morgen mal fragen, wenn sie es nicht bis dahin vergaß.

Sie schnupperte an dem Basecap und hängte es dann zurück an seinen Haken. Mara öffnete den begehbaren Kleiderschrank. Die Tür knarrte, und sie drehte sich erschrocken zum Bett um, aber Laks war nicht aufgewacht. Mara sah sich nach allen Seiten um wie ein Einbrecher, der sichergehen wollte, dass niemand ihn beobachtete, stieg dann in den Schrank, zog die Tür hinter sich zu und knipste das Licht an.

Das Durcheinander auf dem Boden des Schranks ließ sie still auflachen. Ordnungsliebend, wie sie war, hatte sie mehrere Plastikkörbe im Schrank aufgestellt und hielt ihre Tochter regelmäßig dazu an, ihr Spielzeug darin zu verstauen. Jeder Behälter war für ein anderes Spielzeug gedacht; in den einen sollten die Möbel für die Puppenstube, in andere Puzzles, Barbies, Kostüme, Puppenküchenzubehör. Aber Mara hatte Laks schon lange nicht mehr unter Aufsicht aufräumen lassen, und die bunte Spielzeugmischung in den Körben ließ keinerlei Kategorisierung mehr erkennen. Barbies steckten in den Plastiktöpfen der Puppenküche. In einer kleinen Kelle lagen Puzzleteile. Aus einer lila Kinderhandtasche schauten mehrere winzige Puppen heraus.

Ausgerechnet in einem Puppenwagen lagen Schulsachen. Mara blätterte kopfschüttelnd den Stapel durch. Arbeitsblätter zum Zählenlernen, eine Übersicht der geplanten Aktivitäten der Schule in der nächsten Zeit, zerknüllte selbst gemalte Bilder, von denen der Glitter abgeplatzt war; er schmückte nun das Innere des Puppenwagens. Mara fiel ein bunter Hefter ins Auge.

Gedichte von Lakshmi Nichols, Vorschule.

Laks hatte schon viel von der Poesiestunde in der Schule erzählt und ihnen auch mehrere der kaum lesbaren und größtenteils sinnlosen Gedichte gezeigt, die sie verfasst hatte. Ein ehrgeiziges Unterfangen, hatte Tom gemeint, Kindern etwas über Poesie beibringen zu wollen, die selbst noch kaum lesen und schreiben konnten.

Mara überflog die ersten Seiten, betrachtete die sorgfältig gemalten Buchstaben. An manchen Stellen hatte Laks den

Stift so stark aufgedrückt, dass die Spitze das Papier durchstoßen hatte. Sie konnte sich Laks sehr gut vorstellen, wie sie viel Zeit und Mühe darin investierte, jeden Buchstaben perfekt zu schreiben, und wurde traurig. Sie wollte nicht, dass ihre Tochter auch immer so sehr auf Ordnung erpicht war wie sie selbst. Vielleicht sollte sie mit Harry absprechen, dass er jede Woche ein bisschen Zeit mit ihr verbrachte. Bei dem Gedanken spürte sie Tränen in sich aufsteigen.

»Mara?«

Ihr Herz hörte für einen Moment auf zu schlagen, als sich die Tür öffnete und plötzlich ein verschlafener Tom in Boxershorts vor ihr stand.

»Schatz?«, flüsterte er. »Was machst du denn hier?«

»Oh. Ähm, hallo«, wisperte Mara zurück und suchte nach einer Ausrede, wieso sie hier mitten in der Nacht im Kleiderschrank ihrer Tochter hockte. »Ich ... ähm ... ich konnte nicht schlafen, und da dachte ich, ich ... könnte vielleicht schon mal ein bisschen mit dem Aufräumen anfangen. Das habe ich vor, wenn sie Sonntagvormittag bei meinen Eltern ist. Ich wollte ein paar Sachen wegwerfen, wenn sie gerade mal nicht da ist, um sich darüber zu beschweren, weißt du? Und jetzt wollte ich mir nur schon mal ansehen, was da so auf mich zukommt.«

»Morgens um drei?« Er beugte sich ein Stück zu ihr hinein. »Hast du ... wieso weinst du denn?«

Sie wischte sich die Tränen ab. »Ach, ist schon okay, ich ...«

Er zeigte auf den Hefter. »Was ist das?«

Sie reichte ihm die Blätter.

»Ach so, den kenne ich«, sagte er leise. Er blätterte zur letzten Seite vor und reichte sie ihr.

Ein Haiku von Lakshmi Nichols

Stärker als alle.
Meine Mama gibt nie auf.
Ich bin stolz auf sie.

Er nickte, als stimmte er beim Lesen dem Inhalt des Gedichtes zu. »Auf dem Bild bist du auch gut getroffen«, flüsterte er und deutete auf die Zeichnung darunter: Laks und Mara, die sich an den Händen hielten, Mara ein weiblicher Popeye mit riesigen Muskeln. »Ist auch ein schönes Haiku. Das hat mir schon immer besonders gefallen.«

»Du kennst das? Ich habe den Hefter eben erst in dem Puppenwagen gefunden, den sie anscheinend als Aktenschrank nutzt.«

Er zuckte mit den Schultern. »Ich habe ihr dabei geholfen. Eigentlich nur beim Silbenzählen und mit der Rechtschreibung. ›Stolz‹ wollte sie anfangs unbedingt ›schtols‹ schreiben, bis ich sie dann doch noch überzeugen konnte, dass meine Variante die korrekte ist. Aber der Inhalt kam ganz allein von ihr. Du warst ... ich weiß gar nicht mehr, wo du an dem Abend warst. Vielleicht mit den Zwei Frauen unterwegs? Sie sollte ein Haiku über eine Eigenschaft schreiben, über Ehrlichkeit oder Stärke oder Zuverlässigkeit. Sie hat sich dann für Stärke entschieden, und als ich sie gefragt habe, an wen oder was sie bei dem Wort denkt, hat sie ohne Zögern ›Mama!‹ gesagt.«

Mara schniefte und wischte sich mit dem Ärmel des Bademantels über die Augen. »Bei Stärke hat sie an mich gedacht?«

Tom sah sie verwirrt an. »An wen denn sonst?«

»Na, an dich vielleicht?! An den Marathonläufer, der vor

dem Frühstück dreißig Kilometer runterreißt und trotzdem noch den ganzen Nachmittag mit ihr im Garten rumtobt?«

»Also bitte. Das ist ja wohl nicht das Gleiche. Ich habe noch nie was machen müssen, das so viel Stärke erfordert, wie du besitzt. Wusstest du das nicht?« Er sah zu Laks' Bett hinüber. »Deine Tochter da drüben weiß es zumindest, und sie ist wirklich stolz auf dich.«

»Mittlerweile ist sie wohl nicht mehr so stolz. Nach dem Vorfall in der Schule.«

»Darüber kommt sie schon hinweg. Weißt du noch, wie peinlich dir der Akzent deiner Eltern war? Du wolltest im Boden versinken, das hast du mir selbst erzählt. Und wie lange hat das angehalten? Nicht mal ein Schuljahr, oder? Dann fandest du, dass ›anders‹ eben nur ›anders‹ bedeutet und nichts Schlimmes ist.«

»Das hier ist aber schon ein bisschen schlimmer als ein indischer Akzent.«

»Nein, ist es nicht. Es geht doch nur darum, dass einem Kind seine Eltern peinlich sind. Bei dir war es wegen des Akzents, bei mir wegen des Betrunkenseins in der Öffentlichkeit, bei Laks ist es die Huntington-Krankheit. Es ist alles das Gleiche. Jedes Kind oder Teenager macht so was mal durch und kommt auch darüber hinweg.« Er reichte ihr die Hand. »Komm ins Bett!«

TEIL V

Samstag, 9. April

NOCH EIN TAG

37

Mara

Als Mara am frühen Samstagmorgen ins Wohnzimmer kam, lümmelte ihre Fünfjährige auf der Couch und starrte mit leerem Blick auf den Fernseher.

»Guten Morgen, meine Süße«, sagte Mara.

Laks war völlig vertieft in das Fernsehprogramm und reagierte nicht.

Kopfschüttelnd betrachtete Mara das Mädchen und überlegte, ob Tom vielleicht recht hatte. Stellte Maras Krankheit am Ende doch keine größere Belastung für Laks dar als Poris und Neerjas Akzent für Mara oder die Alkoholabhängigkeit seiner Eltern für Tom? Wie sie da auf der Couch lag und ihre Mutter ignorierte, um nur ja nichts von ihrer Kindersendung zu verpassen, wirkte Laks wirklich wie jedes andere amerikanische Kind.

Wenn ihre Mutter noch länger am Leben blieb und sich ihr Zustand jedes Jahr verschlechterte, jeden Monat vielleicht sogar, würde sich das natürlich auf Laks' Leben auswirken. Aber so ging es auch jedem anderen Kind im Land, jedem anderen Kind in dieser Straße, um genau zu sein. Genau in diesem Moment lagen im Haus nebenan oder in der nächsten Straße, in ganz Plano und in allen anderen Staaten, Kinder auf dem Sofa und waren in einen Trickfilm vertieft, während sich im Hintergrund ihre Eltern anschrien und einer von beiden bald auszog. Während der große Bruder wieder zu Hause einzog, weil er von der Uni geflogen war, oder eine Schwester im

Teenageralter gestand, dass sie schwanger war. Waren die Probleme, mit denen Laks leben musste, im Vergleich wirklich so viel schlimmer als die anderer Kinder?

Mara warf einen letzten Blick auf ihre Tochter, setzte sich an den Tisch und zog den Klebezettel unter ihrem Laptop hervor. Diese Gedanken könnte sie ja weiterverfolgen, während sie sich um ihre Liste kümmerte. Es konnte nicht schaden, alles abzuarbeiten, selbst wenn sie sich am Ende dann doch noch umentscheiden sollte.

Sie legte den Finger auf einen der Posten, der noch nicht durchgestrichen war: die Briefe an Tom und Laks. Jetzt war der perfekte Zeitpunkt, um sie noch einmal durchzugehen. Tom war joggen und würde erst in einer Stunde wieder zu Hause sein. Und ihre Tochter saß so gebannt vor dem Fernseher, dass sie es wahrscheinlich nicht einmal bemerken würde, wenn das Haus um sie herum einstürzte.

Mara öffnete die beiden Dateien, ermahnte sich aber im Stillen, sie nur noch einmal zu überfliegen. Sie hatte an diesem Morgen keine Zeit dafür, noch einmal alles komplett zu überarbeiten und neu zu schreiben, wie sie es bereits mehrere Male in den letzten Nächten getan hatte. Sie musste sich noch für das Treffen mit den Zwei Frauen zurechtmachen, Laks' Frühstück zubereiten und sie pünktlich zum Ballettkurs schicken. Der Haarknoten allein, auf dem die Leiterin bestand, war manchmal mit einer guten halben Stunde Diskutieren und Von-vorn-Beginnen verbunden. Außerdem wäre Mara sowieso nie hundertprozentig zufrieden mit den Briefen, egal, wie oft sie sie noch las. Wie sollte man auch das, was man im Herzen trug, in einem einzelnen Dokument zusammenfassen?

Sie las sich beide Briefe zweimal durch und speicherte sie. Morgen würde sie sie ausdrucken, in Umschläge stecken und Tom auf das Kissen legen, nachdem der zu seiner Joggingrunde aufgebrochen war. Er bekam noch einen weiteren Umschlag mit der Liste hilfreicher Tipps, die sie für ihn zusammengestellt hatte, um ihm das Großziehen ihrer Tochter zu erleichtern. Diese Liste öffnete sie nun und überprüfte, ob sie auch nichts vergessen hatte.

Sie hatte dazugeschrieben, dass die Zwei Frauen ihre Unterstützung versprochen hatten und er sich jederzeit an Gina und Steph würde wenden können. Mara hatte außerdem hinzugefügt, dass sie ihre Eltern schon seit mehreren Wochen darauf vorbereitete, dass Laks in der ersten Klasse nach der Schule für eine Weile in den Hort gehen würde, bis Tom sie auf dem Weg von der Arbeit nach Hause abholte.

Dadurch hätte das Mädchen mehr Gelegenheit, andere Kinder kennenzulernen, hatte Mara ihren Eltern erklärt. Der eigentliche Grund jedoch war, dass es so leichter für Tom sein würde, ein wenig Freiraum von Pori und Neerja zu bekommen, falls die ständige Anwesenheit der beiden zu schmerzlich für ihn war. Sie wusste, dass die beiden darauf bestehen würden, weiter nachmittags auf Laks aufzupassen, und sie wusste auch, dass er ihnen das nie abschlagen würde. Es sei denn, alle wussten, dass es ein letzter Wunsch von Mara gewesen war.

Des Weiteren informierte sie Tom darüber, dass sie ihre Kreditkarte abbezahlt und das Konto dafür auch gleich geschlossen hatte, dass er sich darum also keine Gedanken mehr machen musste. Sie wollte nicht, dass ihm vielleicht eine der Abrechnungen in die Hände fiel und er sah, was sie in letzter Zeit gekauft hatte. Sie hatte auch gleich noch alles andere abbestellt, was ihr so eingefallen war – den Newsletter der Uni, Kataloge, eben alles, was auf ihren Namen lief und plötzlich zu Hause eintrudeln konnte.

Und schließlich hatte sie noch auf einer Extraseite, damit er sie wegwerfen konnte, falls es ihn zu wütend machen würde, die Namen und Telefonnummern mehrerer Pfarrer aufgelistet, die in ihrer Kirche Trauergottesdienste abhielten, auch wenn die Verstorbene kein Mitglied der Gemeinde gewesen war. Auch wenn die Angehörigen nicht versprechen konnten, diese Kirche jemals wieder zu betreten. Tom behauptete zwar immer, dass ihn mit der Kirche absolut nichts mehr verband, aber es hätte sie dennoch nicht überrascht, wenn ihm ein Trauergottesdienst doch wichtig wäre. Es ging ja bei so etwas mehr um das Ritual als darum, an wen oder was man tatsächlich glaubte. Und das Zusammenkommen von Menschen, die ein paar Worte über eine Tote sagten, war wahrscheinlich das älteste Ritual der Welt.

Selbst wenn die einzigen Worte, die Tom zu sagen hatte, voller Zorn und Bitterkeit sein würden. Mara las noch einmal die Namen durch. Sie war verunsichert. War es fair, ihm diese Liste zu geben? Sobald er sich einmal auf den Gedanken eingelassen hatte, würde er es nicht mehr fertigbringen, ihn zu ignorieren, das wusste sie. Bei solch einem Gottesdienst würde er ihr aber keine Vorwürfe machen, seiner Wut auf sie nicht Ausdruck verleihen können, zumindest nicht laut. Er müsste etwas Nettes über sie sagen. Er würde sich dazu zwingen, die vielen guten Dinge aufzuzählen, die sie für ihn und Laks getan hatte, bevor sie diesen einen schlimmen Fehler begangen hatte.

Tom wäre gezwungen, zu nicken und zu lächeln und ihren Eltern, den Zwei Frauen und allen anderen zuzustimmen: Ja, es sei schlimm, was sie ihrem Kind und ihrem Mann zuletzt angetan hatte, doch ein Urteil könne man sich ja eigentlich nicht darüber erlauben, oder? Keiner wisse wirklich, wie es sich für sie angefühlt habe, und keiner von ihnen könne ausschließen, in der gleichen Situation nicht den gleichen Gedanken zu haben.

Wenn andere das sagten und er dazu verständnisvoll nicken musste, nicht öffentlich widersprechen konnte, würde er vielleicht erkennen, dass es zum Teil stimmte. Vielleicht flüsterte er immer noch heimlich die schlimmsten Verwünschungen gegen sie vor sich hin, wenn er allein war, erschöpft von der Anstrengung, seinen Beruf und seine Rolle als alleinerziehender Vater unter einen Hut zu bringen. Aber der Trauergottesdienst würde bestimmt Verständnis und Mitgefühl in ihm säen, und nach einer Weile, so hoffte Mara, würden diese zarten Pflänzchen zwischen seinen Verwünschungen emporwachsen. Sie würden sicher nie ganz seinen Zorn und seine Verbitterung ob ihrer Entscheidung überwuchern, aber eben vielleicht doch wenigstens ein Stück beiseiteschieben.

»Mama!« Laks sah sie über die Armlehne der Couch hinweg an, so überrascht, als stünde plötzlich ein Pony da.

Mara lachte und drehte sich auf dem Stuhl zu ihrer Tochter herum. »Ja, die Mama. Die dir vor einer halben Stunde Guten Morgen gesagt hat und seitdem hier drüben gerade mal zwei Meter entfernt von dir sitzt.« Sie schüttelte lächelnd den Kopf. »Du und deine Trickfilme!«

»Willst du mitgucken?« Laks setzte sich auf und klopfte auf die Couch neben sich. »Komm, guck mit!«

Gab es eine schlimmere Foltermethode für Eltern, als eine halbe Stunde lang SpongeBobs hysterisches Kichern ertragen zu müssen? Mara warf einen Blick auf ihren Laptop, suchte nach einer Ausrede, wieso sie jetzt gerade auf gar keinen Fall Zeit hatte, wieso das gemeinsame Fernsehen auf einen anderen Tag verschoben werden musste.

Aber auf welchen anderen Tag denn?

»Klar, gern.«

Sie setzte sich vorsichtig neben das Mädchen, achtete auf einen gewissen Abstand zwischen ihnen beiden. Seit dem Vorfall in der Schule war ihr ihr Körper noch unangenehmer, besonders vor ihrer Tochter. Aber Laks rutschte zu ihr heran, bis Maras sorgfältig hergestellter Abstand wieder verschwunden war, ließ dann den Oberkörper quer über den Schoß ihrer Mutter fallen und legte die Wange auf ihr Knie. Mara streichelte ihr mit der linken Hand über die Haare und malte mit der rechten kleine Kreise auf die Schlafanzughose über der knochigen Hüfte des Mädchens.

Laks machte es sich gemütlich, drückte sich eng an den Körper ihrer Mutter. Zwei kleine Hände griffen nach Maras, zogen sie an die Kinderbrust und hielten sie dort fest. Laks rückte sich noch einmal zurecht, dann lag sie still und seufzte einmal tief und behaglich. Mara stieß ebenfalls einen Seufzer aus, und das Mädchen kicherte.

Mara hatte lange darüber nachgedacht, wie sie sich von ihrem Kind verabschieden sollte, hatte hin und her überlegt, was sie sagen oder tun konnte, damit Laks der Moment in Erinnerung blieb, aber auch gleichzeitig nicht so dramatisch wirkte, dass sich das Mädchen Sorgen machte. Heiße Tränen brannten ihr in den Augen, als ihr aufging: Es war so weit, der Moment war da. Tom würde Laks nach dem Ballettkurs zum Haus von Neerja und Pori fahren, und Mara würde in der Zeit mit den Zwei Frauen zu Mittag essen gehen. Dies hier war ihr Abschied voneinander.

Die Taschentuchbox auf dem Couchtisch stand zu weit entfernt, also ließ Mara den Tränen einfach freien Lauf und hoffte darauf, dass das Mädchen schon wieder so vertieft in die alberne Sendung war, dass es ihr Weinen nicht bemerkte. Ihre rechte Hand war gefangen, und sie konnte einfach nicht aufhören, Laks über die Haare zu streicheln, also wischte sie sich die Nase verstohlen am Ärmel ab. Ihr Blick wanderte durch den Raum und blieb an ihrem Laptop hängen, und ihr fiel plötzlich ein, was 2boys in diesem Moment zu ihr sagen würde, wenn er sie so sehen könnte und wüsste, was sie dachte:

»Na ja, wenigstens siehst du SpongeBob gerade zum letzten Mal.«

Mara lachte unter Tränen auf, und Laks, die sich gerade köstlich über den Trickfilm amüsierte, stimmte fröhlich mit ein.

38

Mara

Mara und die Zwei Frauen machten es sich auf ihrem Stammplatz im *Wooden Table* gemütlich, Maras Lieblingsrestaurant. Sie hatten kaum die Servietten auseinandergefaltet, als Mara sich schon an Gina wandte:

»Kannst du ab und zu mit Laks in die Kirche gehen? Also, wenn sie das möchte, meine ich? Und vielleicht auch hin und wieder, wenn sie nicht unbedingt Lust dazu hat? Am besten, wenn sie in einem Alter ist, in dem sie das, was dort gesprochen wird, auch versteht. Tom hat nichts dagegen, ich habe ihm schon gesagt, dass ich dich darum bitten möchte.«

»Das mache ich gern«, versicherte Gina.

»Danke. Ach ja, und wir hatten doch mal darüber geredet, dass du sie später daran erinnerst, dass sie Tom an unserem Hochzeitstag anruft. Du meintest, du würdest sie auch an den Muttertag erinnern. Ich habe mir überlegt, vielleicht sollte sie lieber nicht mehr so viel Wirbel um diesen Tag machen, wenn Tom eine neue Frau hat. Und Steph, du musst unbedingt mit meinen Eltern reden und ihnen klarmachen, dass sie nett sein sollen, wenn er eine neue Freundin hat. Ich meine, ich kann mir eigentlich nicht vorstellen, dass sie jemals zu irgendwem unhöflich sein könnten, aber in dem Fall bin ich mir nicht so sicher …«

»Wie kommst du denn jetzt darauf?« Steph sah sie misstrauisch an. »Gibt's irgendetwas, was du uns erzählen willst? Hat Dr. Thiry etwas herausgefunden, schreitet die Krankheit jetzt auf einmal schneller voran?«

»Nein, nein«, sagte Mara erschrocken, »so was fällt mir einfach immer mal wieder ein. Laks hat neulich Abend erzählt, dass bei ihrer Freundin Susan zu Hause immer ein Tischgebet gesprochen wird, und sie wollte das bei uns auch probieren, und da dachte ich, vielleicht würde sie ja gern mal in die Kirche gehen. Und die anderen Dinge sind mir einfach so eingefallen, und da wir hier gerade so nett zusammensitzen ...« Mara bemühte sich um ein harmloses Lächeln und sagte nicht, dass sie sich jeden einzelnen Punkt auf Klebezetteln notiert und mehrmals im Kopf wiederholt hatte, während sie sich eben gesetzt hatten.

Steph kaute auf ihrer Unterlippe herum und sah aus, als glaubte sie ihrer Freundin nicht so recht. Bevor sie weiter nachhaken konnte, schlug Mara schnell die Karte auf und las ein paar Gerichte laut vor. »Hier gibt's übrigens das beste Filet Mignon. Die wickeln es ganz dick in Bacon ein. Und sie haben hier auch das leckerste Tiramisu. Hm, der Brownie mit warmer Schokoladensoße klingt aber auch verlockend.«

»Ich würde ja gern«, sagte Gina und sah auf ihren Bauch hinunter. »Aber für mich gibt's leider wieder nur Salat und Hüttenkäse mit Obst als Nachtisch.« Bei dem Wort »Nachtisch« malte sie Gänsefüßchen in die Luft und verzog das Gesicht.

»Also, wenn wir jetzt schon über so traurige Sachen reden wie die Nachrichten, die wir Laks von der zukünftigen Toten ausrichten sollen«, sagte Steph, »dann ist dies ja wohl auch der richtige Zeitpunkt, etwas richtig Dekadentes zu bestellen. Irgendwas, was einer Henkersmahlzeit würdig ist.«

Gina wollte Steph gerade zurechtweisen, aber Mara legte ihr die Hand auf den Arm. »Sie hat recht. Warum sollten wir damit bis zu meiner tatsächlichen Henkersmahlzeit warten? Vor allem werde ich die ja höchstwahrscheinlich durch einen Schlauch zu mir nehmen. Da will ich den Brownie lieber noch mal richtig genießen können!« Sie kramte in ihrer Handtasche nach dem kleinen Notizbuch, das ihr Gina vor Ewigkeiten einmal geschenkt hatte, damit sie sich Gedanken notieren konnte, bevor sie sie vergaß. Als Gina sah, wonach ihre Freundin gesucht hatte, musste sie lächeln.

Mara blätterte in dem Büchlein. »Ach ja, hier steht's. Ich weiß natürlich wie immer nicht mehr, wo ich das gefunden habe, aber ich bin sicher, dass es zumindest eine von euch«, dabei warf sie Gina einen Blick zu, »zu schätzen wissen wird. Und das hier ist der perfekte Anlass. Das hat Nora Ephron mal geschrieben oder in einem Interview gesagt. Und zwar: ›Wenn der Zeitpunkt für die allerletzte Mahlzeit tatsächlich gekommen ist, ist man meistens schon zu krank dafür. Und man weiß natürlich auch nicht immer vorher, dass es die letzte Mahlzeit sein wird, und verschwendet dann die Gelegenheit vielleicht an so etwas wie einen Thunfisch-Auflauf, und das wäre ja nun wirklich jammerschade. Deshalb ist es wichtig … also, ich persönlich finde es wichtig, dass man sein letztes Mahl heute genießt, morgen, bald.‹«

»Das passt wirklich perfekt!«, rief Steph, klatschte in die Hände und verschränkte sie dann unter dem Kinn, wie Neerja es immer tat. Alle drei mussten lachen, und Mara zwinkerte Steph zu, ein stummes Dankeschön dafür, dass sie sie alle davor bewahrt hatte, dass der Moment zu deprimierend wurde.

»Ich will keinen Thunfisch-Auflauf, Mädels«, sagte Mara. Sie reichte das Notizbuch an Gina weiter, die sich der Traurigkeit des Moments nicht ganz hatte entziehen können und sich über die Augen wischte. Mara zeigte auf das Zitat und lächelte Gina an. »Bitte auch keinen Salat. Zeit für Filet Mignon und Brownies. Bacon und Schokolade sind doch die wichtigsten Zutaten für jedes letzte Mahl. Und einen Martini möchte ich auch. Muss ja schließlich nicht fahren.«

»Ich nehme das Tiramisu«, verkündete Gina. »Dann kannst du von allem kosten. Was hättest du denn nach dem Filet am liebsten?«

Mara überflog noch einmal die Karte und wählte aus Rücksicht auf ihre auf ihr Gewicht bedachte Freundin das fettärmste Gericht, das sie finden konnte. »Ich glaube, den Lachs mit Gemüsebeilage.«

»Schwachsinn«, sagte Steph.

»Die Auberginen im Parmesan-Mantel«, gab Mara zu.

»Einmal Auberginen, einmal Tiramisu – geht klar«, sagte Gina.

»Und danach?«, fragte Steph.

»Kürbisravioli mit Fleischsoße. Ganz viel Fleischsoße. Und Zitronenbaisertorte.«

Gina gab ihr grinsend das Notizbuch zurück. »Klingt alles viel besser als Salat.«

Alle drei gaben ihre Bestellung auf und wählten jede noch einen ausgefallenen Cocktail dazu. Währenddessen ging Mara im Kopf noch einmal die Rede durch, die sie sich auf der Taxifahrt hierher zurechtgelegt hatte. Es war einerseits ein Dankeschön, andererseits auch ein Abschied, zum Teil auch eine Art Liebeserklärung an die beiden Frauen, die wie Schwestern für sie gewesen waren. Die Worte, die sie sich überlegt hatte, konnten nicht all das ausdrücken, was sie empfand, aber das war ja sowieso nicht möglich.

Als der Kellner den Tisch wieder verlassen hatte, holte Mara tief Luft und hielt ihre kleine Rede. Sie erklärte ihnen, was sie ihr bedeuteten. Wie wundervoll ihre Freundschaft war. Dass sie nie würde in Worte fassen können, wie sehr ihr die Unterstützung der beiden half, ihre Ehrlichkeit, die Tatsache, dass sie in den letzten Jahren immer für sie da gewesen waren …

»Mein Gott«, unterbrach Steph ihren Redefluss. »Das ist ja nicht zum Aushalten! Die letzten Tipps für uns und dieser ganze Quatsch mit der Henkersmahlzeit waren wirklich genug für heute. Können wir darüber nicht ein anderes Mal reden? Ich meine, du stirbst ja nun nicht gleich *morgen*, oder?«

Gina gab einen erschrockenen Laut von sich, und Mara wurde blass. Sie erholte sich jedoch schneller als Gina und gab sich Mühe zu lachen. »Oh Mann, ich ziehe uns wirklich gerade ganz schön runter, nicht?« Sie winkte ab und tat, als fände sie ihre Rede nun selbst etwas albern. »Dr. Thiry hat mir ein neues Medikament verschrieben«, log sie, »davon werde ich irgendwie ganz sentimental. Wenn ihr das hier schon schlimm fandet, hättet ihr mich mal gestern Abend mit Tom erleben sollen ...« Sie zog vielsagend eine Augenbraue hoch.

Es funktionierte. Steph beugte sich näher zu ihr und griff nach ihrer Hand. »Oooh, jetzt wird's aber interessant! Erzähl mal, was hast du denn genau zu dem schicken Tom gesagt? Mir würde da so einiges einfallen.«

»Haben Sie eigentlich so ein Zwölf-Schritte-Programm absolviert?«, fragte Mara Harry auf dem Weg vom Restaurant nach Hause.

»Nee, ich hab das auf die altmodische Art geregelt. Kalter Entzug, allein.«

»Wow. Bewundernswert.«

»Ich weiß ja nicht. Hat immerhin fünfundzwanzig Jahre gedauert, bis ich so weit war.«

»Dann kennen Sie also den Teil des Programms nicht, wo die Leute sich bei allen entschuldigen, denen sie in ihrem Leben schon mal unrecht getan haben?«

»Sagt mir nichts, nein.«

»Ich durchlaufe diese Woche jedenfalls selbst auch eine Art Zwölf-Schritte-Programm. Nur dass ich mich nicht bei Menschen entschuldige, sondern mich bei ihnen bedanke. Menschen, die mir geholfen haben oder die eine wichtige Rolle in meinem Leben gespielt haben.«

»Sich mal bewusst machen, wem man was verdankt. Und das demjenigen auch gleich sagen. Darum geht's dabei, ja?«

»Ja. Und bei Ihnen möchte ich mich auf jeden Fall auch bedanken.«

»Bei mir?« Er wirkte überrascht. »Ich habe eine wichtige Rolle in Ihrem Leben gespielt?«

»Haben Sie, und ich glaube, das wissen Sie auch.«

Er lächelte. »Vielleicht, ja.«

»Es ist mir sehr schwergefallen, das Autofahren für immer an den Nagel zu hängen. Diese Art Freiheit aufzugeben. Das muss ich Ihnen ja bestimmt nicht erklären. Aber mittlerweile denke ich fast, dass es einen bestimmten Grund dafür gab, dass es diese Woche passiert ist. Und der Grund war, dass ich Sie dadurch kennenlernen konnte. Ich bin sehr froh, dass wir die vergangene Woche sozusagen gemeinsam verbracht haben. Also: danke.«

Harry grinste breit. »Sehr gern geschehen.«

Den Rest der Fahrt schwiegen sie. Als sie vor dem Haus hielten, holte Mara neben dem Geld für die Fahrt auch einen Umschlag aus der Handtasche.

»Was ist das denn?« Harry drehte das Kuvert in den Händen.

»Nichts Besonderes. Ich dachte nur, Sie könnten es vielleicht gebrauchen.«

»Soll ich es gleich aufmachen?«

Sie nickte. Er öffnete vorsichtig den Umschlag, holte den

ausgedruckten Brief heraus und las die erste Zeile. »*Liebe Caroline.*« Er drehte sich blitzschnell zu Mara um.

»Ich habe versucht aufzuschreiben, was Sie ihr gern sagen würden. Sie haben es mir doch erzählt. So, wie Sie es schreiben würden, wenn Sie ...«

»Wenn ich auf Papier festhalten könnte, was in meinem Kopf ist«, vollendete er den Satz.

»Ja.«

Mara wartete, während er den Brief zu Ende las. Als er fertig war, faltete er ihn wieder zusammen und steckte ihn zurück in den Umschlag. Dann legte er den Brief auf den Beifahrersitz unter seine Jacke. »Sie haben recht. Das ist genau das, was ich ihr sagen wollte. Alles, was ich fühle, aber nicht in Worte fassen konnte. Danke, dass Sie das für mich getan haben.«

»Sie müssen den Brief nicht so lassen, wählen Sie einfach die Stellen aus, die passen.«

»Ich werde den Brief genau so lassen, wie er ist.«

Er öffnete ihr die Tür, und sie ging an seinem Arm zum Haus. Als sie die Haustür aufschließen wollte, legte er seine Hand auf ihre und hielt sie fest.

»Wieso arbeiten Sie Ihr Zwölf-Schritte-Programm ausgerechnet diese Woche ab? Bedanken sich bei allen, helfen mir mit diesem Brief?«

Sie lächelte ihn an. Dann drückte sie ihm einen Kuss auf die Wange. »Harry, Sie kennen doch die Regeln: keine Fragen, keine Kommentare, kein Mitleid, keine Kritik.«

Er machte ein unzufriedenes Gesicht, und es war offensichtlich, dass er seine eigenen Regeln gerade sehr gern zurückgenommen hätte. Doch dann zwang er sich zu einem Lächeln und nickte. »Na gut.« Er wandte sich ab und ging auf sein Taxi zu.

Nach ein paar Schritten drehte er sich um. »Wir sehen uns doch aber noch mal, oder? Wir fahren Montag wieder zu Laks' Schule, nehme ich an? Soll ich wieder kurz nach elf hier sein?«

»Genau«, log sie. »Kurz nach elf ist perfekt.«

»Dann bis Montag.« Er drehte sich um, ging zum Auto und hob noch einmal grüßend die Hand.

39

Scott

Als Curtis an diesem Morgen die Augen aufschlug, fing er sofort an zu weinen. Selbst als der Trauergottesdienst für LaDania schon lange hinter ihnen lag und sie alle nach Hause zurückgekehrt waren, hatte er noch nicht wieder aufgehört. Weder Scott noch Bray oder Laurie gelang es, ihn zu beruhigen. Schließlich hatte Pete die zündende Idee, mit ihm ein Eis essen zu fahren, und die Tränen versiegten immerhin so lange, bis der Junge den Riesenbecher vertilgt hatte.

Als es Schlafenszeit war, schluchzte er jedoch schon wieder. Erst legte sich Laurie eine Weile zu ihm ins Bett und streichelte ihn, bis er nach Scott fragte. Dieser blieb über zwei Stunden bei ihm, bis er von Bray abgelöst wurde. Gegen elf ließ sich Brayden erschöpft auf die Couch fallen. Curtis weine immer noch leise vor sich hin, sagte er, werde aber bestimmt bald einschlafen.

Scott ging noch einmal nach oben und spähte durch den Türspalt. Curtis regte sich nicht, deshalb schlich Scott ins Schlafzimmer und legte sich neben seine Frau, die tief und fest schlief.

Scott war hundemüde, aber die Gedanken kreisten unaufhörlich hinter seiner Stirn. Er sah zu, wie sich Lauries Schultern sanft hoben und senkten, und überlegte, ob er sie wecken sollte. Aber was würde das bringen? Leise stand er auf, schlich sich aus dem Zimmer und den Flur hinunter. In Curtis' Türrahmen blieb er stehen. Der Junge hatte alle viere von sich gestreckt, die Beine weit gespreizt, die Arme über dem Kopf. Sein Atem ging gleichmäßig; die emotionale Belastung der letzten vierundzwanzig Stunden hatte ihn in einen Tiefschlaf fallen lassen.

Scott warf auch einen Blick ins Wohnzimmer. Bray lag auf der Couch ausgestreckt, und er schlief offensichtlich ebenso tief wie sein Bruder. Die Küchenuhr zeigte fünf nach eins. Scott entdeckte seinen Laptop auf dem Küchentisch. Ob wohl einer seiner Freunde zufällig online war? 2boys ging auf jeden Fall immer ziemlich spät ins Bett, und seitdem Scott ihm vergangene Nacht von den tragischen Ereignissen der letzten Tage erzählt hatte, gab er sich besonders freundlich. Aber seine Jungs hatten am Sonntagmorgen immer Hockey- oder Lacrosse-Training, manchmal beides. LaksMom und ihr Mann waren an diesem Abend essen gegangen. Das hatte sie zwar sonst auch nicht davon abgehalten, danach noch einmal kurz im Forum vorbeizuschauen, während ihr Mann schon schlief, aber sie hatte ihm gesagt, dass sie heute wahrscheinlich nicht dazu käme.

Scott schickte ein stilles Stoßgebet zum Himmel, dass einer der anderen online war, trug den Laptop ins Esszimmer, loggte sich im Forum ein und überflog die Diskussion zum Thema des Tages. Es ging um Religion und Glauben. Scott freute sich, als er sah, dass 2boys' und flightpaths letzte Nachrichten erst vor wenigen Minuten gepostet worden waren.

Sonntag, 10. April, 01:08 Uhr
MotorCity schrieb:

Hi, Leute, ich wollte mich nur mal melden. Der Gottesdienst war wirklich bewegend. Mein Großer hat so viel geweint, dass uns das Wasser bis zu den Knöcheln stand, aber jetzt schläft er endlich. Es wird zwar eine Weile dauern, doch ich glaube, er kommt darüber hinweg.

Er klickte auf *Senden*, ging in die Küche und schenkte sich einen Scotch ein. Er nahm einen großen Schluck, verzog das Gesicht, als ihm das Getränk brennend die Kehle hinunterrann, setzte sich wieder an den Laptop und klickte auf *Neu laden*. Bingo! Seine Freunde waren wach und bereits zur Stelle.

Sonntag, 10. April, 01:12 Uhr
flightpath schrieb:

@MotorCity: Danke für das Update. Wir haben hier alle an dich gedacht. Ich wünsche dir, deiner Frau, dem Großen und seinem Bruder ganz viel Kraft.

Sonntag, 10. April, 01:15 Uhr
2boys schrieb:

alter, ich hab auch die ganze zeit an dich gedacht. und ja, dein großer kommt auf jeden fall klar. kinder halten mehr aus, als man denkt. was nicht heißt, dass es einfach wird – weißt ja, dass ich hier auch immer mal wieder mit kleinen jungs zu tun hab, die nach ihrer mutter weinen, aber eben leider keine mehr haben. aber deiner hat ja wenigstens noch seinen großen bruder, das hilft bestimmt viel. wie geht's dem bruder überhaupt so? und wie geht's dir?
ps.: haste gemerkt, dass ich überhaupt nicht erwähnt hab, was die tigers gestern Abend für 'ne schlappe einstecken mussten? ganz schön sensibel, oder?

Sonntag, 10. April, 01:19 Uhr
MotorCity schrieb:

@flighty: Danke. Wieso bist du eigentlich so spät noch wach?

@2boys: Ja, echt herzallerliebst von dir, dass du nicht erwähnt hast, dass die Tigers verloren haben. Und wie es mir so geht – tja …

Scott lehnte sich zurück. Er war, ehrlich gesagt, nicht sicher, wie es ihm ging. Sich um die Beerdigung und um Curtis zu kümmern hatte ihn so in Anspruch genommen, dass er noch gar keine Zeit gehabt hatte, über sein eigenes Befinden nachzudenken. Was gut gewesen war, wie ihm jetzt sofort auffiel. Es war nun wirklich kein schöner Tag gewesen, aber wenigstens hatte er den Knoten in seinem Bauch und die Kopfschmerzen nicht bemerkt. Jetzt spürte er beides wieder.

Er trat ans Fenster und massierte sich mit einer Hand den Nacken. Scott sah die Straße hinunter, betrachtete voller Neid die dunklen Fenster der Nachbarhäuser, hinter denen jetzt bestimmt alle friedlich schliefen. Würde er jemals wieder ein- und durchschlafen können? Oder würde er von nun an nachts stets wach liegen oder online jemanden zum Reden suchen? Rastlos durch das Haus streifen, bereuen, verbittert sein?

Er trank das Glas aus und brachte es in die Küche. Das hier durfte er auf keinen Fall zur Gewohnheit werden lassen. Nicht schlafen zu können war eine Sache, aber nachts allein zum Alkohol zu greifen war nicht in Ordnung. Doch in dieser Nacht gönnte er sich ausnahmsweise noch ein zweites Glas, er hatte schließlich einen schweren Tag hinter sich. Er goss sich gleich einen doppelten Scotch ein.

Scott warf noch einmal einen Blick ins Wohnzimmer und riss überrascht die Augen auf. Bray saß aufrecht da, die Hände vors Gesicht geschlagen. Er holte immer wieder tief Luft, als wollte er verhindern, sich zu übergeben. Scott räusperte sich. Bray zuckte zusammen und sah auf.

»Ich wusste nicht, dass du noch wach bist, Coach.«

»Ich war am Computer, konnte nicht schlafen. Da bin ich wohl nicht der Einzige.« Er lächelte. »Denkst du an deine Mom? Muss wirklich schlimm sein. Ich bin ja nun ein ganzes Stück älter als du, aber ich bin froh, meine Mom noch zu haben.«

»Es geht nicht um sie. Ich meine, ich bin schon traurig ihretwegen, klar. Aber es muss einfach weitergehen, ich muss mich um den Rest meiner Familie kümmern, um Curtis.« Er versuchte ein zuversichtliches Lächeln, es gelang ihm jedoch nicht ganz, und sein gefasster Tonfall klang unecht.

»Alles in Ordnung?«

»Ja. Nein.« Bray seufzte und lehnte sich zurück. Er sah erschöpft aus. »Keine Ahnung. Ich dachte, ich wüsste genau, wie es weitergehen soll. Aber jetzt bin ich mir nicht mehr so sicher. Ich habe heute nach der Gedenkfeier in der Kirche mit ein paar Freunden geredet.« Brays Mannschaft und die Trainer waren für LaDanias Trauergottesdienst aus Ann Arbor angereist.

»Und?«

»Und ich habe ihnen erzählt, dass ich das Studium abbrechen, wieder hierher zurückziehen und mich um Curtis kümmern werde. Ein paar von ihnen haben das auch sofort verstanden, meine Mitbewohner zum Beispiel. Die stehen da hinter mir und würden es genauso machen, meinten sie. Aber manche sagten auch, das wäre der größte Fehler, den ich machen könnte. Nicht nur für mich, auch für Curtis. Und dann kamen die Johnsons und Pfarrer John dazu. Mr. Johnson und der Pfarrer sehen es so wie ich, die verstehen, dass ich verhindern will, dass Curtis in eine Pflegefamilie kommt. Aber Mrs. Johnson wollte nichts davon hören.« Bray beugte sich wieder nach vorn, stützte die Ellenbogen auf den Knien auf und legte die Stirn in die Hände. »Sie meint, es wäre dumm, jetzt die Uni hinzuschmeißen. Dass ich mir selbst nicht die Zukunftschancen nehmen darf und Curtis nicht die Möglichkeit, bei Menschen zu leben, die wissen, wie man ein Kind großzieht. Sie sagt, dass es gar nicht das Beste für ihn wäre, wenn ich versuche, allein für ihn zu sorgen. Ich dachte ja, mit der Uni aufzuhören und wieder zu Hause einzuziehen wäre richtig, aber Mrs. Johnson hat schon recht – ich weiß ja gar nicht, wie man ein Kind großzieht. Und jetzt hab ich eben gar keinen Plan mehr, was ich machen soll. Meinst du, sie hat recht?« Bray sah Scott an. »Meinst du, ich sollte ihn zu anderen Leuten geben?« Ihm versagte die Stimme, und er schwieg einen Moment, bevor er weitersprechen konnte. »Ich will doch nur das Richtige tun. Das, was für ihn am besten ist. Und klar will ich auch gern die Uni abschließen. Profibasketballer werden. Aber ihn einfach zu Fremden geben …?«

Bray ließ den Kopf hängen. »Das kann ich ihm einfach nicht antun, Coach. Ich will keinen Fehler machen, indem ich selbst versuche, mich um ihn zu kümmern. Und ich will an der Uni bleiben. Aber zu fremden Leuten …?«

Scott setzte sich neben Bray auf die Couch und hielt ihm das Glas hin. Der nahm einen Schluck, verzog das Gesicht und stellte es auf den Couchtisch. »Danke, aber so was Ekliges hilft mir gerade nicht weiter.«

Sie saßen eine Weile da und schwiegen. Dann fragte Bray: »Was soll ich denn bloß tun?«

»Ich habe mich die letzten zwei Tage sehr zusammengenommen«, antwortete Scott. »Ich habe wirklich versucht, nichts zu sagen. Weil du meintest, dass du meine Unterstützung brauchst, egal, wie du dich entscheidest, und ich habe dir versprochen, dass ich für dich da sein werde. Außerdem hat Laurie mir befohlen, ja den Mund zu halten und mein Versprechen nicht zu brechen. Willst du trotzdem meine Meinung hören?«

»Ja, bitte.«

»Ich denke, Mrs. Johnson hat vollkommen recht: Du solltest an der Uni bleiben. Nicht nur deinetwegen, sondern auch Curtis zuliebe. Ich weiß, du meinst, das Richtige wäre, alles stehen und liegen zu lassen und für ihn da zu sein, weil er außer dir niemanden mehr hat. Und ich finde es unglaublich toll von dir, dass du dazu bereit bist. Aber mein Gott, Bray. Ich bin doppelt so alt wie du und war trotzdem im letzten Jahr teilweise mehr als überfordert damit, auf Curtis aufzupassen. Er ist ein lieber Junge, aber …«

»Ich weiß. Er ist kein leichtes Kind.«

»Das ist er wirklich nicht. Und noch mit dreißig hätte ich so meine Probleme gehabt, das zu schaffen. Erst recht mit zwanzig. Vor allem, wenn ich allein gewesen wäre. Laurie und ich waren zu zweit und trotzdem manchmal so erschöpft, dass uns beim Abendbrot fast die Augen zugefallen sind. Es ist eben ziemlich anstrengend: Hausaufgaben kontrollieren, auch mal streng sein, kochen, Wäsche waschen, Gutenachtgeschichten vorlesen … Und wenn man dann auch noch einen Job hat und allein dasteht …? Mit gerade mal zwanzig?«

Bray nickte langsam. »Ich wäre total überfordert und würde weder ihm noch mir damit einen Gefallen tun.«

»Das würde jedem in deiner Situation so gehen«, sagte Scott. »Aber jemand, der Übung darin hat und Hilfe, könnte es natürlich schaffen.«

»Ich versteh das ja«, flüsterte Bray. »Ich sehe auch alles ein, aber ich kann ihn nicht zu Fremden schicken. Das würde ich einfach nicht übers Herz bringen.«

»Ich weiß.«

Beide schwiegen wieder eine Weile. Schließlich sprach Scott weiter. »Ich möchte doch auch nicht, dass er in irgendeiner Pflegefamilie landet, die er nicht kennt.« Er holte einmal tief Luft, ein zweites Mal, versuchte, seine Nervosität zu bekämpfen. Er strich sich mit den Händen über die Oberschenkel. Dann stand er auf, nahm das Glas und ging zum Kamin. Langsam drehte er sich zur Couch um. Dort saß ein überforderter Zwanzigjähriger und verfolgte jede seiner Bewegungen mit ängstlichen Augen.

Scott hob das Glas an die Lippen. Schmeckte dem Brennen des Scotchs nach, der ihm durch die Kehle und hinunter in den Magen floss. Der Knoten, den er seit gestern dort spürte, löste sich ein wenig. Lag das am Scotch oder daran, dass er gleich endlich aussprechen würde, was ihm die ganze Zeit im Kopf herumging?

Er räusperte sich. »Und wenn du ihn nicht zu Fremden gibst, sondern stattdessen zu uns?«

»Aber ich dachte ...« Bray sah ihn verwirrt an. »Ich dachte, Laurie will das nicht. Es war doch so anstrengend mit ihm, und ihr habt ja auch bald das Baby.«

»Vielleicht ändert sie ihre Meinung ja noch?« Scott wich schnell Brays Blick aus. Er trank einen Schluck, versuchte, seine Zweifel hinunterzuspülen.

»Das würdet ihr wirklich machen? Ihr würdet ihn bei euch wohnen lassen, bis ...«

»Solange es nötig ist«, unterbrach Scott. »Wenn die NBA dumm ist und dich nicht unter Vertrag nimmt, so lange, bis du dein Studium abgeschlossen hast. Wenn die NBA schlau ist und sich dich schnappt, dann kann er bei uns bleiben, bis deine Profikarriere zu Ende ist. Oder für immer, wenn du vielleicht ein eigenes Leben führen, eine eigene Familie haben willst. Ich könnte gut verstehen, wenn das dein Wunsch wäre. Das würde jeder verstehen. Besuch uns zu Thanksgiving und über Weihnachten, so wie letztes Jahr. Und Curtis besucht dich ab und zu mal für eine Woche, verbringt die Ferien bei dir, so was in der Art. Du wärst immer noch als Bruder für ihn da, hättest aber nicht die alleinige Verantwortung. Würdest dich nicht so gefangen fühlen, ohne Ausweg. Oder wie du dich halt fühlst.«

»Genau so«, flüsterte Bray und fuhr sich übers Gesicht. »Ich fühle mich schlecht. Ich komme mir vor wie ein mieser Bruder, wie ein schlechter Mensch, wenn ich das zugebe. Aber es stimmt nun mal, genau so fühle ich mich. Gefangen. Ohne Ausweg. Gestern im Auto hab ich noch große Töne gespuckt, dass ich ihm das nie antun könnte, dass ich einfach nicht so bin. Und ich bin ja eigentlich auch nicht so. Ich will ihn nicht im Stich lassen. Aber ich will ihm auch nicht das Leben versauen. Ich bin gerade mal zwanzig. Ich hab doch keine Ahnung, wie man ein Kind großzieht. Ich würde alles nur noch schlimmer machen, für ihn und für mich.«

»Ich rede noch mal mit Laurie, vielleicht kriegen wir das ja irgendwie hin. Okay?«

»Okay.« Bray wischte sich über die Wangen. »Aber wenn sie Nein sagt, brauchst du dir deshalb keine Sorgen zu machen. Ich sitze zwar gerade hier und heule wie ein kleines Kind, aber das ist nur, weil ich einen anstrengenden Tag hinter mir habe. Curtis hat so viel geweint, und dann musste ich mich ja auch von meiner Mom verabschieden und über alles nachdenken. Aber das soll nicht dein Problem sein, das ist meine Sache. Und ich werde damit schon irgendwie fertig, ich werde schon die richtige Entscheidung treffen.« Seine Stimme zitterte. Er starrte zu Boden und konnte Scott erst nach einer ganzen Weile wieder ansehen. »Ich schaff das schon.«

»Ich weiß. Du musst das ja nicht sofort entscheiden. Gib mir ein bisschen Zeit, ich schau mal, was ich tun kann. Sagen wir, bis morgen Abend. Dann habe ich noch ein bisschen Zeit, bevor ich mit dem Großen zur Monstertruck-Show gehe, und danach auch noch. Wenn ich bis dahin keine Lösung gefunden habe, wie Curtis hier bei uns bleiben kann, kannst du am Montag immer noch zu der Anhörung gehen und dem Richter deine Entscheidung mitteilen. Aber gib mir Zeit bis dahin, ja?«

Bray nickte. Seine Schultern bebten vom Weinen.

»Hey«, sagte Scott sanft, setzte sich neben ihn und legte ihm den Arm um die Schultern. »Ich habe dir das Angebot eigentlich gemacht, damit es dir besser geht, nicht schlechter.«

»Es geht mir ja besser. Ich bin nur … Ich weiß nicht, was ich sagen soll.« Bray wischte sich die Tränen ab, doch sie flossen einfach immer weiter. »Seitdem ich das mit meiner Mom erfahren habe, dachte ich, mein Leben wär vorbei. Und jetzt sagst du, dass es vielleicht weitergehen kann. Für Curtis auch. Zum zweiten Mal, Coach. Das ist schon das zweite Mal, dass du uns rettest.«

Scott wollte etwas erwidern, wusste aber beim besten Willen nicht, was.

40

Mara

Seitdem Mara wieder zu Hause war, hatte sie schon mindestens ein Dutzend Mal das Telefon in die Hand genommen und fast die Nummer ihrer Eltern gewählt, bei denen Laks heute war. Nur noch einmal Tschüss sagen. Laks nur noch einmal versichern, wie lieb sie sie hatte. Es nur noch einmal ihren Eltern sagen. Es nur noch einmal von ihnen gesagt bekommen. Aber jedes Mal war sie im letzten Moment doch davor zurückgeschreckt. Wenn sie nur noch einmal ihre Stimmen hörte, würde sie ihren Plan bestimmt nicht mehr in die Tat umsetzen können.

Jetzt fuhr sie mit Tom über den Highway. Sie waren auf dem Weg zu ihrem Geburtstagsessen. Bei dem Gedanken daran, dass Tom, Laks und ihre Eltern ihr ihr Geschenk morgen geben wollten, wenn Pori und Neerja Laks wieder nach Hause brachten, musste Mara sich auf die Lippen beißen. Wie sie ihre Mutter kannte, backte sie heute Abend garantiert mit Laks und Pori einen wunderbaren Geburtstagskuchen. Ihr wurde ganz schlecht, wenn sie sich vorstellte, wie sie alle in Neerjas Küche mit dem Rühren des Teiges, der Glasur und den Kerzen beschäftigt waren, wie Laks sich besondere Mühe beim Dekorieren gab.

»Schau mal, was für ein wunderschöner Sonnenuntergang, Schatz«, sagte Tom. Mara war dankbar, dass er damit ihre Selbstvorwürfe unterbrach. »Kannst du den sehen?« Er drehte den Rückspiegel ein wenig, und sie entdeckte im Glas eine rötliche Kugel mit mangogelben Stellen darin. Einige zarte lila Wolken umgaben die Sonne.

»Wow«, entfuhr es ihr leise.

»Siehst du's?« Tom hatte sie offenbar nicht gehört.

Sie nickte und zwang sich zu einem Lächeln. »Wunderschön.« Mara hatte einmal eine Liste begonnen mit den vielen kleinen Naturwundern, die ihr fehlen würden und die sie auf jeden Fall noch ein letztes Mal genießen wollte: das Geräusch der Grillen an einem Augustabend, die ersten Osterglocken im Frühling, das Sirren eines Kolibris, das Gefühl der Sonne auf der Haut. Und das hier, der dramatische, farbenfrohe texanische Sonnenuntergang.

Sie hatte diese Liste schon vor langer Zeit verloren oder vielleicht auch für eine andere aufgegeben, die Dinge vereinte, die ihr noch viel wichtiger waren: der Klang von Laks' Lachen, das Gefühl von Toms Dreitagebart an ihrer Wange, der Duft des Shampoos ihrer Mutter, des Rasierwassers ihres Vaters. Diese Geräusche, Gefühle und Düfte waren ihr die liebsten. Mara war jedoch nicht beim ersten Anzeichen von Tauwetter in den Garten hinausgelaufen und hatte nach den Osterglocken geschaut. Sie hatte nicht bewusst auf den melancholischen Klang des Windspiels gelauscht, nicht vor einem Gewitter auf das schwere Gefühl von Elektrizität in der Luft geachtet, nicht auf den herb-aromatischen Duft der Erde, der darauf folgte. Sie hatte nicht stundenlang dem Gezwitscher der Vögel im Garten gelauscht. Nun bereute sie, das alles nicht getan zu haben.

Tom sah wieder auf die Straße. Mara betrachtete den Sonnenuntergang. »Können wir kurz irgendwo anhalten und uns das in Ruhe ansehen? In ein paar Minuten ist es bestimmt vorbei, und es ist doch so wunderschön.«

»Wir sind schon spät dran«, meinte Tom. »Was mir ja

bekanntermaßen nichts ausmacht, aber meiner stets superpünktlichen Frau doch eigentlich schon.«

»Ich würde mir den Sonnenuntergang wirklich gern anschauen.«

»Dann los.« Er nahm die nächste Ausfahrt, hielt auf einem Parkplatz und stellte den Motor ab. »Das ist wirklich heute ein besonderes Schauspiel.«

»Hmhm.«

Tom rückte ein Stück näher an sie heran, legte den rechten Arm um sie und hielt ihr die linke Hand hin. Sie griff danach und verschränkte die Finger mit seinen. Sie lehnte den Kopf an seine Schulter, und er ließ seine Wange auf ihrem Kopf ruhen. Stumm sahen sie der Sonne dabei zu, wie sie langsam versank und die lila Wolken immer dunkler wurden, während die Lichtquelle sich erst horizontal zu ihnen bewegte, dann unter ihnen verschwand.

»War das eben der schönste Sonnenuntergang, den wir je gesehen haben? Oder kommt mir das nur so vor, weil wir uns sonst nie richtig Zeit für so etwas nehmen?«

»Schwer zu sagen«, antwortete er. Er streichelte ihren Arm. »Schön hier. Wir halten viel zu selten inne und genießen Dinge einfach.«

»Du meinst, ich mache das nicht. Du versuchst doch ständig, mich dazu zu bewegen. Ich finde immer Ausreden, wieso ich nicht einfach mal still dasitzen kann. Das konnte ich noch nie gut – mich entspannen, die Dinge ruhig angehen, den Moment genießen.«

»Oder den Sonnenuntergang.«

»Genau.«

»Egal, jetzt gerade haben wir uns ja Zeit dafür genommen.«

Sie nickte und betrachtete ihre ineinander verschränkten Hände, berührte seinen Ehering. »Dich zu heiraten war das

Beste, was ich je getan habe. Und das, worauf ich am meisten stolz bin.«

»Ach was, ich hab's viel schlauer angestellt. Ich hab mit dir einen Superfang gemacht und richtig schön reich eingeheiratet.«

Sie lachte. Es war ein alter Witz zwischen ihnen. »Dafür, dass du immer in allem perfekt sein willst«, sagte er manchmal, »hast du es mit deiner Ehe nicht halb so gut getroffen wie ich.«

»Ob reich oder arm, ist mir völlig egal. Ich bin auf jeden Fall glücklich, dass wir geheiratet haben.«

»Ich auch.«

Sie machte es sich an seiner Schulter etwas bequemer.

»Du willst wohl eine Weile bleiben, was?«, fragte er.

»Wieso nicht? Essen waren wir schon tausend Mal. So was hier haben wir noch nicht oft genug gemacht.«

»Oh, nein!« Er setzte sich auf und wollte den Motor anlassen. »Das sagst du doch nur mir zuliebe. Mir geht's aber gut. Wir haben hier ein paar Minuten den Sonnenuntergang genossen, ich habe meinen Bedarf an Stillsitzen gedeckt, und du hast bestimmt schon mehr als genug davon gehabt.« Er zwinkerte ihr zu. »Du musst dich für mich echt nicht quälen.«

»Ich möchte es aber«, erwiderte sie, zog seine Hand vom Zündschlüssel weg und seinen Körper wieder ein Stück näher zu sich heran.

»Du willst dich quälen?« Er lachte und rückte näher. »Für mich?«

»Für niemanden lieber als für dich.«

41

Scott

Scott saß auf dem Bett, nahm seinen ganzen Mut zusammen und weckte seine schlafende Frau. Er rüttelte sie vorsichtig an der Schulter. »Laur?«

Sie öffnete ein Auge.

Das Herz schlug ihm bis zum Hals. Jetzt, da er hier saß und sie wach war, war er sich nicht mehr so sicher. Es war keine gute Idee gewesen, sie zu wecken. Sie beschwerte sich doch so oft darüber, nicht genug Schlaf zu bekommen.

Laurie warf einen Blick auf die Uhr. »Ist alles in Ordnung?« Sie klang panisch und wollte sich aufsetzen.

Er drückte sie sanft zurück auf das Kissen. »Du musst nicht aufstehen.«

»Dann ist ja gut«, murmelte sie schläfrig. Dann wurde ihr klar, dass er nicht neben ihr lag. »Aber wieso bist du denn dann auf?«

»Ich habe mit Bray geredet. Ihm geht's echt nicht gut.«

»Er muss ja auch gerade mit sehr viel fertigwerden«, sagte sie mitfühlend.

»Ja ...« Er bemerkte, dass sein rechtes Bein wie verrückt auf und ab wippte.

Sie sah es ebenfalls und zog ihn am T-Shirt ein Stück zu sich heran. »Was ist denn los?«

Scott holte tief Luft. »Bray hat mit ein paar Leuten gesprochen und hatte mittlerweile auch ein bisschen mehr Zeit, um noch mal über alles nachzudenken. Und jetzt ist er nicht mehr sicher, ob er allein mit dem Jungen zurechtkommen würde. Er hat große Angst, dass er es nicht schafft und dass dann beide darunter leiden.«

»Das klang aber gestern noch ganz anders.«

»Ja.«

»Also will er Curtis jetzt doch in eine Pflegefamilie geben?«

»Er denkt zumindest darüber nach. Er hat nur Sorge, dass Curtis mit der Entscheidung auch nicht wirklich geholfen ist, dass es ihm dort nicht besser geht.«

»Wow.« Sie drehte sich auf den Rücken und sah an die Decke. »Das ist alles so kompliziert. Wie ich Bray kenne, geht's ihm jetzt bestimmt total schlecht.«

»Beschissen, ja. Er meinte, egal, wie er sich entscheidet, es sei immer falsch. Ich habe Angst, dass er mit keiner der beiden Möglichkeiten seinen Frieden machen kann.«

»Und was nun? Wann will er sich denn entscheiden? Wann will er Curtis sagen, wie es weitergeht?«

»Ich habe ihn gebeten, mit der Entscheidung noch bis morgen Abend zu warten.«

»Ach so, klar, ihr wollt ja zu der Monstertruck-Show, und wenn er es ihm vorher sagt, ist der ganze Tag hin.«

Das klang nachvollziehbar, und wenn er mit den Nerven nicht selbst so am Ende gewesen wäre, hätte Scott behauptet, dass das auch genau der Grund war. In dem Moment schaltete er jedoch nicht schnell genug, und Laurie sah ihm an, dass noch mehr dahintersteckte.

»Wieso will Bray denn sonst bis morgen Abend warten?« Sie setzte sich nun doch auf und sah ihn misstrauisch an. »Scott?«

Sein Hals fühlte sich schlagartig völlig ausgetrocknet an. Er griff nach dem Glas Wasser auf ihrem Nachttisch und nahm einen großen Schluck. Sobald er es abgesetzt hatte, packte sie ihn am Handgelenk und hielt es fest.

»Antworte mir. Wieso hast du Bray gebeten zu warten?«

»Weil ich noch mal mit dir darüber reden wollte, ob wir den Großen nicht behalten könnten.«

Sie ließ sein Handgelenk los. »Ob wir *was*?«

Er rutschte näher zu ihr und nahm ihre Hand. »Hör mir doch erst mal zu. Ich weiß, das letzte Jahr war ganz schön anstrengend. Aber vielleicht lag das zum Großteil daran, dass wir wussten, dass es nicht für immer sein würde. Dass uns allen klar war, früher oder später zieht er wieder zu seiner Mom zurück. Das meinte Mrs. Keller doch einmal, und du selbst auch, weißt du noch? Dass die Tatsache, dass Curtis sich bald wieder umstellen muss, ziemlich schwer für ihn war? Und eigentlich war doch das ganze Jahr eine Umstellungsphase für ihn. Er ist hier eingezogen, und sobald er sich eingelebt hatte, musste er wieder ausziehen. Das ganze Jahr war eine einzige Übergangsphase für ihn. Und dann auch die Unsicherheit, wie LaDania sich machen würde, wenn sie aus dem Gefängnis kommt. Das war doch bestimmt auch ein Stressfaktor für den Jungen, meinst du nicht?«

Scott wartete darauf, dass sie nickte, doch das tat sie nicht.

»Na ja, jedenfalls denke ich, wenn er das nicht die ganze Zeit im Hinterkopf gehabt hätte, wäre vielleicht vieles anders gewesen. Deshalb habe ich Folgendes überlegt: Wenn er wüsste, dass er für immer hier bei uns bleiben kann, und sich nicht ständig Sorgen machen muss, ob seine Eltern wohl zu Hause oder schon wieder im Gefängnis sind, wenn er aus der Schule heimkommt, dann ginge es ihm vielleicht besser. Dann würde er vielleicht weniger Ärger machen. Dann wäre es vielleicht sogar nach einiger Zeit ganz einfach mit ihm.« Scott sah

Laurie ängstlich an. Mit der Behauptung, Curtis wäre irgendwann »einfach«, lehnte er sich ihrer Meinung nach bestimmt zu weit aus dem Fenster. Der Blick, mit dem sie ihn ansah, bestätigte diese Vermutung.

»Ich weiß, du willst endlich wieder Zeit für dich und für uns haben.« Er drückte ihre Hand. »Ich ja auch. Aber wenn er wüsste, dass er für immer hierbleiben kann, wäre das sicher auch weniger problematisch. Dann würde er bestimmt auch mal nach der Schule eine Weile allein in seinem Zimmer spielen, damit du ein bisschen Zeit nur für dich hast. Ich glaube, das Wissen, dass er nicht dauerhaft bei uns bleiben würde, hat dafür gesorgt, dass er ständig an uns klebte. Und Pete würde uns bestimmt die nächsten Monate aushelfen, damit wir trotzdem noch Zeit hätten, abends zu zweit auszugehen, bevor das Baby kommt.« Er hob ihre Hand an die Lippen und küsste sie, zuckte dann mit den Schultern und musste lachen angesichts seines lächerlichen Versuchs, ihr zu zeigen, welche großen romantischen Gesten sie von ihm erwarten konnte.

»Und ich bin ganz sicher, dass Curtis sich super mit dem Baby vertragen würde. Er freut sich schon so lange darauf, die Kleine endlich zu sehen. Curtis erzählte immer davon, dass er ihr was vorsingen und ihr beibringen will, Körbe zu werfen. Er wäre ein ganz toller großer Bruder, das weiß ich einfach. Curtis hat sich doch bis jetzt auch schon so gut in unseren Alltag eingefügt.

Und weißt du noch, wie schön es Weihnachten war, als Bray auch noch hier war? Erinnerst du dich, wie du den beiden die Tradition erklärt hast, dass sich die ganze Familie der Größe nach auf der Treppe aufstellt und zusammen *Jingle Bells* singt, und wie toll sie das fanden?« Er deutete auf den Flur und die Treppe hinter sich. »Und du meintest doch, dass das ein richtiges Familien-Weihnachten war, wir vier zusammen.«

Außer Atem griff er wieder nach ihrem Wasserglas, nahm mehrere große Schlucke und starrte dabei auf das Buch auf ihrem Nachttisch, während er all seinen Mut zusammennahm, um sie anzuschauen. Ihre Antwort zu hören.

Laurie räusperte sich. Er sah sie an. Sie öffnete den Mund, sagte jedoch nichts, und er stellte erleichtert fest, dass sie sprachlos war. Er war noch nicht bereit zu hören, was sie zu sagen hatte. Er hob wieder an, weiterzureden; bestimmt war es das Beste, die Stille zwischen ihnen mit Worten zu füllen, einfach über ihren Schock hinwegzureden, über die Fragen hinweg, von denen er wusste, dass sie kommen würden, sobald sie sich gefangen hatte, die vielen Gründe, die sie anführen würde, wieso es nicht ging.

Doch da hatte sie die Sprache wiedergefunden. »Du willst, dass wir Curtis adoptieren?«

»Er freut sich so auf das Baby. Er wäre ein fantastischer großer Bruder. Das hast du selbst mal gesagt.«

Sie stieß einen empörten Laut aus und hob die Hand, damit er nicht weitersprach. »Das ist Monate her. Und ich habe ihn eigentlich nur loben wollen, weil er an dem Tag so geduldig mit mir Babysachen kaufen war. Das habe ich nicht wirklich so gemeint, sondern theoretisch, falls seine Mom noch ein Kind kriegen würde. Das weißt du auch. Dreh mir also nicht die Worte im Mund um.«

»Stimmt, tut mir leid. Er wäre aber wirklich ein guter Bruder. Und er hat sich auch wunderbar in unseren Alltag eingefügt, oder? Wir haben im letzten Jahr doch schöne Momente gehabt.«

»Klar«, stimmte sie zu. »Wir hatten aber auch unzählige Diskussionen und Streitereien, und er hatte auch genauso viele Wutanfälle. Wir wurden so oft in die Schule zitiert ...«

»Das stimmt natürlich. Aber genau das meine ich ja: Das

meiste lag garantiert an der fehlenden Erziehung der ersten sieben Jahre und am Stress, den er hatte. Das würde doch alles viel besser werden, wenn er wüsste, dass die Regeln immer gelten. Wenn er wüsste, dass das hier von jetzt an sein Zuhause ist. Dass wir uns für immer um ihn kümmern, dass er sich keine Sorgen machen muss, wann er das nächste Mal etwas zu essen bekommt oder dass wir ihn vielleicht wieder allein lassen.«

»Ich weiß nicht, Scott. Vielleicht würde sich all das bessern, vielleicht auch nichts davon. Und wir wissen einfach nicht ...«

»Ja, klar, eine Garantie gibt's natürlich nicht. Und aus ihm wird natürlich auch nicht über Nacht plötzlich das perfekte Kind, aber ...«

»Es geht mir auch gar nicht nur um sein Verhalten oder um mehr Zeit für mich und für uns, bevor das Baby da ist. Das weißt du doch.«

Er legte den Kopf schräg. Ihm war nicht bewusst gewesen, dass es noch andere Faktoren gab. Ihr Blick sagte ihm, dass er das durchaus hätte wissen müssen.

Sie sah ihn böse an. »Jetzt guck nicht so überrascht, du weißt schließlich genau, was ich davon halte.«

Scott versuchte zu erraten, worauf sie hinauswollte.

Laurie hob fragend eine Augenbraue. »Im Ernst? Du hast unseren größten Streit vergessen?«

Ach so. Die Diskussion darum, ein älteres Kind zu adoptieren. Deswegen hatte er eine Woche auf der Couch schlafen müssen. Er blinzelte verwundert. Das meinte sie bestimmt. Das war der einzige größere Streit, an den er sich erinnern konnte. Aber was hatte das denn mit dem jetzigen Fall zu tun? Dabei war es doch um hypothetische Kinder gegangen. Curtis war real. Ihn gab es wirklich.

Das sagte er ihr.

Sie schüttelte den Kopf und sah ihn an, als verstünde er überhaupt nichts. Das Gefühl beschlich ihn plötzlich auch.

»Dadurch ist es schwerer«, flüsterte sie. »Sehr viel schwerer. Aber es ändert nichts an meiner Meinung. Ich will immer noch dasselbe wie früher: eine eigene Familie, leibliche Kinder. Ich, du, unser Baby. Und vielleicht noch mehr, wenn wir das Glück haben, dass ich noch mal schwanger werde.«

Er konnte nicht glauben, was er da hörte. »Aber Curtis ...«, setzte er an.

»Ich weiß. Und bei dem Gedanken, dass sich Bray dagegen entscheidet, sich um ihn zu kümmern, wird mir ganz anders. Aber ich kann Curtis hier nicht nur aus Mitleid wohnen lassen, Scott. Das geht einfach nicht. Das ist nicht die Familie, die ich haben will. Und das sehe ich immer noch genauso, auch wenn sich die Situation der beiden Jungs jetzt geändert hat.«

Scott verzog verständnislos das Gesicht und schüttelte den Kopf, als könnte er so die unangenehmen Gedanken vertreiben. Er hatte sich darauf eingestellt, dass Laurie ihn daran erinnern würde, wie schwierig Curtis war, wie schwer sie sich damit tat, mehrere Herausforderungen gleichzeitig bewältigen zu müssen, dass sie dann etwas bei ihm gut hätte, dass sie sich schon darauf freute, sich den einzufordernden Gefallen auszumalen. Mit dem, was sie tatsächlich dazu meinte, hatte er nicht gerechnet.

Scott fühlte ihren Blick auf seinem Gesicht und sah sie an. Sie weinte. Ihm wurde klar, dass sie den Ausdruck in seinen Augen gesehen hatte, die grenzenlose Enttäuschung.

»Jetzt tu nicht so, als wäre das etwas Neues für dich!«, flüsterte sie, und in ihren Tonfall mischten sich nun auch Ärger und Schmerz. »Und es ist doch nur allzu verständlich: Ich träume seit Jahren von einer gemeinsamen Familie, von einem eigenen Kind, und jetzt geht dieser Traum endlich in Erfüllung.« Sie legte die Hand auf ihren Bauch. »Red mir nicht ein, dass es falsch von mir ist, das genießen zu wollen.«

Er verfluchte sich innerlich und griff nach ihrer Hand. »Das denke ich ja gar nicht.«

Laurie entwand sich seinem Griff und verließ das Bett. »Erzähl mir nichts! Ich hab doch dein Gesicht eben gesehen.« Sie wischte sich wütend die Tränen ab. »Und das nach allem, was ich für die beiden Jungs im letzten Jahr getan habe.« Ihre Stimme war kaum mehr als ein Flüstern, er musste sich Mühe geben, Laurie zu verstehen. »Ich hätte in der Zeit das Kinderzimmer für das Baby fertig einrichten oder die vielen Babybücher lesen können, die nur als Staubfänger rumlagen, weil ich einfach nicht dazu gekommen bin. Weil ich jemandem bei den Hausaufgaben helfen, ihm Geschichten vorlesen musste. Mich mit jemandem herumärgern musste, der nicht duschen gehen und abends nicht ins Bett wollte. So viele Wochenenden, die ich zum Entspannen hätte nutzen können, bevor das Baby da ist. Das wird einem von allen Seiten empfohlen, bevor das Baby auf der Welt ist und man keine ruhige Minute mehr hat.«

»Laur«, meinte er leise. »Das weiß ich doch. Du hast sehr viel für ihn getan. Es tut mir leid.«

Sie hob die Hand. »Das will ich nicht hören. Nicht, nachdem du mich vor fünf Sekunden noch angesehen hast, als wäre ich ein egoistisches Monster, weil ich den Jungen nicht für immer bei uns haben will. Ich habe meinen Teil getan. Ich habe zugestimmt, dass er für ein Jahr bei uns wohnen kann, und das hat er auch. Ich habe mein Versprechen gehalten. Und ich habe mich verdammt gut um ihn gekümmert. Ich habe dafür gesorgt, dass sich der Junge geliebt und akzeptiert und sicher bei uns fühlt. Ich habe ihn in mein Haus, in meine

Familie und in mein Herz gelassen. Das alles steht ihm nach wie vor offen und wird ihm auch immer offen stehen. Ich habe Curtis und Bray gesagt, dass sie uns immer willkommen sind und auch gern mal hier übernachten können. Sie können sogar über die Feiertage hierbleiben. Als Besuch. Mehr bin ich ihnen nicht schuldig, und dir auch nicht. Ich habe damals einer Mitvormundschaft zugestimmt, keiner Adoption.«

»Ich weiß«, sagte er. »Das war dumm von mir. Ich hätte nicht so reagieren sollen. Ich habe nicht richtig darüber nachgedacht.«

»Du hast nur erwartet, dass ich mal eben alle meine Wünsche und Träume vergesse und Ja sage. Dir fällt das ja leicht, also dachtest du, ich kann das auch. Ich kann es aber nicht, und jetzt bist du … was eigentlich? Angewidert? Enttäuscht? Was genau sollte mir dieser Blick eben denn sagen?«

Sie trat einen Schritt zurück, auf das Badezimmer zu. Scott stand schnell auf und streckte die Arme nach ihr aus.

»Nein, so war das nicht gemeint.« Doch er wusste nicht, was er ihr noch erklären sollte. Er ließ die Hand sinken, mit der er nach ihr gegriffen hatte. »Gibt's denn überhaupt keine Möglichkeit, dass du dich mit dieser Planänderung irgendwie anfreunden könntest? Ich weiß, man hat viel Arbeit mit ihm. Aber wenn ich dir verspreche, dass ich mich um alles kümmere? Ich könnte mit ihm die Hausaufgaben in der Schule machen, ich würde mich dort um alles kümmern, und du könntest dich auf das Baby konzentrieren.«

»Das ist doch keine Familie«, schluchzte sie. »Ich und das Baby in einem Zimmer, ihr beide im anderen. So wärst du nicht glücklich. Ich ebenfalls nicht. Und es wäre auch nicht fair Curtis gegenüber.«

»Na gut.« Er überlegte fieberhaft. »Könnten wir nicht … keine Ahnung. Gibt es irgendetwas, was ich tun könnte?

Irgendetwas, damit es für dich in Ordnung wäre? Meinst du nicht, du würdest dich schon daran gewöhnen?«

Sie schüttelte langsam den Kopf und sah auf ihre Hände hinunter.

»Und dass es hier um Curtis geht, ändert nichts?«

Sie hob den Blick, ihre Augen blitzten. »Es ändert nichts an meiner Meinung, nein. Ich habe Curtis sehr lieb. Benutz das jetzt nicht gegen mich. Ich habe das Gefühl, du willst mich nur in die Enge treiben. Dass wir diejenigen sind, die sich für immer um ihn kümmern müssen, weil er das letzte Jahr bei uns verbracht hat. Das ist nicht fair. Da bereue ich am Ende noch, dass wir ihn überhaupt jemals aufgenommen haben.«

»Ich verstehe dich eben einfach nicht«, gestand er leise.

»Und ich habe jetzt wirklich genug von dieser Unterhaltung.« Sie wollte sich nicht noch mehr Fragen, nicht noch mehr Vorschläge anhören müssen, wie es vielleicht doch funktionieren würde. »Hier geht es nämlich nicht nur darum, dass ich nicht bereit bin, mich für diese beiden Jungs aufzuopfern. Es geht auch darum, dass du ein totaler Familienmensch warst, als wir hier eingezogen sind. Du wolltest das ganze Haus voller Kinder haben und unsere Freizeit immer mit mir, mit deinen Kindern gemeinsam verbringen, als Familie eben. Und dann fängst du an, an der Franklin Middle School zu arbeiten, und plötzlich sehe ich dich kaum noch. Du hast nur noch Zeit für deine Schüler. Und für Jugendliche, die mal deine Schüler waren. Ich wollte schon immer eine eigene Familie. Das wusstest du, als wir geheiratet haben. Ich habe mich nicht verändert. Du schon.«

Er dachte einen Moment darüber nach. »Du hast recht, ich habe mich wirklich verändert. Es war leicht, sich ein Haus mit Garten und eine Menge Kinder vorzustellen, als wir noch an der Uni waren. Wir waren jung, wir hatten keine Ahnung vom

Leben. Und solange ich Sportlehrer an der kuscheligen Privatschule in Bloomfield Hills war, wo hinter jedem Kind mindestens ein Elternteil stand, das alles für dieses Kind getan hätte, da war es auch noch leicht, sich so ein Leben vorzustellen. Aber die Arbeit an der Franklin hat mich natürlich verändert. Wen würde so was nicht verändern?«

»Genau«, flüsterte sie. »Wen würde das nicht verändern? Nur ein herzloses Monster wie mich nicht.«

»Das wollte ich damit nicht sagen.«

»Doch, wolltest du.«

Er sah auf seine Füße.

»Tu mir das nicht an!« Ihre Stimme war ganz rau vom Weinen, und ihre Schultern bebten. »Ich bin kein schlechter, egoistischer Mensch, auch wenn du das vielleicht denkst. Es fällt mir nicht leicht einzugestehen, dass ich ihn nach allem, was passiert ist, nicht für immer bei uns aufnehmen will. Aber ich kann nicht aus einem schlechten Gewissen heraus etwas tun, das ich eigentlich nicht will. Und dafür aufgeben, was ich will, was ich schon immer wollte. Was du auch immer wolltest, bis du dich umentschieden hast. Zwing mich nicht dazu!«

»Und es gibt wirklich nichts, was ...«, fing er erneut an, doch der Ausdruck auf ihrem Gesicht war ihm Antwort genug. Er war fassungslos. Sie hatte jedoch recht, sie hatten wirklich schon oft genug darüber gesprochen. Weinen, Schreien, Streiten – nichts hatte sie damals dazu gebracht, ihre Meinung zu ändern, und es würde jetzt auch nichts helfen. Außerdem schlief der Gegenstand ihrer Diskussion nur ein paar Meter entfernt, auf der anderen Seite der Wand, und Scott wollte nun wirklich nicht, dass Curtis vielleicht noch aufwachte und die Gründe mitanhörte, wieso er in diesem Haus nicht willkommen war.

»Na gut.«

Sie standen voreinander, Laurie weinte leise, ihr Gesicht verquollen und rot, Scott mit den Händen in den Hosentaschen. Er hätte gern die Arme für sie ausgebreitet, wäre gern auf sie zugegangen, doch sein Körper bewegte sich nicht.

Nach einer Weile hörte sie auf zu weinen. »Sag was!«

Er öffnete den Mund, schloss ihn wieder, zuckte mit den Schultern und sah sie nur entschuldigend an.

»Scott. Bitte. Sag was! Sag, dass du mich jetzt nicht hasst!«

»Natürlich hasse ich dich nicht, ich könnte dich gar nicht hassen.« Er biss sich auf die Lippe und hoffte, sie würde ihn nicht bitten, ihr zu sagen, dass er sie liebte.

TEIL VI

Sonntag, 10. April

42

Mara

Tom stand am Küchentisch und goss sich einen Kaffee ein. »Herzlichen Glückwunsch zum Geburtstag!«, sagte er, als Mara den Raum betrat.

»Danke.« Sie umarmte ihn von hinten und drückte die Wange zwischen seine Schulterblätter. Sie atmete ein, füllte ihre Lunge mit seinem Duft.

»Hmmm.« Er drehte sich zu ihr herum. »Wir sollten Laks öfter zu deinen Eltern schicken. Gestern Abend war unglaublich. Also, die ganze Woche war ja schon der Hammer. Aber gestern Abend war etwas Besonderes.«

»Ich liebe dich.« Sie umarmte ihn fester. »Und ich bin so dankbar, dass es dich gibt. Du bist immer für mich und Laks da. Das habe ich dir in letzter Zeit nicht oft genug gesagt.«

Er lachte. »Bis auf gestern Abend, meinst du. Und beim Essen gestern. Und auf dem Nachhauseweg. Und als wir im Bett lagen.«

Sie wurde rot, und er nahm ihr Gesicht in seine kühlen Hände. »Aber ich beschwere mich gar nicht. Du vergisst ja öfter, was du mir schon erzählt hast und was nicht, aber das hier gehört zu den Sachen, die ich gar nicht oft genug hören kann.«

Mara erlaubte sich, ihn noch einen Moment länger zu umarmen, dann zwang sie sich, einen Schritt zurückzutreten. »Gehst du jetzt joggen?«

»Ja, aber ich brauche erst mal ein bisschen Koffein. Ich

habe überlegt, heute vielleicht dreißig oder fünfunddreißig Kilometer zu laufen, wenn du so lange allein bleiben kannst. Ich fühle mich so erfrischt, ich habe dank dir zehn Stunden durchgeschlafen!«

»Dreißig oder fünfunddreißig Kilometer, hm? Wie lange brauchst du etwa dafür? Zweieinhalb Stunden? Zwei Stunden fünfundvierzig?«

»So ungefähr, ja. Aber es muss auch nicht so weit sein. Ich muss eigentlich gar nicht laufen gehen, wenn …«

Mara unterbrach ihn. »Tom Nichols! Darüber haben wir doch schon oft genug geredet. Du bist ein Läufer. Du gehst gern joggen. Also lauf deine Strecke.«

Er hob lachend die Arme, um sich zu ergeben. »Ist ja schon gut. Was stellst du in der Zeit an? Legst du dich noch mal ein bisschen aufs Ohr?«

Sie warf ihm einen Blick zu: *Du kennst mich doch.* Er lachte.

Tom reichte ihr eine Tasse Kaffee. Sie pustete hinein und fragte dann: »Also zwei Stunden fünfundvierzig, ja?«

Er sah sie verwirrt an. »Ähm, ja. Alles in Ordnung?«

Mara tat, als hätte ihr Kurzzeitgedächtnis nur gerade wieder mal nicht mitgespielt.

»Ich werde dir wohl fehlen, was?«, neckte er sie. »Willst du deshalb so genau wissen, wie lange ich weg bin? Möchtest du etwa herausfinden, ob wir noch genug Zeit für …« Er grinste. »… für ein kleines Abenteuer zu zweit haben, bevor ich nachher Laks abhole? Da wäre ich nämlich dabei. Soll ich lieber nur zehn Kilometer laufen? Ein bisschen mit meinen Kräften haushalten?« Er zwinkerte ihr zu.

Reue legte sich wie eine eiserne Faust um ihr Herz. Ihr Hals war schlagartig vollkommen trocken. *Ja,* hätte sie am liebsten gesagt. *Lass uns noch eine Stunde im Bett verbringen. Nur noch eine Stunde.* Sie schüttelte den Kopf und tat, als wäre sie genervt. »Lauf deine fünfunddreißig Kilometer.« Mara hob seine Hand an die Lippen und drückte einen Kuss darauf. Sie wollte gerade etwas sagen, aber er kam ihr zuvor.

»Lass mich raten.« Immer noch der neckende Tonfall. »Du liebst mich. Du bist dankbar, dass es mich gibt.«

Mara nickte, drückte die Lippen fester auf seine Hand, und er lachte leise. Sie war sich sicher gewesen, dass sie sich an diesem Morgen gewaltsam dazu zwingen müsste, ihn anzulächeln. Sie hatte sogar vor dem Spiegel geübt, damit das Lächeln auch ja gelang. Aber jetzt spürte sie, wie sich ganz von allein ein Lächeln auf ihren Lippen ausbreitete, als ihr klar wurde, dass sie nicht noch eine gemeinsame Stunde mit ihm im Bett brauchte, nicht noch einen Kuss, nicht noch eine Umarmung. Das hier – seine Haut an ihrem Mund, sein Flirten, sein Lachen – war der perfekte Abschiedsmoment. Einen besseren hätte sie sich nicht wünschen können.

Tom beugte sich vor, drückte ihr einen Kuss auf die Stirn und legte ihr eine Hand auf die Wange. »Ich mach den schönen Augenblick hier nur ungern kaputt, aber wenn ich meine Runde noch schaffen will, bevor es zu warm wird, dann sollte ich mal aufbrechen.«

»Geh schon.«

Er lächelte sie noch einmal an und trat aus der Tür.

Tom hatte eben erst das Haus verlassen, da blinkte das Telefon. Mara wusste auch ohne einen Blick auf das Display, dass es Laks und ihre Eltern waren, die ihr *Happy Birthday* vorsingen wollten. Mara lächelte glücklich. Das war das beste Geburtstagsgeschenk, das sie sich wünschen konnte – noch einmal die Stimmen ihrer Tochter und ihrer Eltern zu hören. Sie nahm den Hörer ab und wollte gerade die Taste drücken, um das Gespräch anzunehmen, da schoss ihr durch den Kopf, wovor sie sich selbst gestern immer wieder gewarnt hatte: Ein paar Sekunden von Laks' Kichern könnten ihre Entscheidung gehörig ins Wanken bringen. Das leise Lachen ihres Vaters und das liebe »Beti« ihrer Mutter könnten sie ganz umwerfen.

Mara starrte verzweifelt auf das Telefon, das weiterhin blinkte. Noch einen Moment länger, dann würde der Anrufbeantworter anspringen. Schließlich drückte Mara doch auf die Taste und lauschte dem Klang der Stimmen, die den anderen drei großen Lieben ihres Lebens gehörten.

43

Scott

»Würdest du lieber von einem Monstertruck überfahren werden, oder ...« Curtis versuchte, sich eine angemessen schreckliche Alternative einfallen zu lassen. Sie waren auf dem Nachhauseweg von der Monstertruck-Show und nach dem langen Tag sehr erschöpft. Curtis' Stimmung war die ganze Zeit zwischen Seligkeit und völliger Verzweiflung hin- und hergesprungen. Im einen Moment freute er sich wie verrückt auf die Trucks und darüber, Zeit mit Scott zu verbringen, im nächsten war er unglücklich wegen seiner Mutter. Nun hockte er in sich zusammengesunken auf dem Rücksitz, und die Augen fielen ihm fast zu, aber Scott konnte es dennoch in dem kleinen Kopf fast rattern hören, während der Junge eine Frage nach der anderen stellte. Es war, als wolle Curtis jede Sekunde nutzen, um mit Scott zu reden – jetzt, da sie sich endlich wiederhatten. Scott konnte es ihm nicht verübeln.

»Würdest du lieber von einem Monstertruck überfahren werden, oder ...«, setzte Curtis noch einmal an, war jedoch anscheinend zu müde, um den Gedanken zu Ende zu bringen.

Ich fühle mich, als wäre genau das passiert, hätte Scott am liebsten geantwortet.

Ein paar Minuten fuhren sie schweigend dahin, dann sprach Curtis weiter. Leiser diesmal, Scott musste das Radio runterdrehen, um ihn zu verstehen. »Ich hab gehört, wie Bray auf der Beerdigung mit Leuten geredet hat. Die waren aus seinem Team. Er hat gesagt, er will die Uni abbrechen, damit er auf mich aufpassen kann. Aber die meinten, dass er dann nicht von der NBA genommen wird. Wieso kann ich nicht bei dir wohnen, und er geht weiter zur Uni? So wie letztes Jahr? Wieso kann ich nicht für immer bei dir bleiben?«

»Das ist nicht so einfach, Großer.«

»Wieso nicht?«

Scott biss so hart die Zähne zusammen, dass er das Knirschen seiner Kiefer trotz des Radios hörte. Er wollte seine Frau nicht in einem schlechten Licht darstellen, aber er wollte dem Jungen auch unbedingt klarmachen, dass er ihn gern bei sich hätte, dass er darum gekämpft hatte. Scott schlug sich mit der Faust aufs Bein. Selbstbestrafung dafür, dass er in so einem wichtigen Moment nicht wusste, was er sagen sollte. Dafür, dass er seine Frau letzte Nacht nicht hatte überzeugen können. Es war das wichtigste Gespräch seines Lebens gewesen, und er hatte versagt.

»Du siehst böse aus«, stellte Curtis fest. Seine Stimme zitterte. »Bist du böse, weil ich gefragt habe?«

»Ich bin nicht böse, ich bin traurig.«

»Wegen mir.«

»Na ja … schon.«

Curtis seufzte. »Ich bin auch traurig wegen mir. Ich fühle mich, als hätte mich ein Monstertruck überfahren, und jetzt bin ich ganz platt, und alles quillt raus.«

Scott verbiss sich das Lachen und überlegte kurz, ob er dem Jungen erklären sollte, was Telepathie war. Seine Augen brannten mittlerweile jedoch, und er war nicht sicher, mehr als ein paar Worte mit fester Stimme herauszubekommen. »Das Gefühl kenne ich, Großer.«

Er griff mit der Hand hinter sich, und Curtis sprang mit so viel Energie nach vorn, wie er ihm nach den letzten Stunden bei Weitem nicht mehr zugetraut hätte. Er ergriff Scotts große

Hand mit seinen beiden kleinen und drückte so fest zu, dass es fast schmerzte. Das hatte er aber auch verdient, fand Scott.

»Du weinst ja«, sagte Curtis. »Ich hab dich noch nie weinen sehen.«

»Stimmt. Nur ganz wenige Menschen haben mich schon mal dabei gesehen. Fast keiner.«

Curtis ließ seine Hand los und sank wieder in den Sitz zurück. Er lehnte den Kopf an die Autotür und schloss die Augen. So blieb er eine Weile sitzen, und Scott dachte schon, er sei eingeschlafen, und wollte das Radio gerade wieder lauter stellen, da sprach Curtis doch. »Wärst du lieber so traurig, als wärst du gerade von einem Monstertruck überfahren worden und wärst jetzt ganz platt und so, oder hättest du Bray und mich lieber nie kennengelernt? Damit du jetzt nicht so traurig wärst? Damit du einfach joggen gehen könntest oder Körbe werfen und nicht so traurige Sachen denken müsstest?«

»Auf jeden Fall wäre ich lieber platt gefahren worden, Großer. Gar keine Frage.«

»Ich auch.«

Als die beiden in die Einfahrt einbogen, kniete Laurie im Garten.

Sie sah von dem Busch hoch, den sie gerade ausgrub. »Ihr seid aber früh dran!« Sie erhob sich schwerfällig, ließ die kleine Schaufel fallen und umarmte Scott. Ihr Bauch verhinderte eine wirkliche Umarmung, und sie musste lachen. »Wir dachten, ihr kommt frühestens in einer Stunde.«

»Was machst du denn hier draußen? Solltest du dich nicht ausruhen?«

»Ach, ich hab eben erst angefangen. Ich war ein bisschen ungeduldig, dass du endlich nach Hause kommst. Wollte ein bisschen von meiner Nervosität abbauen.«

»Nervosität?«, fragte Scott.

»Hey, Curtis!«, rief Laurie dem Jungen zu. »Kannst du noch kurz hier draußen warten?«

Curtis wollte gerade die Stufen zum Haus hinaufstapfen, blieb jedoch stehen und kam den Weg zurückgehüpft.

»Wirf doch noch ein paar Körbe, hm? Ich will kurz mal allein mit Scott reden.«

»Alles klar.« Der Junge holte sich seinen Ball aus der Garage, und einen Moment später hörte man ihn auf dem Asphalt der Einfahrt dribbeln.

»Was gibt's denn?«

»Ich wollte nur ...« Sie wischte sich mit dem schmutzigen Handrücken über die Stirn und hinterließ dort eine erdige Spur. Laurie betrachtete ihre Hand und verzog das Gesicht. »Ach, du, hast du vielleicht noch einen Moment Geduld? Ich sehe ja schlimm aus. Ich würde mich gern kurz frisch machen, und dann könnten wir uns auf die Veranda setzen und ein bisschen reden, bevor Bray wieder da ist. Ich habe ihn losgeschickt, ein paar Besorgungen zu erledigen.«

»Klar. Aber ich will mich nicht schon wieder streiten, Laur. Ich sehe darin wirklich keinen Sinn mehr.«

»Ich möchte mich auch nicht streiten. Aber du, ich bin wirklich ganz schön schmutzig. Ich beeil mich, dann können wir gleich in Ruhe reden, ja?«

»Okay.«

Sie gingen gemeinsam die Stufen zur Veranda hinauf. Er setzte sich, Laurie lief ins Haus. Er hörte, wie in der Küche der Wasserhahn aufgedreht wurde. Das Geräusch des fließenden Wassers erinnerte ihn daran, dass er seit dem Halt an einer Tankstelle, an der er sich einen großen Kaffee gekauft hatte, nicht mehr auf der Toilette gewesen war. Egal, worüber Laurie mit ihm reden wollte, es war wohl besser, währenddessen nicht von so etwas abgelenkt zu sein. Er ging ebenfalls ins Haus.

Dort roch er sofort frische Farbe. Was war denn hier los? Er schnüffelte. Der Geruch kam von oben. Er rannte die Treppe hinauf. In Curtis' ehemaligem Zimmer brummte ein Ventilator.

Der Raum war nicht wiederzuerkennen. Wo das Bett des Jungen gestanden hatte, war nun ein Babybett. Auf dem Boden lag ein Teppich in Pastelltönen statt der Straßenlandschaft. Das kleine Bücherregal war verschwunden, stattdessen stand dort nun ein Wickeltisch. An der Wand entdeckte Scott einen neuen Sessel mit passendem Hocker davor, der alte Schaukelstuhl war verschwunden.

Was war denn hier passiert, verdammt noch mal?

In der Ecke surrte der Ventilator und trocknete die Farbe an den Wänden, von denen die Basketballposter der University of Michigan und Curtis' kleiner Plastikkorb verschwunden waren. Und die Wände waren in einem warmen Grünton gestrichen. Ach nein, in *Zuckerschote*, erinnerte er sich. Im Kleiderschrank lagen keine Jeans und Kapuzenpullover mehr, sondern fein säuberlich zusammengelegte Decken und Babykleidung.

Scott betrachtete das Kinderbett. Es war nicht das teure Einzelstück mit den geschwungenen Füßen, das Laurie unbedingt hatte haben wollen, sondern ein einfaches, billiges Modell, das es in jedem Möbelkatalog gab. Das Zimmer fertigzustellen war ihr also so wichtig, dass sie nicht mal auf das Bett warten konnte? Dass sie nicht einmal abwarten konnte, bis Curtis wieder fort war, bevor sie hier alles umräumte?

Seine Wangen glühten, und das Herz schlug ihm bis zum Hals. Empfand sie denn gar nichts mehr für Curtis? Scott ging wütend zur Tür und überlegte, ob er auf der Veranda auf sie warten oder sie gleich in der Küche zur Rede stellen sollte. Er stampfte hinaus in den Flur.

Dort hörte er noch mehr Ventilatoren, das Geräusch kam aus dem leeren Zimmer, das er manchmal als Büro nutzte. Was hatte das nun wieder zu bedeuten? Vielleicht hatte Laurie dort den Rest der dämlichen Zuckerschotenfarbe aufgebraucht. Sie konnte ja eh an nichts anderes mehr denken als an das Baby, wieso strich sie dann nicht gleich das ganze Haus in dieser Kinderfarbe? Er trat wütend gegen die Bürotür, die aufflog und gegen die Wand knallte.

Einen Moment später stand Laurie hinter ihm, von ihren Händen tropfte Wasser. »Scott? Alles in Ordnung? Ich habe irgendwas knallen gehört. Hast du dir wehgetan?«

Er drehte sich zu ihr herum, fassungslos und von Gefühlen überwältigt.

44

Mara

Mara betrat die Garage und zog die Tür hinter sich zu. Einen Moment lang lehnte sie sich dagegen. In der einen Hand hatte sie die Wodkaflasche, in der anderen die Tüte mit den Schlaftabletten. Die Tränen liefen ihr unaufhörlich über das Gesicht.

»Na los«, sagte sie zu sich selbst und richtete sich auf. »Keine Zeit zu verlieren.«

Sie stellte Flasche und Tüte auf der Motorhaube ihres Autos ab und machte sich an die Arbeit. Hinter ein paar Säcken mit Dünger lagen seit Monaten vier Rollen Profi-Klebeband und ein Stapel Handtücher versteckt. Sorgfältig klebte sie den Rahmen der Tür zum Haus ab. Mara hatte im Internet gelesen, dass die Türen in neueren Häusern gut genug abschlossen und das Kohlenmonoxid nicht hineingelangen würde. Eigentlich hätte sie sich diese Arbeit also sparen können, aber sicher war sicher.

Sie hatte sich vorgenommen, den oberen Rand der Tür frei zu lassen, da sie eine Leiter brauchte, um dort das Klebeband anzubringen, und die drei anderen Seiten abzukleben schon anstrengend genug war. Aber jetzt war sie mit dem Anblick doch unzufrieden. Er gab ihr das Gefühl, dass sie damit etwas unabgeschlossen ließ. Sie zog sich die Leiter heran und kletterte mit angehaltenem Atem hinauf. In der einen Hand hatte sie vier lange Streifen Klebeband, die andere stützte sie fest gegen die Tür. Das letzte Mal hatte sie vor über einem Jahr auf einer Leiter gestanden, und es war schwieriger, als sie gedacht hatte. Ihre Eltern und Tom hatten recht gehabt, dass sie immer darauf bestanden, sie sollte so etwas ihnen überlassen.

Als Nächstes drückte sie drei Handtücher unten gegen die Tür und legte zehn weitere innen am Garagentor entlang. Dann holte sie hinter den Düngersäcken die Mülltüte mit dem biegsamen Plastikschlauch hervor. Es war viel leichter gewesen, sich im Baumarkt als handwerklich interessierte Frau auszugeben, als sie erwartet hatte. Der Mitarbeiter hatte lediglich gefragt, wie lang das Stück Schlauch sein sollte, hatte ihr ein entsprechendes Stück zugeschnitten, es ihr zusammen mit dem Klebeband überreicht und viel Erfolg gewünscht.

Nun befestigte sie das eine Ende des Schlauchs am Auspuff ihres Autos, steckte das andere Ende durch einen kleinen Spalt im Fenster hinter dem Fahrersitz und klebte es dort fest. Darüber hatte sie sich ebenfalls online informiert – moderne Motoren erzeugten nicht mehr dieselbe Kohlenmonoxidkonzentration wie ältere Modelle. Von dem Schlauch abgesehen, kam es eben vor allem auf die richtige Menge an Schlaftabletten an. Aber sie wollte jedes Risiko vermeiden.

Mara betrachtete ihr Werk und nickte zufrieden. Sie nahm sich den Wodka und die Tabletten und warf noch einmal einen Blick auf Toms Auto, das hinter ihrem stand. Sie war mit dem Abkleben und Befestigen schneller fertig geworden als gedacht, hatte also noch ein wenig Zeit. Sie stellte die Flasche ab und setzte sich auf den Beifahrersitz von Toms Sedan.

Mit den Händen fuhr sie über die beigefarbenen Ledersitze und atmete tief ein. Im Auto roch es nach Toms Rasierwasser. Sie strich wehmütig über den Fahrersitz, als könnte sie statt des kühlen Leders Toms warmen Körper dort fühlen. Dann fuhr sie über das schmale Lenkrad und umfasste die Gangschaltung so liebevoll, als hielte sie seine Hand.

Sie öffnete das Handschuhfach und berührte die Bedienungsanleitung, den Umschlag mit den Fahrzeugpapieren und der Versicherungspolice und seine CDs. Mara musste lächeln. Tom weigerte sich standhaft, sich eine CD-Halterung fürs Auto zu besorgen, kam aber beim Fahren nicht an das Handschuhfach heran. Es fiel ihm immer erst auf dem Highway ein, dass er sich ja noch eine CD hatte herausnehmen wollen, und so hörte er seit fast einem Jahr immer dieselbe, Tom Petty, die Mara an dem Tag eingelegt hatte, als er das Auto gekauft hatte. Sie stieg aus dem Auto und schloss sanft die Tür.

In ihrem eigenen Wagen stellte sie die Wodkaflasche auf den Beifahrersitz und leerte die Tüte mit den Schlaftabletten in den Getränkehalter. Dann lehnte sie sich im Fahrersitz zurück und atmete tief ein.

Abgestandener Apfelsaft.

Laks.

Sie drehte sich zum Rücksitz um. Der Kindersitz ihrer Tochter war voller Krümel. Daneben lag ein Trinkpäckchen, in der Mitte zusammengedrückt, um auch noch den letzten Tropfen herauszubekommen. Zwischen Sitz und Gurt klemmte ein rosa Flip-Flop. Mara schlug die Hand vor den Mund.

Sie betrachtete den kleinen Schuh. In Harrys aufgeräumtem Taxi, in dem die Ledersitze glänzten und in dem es nach seinem Eau de Toilette duftete, war es ihr leichtgefallen, sich ihrem Schmerz und ihrer Angst hinzugeben und strenge Regeln dafür aufzustellen, was sie selbst und andere aushalten konnten, was sie sich selbst und anderen antun wollte oder nicht. Hier, mit dem Geruch nach Apfelsaft und mit Laks' Fingerabdrücken an der Fensterscheibe, ihrem kleinen Schuh auf dem Rücksitz, wäre ihr das sicher alles nicht so einfach geglückt.

Sie schloss die Augen und hörte in der Erinnerung noch

einmal Laks, die ihr das Geburtstagsständchen brachte und am Ende lachend fragte: »Bist du eins geworden? Bist du zwei geworden?«, und so weiter. Das war ein Spaß, den Laks und ihre kleinen Freunde sich an ihrem Geburtstag machten, wobei sie langsam hochzählten, bis sie beim Alter des jeweiligen Geburtstagskindes angekommen waren. Als Laks früher am Morgen bei zwanzig angekommen war, hatte Mara ihre Eltern im Hintergrund flüstern gehört; sie hatten dem Mädchen beim Zählen weiterhelfen müssen. »Wir essen gerade Pfannkuchen«, verkündete Laks, und Mara hatte sofort ein Bild des Mädchens vor Augen, dessen ganzes Gesicht voller Ahornsirup war – so wie mittlerweile bestimmt auch das Telefon ihrer Eltern.

Sie musste an den Honigfleck an Laks' Hinterkopf denken, den sie an dem Abend entdeckt hatte, als sie sich zu dem Mädchen ins Bett gelegt hatte, und an die stoppelige Stelle, wo Susan versucht hatte, das Missgeschick mit dem Klebstoff »wiedergutzumachen«. Mara musste daran denken, wie Laks immer darauf bestand, dass man ihr fünf Mal auf der Schaukel Schwung gab. An ihre »Spiderman«-Methode, um die Rutsche hochzuklettern. Daran, wie sie am vergangenen Tag beide zusammen auf der Couch miteinander gekuschelt hatten, wie Laks ihre Hand festgehalten hatte, ihr knochiges Hinterteil gegen Maras Bauch gedrückt, und wohlig geseufzt hatte, als gäbe es nichts Schöneres auf der Welt, als mit ihrer Mutter gemeinsam fernzusehen.

Mara holte tief Luft und drückte sich Daumen und Zeigefinger gegen die Lider.

»Dreh dich um!«, befahl sie sich und gehorchte, griff schnell nach der Wodkaflasche und nahm einen großen Schluck. Sie lehnte den Kopf gegen die Kopfstütze und sah starr geradeaus durch die Windschutzscheibe. Das war bestimmt der Grund dafür, dass ihr das Universum Harry geschickt hatte: Sie hätte die letzten Tage bestimmt nicht in ihrem eigenen Auto überstanden, wo sie ständig an ihr Leben, an ihre Tochter erinnert wurde. Sie hatte den sicheren Kokon des Taxis gebraucht, weit weg von allen und allem, was sie zurücklassen würde.

Schnell nahm sie noch einen Schluck und suchte in der Tasche ihres Bademantels nach dem Autoschlüssel. Etwas raschelte, und Mara fiel ein, dass sie vergangene Nacht das Haiku zusammengefaltet und dort hineingesteckt hatte. Ihre Finger berührten das Papier.

Ihre stolze Tochter. Wäre Laks jetzt immer noch stolz auf sie? Würde sie noch immer denken, ihre Mutter sei stark? Starke Menschen liefen nicht davon.

Mara zog die Hand aus der Tasche und klemmte sie unter den Oberschenkel, um sich davon abzuhalten, das Gedicht hervorzuholen. Sie steckte sich eine Hand voll Tabletten in den Mund und spülte sie mit Wodka hinunter.

Dann startete sie den Motor.

45

Scott

Scott sah ungläubig zwischen Laurie und dem Büro hin und her. Der Schreibtisch, der Aktenschrank, das Bügelbrett und die Plastikboxen, die sonst hier gestanden hatten, waren verschwunden. Stattdessen war an der langen Wand ein Bett mit einer blau-gelben Tagesdecke aufgebaut, und auf dem Boden lag ein kleiner Teppich mit Straßenmuster. Unter dem Fenster stand ein Bücherregal, auf dem Scott ganz oben *Stuart Little* entdeckte. In dem Rahmen daneben steckte das Foto, das Curtis und ihn gemeinsam auf dem Bett des Jungen zeigte.

Die Wände schmückte nicht mehr warmes Ecru, stattdessen war die untere Hälfte blau, die obere maisgelb gestrichen, und dazwischen war der Schriftzug *Michigan! Go Blue!* zu lesen. Curtis' kleiner Basketballkorb hing an der Wand neben dem Fenster, und am Kleiderschrank lehnten mehrere zusammengerollte Basketballposter, die noch darauf warteten, angebracht zu werden. Laurie kam einen Schritt auf Scott zu. Er sah sie verwirrt an.

»Pete hat sich mit der einen Hälfte der Mannschaft diesen Raum hier vorgenommen, und Bray, ich und der Rest haben das Zimmer für das Baby hergerichtet«, sagte sie. »Wir haben sofort angefangen, nachdem du losgefahren bist, und ich habe den Jungs keine Pause gegönnt. Sie durften nicht mal fürs Mittagessen aufhören, ich hab ihnen die Pizza hier serviert. Zum Glück ist die Saison vorbei! Mit acht Athleten auf Uni-Niveau schafft man ganz schön was, auch in kurzer Zeit.«

Scott sah sie an, überglücklich bei dem Gedanken, was das zu bedeuten hatte, gleichzeitig jedoch auch voller Sorge, dass er sich irrte. »Und das ist für …?«

Sie nickte. »Für Curtis.«

»Wenn er uns mal besuchen kommt?«, flüsterte er.

Sie schüttelte lächelnd den Kopf. »Wenn er abends schlafen geht. Oder tagsüber spielen will. Oder Ruhe vor seiner kleinen Schwester braucht.«

Scott wurden die Knie weich, und er musste sich schnell auf das Bett setzen. Er stützte den Kopf in die Hände. Seine Augen wurden feucht.

Laurie kniete sich vor ihn hin. »Das Bastelzimmer sieht dem hier ziemlich ähnlich. Natürlich ohne den Straßenteppich und ohne *Stuart Little.* Und wir haben noch nicht geschafft, dort die Wände zu streichen. Aber ich habe von dem Geld, das wir durch das billigere Babybett gespart haben, noch ein anderes Bett gekauft. Ein extralanges. Willst du es dir mal ansehen?«

Scott ließ die Hände sinken und sah Laurie verwirrt an.

»Na, für Bray, wenn der nach Hause kommt«, sagte sie. »Über die Feiertage, in den Semesterferien, wenn bei der NBA gerade Saisonpause ist. Wann immer erwachsene Kinder eben nach Hause kommen.«

Sie küsste Scott zärtlich. »Ich bin mir der Opfer sehr bewusst, die du für mich im Lauf der letzten Jahre gebracht hast. Dass wir dieses heruntergekommene Haus gekauft haben, an dem wir alles selbst herrichten mussten. Dass wir weiter versucht haben, ein Baby zu bekommen, auch als du dich mit unserem Schicksal schon abgefunden und deinen Frieden damit gemacht hattest. Dass wir unser ganzes Geld für die künstliche Befruchtung ausgegeben haben. Es ging mir nach unserem Streit gestern so schlecht. Ich habe versucht, mich mit der

Vorstellung aufzuheitern, wie ich demnächst hinüber ins Babyzimmer gehe und unsere kleine Tochter auf den Arm nehme. Ich habe versucht, mir das genau vorzustellen – unser Haus, in dem nur ein Kinderzimmer bewohnt ist und die anderen leer stehen, während wir darauf hoffen, noch mehr Kinder zu bekommen. Und ich habe gewartet, dass sich dieses Gefühl einstellt, dieses Gefühl von … keine Ahnung, Zufriedenheit vielleicht oder Frieden, auf das ich schon so lange warte. Wir werden endlich eine eigene Familie sein, nur wir drei. Ich müsste doch die glücklichste Frau der Welt sein. Ich habe mir das alles vorgestellt, aber überhaupt keine Zufriedenheit oder inneren Frieden gespürt. Und glücklich war ich auch nicht. Ich war nur traurig. Völlig am Boden zerstört. Voller Wehmut. Und da ist mir aufgegangen: Genau so würdest du dich für den Rest deines Lebens fühlen, wenn wir nicht alles tun würden, um den Jungs zu helfen.«

Sie wischte sich über die Augen. »Und mir ist auch aufgegangen: Ja, vor fünf Tagen wollte ich noch ein ganz anderes Leben. Aber ich wäre ja nie glücklich, wenn ich wüsste, dass du unglücklich bist. Und ich auch noch diejenige wäre, die daran schuld ist. Also habe ich angefangen, mir ein anderes Leben vorzustellen.« Sie sah sich im Zimmer um. »Ich habe mir das hier ausgemalt. Und da habe ich plötzlich diese Zufriedenheit und den Frieden gefühlt, auf den ich zuvor vergeblich gewartet habe.«

Er räusperte sich. »Bist du sicher? Vielleicht hast du ja auch nur Mitleid mit den beiden, weil sie so viel durchgemacht haben. Meinst du nicht, dass du diese Entscheidung wieder bereust, wenn Curtis das nächste Mal zum Rektor zitiert wird oder mit einer blutigen Nase nach Hause kommt?«

»Natürlich habe ich Mitleid mit den beiden. Aber du doch auch. Und ich habe auch darüber nachgedacht, wie es mir damit gehen wird, wenn er das nächste Mal irgendwelchen Mist baut, denn das machen Kinder nun mal. Ob ich diese Entscheidung dann bereuen werde. Vielleicht sehe ich das alles ja eines Tages ganz anders, aber ich finde, was du gestern gesagt hast, stimmt. Es ist leicht, sich den weißen Gartenzaun und die perfekten Kinder vorzustellen, wie ich es die ganze Zeit gemacht habe. Aber das ist vielleicht gar nicht das Leben, das ich wirklich führen möchte. Vielleicht spielt in unserem Leben eben eher ein kaputter Maschendrahtzaun eine Rolle, so wie der vor der Franklin Middle School. Und die unperfekten Kinder, die diese Schule besuchen.«

»Und du bist dir da wirklich hundertprozentig sicher?«

»Dass wir mit Curtis zurechtkommen, ohne jemals auszurasten? Ganz sicher nicht. Ich kann dir jetzt schon versprechen, dass ich in regelmäßigen Abständen fragen werde, was ich mir eigentlich dabei gedacht habe. Du musst mich dann an dieses Gespräch hier erinnern. Und mir einen Schnaps einschenken.«

Sie lächelte und küsste ihn noch einmal. »Aber ich bin mir sicher, dass ich ihn lieb habe, und Bray habe ich auch lieb. Und ich war mir noch nie so sicher, dass ich dich liebe. Über mehr muss ich mir nicht sicher sein.«

46

Das Forum

Sonntag, 10. April, 22:30 Uhr
MotorCity schrieb:

Ihr Lieben, ich bin müde und werde mal ins Bett gehen. Um zu schlafen! Wenn man sich auf so was freut, weiß man, dass man langsam alt wird ...

@LaksMom – Ich hab dir schon ein paar private Nachrichten geschickt, melde mich da gleich noch mal, will dir noch kurz was erzählen. Nicht dass du dir doch noch den Entsafter zulegst, wenn ich jetzt immer so gut schlafe. ;)

Sonntag, 10. April, 22:34 Uhr
2boys schrieb:

alter, hast du die zusammenfassung gesehen? pettitte ist in absoluter bestform. von dem können deine luschen in detroit echt noch was lernen ... aber mal im ernst, freu mich, dass du endlich wieder schlafen kannst. hat der bruder eine entscheidung getroffen, mit der es dir gut geht? erzähl mal, du weißt doch – ich darf zwar nicht alles essen, will aber alles wissen. ;)

Sonntag, 10. April, 22:38 Uhr
flightpath schrieb:

Ja, MotorC, erzähl mal, mich interessiert das auch. Ich hab das ganze Wochenende über immer mal wieder hier vorbeigeschaut, was ich sonst nicht mache, wie du weißt – wollte sehen, ob es Neuigkeiten bei dir gibt. Hat sich der Bruder entschieden?

Sonntag, 10. April, 22:44 Uhr
MotorCity schrieb:

Wenn ich euch alle nicht so lieb hätte, würde ich euch noch eine Weile schmoren lassen. Aber so bin ich ja nicht, also: Wir werden den Großen adoptieren. Und seinen Bruder auch. Also, man kann einen Zwanzigjährigen natürlich nicht mehr wirklich adoptieren, aber ich nehme ihn als meinen Sohn an. Er hat ab jetzt ein eigenes Zimmer bei uns, wenn er mal eine Pause davon braucht, an der Uni immer der Beste auf dem Platz zu sein ... oder in der NBA ... oder irgendwann in der Vorstandsetage. Je nachdem, was er später einmal macht.

Und bevor 2boys fragt: Ja, meine Frau ist absolut einverstanden. Ihr habt richtig gehört: ABSOLUT EINVERSTANDEN. Während ich heute mit dem Großen bei der Monstertruck-Show war, hat sie zusammen mit seinem Bruder, dessen Team und Pete bei uns zu Hause den Pinsel geschwungen (na gut, Pete hat wahrscheinlich die ganze Zeit Pizza gegessen, Bier getrunken und die Arbeit delegiert). Als wir nach Hause kamen, hatten beide Jungs fertig gestrichene und eingerichtete Zimmer, die Sozialarbeiterin wusste schon Bescheid, alles war vorbereitet.

Ich habe das Gefühl, dass heute Abend ein neues Leben für mich angefangen hat. (Ja, ja, flightpath, ich weiß, für einen Coach bin ich ein ganz schönes Weichei.)

@LaksMom – Ich würde gern noch ein paar Details mit dir besprechen, die für die anderen nicht so interessant sind. Bin gespannt, was du sagst.

Sonntag, 10. April, 22:50 Uhr
2boys schrieb:

wow, wie cool, also hast du am ende das kind abgekriegt UND die prinzessin gerettet – ganz zu schweigen davon, dass du auch noch 'nen hochgewachsenen jugendlichen abgestaubt hast, der dir ab jetzt jeden herbst das laub aus den regenrinnen holen kann;)

Sonntag, 10. April, 22:52 Uhr
SoNotWicked schrieb:

YAAAY! MotorC, ich freu mich so für dich! Mensch, gut, dass ich so lange aufgeblieben bin, dass ich das noch mitgekriegt habe. Aber jetzt gute Nacht an alle, wir sehen uns morgen früh. Ich werde mir vor dem Einschlafen noch ein schönes Thema für morgen einfallen lassen. Ich würde mal sagen, nach der Woche können wir was Fröhliches vertragen, oder? Irgendwelche Vorschläge?

Sonntag, 10. April, 22:55 Uhr
2boys schrieb:

sonotwicked – ich schlag als thema die yankees vor. von mir aus können wir gern mal 'ne ganze woche lang nur über die reden. motorc hat bestimmt nichts dagegen, der ist viel zu glücklich.

Sonntag, 10. April, 22:58 Uhr
MotorCity schrieb:

@2boys – So glücklich kann ich gar nicht sein, dass ich nichts dagegen hätte! Die Tigers sind einfach die Besten!!!

@LaksMom – Du bist anscheinend beschäftigt, ich hab immer noch keine Antwort auf meine Nachricht von vorhin. Ich schau nachher noch mal vorbei. Jetzt geh ich erst mal nach den Jungs sehen – zum hundertsten Mal heute.

Sonntag, 10. April, 23:32 Uhr
Private Message von MotorCity:

LaksMom, ich will hier keinen Stress machen, aber ist alles okay bei dir? Ich warte die ganze Zeit auf dich. Das fühlt sich irgendwie alles nicht offiziell an, solange ich es dir nicht erzählen konnte.

Langsam wünsche ich mir fast, wir hätten uns irgendwann mal unsere richtigen Namen gesagt und vielleicht Telefonnummern ausgetauscht, damit ich dich anrufen könnte. Den Eingriff in deine Privatsphäre hättest du bestimmt verkraftet.:)

Sonntag, 10. April, 23:55 Uhr
Private Message von MotorCity:

Hey, LaksMom. Ich dachte, ich schau noch ein letztes Mal vorbei, aber du bist anscheinend immer noch offline. Es gibt bestimmt eine ganz einfache Erklärung dafür, Probleme mit dem Internet oder so, aber ich dreh hier fast durch, ich will doch unbedingt mit dir reden! Ich freu mich wahnsinnig darauf, dir in Ruhe zu erzählen, was heute alles passiert ist, und mal wieder zu hören, was du so treibst.

Bist du da?

EPILOG

Die Briefe

Meine süße Laks,

ich habe Daddy diesen Brief dagelassen und ihn gebeten, ihn dir zu geben, wenn er meint, dass du alt genug dafür bist. Die Tatsache, dass du ihn jetzt in den Händen hältst, bedeutet also, dass er findet, du bist nun alt und reif genug. Wie schön, dass du schon so groß bist! Ich bin so stolz auf dich. Ich war immer stolz auf dich und werde es auch immer sein.

Ich weiß nicht, ob es einen Gott und einen Himmel gibt. Wir beide haben nicht viel darüber geredet. Vielleicht war Tante Gina jetzt schon ein paar Mal mit dir in der Kirche, vielleicht kennst du dich mit dem Thema schon viel besser aus, als ich mich jemals damit auskannte.

Wenn du an einen Gott glaubst, dann glaube ich auch an einen. Kinder verstehen solche wichtigen Sachen oft besser als Erwachsene. Und ich hoffe, dass es dich tröstet, dass ich im Himmel bin, auf dich hinuntersehe und dich immer noch lieb habe. Dass ich noch immer bei dir bin. Aber auch, wenn du nicht an Gott und einen Himmel glaubst, bin ich stets an deiner Seite. Dazu musst du nur die Augen schließen und an mich denken. Es ist nicht schlimm, falls du nicht mehr weißt, wie ich aussehe. Du musst einfach nur »Mama« denken, und schon bin ich da.

Das bringt mich zu ein paar wichtigen Punkten, über die ich mit dir reden möchte. Der erste ist: Ich hab dich lieb. Mehr als alles andere auf der Welt. Und denk bitte nie, dass ich dich nicht lieb genug hatte, um bei dir zu bleiben. Lieber, als ich dich hatte, kann man keinen Menschen haben.

Der zweite Punkt ist: Es ist in Ordnung, wenn du vergisst, wie ich aussehe. Oder wie meine Stimme klingt. Das ist völlig normal. Ich weiß auch nicht mehr, wie meine Mutter aussah oder wie sich ihre Stimme anhörte, als ich fünf Jahre alt war. Wenn du mich sehen willst, schau dir einfach Fotos von mir an. Und wenn du mich nicht sehen willst, ist das auch okay.

Das Dritte, was ich dir sagen möchte, ist: Falls Daddy noch einmal heiratet, ist es in Ordnung, wenn du deine neue Mom genauso lieb hast wie mich. Auch wenn du sie lieber hast als mich. Das ist ganz natürlich, und ich verspreche dir, dass ich das überhaupt nicht schlimm finde.

Der vierte Punkt ist: Du bist nicht schuld an meinem Tod. Die Huntington-Krankheit war schuld. Wir haben oft darüber geredet, dass Huntington die Mama krank gemacht hat und man nichts dagegen unternehmen konnte, weißt du noch? Das hat dir Daddy bestimmt auch noch mal erklärt, deine Großeltern sicher auch, und die Zwei Frauen ganz bestimmt ebenfalls. Glaub ihnen bitte. Huntington ist eine sehr schlimme Krankheit, und ich hatte nicht mehr die Kraft, dagegen anzukämpfen. Niemand hätte mich retten oder mir helfen können, weder du noch Daddy, nicht mal die Ärzte konnten das.

Punkt fünf ist: Wenn du irgendetwas brauchst, kannst du dich immer an die Zwei Frauen wenden. Daddy weiß das. Er weiß auch, dass ich ihn für den besten Vater der Welt halte und sicher bin, dass er dir bei allem helfen kann. Aber wenn es vielleicht mal etwas gibt, das du lieber mit einer Frau besprechen willst, dann wird Daddy das auf jeden Fall verstehen. Vielleicht willst du ja auch mal mit einer Frau shoppen gehen oder dir die Nägel machen lassen … So etwas kann man eben am besten mit anderen Mädels zusammen machen.

Der sechste und letzte Punkt: Manche Leute werden dir sagen, dass du jetzt »besonders lieb« sein musst oder »ganz stark« oder dich »wie ein großes Mädchen« benehmen sollst, weil deine Mutter tot ist. Dass du das für deinen Vater oder für deine Großeltern tun musst oder sogar für mich. Ich möchte, dass du weißt, dass das nicht stimmt. Du musst weder lieb noch stark sein, und du musst dich auch nicht wie ein großes Mädchen benehmen. Du musst einfach nur du selbst sein, dich so verhalten, wie du es für richtig hältst, und fühlen, was du eben fühlst.

Das musst du für dich selbst tun, nur für dich, für niemanden sonst. Und wenn dir jemand etwas anderes erzählt, dann irrt sich derjenige.

Ich hab dich so lieb, mein Schatz, meine Lakshmi! Ich habe jede Sekunde einer jeden Minute eines jeden Tages genossen, den ich deine Mutter sein durfte.

Danke. Danke, dass du mich zur glücklichsten Mama der Welt gemacht hast. Das war ich nämlich. Weil du meine Tochter warst.

In Liebe
Mama

Lieber Tom,

meine große Liebe, mein Geliebter, mein Herz, mein Ein und Alles.

Erinnerst du dich noch, wie du mich um unser erstes Date gebeten hast? Wir standen im Foyer von der Morrice Hall. Ich hatte mich vor dem Regen dort hineingeflüchtet, und du warst auf dem Weg zu einem Vorstellungsgespräch und hattest dich im Gebäude geirrt. Wir haben uns eine Weile unterhalten, während wir darauf warteten, dass der Regen aufhört. Und dann hast du gefragt, ob ich mal mit dir ausgehen würde. Ich habe dir nicht gleich geantwortet, und du dachtest, ich hätte kein Interesse, und wolltest schon gehen. Ich habe dann behauptet, dass ich das Gefühl gehabt hätte, niesen zu müssen, und deshalb nicht sprechen konnte.

Das war gelogen. Weißt du, wieso ich dir erst nicht antworten konnte?

Weil mir die Luft weggeblieben ist.

Du warst der schönste Mann, den ich jemals gesehen hatte. Und als du einfach ein Gespräch mit mir angefangen hast, dachte ich, du bist eben nur höflich. Außer uns beiden war ja niemand im Foyer; mit wem hättest du dich sonst unterhalten sollen? Ich war sicher, dass tolle Frauen bei dir Schlange standen und nur darauf warteten, dass du sie beachtest. Und wenn eine von diesen Schönheiten in dem Moment da gewesen wäre oder wenn wir nicht die einzigen beiden in diesem Foyer gewesen wären, dann wäre ich dir sicher nicht einmal aufgefallen. Als du dich also weiter mit mir unterhalten hast, auch als der Regen schon wieder vorbei war, konnte ich mein Glück kaum fassen. Und als du mich dann um ein Date gebeten hast, ist mir wirklich einfach die Luft weggeblieben.

Wenn ich an dem Tag gestorben wäre, wäre ich glücklich gestorben. Stattdessen habe ich nach dieser ersten Begegnung noch lange leben, noch viele schöne Tage mit dir erleben dürfen. Natürlich auch ein paar nicht so schöne, so ist das nun mal im Leben. Aber es gab viel mehr fröhliche Tage mit dir als traurige, das steht außer Frage. Und ich war glücklicher, als ich es mir je hätte vorstellen können.

An diesem Tag kam mir mein Leben perfekt vor. Und so war es auch noch lange danach. Bis wir Dr. Thiry getroffen haben. Doch man kann eben auch nicht immer Glück haben. Und mittlerweile kommt es mir auch wie ausgleichende Gerechtigkeit vor, dass mein wundervolles Leben mit dir nun ein Ende hat. Es wäre nicht fair, wenn ein Mensch alles Glück dieser Welt für sich hat ... oder auch nur so viel, wie ich hatte. Es wurde Zeit, die Karten neu zu mischen.

Mit dir ist ein Traum für mich in Erfüllung gegangen. Du bist alles, was ich je wollte. Nein, eigentlich bist du mehr, als ich wollte. Mehr als ich mir je erträumt hätte, mehr als ich mir je hätte vorstellen können. Und seit dem Tag, an dem wir uns getroffen haben, war mein Leben so viel schöner, als ich es mir hätte ausmalen können, schöner als ein Traum.

Deinetwegen.

Du bist nun bestimmt wütend auf mich, mein Schatz, und das kann ich gut verstehen. Und wenn du Laks eines Tages erzählst, wie ich wirklich gestorben bin, und sie dich fragt, ob du wütend auf mich warst oder vielleicht immer noch bist, dann sei ehrlich zu ihr, damit sie sich nicht schlecht fühlt, falls sie auch Wut auf mich verspürt.

Aber denke bitte auch ab und zu in Liebe an mich. Und sag das auch Laks.

Und, Tom, nimm es dir selbst nicht übel, falls du dich auch erleichtert fühlst. Sag Laks ebenfalls, dass es in Ordnung ist, wenn es ihr so geht. Du musst ja vor ihr diese Empfindung nicht eingestehen, ich weiß, du könntest es nie laut aussprechen. Aber gib es ruhig vor dir selbst zu. Wenn du das tust, wird meine Seele endlich wirklich frei sein.

Ich will, dass es eine Erleichterung für dich ist, mein Geliebter. Das wünsche ich mir mehr als alles andere. Dass du mich und diese schreckliche Krankheit endlich los bist, die aus mir so eine andere Frau gemacht hat als die, die sich damals Hals über Kopf in dich verliebt hat.

Deshalb habe ich diese Entscheidung getroffen: um dir und Laks diese Last zu nehmen. Den anderen auch, aber in erster Linie ging es mir um euch beide. Ihr verdient alles Glück und alles Wunder-

schöne, das diese Welt zu bieten hat, und so lange ich da bin, wäre euch das versagt geblieben. Ich wollte dich nicht mit einer Frau belasten, mit der du dich nicht in der Öffentlichkeit zeigen kannst, ohne dass sie sich und dich blamiert. Ich wollte auch nicht, dass Laks mit so einer Mutter leben muss. Dass du eine erwachsene Frau füttern, baden und windeln musst, während du unterwegs sein und das Leben genießen könntest. Ich konnte den Gedanken einfach nicht ertragen, dass du deine Zeit damit verschwendest, in einem Pflegeheim die leere Hülle deiner früheren Frau zu besuchen.

Ja, ich habe es auch für mich getan. Du würdest mir sowieso nicht glauben, dass ich damit klargekommen wäre, so die Kontrolle über mein Leben zu verlieren. Aber vor allem habe ich es für dich getan, mein lieber, selbstloser, aufopferungsvoller Mann, der die nächsten Jahre ans Haus und an mich gekettet gewesen wäre, egal, wie lange es noch gedauert hätte, während die besten Jahre deines Lebens von dir unbemerkt verstrichen wären.

Und nein, du hast mich nicht etwa dazu getrieben. Ich habe von dir nie auch nur das geringste Anzeichen von Ablehnung wahrgenommen, niemals das Gefühl gehabt, dass du mit deinem Schicksal haderst oder dir wünschst, du hättest dir vor all den Jahren an der Uni nicht ausgerechnet die Frau mit der Huntington-Krankheit ausgesucht. Im Gegenteil – in den vergangenen vier Jahren hatte ich immer den Eindruck, dass du bereit und in der Lage wärst, dich bis zu meinem Tod um mich zu kümmern, und dass du es gern getan hättest. Dass du mir gern die Haare gekämmt, mir das Essen püriert und mich gefüttert, mir nach jedem Bissen das Kinn abgewischt hättest.

Da wir gerade dabei sind, dass ich immer meinen Willen bekomme (als du den Brief gefunden hast, war dir klar, dass ich das ansprechen würde, oder?): Ich möchte, dass du eine neue Frau kennenlernst. Du schüttelst jetzt bestimmt erst mal den Kopf.

Warte. Hör mir zu. Ich meine das ganz ernst. Ich möchte, dass du dich neu verliebst.

Falls es dir hilft, sag dir, dass du es nicht für dich tust. Tu es für mich. Ich kann mein schlechtes Gewissen kaum ertragen, dass ich dich einfach so verlasse, dass du jetzt mit diesem Verlust umgehen musst, dass du es den anderen sagen musst. Die Vorstellung, dass du dich eines Tages neu verliebst, in eine starke, gesunde, fitte Frau, die mit dir reisen, joggen und dir eine echte Lebenspartnerin sein kann, nimmt mir einen winzigen Teil dieses unglaublich schlechten Gewissens. Bitte, bitte gib mir diese Absolution!

Aber vor allem – tu es für unsere Tochter. Sie ist noch zu jung, um zu verstehen, was für ein toller Ehemann und Partner ihr Vater war. Sie sollte dich wieder in dieser Rolle sehen, wenn sie irgendwann alt genug ist und es wirklich versteht. Sie muss mitbekommen, wie romantisch und liebevoll und fürsorglich du bist. Dass du nie einen Jahrestag, Valentinstag oder Geburtstag vergisst. Dass du deiner Frau einfach so Blumen schenkst, ohne dafür einen Anlass zu brauchen. Dass du nie mit Küssen und Komplimenten sparst.

Woher soll sie denn sonst wissen, nach welcher Art Mann sie suchen soll?

Was kann ich dir noch sagen, mein Schatz, mein Herz, mein bester Freund, mein Mann, mein Ein und Alles?

Nur dass es mir unendlich leidtut, dass ich dich so ohne Vorwarnung allein gelassen habe und mich nicht so von dir verabschieden konnte, wie ich es gern getan hätte. Bitte versteh, dass es nicht anders ging. Ich wollte einfach nicht riskieren, dass du meinen Plan verhindern würdest, und wir wissen beide, dass du das auf jeden Fall getan hättest.

Und danke.

Danke für deine Geduld und dein Verständnis für mich in den letzten schwierigen Jahren.

Danke für die Nächte, die ich in deinen Armen verbringen

durfte, wenn ich vor hilfloser Verzweiflung nur noch weinen konnte, weil mir so ein schreckliches und verfrühtes Ende bevorstand.

Danke, dass du mir jeden Tag gesagt hast, dass du mich liebst, dass uns die Krankheit nicht trennen kann, dass du nicht bereust, dich für mich entschieden zu haben. Dass du immer bei mir geblieben wärst, und zwar aus freien Stücken, nicht aus Pflichtgefühl. Ich glaube dir, Tom. Ich weiß, dass du bei mir geblieben wärst. Ich wusste es immer.

Ich fand nur, dass du das nicht verdient hast.

Und danke, dass du mir vor so vielen Jahren im Foyer der Morrice Hall den Atem genommen hast.

Und seitdem jeden Tag wieder.

Deine Mara

Danksagung

Mein allerherzlichster Dank geht an Amy Einhorn – für ihre fantastischen redaktionellen Anmerkungen, ihre Hilfe bei der Entwicklung eines neuen literarischen Trinkspiels und die Erlaubnis, für meine drei Lieblingsmädels eine Anspielung auf eine gewisse britische Boyband im Buch unterzubringen. Außerdem ein Dankeschön an Elizabeth Stein, Anna Jardine und alle anderen bei Amy Einhorn Books sowie an Thomas Dussell von Penguin Group USA.

Vielen Dank an meine Agentin Victoria Sanders, die einer neuen Autorin eine Chance gegeben hat und deren magische Agentinnenkräfte für den besten Urlaub gesorgt haben, den mein Mann und ich je hatten. Vielen Dank auch an Bernadette Baker-Baughman dafür, dass sie mir so viele Anfängerfragen beantwortet hat, an Chris Kepner und an alle anderen bei Victoria Sanders Associates. Außerdem herzlichen Dank an Eric Rayman.

Es war mir sehr wichtig, die Huntington-Krankheit (HK) so korrekt wie möglich darzustellen. Ich kann gar nicht ausdrücken, wie dankbar ich für die Hilfe der Experten bin, die sich die Zeit genommen haben, mir meine Fragen zu beantworten, besonders Dr. Bonnie L. Hennig, die mir stundenlang alle medizinischen, emotionalen und sozialen Aspekte der Krankheit erläutert hat, und Dr. med. Kelvin Chou, der mit mir Maras komplette Geschichte durchgegangen ist und überprüft hat, ob sie aus medizinischer Sicht Sinn ergibt, und mir an den

Stellen, wo dies nicht der Fall war, geholfen hat, sie entsprechend abzuändern. Des Weiteren standen mir Barb Heiman, LISW, und Dr. med. Elynore Cucinell beratend zur Seite und haben mir mit ihrem Wissen geholfen. Für jegliche noch vorhandenen Fehler trage ich die Verantwortung.

Ich habe glücklicherweise viele kluge und hilfsbereite Freunde. Kate Baker, Jeanne Estridge, Jana Timmer Bastian, Terri Eagen-Torkko, Meghan Eagen-Torkko, Mary Beth Bishop, Jennifer Bondurant, Julia Kailing Cooper, Sarah Roach Plum, Ruth Slavin, Anna Cox und Sonja Yoerg haben das Buch in seinem Frühstadium gelesen und kommentiert, ebenso wie Kate Kennedy. Die fantastische Benee Knauer hat ein Manuskript mit Potenzial in etwas viel Besseres verwandelt. Rina Sahay, Elisha Fink, Lori Nelson Spielman, Linda VanAcker, Pamela Landau und Meghan Eagen-Torkko haben mir mit ihrem Wissen in vielen Bereichen ausgeholfen, von indischer Kultur über das Strafrecht in Michigan und Schulbezirksverordnungen bis hin zu der sozialen Aufteilung in den Vierteln von Detroit und der emotionalen Belastung von Adoption und Unfruchtbarkeit. Nicole Ross, The Cool Kids, Glenn Katon, The Monday Night Ladies, Nick Kocz, Mike Coffman, Patrick Cauley, Charley Hegarty, Mary Bisbee-Beek und Adam Pelzman haben immer wieder für moralische und andere Unterstützung gesorgt. Vielen lieben Dank euch allen.

Meine Kinder, Samantha, Jack, Libby und Maddie, haben mich die ganze Zeit lautstark und überzeugend angefeuert und sich in den zwei Jahren, in denen sie auf so gut wie jede Frage die Antwort »Ich schreibe nur noch kurz das Kapitel hier zu Ende!« zu hören bekamen, kein einziges Mal beschwert. Danke, danke, danke, danke.

Und schließlich bin ich meinem Mann Dan besonders dankbar, der zwei Jahre lang unseren hektischen Haushalt geführt hat, während ich über meinen Laptop gebeugt in der Ecke gekauert habe. Er war außerdem auch derjenige, an den ich mich immer als Erstes gewandt habe, wenn ich nicht weiterwusste, und der aufgrund seiner Fähigkeit, auch für den vertracktesten Plot und die verzwicktesten Figurenprobleme eine Lösung parat zu haben, von meinen Schriftstellerfreunden den Spitznamen »Der Plot-Doktor« verpasst bekam. Die »Belohnung« für sein Talent bestand darin, ständig beim Lesen, beim Arbeiten, beim Sportgucken, sogar beim Schlafen von meinem Sprüchlein »Kann ich dich noch eine kleine Sache zum Buch fragen?« unterbrochen zu werden. Und immer war seine Antwort: »Na klar.«